Anne B. Ragde

Mord in Spitzbergen

Roman

Aus dem Norwegischen
von Gabriele Haefs

btb

Die norwegische Originalausgabe erschien 1995 unter dem
Titel *Zona frigida* bei Tiden Norsk Forlag A/S, Oslo.

Verlagsgruppe Random House FSC-DEU-0100
Das für dieses Buch verwendete
FSC®-zertifizierte Papier *Lux Cream*
liefert Stora Enso, Finnland.

1. Auflage
Neuausgabe April 2012
btb Verlag in der Verlagsgruppe Random House GmbH, München
Copyright © der Originalausgabe 1995 by Tiden Norsk Forlag A/S,
Olso
Copyright © der deutschsprachigen Ausgabe erstmals 1998 by
Wilhelm Goldmann Verlag, in der Verlagsgruppe Random House
GmbH, München
Umschlaggestaltung: semper smile, München
Umschlagmotiv: © Paul Linse / Corbis
Druck und Einband: CPI – Clausen & Bosse, Leck
MI · Herstellung: BB
Printed in Germany
ISBN 978-3-442-74438-1

www.btb-verlag.de

Besuchen Sie unseren LiteraturBlog www.transatlantik.de.

Aus Freude am Lesen

Gequält von Liebeskummer, bucht die junge Bea kurzent-
schlossen eine Kreuzfahrt durch die kalte und unwirtliche
Inselgruppe von Spitzbergen. Doch sie kommt nicht zur
Ruhe, denn unter den Passagieren befindet sich auch ihre
ehemalige Klassenlehrerin, die ihr früher übel mitgespielt
hat. Von Rache besessen, merkt Bea fast zu spät, wie explo-
siv die Stimmung unter den Mitreisenden ist. Hoch oben in
den ewigen Weiten des Eismeers entladen sich schließlich
die Spannungen auf mörderische Weise …

ANNE B. RAGDE wurde 1957 im westnorwegischen Har-
danger geboren. Sie ist eine der beliebtesten und erfolg-
reichsten Autorinnen Norwegens und wurde mehrfach ausgezeichnet. Zuletzt mit dem Norwegian Language Prize und
dem Norwegischen Buchhandelspreis. Mit ihrer Trilogie
Das Lügenhaus, *Einsiedlerkrebse* und *Hitzewelle* schrieb sie
sich in die Herzen der Leserinnen und Leser; ihre Romane
erreichten in Norwegen eine Millionenauflage. Anne B.
Ragde lebt heute in Trondheim.

Ein Dankeschön
an die Besatzung der M/S Origo der Saison 1994,
mit Kapitän Per Engwall, Reiseleiter Christian Milde
und Eislotse Helmer Kristensen

Helmer kam am 31. August 1995 auf Kiepertøya bei
einem Eisbärangriff ums Leben.

Dieses Buch ist Helmer gewidmet.

Prolog

Das alte Seehundweibchen machte schläfrig die Augen auf und zu. Sie rutschte ein wenig hin und her, um eine bequemere Haltung zu finden, glitt dabei jedoch nicht von der Eisscholle. Sie fühlte sich sicher dort, seitwärts gelegen auf einer nur vier Meter breiten Eisscholle, nur wenige Sekunden vom schwarzen Wasser entfernt, in dem niemand sie erreichen könnte. Sie könnte dreihundert Meter tief tauchen, wenn sie das wollte, und lange unten bleiben. Der Sauerstoff würde sich mit dem Hämoglobin in ihrem Körper verbinden und an Hirn und Muskeln weitergereicht werden; und das würde ihr die Kraft geben, zu denken, sich zu bewegen und ihre Umgebung im Auge zu behalten, ohne die Lunge benutzen zu müssen.

Sie hatte viel gesehen. Hatte es registriert, ohne weiter darüber nachzudenken. Von ihren Jungen waren mehrere gestorben. Weißlinge mit kohlschwarzen Nasen waren Stunden nach ihrer Geburt in Eisspalten verschwunden, ehe sie selber schwimmen konnten. Riesige Eisschollen, die sicher wie Festland gewirkt hatten, hatten sich beim Eisgang senkrecht erhoben und Hunderte von hilflos zappelnden Jungen in die Tiefe stürzen lassen. Andere waren von Jägern getötet worden. Mit eingeschlagenem Schädel und durchstochenem Nacken waren sie davongeschleppt worden, und auch das heisere Schreien der Mutter hatte es nicht verhindern können. Einige hatte sie lange gestillt, und die waren groß geworden, hatten mit ihr zusammen Fische gefangen, waren um die Wette geschwommen, hatten gespielt, waren selbständig geworden, um dann zu verschwinden.

Jetzt lag sie allein auf einer Treibeisscholle, im offenen Meer vor den Nordwestinseln, unter einer niedrigstehenden Mitternachtssonne, die am Horizont zu beben schien und die Meer und Wolken honiggelb färbte. Um das Boot kümmerte sie sich vorerst noch nicht. Sie hatte keine Angst vor Booten, nicht vor großen, nicht vor kleinen, nicht vor lärmenden und nicht vor leisen. Boote passierten und verschwanden dann wieder.

Aber dieses hier kam langsam doch zu nah an sie heran. Sie spannte die Muskeln in ihren Flossen an, richtete mühsam ihren schweren Körper auf und ließ den spitzen Bug, der das Wasser durchpflügte und das Schiff hinter sich herzog, nicht aus den Augen.

Die hohe Schiffswand würde die Eisscholle treffen. Die Seehündin beugte sich vor und glitt über den Schollenrand. Das Eiswasser umgab sie, sie öffnete die Augen und tauchte senkrecht nach unten, wobei ihr Fell silberblanke Luftblasen abgab. In fünfzig Meter Tiefe hielt sie inne und steuerte dann die Wasseroberfläche an, ein kleines Stück von dem Koloß entfernt, den ein Propeller antrieb, der dabei das Wasser zu weißem Schaum aufpeitschte.

Der Schnurrbart durchbrach die Wasseroberfläche. Ihm folgten die Augen. Sie zwinkerte, starrte die Schiffsseite an und beobachtete die unerwarteten Bewegungen dort. Etwas wurde aus der blauen, senkrechten Wand gepreßt. Und sie sah, wie dieses Etwas auf das Wasser traf, sie lauschte dem Platschen, witterte in der Luft, schwamm hinüber und ließ sich bestätigen, was ihre Nase ihr erzählt hatte.

Sie umkreiste es neugierig, während es versank, wollte ihm aber nicht zu nahe kommen. Sie wartete auf ein Zeichen, daß das andere lebte und wieder die Oberfläche ansteuern würde. Nur sie und ihresgleichen konnten so tief schwimmen und jagen. Aber sie konnte keine planmäßigen Bewegungen wahrnehmen, nur eine langsame Rotation, kraftlos herabhängende Körperteile.

Auf zweihundert Meter Tiefe stellte sie ihre Beobachtungen ein. Mit einer Schwanzbewegung stieg sie dann blitzschnell zum Licht empor, während schwarzes Polarmeer das verschlang, was unter ihr versank.

Wieder durchbrach ihr Schnurrbart die Wasseroberfläche. Sie zwinkerte mit den Augen, um sie von Wasser auf Luft umzustellen. Das Schiff war inzwischen schon mehrere hundert Meter von ihr entfernt. Ihre Eisscholle war zerbrochen, die Meeresoberfläche, die vor kurzem noch wie gehämmertes Kupfer dagelegen hatte, war nun im Kielwasser des Bootes aufgewühlt. Fernes Motorendröhnen war noch zu hören. Sie schnaubte energisch und ließ ei-

nen Schwarm von Salzwassertropfen zur Sonne hochwirbeln. Ein kleiner Regenbogen zeichnete sich für einen Moment in den Tropfen ab.

Sie legte elegant den Kopf in den Nacken und war verschwunden.

Eigentlich fahre ich zum Trinken nach Svalbard. Das sagte ich mir jedenfalls mit lauter Stimme, als ich an einem Tag Mitte August alles stehen- und liegenließ, um in aller Eile eine Reise zu buchen, die ein Heidengeld kostete, mir aber eine reiche Auswahl an Begegnungen mit wilden Tieren in einer *atemberaubenden* Natur verhieß. Ich dachte ein wenig darüber nach: Wieso man das schon im voraus versprechen konnte. Nicht, daß die Natur so schön war, daß man es nicht glauben konnte, wenn man sie nicht mit eigenen Augen gesehen hatte. Jeder Idiot weiß schließlich, daß Svalbard eine Perle ist. Aber das mit den Tieren, das glaubte ich nicht so ganz. Man kann doch keine zähnefletschenden Eisbären und schlafenden Walrösser bestellen. Ein Bild zeigte einen Eisbären, der auf einem Schiff den Kopf durch ein Bullauge quetschte. Er leckte sich den Mund. Auch Wale wurden mir versprochen, und ich fand es beeindruckend, daß das Reisebüro das Leben im Meer dermaßen gut unter Kontrolle hatte.

Das einzige, worauf ich mich felsenfest verließ, war die Alkoholpolitik. Der norwegische Staat würde es nicht schaffen, den Leuten auf Svalbard ihre Steuerprivilegien unter der Nase wegzuschnappen, ehe ich dort oben angelangt wäre. Und der Wucherpreis, den die Reise kostete, wirkte gar nicht mehr so schlimm bei der Vorstellung, in Ruhe und Frieden trinken zu können, ohne grauenerregende Rechnungen anstellen zu müssen, bei denen mir jeder Schluck im Hals steckenblieb. Und weil ich eine Meisterin in der Kunst bin, den reinen Alkohol zu verbergen, der in meinem Blut herumschwimmt, freute ich mich auf einen fast ununterbrochenen Rausch, bei dem ich jedoch niemals benebelt genug sein würde, um zu vergessen, was mich zu der Entscheidung getrieben hatte, eine Reise in den höchsten Norden zu unternehmen. Und ich würde auch nicht so alkoholisiert und lässig sein, daß ich mein Vorhaben nicht präzise und unwiderruflich ausführen könnte. Mein oberflächliches, munteres Auftreten würde, das hatten viele

Jahre des Trainings mich gelehrt, als perfekte Tarnung fungieren. Ein guter steuerfreier Drink würde mir zu der Schlagfertigkeit verhelfen, die ich brauchte, um als *ich selber* auftreten zu können. Ein guter Drink, und ich konnte fast immer meine Umgebung davon überzeugen, ich sei bis ins Mark munter und oberflächlich.

Aber ich hatte nicht viel Zeit, um alle Vorbereitungen zu treffen. Ich mußte ja schon in drei Tagen aufbrechen. Am Sonntagabend setzte ich mich deshalb mit eiskaltem Weißwein und frischgespültem Aschenbecher an meinen Schreibtisch und machte eine Liste. Die Abreise fand am Mittwochmorgen statt, oder, genauer gesagt, in der Nacht zum Mittwoch. Das Flugzeug nach Tromsø startete um sieben Uhr. Das bedeutete, Taxi für Viertel nach sechs bestellen, rechnete ich aus, und das notierte ich dann auch. Ganz oben auf meiner Liste stand Andersen. Er brauchte ein Zuhause für die Zeit meiner Abwesenheit.

Ich blickte zu ihm hinüber, zu meinem gelben Wellensittich, und griff zum Telefon. Ich fing mit meinen beiden Exmännern an, mit denen ich noch Kontakt hatte. Beide interessierten sich für meine Svalbardreise, und beide wollten mir von *ihrem* Verhältnis zu polaren Gegenden und Kälte und Winter erzählen. Und was, wenn mir ein Eisbär begegnete?

»Das will ich hoffen«, antwortete ich. »Bei dem Preis.«

»Vielleicht wirst du aufgefressen«, sagte Leif, der Ex Nummer eins. »Die Eisbären da oben fressen gern Touristen, das weißt du doch sicher?«

»Reg dich ab, es gibt doch Reiseleiter, die auf uns aufpassen sollen. Dafür haben sie sicher Bomben und Granaten bereit gelegt.«

»Aber auf Eisbären darf man überhaupt nicht schießen! Oder erst, wenn sie dich fast schon aufgefressen haben. Die stehen genauso streng unter Naturschutz wie die Tiger in Indien! Wenn du einen siehst, dann mußt du den ganz schnell vergessen, Bea.«

»Du hörst dich ja an, als ob ich schon halb verzehrt wäre. Und außerdem sind wir doch mit dem Schiff unterwegs.«

»Eisbären können schwimmen.«

»Sicher, aber Schiffsleitern hochklettern können sie bestimmt nicht.«

»Aber was willst du denn eigentlich auf Svalbard?«

»Nichts. Das ist kein Job. Ich will Ferien machen.«

»Ferien? Da macht doch wohl kein Mensch Ferien!«

»Aber sicher! Mitternachtssonne und Meer und Berge und Gletscher und überall Bären. Verdammt teuer ist's auch. Würde mich nicht wundern, wenn das bald das neue Super-Reiseziel würde. Warte nur, bald fahren die Leute zum Heiraten hin, und damit ist die Sache gelaufen. Schluß mit Rom und Paris, dann ist Longyearbyen angesagt«, erklärte ich und versuchte, das Gespräch durch die Erwähnung von Andersen zu Ende bringen. Aber Leif wollte selber für einige Tage verreisen, zwar nur nach Notodden, zum Fotografieren, aber trotzdem. Außerdem war er kein fürsorglicher Typ, war das noch nie gewesen, es war vorgekommen, daß ich bei Krankheiten tagelang mit ein paar Tassen Tee und einer Banane abgespeist worden war, und deshalb war ich eigentlich etwas erleichtert. Ich liebe Andersen, und er ist daran gewöhnt, daß jeden Tag jemand mit ihm spricht und sich um ihn kümmert.

Als nächsten rief ich Torvald an, aber auch der mußte wegfahren. Zu irgendeinem strohtrockenen Kurs, weshalb ich seine Erklärungen unterbrach.

»Kannst du dir das denn leisten?« fragte Torvald, der durchaus nicht an blutrünstige Raubtiere in weißem Fell dachte. Torvald achtet immer auf das Nächstliegende, und unsere Beziehung ging zu Bruch, weil er jede Krone einteilen wollte und weil er beim Einkaufen immer einen Kugelschreiber dabei hatte, um an Ort und Stelle den Preis jeder Ware zu notieren, statt zu Hause einen rätselhaften Strichcode anzustarren und nicht zu wissen, was er bezahlt hatte. Die Kassenzettel waren auch keine große Hilfe, weil ich die immer unterschlug, zumindest wenn wir zusammen einkauften. Wenn die Schlußsumme hoch war, folgte nämlich immer eine fruchtlose Strafpredigt darüber, wie ich das Geld vergeudete, und wie unnötig es sei, fünf verschiedene Arten von Senf im Kühlschrank zu haben.

»Nein, ich kann mir das im Moment sicher nicht leisten«, antwortete ich. »Aber das Reisebüro schickt die Rechnung erst danach, ich muß morgen nur eine kleine Anzahlung leisten. Und bis die Rechnung kommt, schwimme ich sicher in Geld.«

»Ach …«

»Oder ich bin dann vielleicht schon tot, und dann brauche ich sie auch nicht zu bezahlen.«

»Himmel, du brauchst doch mindestens eine Bestellung von Walt Disney für einen kompletten Film, um wieder solvent zu werden. Gib doch lieber gleich zu, daß du pleite bist.«

»Da oben ist alles steuerfrei.«

»Wie gut zu wissen.«

»Aber Andersen braucht …«

»Geht nicht. Tut mir leid. Aber daß du nach Svalbard willst!? Da ist es doch so kalt! Seit meiner Militärzeit finde ich Frieren schrecklich. Wir haben eine ganze Nacht bei zwanzig Grad minus im Zelt verbracht, mit nassen Kleidern, und der Typ, der das Feuer hüten sollte, schlief ein, und …«

Mein dritter Anruf galt Sissel, an die zwanzig Minuten später. Sie sagte sofort zu. Ich hätte gleich Sissel anrufen sollen. Eine Frau übernimmt gern ganz spontan die Verantwortung für ein lebendiges Wesen. Aber im Laufe unseres Gespräches fiel mir dann wieder ein, warum ich sie nicht gleich angerufen hatte. Sie wollte nämlich alle Einzelheiten über meine letzte Trennung hören, aber ich sagte, ich sei jetzt über das ärgste hinweg und wolle eine Reise machen.

»Natürlich passe ich auf Andersen auf. Natürlich. Du brauchst bestimmt eine Luftveränderung. Mach dir ein paar schöne Tage, Bea, das hast du verdient.«

Ich legte auf und sah Andersen an. Einen Vogel in einem Käfig. Gefangen. Ich fand es schrecklich, ihn so zu sehen, aber ich wußte, daß er umkommen würde, wenn ich ihn in die Natur hinausjagte. Ich hatte ihn nicht selber gekauft, das hatte ich immerhin nicht auf dem Gewissen. Nie im Leben wäre ich in ein Tiergeschäft gegangen, hätte auf einen Vogel in einem Käfig gezeigt und gesagt: »Den will ich haben!«

Abscheulich. Ein Vogel muß frei sein. Er hat doch Flügel, zum Henker. Hamster sind schon etwas anderes, und Meerschweinchen und Mäuse und Ratten und Spinnen und Skorpione. Die kann man gern hinter Glas und Gitter stecken. Aber einen Vogel? In Andersens DNS versteckten sich Generationen der Gefangenschaft, biologische und mentale Anpassungen an Stäbchen und kleine Spiegel in blauen Plastikrahmen, getrocknete Ähren, die mit einer Klammer an den Gittern befestigt werden, Plastikleitern, auf denen er hin und her springen kann, Metallglöckchen, die bimmeln, wenn er sie mit dem Schnabel anstößt. Er scheint sich im Käfig wohl zu fühlen. Darüber staune ich immer wieder. Und ich habe die Verantwortung für ihn. Er gehört mir. Ich kann ihn nicht auffordern, seinen Kram zu packen und sich zu verpissen; ich kann danach nicht mit einem schwarzen Müllsack durch die Wohnung wandern und alte Rasierschaumdosen und Hi-Fi-Zeitschriften und einsame Socken und Kaffeetassen mit Männernamen einsammeln und in den Müll werfen. Seine Gefangenschaft ist auch meine. Ich putze seinen kleinen Spiegel. Seine fehlende Freiheit führt zu meiner Fürsorge für ihn, sie rettet ihm das Leben. Aber oft frage ich mich, wie lange so ein Vogel leben kann.

»Ich verreise, Andersen«, flüsterte ich. Er glaubte mir. Natürlich glaubte er mir. Mir glauben alle, es ist fast unfaßbar, wie wenig Ausflüchte nötig sind, um die Wahrheit eine Armlänge von mir wegzuhalten. Niemand wußte, daß ich einen lukrativen Job ablehnen mußte, den ich wirklich brauchte, wenn ich in zwei Tagen losfahren wollte. Danach hätte sogar Sissel mit allem anderen als mit Fürsorge und Gerede von »mach dir ein paar schöne Tage« reagiert. Denn alle wußten, daß ich viel verdienen mußte, um ein dermaßen unstrukturiertes Finanzleben durchzuhalten, und daß sich niemand das Angebot entgehen läßt, für einen Monat bei einer großen Zeitung als Karikaturistin tätig zu sein. Gott sei Dank hatte ich noch niemandem von diesem Angebot erzählt, und deshalb konnte ich dankend ablehnen, ohne mich dem Verdacht oder den hysterischen Vorwürfen von Besserwissern auszusetzen, die ihre Spießervernunft hinter der Beteuerung verbargen, wie sehr sie mich liebten, und daß sie nur mein Bestes wollten.

Ferien ... ich kostete das Wort aus. Bedeutete es, *von etwas weg* oder *zu etwas hin* zu fahren?

»Armer Andersen ... auch du könntest mal Ferien gebrauchen ... um deine lebenslängliche Haft zu vergessen.«

Er tanzte auf seinem Stöckchen herum und zwitscherte fieberhaft, ich machte die Käfigtür für ihn auf. Ein Wohnzimmer muß doch wie eine ganze Welt wirken für einen kleinen Wicht, der in einem Viertelkubikmeter Luft wohnt. Es tat mir gut, ihn herumfliegen zu sehen, aber wenn er sich auf die Fensterbank setzte und mit dem Schnabel ans Glas tippte, zuckte ich jedesmal zusammen. Er weiß es, dachte ich, er weiß, daß er eingesperrt ist und daß ich an allem schuld bin. An diesem Abend aber flog er nicht zum Fenster, sondern landete auf der Sofadecke. Er hinterließ ein wenig Kacke, umgeben von einem hellen Rand, dann setzte er sich auf meine Schulter und schielte zum Weinglas hinüber. Ich ließ ihn kurz am Wein nippen, gerade genug zum Einschlafen, und es gelang mir, meine Schulter nicht zu bekleckern. Dann plauderten wir ein Weilchen. Ich mit spitzem Schmollmund und Schmatzgeräuschen, er mit brausenden Schwingen und ständigen Stößen gegen seinen eigenen Brustkasten, wo er eine Feder nach der anderen durch seinen Schnabel gleiten ließ. Ein reinlicher Bursche, dieser Andersen. Mit einem begrenzten Wortschatz. Ich hatte es bald satt, mit ihm zu reden, und ich holte mir mehr Wein und ein paar Blätter feuchtes Küchenpapier, um die Kacke zu entfernen. Andersen krallte sich während der ganzen Aktion an meiner Schulter fest.

»Was sollte ich bloß ohne dich machen?« fragte ich, und das hörte er offenbar gern. Es war auch im Grunde kein dummes Gerede. Wenn ich Finanzpolitiker und andere Haie karikieren wollte, dann inspirierte Andersen mich oft. Sein Schnabel. Das etwas geierhafte Profil. Die Krallen, die hart zupackten und nicht wieder losließen. Das energische Gezwitscher mit offenem Mund und dicker Zunge, und die flatternden Flügel, die die Aufmerksamkeit ablenkten – wie bei einer Schneehuhnmutter, die von ihren kostbaren Jungen wegfliegt, um die Aufmerksamkeit ihrer Feinde von ihnen abzulenken. Schon viele gerissene Machtmenschen haben die Zeitung aufgeschlagen und sich selber als Vogel karikiert gesehen, als Andersen in schriller Form; haben sich mit Federn statt ihres lukrativen finanziellen Fallschirms gesehen. Wenn die Spitzenpolitiker sich fetzen und gegenseitig dahin wünschen, wo der Pfeffer wächst, ist es ebenfalls gut, Andersen zu haben. Einen Vogel vor sich herzujagen, fast zu glauben, man habe ihn erwischt, während er hochmütig im obersten Regalfach landet, ist ein gutes Bild für solche Streitereien hinter den Kulissen. Andersen kommt immer zurecht, so klein und mickerig er auch aussieht.

Ich betrachtete wieder meine Liste. Anrufbeantworter. Blumen. Post. Packen. Warme Kleider. Neue Daunenjacke. Und, in Klammern, hinter dem Stichwort Daunenjacke: Mit Am Xpress bezahlen. Dann stand noch auf der Liste: bei der Zeitung absagen. Und ganz unten: Flugunterricht abbestellen. Ich fügte hinzu: den Müll nicht vergessen. Das passierte mir nämlich erschreckend häufig. Und nach nur einem kurzen Wochenende kann so ein Müllbeutel so infernalisch stinken, daß der gesamte Bereich unter dem Spülbecken mit Chlor gescheuert werden muß. Aber es ist immer derselbe Gestank. Ich finde es erstaunlich, daß zwei Mülltüten immer gleich riechen, egal, was darin ist. Ich frage mich, ob die Mülleute, die jeden Tag mit dieser Problematik konfrontiert sind, den Grund dafür wissen.

Es war inzwischen schon ziemlich spät. Am nächsten Tag würde ich genug zu tun haben. Ich stellte das Weinglas in die Spülmaschine und wischte die Zigarettenasche, die die Flügelturbulenz hochgewirbelt hatte, vom Tisch, dann machte ich eine Lampe nach der anderen aus. Ganz zum Schluß steckte ich Andersen wieder in den Käfig. Er widersprach nicht. Der Weißwein hatte gewirkt. Er mochte nicht einmal mehr aufs oberste Stöckchen klettern, um dem Vogel im Spiegel gute Nacht zu sagen.

Langsam ging ich durch die Zimmer, warm vom Wein, braun nach einem langen Sommer, und dabei strömte nachtgraues Augustlicht durch die Fenster und tilgte alle Farben. Ich genoß es, allein im Haus zu sein. Eine ganze Woche. Ich hatte fast vergessen, wie es aussah. Ich genoß es, daß im Halter im Badezimmer nur eine Zahnbürste steckte, daß niemand im Bett wartete, daß niemand etwas dazu sagte, daß ich die Zeitungen des Tages anschleppte, um sie auf der Bettdecke zu verteilen und zu lesen, bis ich darüber einschlief. Ich genoß es, das Licht auszuknipsen und mich vom Weißwein in den Schlaf schieben zu lassen, ohne daß mich der Atem eines anderen störte. Ich genoß es, nicht darüber diskutieren zu müssen, auf welche Zeit der Radiowecker gestellt werden sollte, und dabei immer zu versuchen, eine halbe Stunde herauszuschinden. Ich war allein. Ich war frei. Ich war frei und konnte einen zwanzig Jahre alten Traum wahr machen. Oft war ich über lange Zeit überzeugt gewesen, daß es ein Traum bleiben würde, eine Phantasie. Aber ich hatte nicht eine Sekunde gezögert, als sich plötzlich die Möglichkeit geboten hatte, ihn in die Tat umzusetzen, obwohl das rasche Entscheidungen und umfassenden praktischen Kurswechsel erfordert hatte.

Ich preßte die Handflächen an mein Gesicht. Die Haut hielt Adern und Sehnen, Knochen und Muskeln zusammen. Hauchdünne Haut, die die Farben durchscheinen ließ, blaue Adern, umgeben von Lymphe und Fleisch. Das Blut wurde stoßweise weitergepreßt, bis in die Fingerspitzen hinein. Ich ballte die Fäuste, bis sich mir die Nägel in die Haut bohrten, und ich erlebte die Stärke, die meine Arme bis in den Daumen hinein brennen ließ. Eine Stärke, die alles schaffen würde. Eine Stärke, die ich besaß. Ich ballte die Fäuste, bis sie zitterten und bis sich die Fingerknöchel wie weiße Nasen davon abzeichneten. Ich spreizte die Finger. Die Lebenslinie an meiner rechten Hand glänzte vor Schweiß. Ich leckte daran. Es schmeckte wie Meerwasser.

»Das hast du im Griff, Bea. Das schaffst du sehr gut«, flüsterte ich. »Und außerdem kann es ja sogar eine schöne Reise werden.«

Ich legte zwei Finger an mein Handgelenk und überprüfte meinen Puls. Ein wenig hoch, vielleicht. Das lag sicher am Nikotin.

Am nächsten Morgen rief die Zeitung eine halbe Stunde vor dem Gedudel der Neun-Uhr-Nachrichten an, das mich sonst aus Träumen herausreißt, denen ich zumeist voller Erleichterung entrinne.

»Ich habe dich hoffentlich nicht geweckt?« fragte eine Stimme.

»Aber nein«, antwortete ich aus alter Gewohnheit, und dabei fummelte ich am Radiowecker herum, um ihn abzustellen. Aber vermutlich konnte der Anrufer meiner Stimme anhören, daß ich gerade erst aufgewacht war. Die Götter mögen wissen, wie ihm das gelungen war, ich gab mir doch alle Mühe, wach und munter zu klingen, und ich hatte mich gründlich geräuspert, ehe ich den Hörer vom Telefon auf dem Nachttisch genommen hatte.

Es war einer der Redakteure, und er wollte den genauen Termin für die Ablieferung meiner Karikaturen besprechen. Ich ließ ihn lange reden und stand auf, um mir alles zu notieren, aber dann fiel mir plötzlich ein, daß ich durchaus keine Karikaturen abliefern würde. Ich fiel ihm ins Wort und informierte ihn kurz über den Stand der Dinge. Er schien überrascht zu sein, und ich hielt es nicht für angebracht, ihm von meinen Urlaubsplänen zu erzählen. Ich machte aus meiner Svalbardreise ein Unternehmen zum Recherchieren für einen großen Auftrag, über den ich leider keine Einzelheiten erzählen könne, das sei alles streng vertraulich. Ein wenig besorgt fragte er, ob eine andere Osloer Zeitung dahinterstecke, aber ich beruhigte ihn mit der Behauptung, es handele sich um ein Buchprojekt, ein humoristisches Buch über norwegische Polfahrer. Mehr könne ich nicht sagen, weder über Verlag noch über Autor, und ich wäre dankbar, wenn er keine weiteren Fragen stellte, denn eigentlich hatte ich schon zuviel gesagt. Das akzeptierte er. Ehe ich Kaffee getrunken habe, gelingen mir die Bluffs nie besonders gut, aber ab und zu kann ich überrascht meiner eigenen Stimme zuhören, die auf die Fabrikation von passenden Lügen vorprogrammiert zu sein scheint.

Ich konnte also einen Punkt von meiner Liste streichen, noch ehe ich mich angezogen hatte. Der Tag ließ sich gut an. Ich warf den Morgenrock über, holte die Zeitung herein und stapfte auf nackten Füßen in die Küche, wo ich mir einen altmodischen Kaffee kochte, bis zum Rand voll mit Koffein und Gerbsäure. Ich schnitt mir zwei dicke Scheiben Graubrot ab und kaute langsam, während ich die Zeitung durchblätterte. Nichts Neues unter der Sonne. Nichts, das ich nicht mit gutem Gewissen verlassen könnte, mir würden nur die Comics fehlen. Kalvin und Hobbes ganz besonders.

Das Reisefieber hatte mich gepackt, ein Hochfrequenzton, der in den Waden einsetzte und im Hinterkopf endete. Ich würde weit in den Norden reisen. Mit einem Schiff. Würde Taten begehen. Ich konnte keinen einzigen Artikel zu Ende lesen, nicht einmal, als der Kaffee getrunken war und ich mit den drei Zigaretten anfing, die bei mir immer auf eine Mahlzeit folgen. Ich warf die Zeitung in den Holzkorb und rief in der Geschäftsstelle an, um sie abzubestellen. Ich mochte meinen Nachbarn nicht mit der Bitte auf die Nerven gehen, die Zeitung ins Haus zu holen, und was zum Henker sollte ich nach meiner Rückkehr mit acht alten Zeitungen anfangen? Sie abzubestellen bedeutete außerdem gespartes Geld. Torvald wäre stolz auf mich gewesen. Dann rief ich im Postamt an, aber die mußten alles schriftlich haben, konnten nicht einfach so die Post lagern, es könnte sich bei meinem Anruf ja um einen bösen Scherz handeln.

»Aber Sie kennen mich doch?« widersprach ich. »Ich bin doch fast jeden Tag an Ihrem Schalter.«

»Das hilft leider nichts«, antwortete die Frau, ich hörte, daß es diejenige war, die wie Brad Pitt aussah, nur ohne Schnurrbart. Brad Pitt ist ein fesches Mannsbild, aber sein Aussehen stand der Frau im Postamt nicht gerade gut zu Gesicht. Und im Moment betrieb sie Paragraphenreiterei von der schlimmsten Sorte.

Ich duschte und trug Wimperntusche auf, suchte mir eine Hose und ein ungebügeltes T-Shirt, stopfte meine Brieftasche zusammen mit Zigaretten und meiner Liste in die Tasche, hängte sie mir um, setzte die Sonnenbrille auf und begab mich auf meinem alten

Peugeot-Rennrad, das absolut nicht mehr rennen kann, hinaus in den warmen Spätsommermorgen.

Im Postamt stand eine Schlange, aber ich drängelte mich vor und erquengelte mir das benötigte Formular. Brad Pitt saß hinter dem Schalter rechts, dem mit der längsten Schlange. Sie war schweißnaß auf der Stirn und versuchte mühsam, einer alten Dame, die ihre Krücken quer vor den Schalter gelegt hatte und offenbar nichts begriff, irgend etwas zu erklären. Ich füllte das Formular aus und legte es neben die Krücken.

»Bitte sehr, wir haben vorhin miteinander telefoniert.«

Sie bedachte mich mit einem verwirrten Blick, dann nickte sie, und ich ging. Die Arme, dachte ich, hier arbeiten zu müssen. Jeden Tag. Das ganze Jahr. Das ganze Leben. Ich hatte in meiner frühen Jugend eine feste Anstellung gehabt, das war nötig gewesen, um einen Fuß in die Branche setzen zu können. Jetzt steckte mein ganzer Körper in der Branche, alle wußten, daß ich gut war und mit einer scharfen Feder Bilder zeichnete, die mehr sagten als tausend Worte. Dadurch hatte ich das allergrößte Privileg erreicht: Ich konnte meinen Wecker auf neun Uhr morgens stellen. Oder auch auf elf. Obwohl ich noch immer log, wenn jemand so früh anrief, und behauptete, schon seit Stunden aufzusein. Vermutlich arbeitete ich härter als viele mit fester Arbeitszeit. Aber allgemein galt, daß der Tag wesentlich früher als um neun anzufangen hat, und dagegen kam ich nicht an. Dieser Gedanke ärgerte mich, als ich in die Stadt fuhr, und ich beschloß, das nächste Mal, wenn ich geweckt würde, zu sagen: »Ja, stell dir vor, ich habe noch geschlafen.« Das wollte ich sagen, ohne mich über lange Arbeiten am Vorabend zu verbreiten oder irgendein Geschwafel zu servieren, um meinen abweichenden Tagesrhythmus zu legitimieren.

Eine halbe Stunde später hatte ich das Gefühl von Effektivität eingebüßt, mit dem ich mit der Liste in der Tasche von zu Hause aufgebrochen war. Denn es war offenbar unmöglich, im August eine Daunenjacke aufzutreiben. Die Wintermode sei noch nicht eingetroffen. Schließlich regte ich mich auf. »Ich will ja auch gar keine

Wintermode«, versuchte ich zu erklären. »Ich brauche nur eine warme Jacke, eine sehr warme Jacke.«

Schließlich wurde ich in einem Laden in den Keller geführt und durfte dort in alten Kartons aus dem Vorjahr herumwühlen. Ich fand eine Jacke, die perfekt paßte, obwohl die Farben so knallig und grausig waren, daß ich sofort ein Bier brauchte, um mich wieder zu beruhigen. Außerdem nahm der Laden keine American-Express-Karte an. Aber ich brauchte die Jacke. »Ich nehme sie«, sagte ich und bezahlte bar. Die Jacke wurde in einer Plastiktüte verstaut, die ich auf dem Gepäckträger befestigte. Mein nächster Halt war das Reisebüro, wo ich die Flugscheine für die Strecke Trondheim – Longyearbyen und eine Bestätigung der Buchung für die Schiffsreise von Longyearbyen einmal um Svalbard herum und zurück nach Longyearbyen erhielt. Die Hälfte des Vorschusses lag jetzt auf meinem Gepäckträger, aber zu meiner großen Freude stellte sich heraus, daß American Express *hier* angenommen wurde, und damit waren alle Sorgen getilgt und das Gefühl von Effektivität wieder hergestellt.

In strahlender Laune kaufte ich mir viele Zeitungen und ließ mich in einem Straßencafé nieder, wo ich mir ein Bier bestellte. Ich stöhnte vor Zufriedenheit, als der Kellner eine taufrische Halbe neben meine jungfräulichen Zeitungen auf den Tisch stellte. Ich hatte die Tickets in der Tasche und die Daunenjacke auf dem Rad. Jetzt mußte ich nur noch Unterhosen, ein paar gute Skizzenblöcke, Filzstifte und weiche Bleistifte kaufen. Ich wollte gutausgerüstet losziehen. Nichts sollte dem Zufall überlassen werden. Vermutlich würde ich auch noch in den Schnapsladen gehen und mir einige Flaschen zum vollen Preis kaufen, die ich dann im Koffer haben könnte. Im Reisebüro hatte ich nämlich erfahren, daß ich mit meinem Flugschein nur einmal zollfrei einkaufen könnte. Das Boot hatte zwar auch alle Rechte, aber der Mann im Reisebüro wußte nicht, ob dort in Flaschen oder nur glasweise verkauft wurde.

»Gibt es an Bord eine Bar?« hatte ich gefragt, aber er hatte keine Ahnung. Ich betrachtete das Bild des Schiffes in der Broschüre, die er mir gegeben hatte. Es war ein kleines Schiff, ein blaues Eisenschiff. Vierzig Meter lang. Es sah durchaus nicht aus wie ein Schiff mit eigenem Barmann. Ich beschloß, lieber auf Nummer Sicher zu gehen.

Aber zuerst das Bier. Ich schob die Zeitungen beiseite und griff nach dem Glas, leerte es, kniff die Augen zu und ließ meine Tränen durch meine Wimpern sickern. Ich benutzte tränenechte Wimperntusche, das war also kein Problem. Ich schnappte keuchend nach Luft, als ich das leere Glas auf den Tisch setzte: »Noch eins«, signalisierte ich dem Kellner und schlug Dagbladet auf, um die Karikatur von Finn Graff zu inspizieren.

Als ich nach Hause kam, schwitzte ich heftig. Vier lange Treppen hoch bis zu meiner Dachwohnung mußte ich meine vielen Pakete schleppen. Wahnwitz. In einem Haus ohne Fahrstuhl zu wohnen. Drei Halbe hatten außerdem meine Muskeln schlaff und gleichgültig werden lassen. Ich stellte meine Tüten auf den Dielenboden. Meine Arme taten mir weh. Ich vermißte nur selten ein eigenes Auto, aber wenn ich viel einzukaufen hatte, war es grausam anstrengend, alle Teile auf dem Gepäckträger unterzubringen oder sie am Lenker und an meinem Körper zu befestigen. Aber ich war stark. Jung und stark.

Ich schloß die Tür ab, zog mich aus und ging auf die Dachterrasse, wo ich mich im Sonnenschein in den Liegestuhl fallen ließ und sofort einschlief.

Vermutlich wäre ich an Sonnenstich und Entwässerung eingegangen, wenn nicht Bergesen gekommen wäre. Ich wäre tot gewesen und hätte die Svalbardrechnung nicht bezahlen können, die bestimmt vorgelegt worden wäre, auch wenn ich die Reise niemals hätte antreten können. Ich kämpfte mich aus dem Liegestuhl hoch und landete auf allen vieren im Kunstgras, wo ich wie ein Hund den Kopf schüttelte und mir ein paar Schweißtropfen von den Lippen leckte. Wenn ich die Augen zumachte, sah ich neongrünes Licht.

Ich ließ erst eine und dann noch eine Sekunde verstreichen, dann zog ich mich an der Wand hoch. Mein Kopf dröhnte. Die

Türklingel. Die hatte geschellt. Ich taumelte in die Diele, stolperte über meine Einkäufe und landete abermals in Hundestellung.

»Wer ist da?« piepste ich in Richtung Türspalt.

»Bergesen. Ich brauche deine Hilfe.«

»Ich gehe ins Badezimmer, aber ich schließe erst auf. Zähl bis zehn, ehe du reinkommst.«

Ich konnte die Badezimmertür gerade noch zuziehen, ehe ich seine Schritte hörte. Jetzt brauchte ich kaltes Wasser. Sehr viel kaltes Wasser. Ich stand unter der Dusche und fragte mich, was Bergesen wohl wollte. Der geschäftsführende Direktor in einer großen Computerfirma, ich hatte ihn über eine Reklameagentur kennengelernt, für die ich manchmal arbeitete. Wir hatten einige Male gevögelt. Er sah noch immer gut aus, und deshalb wollte ich ihn nicht in der Diele haben, während ich nackt durch den Flur zum Badezimmer ging, mein fünfunddreißig Jahre alter Hintern sackte vielleicht inzwischen ein wenig ab? Ich hatte mich eine Zeitlang nicht mehr in diesem Winkel gespiegelt, und ich machte das ganz schnell, während das kalte Wasser strömte und mir eine Gänsehaut machte.

»Bist du bald fertig?« rief er.

»Gleich. Muß nur schnell den Morgenrock anziehen.«

Er zog mich an sich.

»Mm, du riechst gut.«

Ich wollte nachsehen, was diese Umarmung vielleicht noch enthielt, aber schon sagte er: »Du mußt etwas für mich tun, sonst bringt meine Frau mich um. Ich hätte das nämlich schon längst erledigen sollen.«

Das Wort »Frau« rückte alles in die richtige Perspektive.

»Na gut. Möchtest du etwas trinken? Wir können auf die Terrasse gehen.«

Ich mixte eins zu eins Weißwein und Limo mit sehr viel Eis und trug alles hinaus in die Sonne. »Was soll ich denn tun? Ich weiß nicht, ob ich das noch schaffe, ich fahre übermorgen nach Svalbard.«

»Das machst du, während ich hier warte. Wo du doch so schnell und tüchtig bist. Nach Svalbard?«

»Zuerst die Arbeit. Damit deine Frau dich nicht umbringt.«

Ich drehte den Sonnenschirm um, daß der Schatten auf uns und den Terrassentisch mit den von ihm mitgebrachten Papieren fiel.

Es ging um ein Festmahl, das am nächsten Freitag bei ihm zu Hause stattfinden sollte. Ich war nicht eingeladen. Sechzehn Personen. Die erfolgreichen Knaben mit ihren Damen sowie einige Parteispitzen von Konservativen und Rechtsliberalen. Statt Blümchen auf den Tischkarten wünschte seine Frau sich kleine Zeichnungen der einzelnen Gäste. Bergesen hatte Bilder bei sich. Schnappschüsse und Zeitungsausschnitte, er wußte, was ich brauchte. Und cremefarbenes Bütten mit Goldrand, in der Mitte gefaltet. Ich holte Bleistifte, Filzstifte und einen Radiergummi.

»Einen Tausender pro Stück«, sagte ich. »Weiß.«

»Du spinnst wohl. Fünfhundert pro Stück. Schwarz«, sagte Bergesen.

»Abgemacht.«

»Du mußt ja ein Heidengeld einsacken. Das hier machst du doch in einer Stunde!«

»Rechne du, ich zeichne. Fünfmal sechzehn.«

»Guter Drink. Macht achttausend. Dein Morgenrock geht auf.«

Ich sah ihn an und lächelte. Er beugte sich vor und küßte mich langsam.

»Hab keine Zeit für sowas«, flüsterte ich gegen seine Stirn.

»Nein?«

»Nein ... ich hab soviel anderes im Kopf ...«

Ich wich ihm aus und fing an zu zeichnen, und er sah mir fasziniert dabei zu.

»Du bist gut«, sagte er. »Diese haarfeine Balance zwischen Humor und Bosheit ...«

»Karikieren bedeutet zärtliches Anpissen. Das Charakteristische betonen, Allgemeines herunterspielen«, dozierte ich.

»Ganz sicher, daß du keine Zeit hast für ...«

»Ganz sicher.«

»Du kommst mir ein bißchen gestreßt vor, Bea. Deine Hände zittern etwas.«

Ich reichte ihm eine fertige Zeichnung. »Aber die Striche sind doch okay. Siehst du da vielleicht irgendein Zittern?«

Ich lachte kurz.

»Du machst über alles Witze«, sagte er.

»Ja sicher, das ist eine gute Technik«, sagte ich.

Er sah zu, während ich die Zeichnungen vollendete. »Wie geht's übrigens mit der Liebe?«

»Mit der Liebe? Du meinst, ob ich zur Zeit einen Bettgenossen habe?«

»Ja.«

»Dann sag das doch. Nerv mich nicht mit Liebe.«

»Himmel, Bea«, er leerte sein Glas. Meines war schon leer. Ich trug beide in die Küche, um sie wieder zu füllen, er folgte mir.

»Und sonst? Wie geht es sonst?« fragte er.

»Du läßt nicht locker, was? Im Moment wohne ich allein.«

Diesmal ließ ich die Limo weg.

»Aha, Und jetzt fährst du nach Svalbard. Läufst du vor irgendwas weg? Oder vor irgendwem? Ich meine, Svalbard ist doch nicht gerade der Ort, wo man …«

Er sah mir ins Gesicht und ersparte sich durch eine Kursänderung eine wütende Antwort. »Weißt du überhaupt, was du mitnehmen mußt?«

Ich erzählte ein bißchen über die Reise, über das Schiff, zeigte ihm die Broschüre. Er schwelgte in Erinnerungen an Jagdtouren in Alaska und Kanada, an Angeltouren in der Finnmarksvidda, an Expeditionen, wie wichtige Männer sie unternehmen, um Potenz und Infrastruktur der norwegischen Wirtschaft zu stärken.

»Was ist mit Schuhen?« fragte er.

»Gummistiefel«, sagte ich. »Und Turnschuhe.«

»Gummistiefel? Ich glaube, du spinnst. Typisch Frau. Hast du keine Wanderstiefel? Du brauchst Wanderstiefel.«

»Es ist doch August. Mitternachtssonne und …«

»Du brauchst Wanderstiefel.«

Ganz hinten im Kleiderschrank fand ich ein Paar alte Bergstiefel, und, noch immer im Morgenrock, befolgte ich Bergesens Instruktionen und holte Zeitungen, ein verwaschenes T-Shirt und eine fast eingetrocknete Dose Schuhcreme. Damit schmierte ich auf seine Anweisungen hin die Stiefel ein.

»An den Sohlen besonders viel auf die Nähte. Noch mehr. Das, was nicht einzieht, wischst du dann ab, aber erst in einer Stunde. Putz sie richtig blank. Je blanker, um so besser.«

Meine Finger wurden braun und klebrig. Es paßte mir nicht, daß er plötzlich zu meinem Reiseberater geworden war, daß er Dinge wußte, von denen ich keine Ahnung hatte, daß er verhindert hatte, daß ich in ungeeigneten Gummistiefeln durch die Polarnatur spaziert war.

»Ich nehme jetzt Flugunterricht«, sagte ich, um das Gleichgewicht der Macht wieder herzustellen. Es klappte.

»Das ist doch nicht wahr. Du ...?«

»Ja. Ich.«

»Aber ...«

»Aber was? Meinst du, ich schaff das nicht?«

»Wie viele Stunden hast du denn schon gehabt?«

»Erst fünf. Dazwischen kommt immer schrecklich viel Theorie, deshalb geht es so langsam. Physik und Motorenkunde und lauter Scheiß ... und jede Menge Meteorologie.«

»Daß du die Theorie schaffst, bezweifle ich ja gar nicht. Aber Fliegen ... Himmel, nicht einmal ich selber ... aber warum? Warum hast du damit angefangen?«

»Hatte einfach Lust. Es ist wunderschön.«

»Ach was. Schön ...«

Ich hörte auf, an den Stiefeln herumzureiben. Erzählte ihm über Flugunterricht in dreitausend Fuß Höhe über den Selubergen bei strahlendem Sonnenschein. Vom Gefühl von Kontrolle, Perspektive.

»Du bleibst gern auf Distanz, was? Kriegst du davon irgendeinen Kick? Vom Abstand zum Boden, zum Rest der Welt?«

»Vielleicht.«

»Aber was ist dein Ziel?«

Ich kratzte in der Schuhcremedose herum und rieb wieder weiter.

»Ein Ziel nach dem anderen«, sagte ich. »Zuerst möchte ich solo fliegen. Vielleicht traue ich mich ja gar nicht, wenn es soweit ist. Da draußen in Værnes ist so verdammt viel los. Passagierflugzeuge, militärische Flugzeuge. Ziemlich scheußlich, in so einem kleinen Drecksflugzeug zu starten und zu landen und dabei mit dem Tower englisch reden zu müssen. Da fließt der Schweiß nur so. Aber es macht Spaß, etwas Neues zu lernen, etwas ganz Neues zu lernen.«

»Na, denn Prost!« Er wurde nachdenklich. »Aber du fliegst doch nicht mit Promille?«

Ich lachte. »Nein. Wenn ich fliege, habe ich vorher mindestens drei nüchterne Tage, mit Tee und Theorie.«

»Himmel. Das würde ich nicht schaffen. Vielleicht fliege ich deshalb nicht. Aber sag Bescheid, wenn du den Flugschein hast.«

»Alles klar. Dann brauche ich nämlich Freunde, mit denen ich für Sprit und Flugzeugmiete zusammenlegen und auf die Färöer und so fliegen kann, damit mein Flugschein nicht wieder eingezogen wird.«

»Sprit, du meine Güte.«

Ich ließ die Bergstiefel auf der Zeitung stehen und wusch mir die Hände, trank Weißwein, musterte Bergesens braunes Gesicht und begegnete dabei seinem Blick. Der blieb an mir haften. Wir standen einander gegenüber, aber ein Stück voneinander entfernt, vor dem Küchentisch.

»Nein«, sagte ich.

»Warum hast du keine Lust? Nur so aus alter Freundschaft …«

»Hab im Moment soviel anderes im Kopf.«

»Das hast du schon gesagt. Aber jetzt hast du mich mit Weißwein abgefüllt, und die Sonne scheint, und vielleicht fliegen wir zusammen auf die Färöer, und da soll ich nicht geil auf dich sein dürfen?«

»Heute nicht. Ich bin frigide geworden.«

»Ha! An dem Tag fällt das Dovregebirge ein. Auf einen Schlag. Mindestens zehn auf der Richter-Skala.«

»Was weißt du denn davon?«

»Daß es sehr wenig wahrscheinlich ist.«

»Ach ja?«

»Ja! Wir waren ja schließlich einige Male zusammen, nicht wahr?«

28

»Man kann sehr gut Lust haben und trotzdem frigide sein.«

Er leerte sein Glas. Seine Finger hinterließen durchsichtige Spuren im Tau.

»Ich hätte es gemerkt, wenn du nur so getan hättest«, sagte er und leckte sich die Lippen.

»Nie im Leben. Und wenn, dann wärst du der einzige auf der Welt.«

»Was erzählst du mir da eigentlich? Daß du nur ...«

Ich lächelte als Antwort und schwieg. Er rückte näher an mich heran, flüsterte: »Ich glaube, du bist ein kleiner Schelm ... ich glaube fast, wir beide müssen überprüfen, ob du ...«

»Nein. Heute nicht. Vergiß es. Und jetzt mach, daß du fort kommst. Ich habe sehr viel zu tun.«

»Einen Gute-Reise-Kuß muß ich dir doch wohl verabreichen dürfen ...«

Ich war gespannt, ob mein Puls wohl schneller gehen würde, als er ganz dicht an mich herankam. Das tat er nicht, obwohl Bergesen gut roch. Mann. Rasierwasser. Ein schwacher Weichspülerduft aus seinem Hemdkragen.

»Es gibt nichts Schöneres als nackte braune Frauen in weißen Frotteemorgenröcken«, murmelte er mit belegter Stimme. Ich schob ihn langsam weg.

»Dann kauf doch einen. Für deine Frau«, sagte ich.

Er lachte. »Verdammte Zynikerin.«

»Schluß mit den Komplimenten. Bis die Tage.«

Als er gegangen war, öffnete ich alle Pakete und Tüten, holte Koffer und Bügelbrett, ging nackt von Zimmer zu Zimmer und klaubte alles zusammen, was ich am nächsten Tag einpacken wollte. Die acht Tausender stopfte ich in meine Brieftasche und freute mich über rasch verdientes Geld für sechzehn schnelle Karikaturen. Manna vom Himmel. Schwarzes Taschengeld für eine weiße Reise.

Jetzt konnte ich soviel von meiner Liste streichen, daß ich mir lieber gleich eine neue machte. Anrufbeantworter, Blumen, Müll, warme Kleider, Taxi bestellen. Ich rief meinen Fluglehrer an und machte einen neuen Termin in drei Wochen. Dann schmierte ich mir meine übliche dunkelbraune Farbe in die Haare, nachdem ich einen Zentimeter blonden Wuchs festgestellt hatte, suchte nach den Magentabletten, während die Farbe einzog, fand sie, steckte sie in meinen Kulturbeutel, spülte und wusch die Haare. Ich putzte die Stiefel, bis sie glänzten wie Cognacflaschen.

Und dann mochte ich nichts Vernünftiges mehr tun. Es war halb sechs, und ich war reich und warm und beschwipst und ziemlich glücklich. Sonnenstrahlen wogten durch sämtliche Fenster und durch die offene Terrassentür zu mir herein. Das Haus war still, ich hörte nur fernen Verkehrslärm aus der Trondheimer Innenstadt und ein paar Fliegen und eine Hummel, die sich in meine Wohnung verirrt hatten. Ich fing die Hummel in einem Milchglas und ließ sie über den Dächern frei, weil ich plötzlich Angst hatte, sie könne Andersen etwas tun. Andersen saß bewegungslos in seinem Käfig, döste und ließ den Schnabel hängen.

»Jetzt fängt der Abend an!« rief ich, und Andersen fuhr zusammen. Ich schob Anne Grete Preus ins CD-Gerät und mixte mir einen Gin Tonic, den ich zusammen mit einer Schale Studentenfutter und einer ungeöffneten Schachtel Zigaretten in die Sonne hinaustrug. Mit geschlossenen Augen setzte ich zum abendlichen Rausch an, hörte der Musik zu, trank und dachte an Kälte. Es war einfach unvorstellbar, unfaßbar, daß dort oben gerade jetzt Polarnatur wartete. Die Temperatur lag um null Grad, hatte das Reisebüro gesagt. Feuchte Seeluft und oft auch etwas Wind ließen alles noch kälter werden. Ich nahm ein Stück Eis in den Mund und lutschte daran herum. Es war kalt genug. Vielleicht würden sie uns Polareis in unsere Drinks geben und wir könnten Eisstücke von vorüberschwimmenden Eisbergen abhacken?

Ich reckte mich im Liegestuhl und strich mir über die Haut. Ein Körper, der vor Wohlbehagen zitterte, zusammengehalten von sonnenwarmer Haut. Anne Grete sang von Schmetterlingsflügeln, und ich versank wieder in dem Gefühl, das mich nicht mehr verlassen hatte, seit ich mich zu dieser Reise entschieden hatte. Dem Gefühl, mich zu etwas entschlossen zu haben, einem euphorischen

Empfinden, mit der Ausführung eines Planes begonnen zu haben. Ich würde es schaffen. Die ersten Schritte waren getan.

Um acht Uhr hatte ich den funkelnden Rausch hinter mir gelassen und befand mich in der Phase des klaren Denkens. Der, die sehr viel Alkohol erfordert, wenn man einen neuen Gipfel der Gleichgültigkeit erreichen will. Dann schellte das Telefon.

Es war Lupus. So nannte ich ihn wegen seiner Wolfsaugen. Eigentlich hieß er Mikael. Er weinte und redete unzusammenhängend. Fragte, ob er mir fehle und ob ich mir die Sache anders überlegt habe. Ich konnte mich nicht an sein Gesicht erinnern, nur an die Augen. Er war betrunken. Das hatte er sicher von mir gelernt. Er sagte, er habe die Kaffeetasse mit seinem Namen vergessen. Die Tasse hatte ein Wolfsgesicht und, in Braun, die Aufschrift Lupus. Ich hatte sie von einem Porzellanmaler herstellen lassen.

»Die habe ich weggeworfen«, sagte ich.

»Weggeworfen?« kreischte er, und ich verlor den letzten Rest von Achtung vor diesem Kerl.

»Ja. Und du fehlst mir überhaupt nicht.«

»Weißt du …« Jetzt weinte er nicht mehr. »Weißt du … du bist kalt, du, ein verdammter kalter Fisch! Ein Arsch! Mich einfach rauswerfen, und … so kannst du andere Menschen nicht behandeln! Was habe ich falsch gemacht? Sag mir das!«

»Nichts. Ich war einfach nicht mehr verliebt.«

»Aber wir wollten doch … man ist doch nicht immer verliebt? Nach einer Weile geht die Beziehung irgendwie in eine andere Phase über.«

»Aber diese Phase kann ich nicht ausstehen.«

»Nicht ausstehen? Die kannst du also nicht ausstehen?«

»Nein.« Er schwieg einige Sekunden, dann sagte er mit leiser Stimme. »Weißt du, Bea, mit dir stimmt was nicht. Da stimmt etwas ganz schrecklich nicht … und das liegt sicher an dem, was du mir damals mal im Suff erzählt hast, als du …«

»Hör auf!«

»Das meine ich wirklich! Bei dir liegt irgendwas falsch! Ich habe darüber eine Fernsehsendung gesehen, eben erst. Wenn solche Kinder erwachsen werden, dann gelingt es ihnen nicht …«

»Ich lege jetzt auf.«

»Warte! Du brauchst Hilfe, von einem Psychologen oder so. Du hast … du hast WUNDEN IN DER SEELE, Bea! Lachst du …?«

»Ja. Natürlich lache ich. Und jetzt lege ich wirklich auf. Ich verreise. Hab noch allerlei zu erledigen.«

»Wohin denn?«

»Nach Svalbard. Mit dem Schiff. Einmal um Svalbard herum.«

»Aber was ist mit mir?«

»Du bist betrunken.«

»Ja, aber … hast du sie wirklich weggeworfen?«

»Mach's gut.«

Im nächsten Moment schellte das Telefon wieder, aber ich kümmerte mich nicht darum.

Verliebtheit. Die haßte ich. Den eigenen Hormonen ausgeliefert zu sein. Im nachhinein konnte ich immer erkennen, daß meine Persönlichkeit sich restlos verändert hatte. Daß ich Entscheidungen getroffen hatte, die überhaupt nicht zu mir paßten. Dinge gesagt, Dinge getan, eine andere geworden war. Es war verdammt unheimlich. Ich hatte Freundinnen, denen es auch nicht anders ging, und wir hatten schon davon geredet, eine Selbsthilfegruppe zu bilden. Wir wollten ein Papier unterschreiben, in dem wir alle Entscheidungsbefugnisse über unser eigenes Leben aufgaben. Die anderen aus der Gruppe konnten uns kidnappen und Handschellen und Klebeband über dem Mund und alles, was sie wollten, benutzen, um uns dann in einer Hütte einzusperren, bis die Hormone sich wieder stabilisiert hatten. Das hätte uns wirklich viele Probleme erspart. Daß wir das wirklich nie lernten! Wo wir doch immer wieder erlebten, daß die Verliebtheit nicht länger vorhielt als höchstens zwei Monate! Himmel, manche heirateten ja schon nach ein paar Wochen, und wenn der Traum dann vorbei war, stand man da wie ein Ölgötze und verstand nur noch Bahnhof.

Immer wieder. Ich wußte, wovon ich sprach. Zu Versprechen verleitet werden, in Situationen, in denen man vollständig unzurechnungsfähig ist. Kisten, die Treppen hochgetragen wurden. Kommodenschubladen und Schrankfächer, die ausgeräumt wurden, um den Besitztümern eines neuen Mannes Platz zu bieten. Die Hoffnung, daß das hier vielleicht etwas ganz anderes sei, endlich etwas Echtes, endlich ein Mann, der nicht beim ersten Zeichen von Kälte aufgab und glaubte, bis ins Innerste vorgedrungen zu sein. Rasiersachen im Badezimmer. Kämme, Bürsten. Kleider in der Waschmaschine, bei denen ich erst nachsehen mußte, wieviel Grad sie vertragen konnten. Fremde CDs, die plötzlich Seite an Seite mit meinen standen. Blumen, hier und dort ein Bild an der Wand. Zum Glück hatte ich bei Möbeln die Grenze gezogen. Zur Not einen Schreibtisch oder einen Computer, den Rest lagerten sie ein, oder sie vermieteten ihre eigene Wohnung möbliert.

Und während meine Männer einzogen, tanzte ich um sie herum. Über alle Maßen verliebt, wie ein geiles Huhn. Ich arbeitete schlechter, verlor das wirklich Wichtige aus dem Griff, ich vernachlässigte sogar Andersen. Ich fand die neuen CDs spitze, die Bilder schön, und ich glaubte, der neue Körper könnte mich restlos befriedigen, was sie nur selten, sehr selten schaffen. Ich fing an, Gerichte zu mögen, die ich noch wenige Wochen zuvor verabscheut hatte. Ich stellte den Radiowecker auf halb acht, weil Er dann aufstehen mußte. Nie mehr. Nie mehr. Lupus gegenüber hatte ich im Suff noch dazu zu viel gesagt, hatte mir eingebildet, er sei ein Mensch, dem ich mich anvertrauen könne. Ich hatte mir eingebildet, ich könne meine Geheimnisse ablegen und mich gerade aufrichten. Irrtum. Ich würde mich erst gerade aufrichten können, wenn diese Reise vorbei war, wenn ich meine Arbeit getan hatte. *Wie schade,* würden alle sagen, *was für ein entsetzlicher Tod ... aber es ist wenigstens schnell gegangen.*

Das Telefon schellte noch einmal, aber auch jetzt ging ich nicht hin. Kalt? War ich kalt? Nein, Svalbard war kalt. Nicht ich. Die Wärme sprudelte durch meinen Körper. Ich hatte mir am Bauch einen Sonnenbrand geholt, als ich vor Bergesens Besuch eingeschlafen war, und ich mixte mir einen superstarken Drink mit Rose's Lime, wegen des Vitamin C. Mir fiel ein, daß ich seit dem Frühstück nichts mehr gegessen hatte, und ich warf eine Handvoll Erdnüsse und fünf Vitamin-B Tabletten ein, drückte die Sex Pistols ins CD-

Gerät und hörte mir »My Way« in einer Lautstärke an, bei der Andersen mit ausgebreiteten Flügeln von seiner Stange fiel. Ich brachte ihn ins Schlafzimmer, ohne die Musik leiser zu stellen, und tanzte mit hocherhobenem Glas durch das Wohnzimmer.

Ich weiß nicht mehr, wie ich ins Bett gekommen bin, aber ich erinnere mich daran, daß ich das machte, was ich nach einer richtigen Sauferei immer tue: Ich trank viel Wasser, mindestens drei Gläser, und ich aß eine mit Salz bestreute Tomate. Mit normalem starken Kochsalz, Natriumchlorid, das verhindert Kopfschmerzen.

Aber das Salz konnte nicht verhindern, daß ich am nächsten Morgen um fünf aufwachte. Drinking Man's Hour. Wenn der Rausch ein Ende nimmt und durch normalen Schlaf ersetzt werden soll und man statt dessen aufwacht. Mit schwarzen Gedanken, mit bagatellmäßigen Problemen, die bis zur Unkenntlichkeit vergrößert sind, mit dem wie eine Stahlsaite gespannten Körper unter der Decke. Ich dachte an Lupus, an seine Augen, und plötzlich konnte ich sein ganzes Gesicht vor mir sehen: den Mund, die Wangen. Ich hatte ihn als Wolf gezeichnet, mit Backenbart und zottigen Ohren, mit feuchter Schnauze. Er konnte auch wie ein Wolf lecken.

Bergesen. Ich hätte seinen Wunsch erfüllen sollen, ihn dazu bringen, bei mir zu übernachten, auf seine Frau zu pfeifen, die zu Hause saß und ein fettes Bonzengelage plante. Dann hätte ich ihn jetzt wecken können, hätte aufstehen und Kakao kochen können, das einzige, was gegen Drinking Man's Hour hilft. Wir hätten ihn auf der Terrasse trinken und zuhören können, wie die Vögel im Ahornbaum im Hinterhof erwachten, hätten uns in Decken wickeln und über Leben und Tod und die Unendlichkeit des Universums und anderen Schnickschnack reden können, der bedeutungsvoll wirkt, wenn der Rest der Welt schläft und wir die einzigen wachen, bewußten, intelligenten Menschen sind.

Ich klapperte mit den Zähnen. Plötzlich entdeckte ich, daß Andersens Käfig vor dem Kleiderschrank stand. Andersen schlief. Er war an solche Behandlung gewöhnt. Spannung im Alltag für einen kleinen Nachkommen der Dinosaurier mit Ausblick auf alle vier Wände des Hauses. Es brachte nichts, noch länger im Bett zu bleiben. Ich stand auf und kochte Milch mit Kakaopulver und etwas Kaffee, um einen Mokkageschmack zu erhalten. Ich blätterte in der Reisebroschüre über das Schiff, mit dem ich fahren würde. Es hatte am Bug einen Eispanzer und machte schon seit einigen Jahren in der Saison Kreuzfahrten um Spitzbergen. Es hieß Ewa. Ich wollte von diesem Schiff träumen, wollte über meine Träume selber bestimmen, das richtige Thema eingeben und nie wieder einen Alptraum haben.

Ich schlief erst um halb sieben wieder ein. Und ich träumte nicht von der Ewa. Ich träumte den alten schrecklichen Traum, der sich nur mit Alkohol lindern ließ. Ich hatte ihn länger nicht mehr gehabt, aber seit ich mich zu dieser Reise entschlossen hatte, war er wieder da. Das Gedudel der Neun-Uhr-Nachrichten rettete mich im letzten Moment.

Sissel war nicht verliebt. Sie war sauer und mannstoll und behauptete, sie habe zugenommen.

»Wo denn?« fragte ich.

»Hier!« Sie kniff sich in den Oberschenkel.

»Ich finde, du hast dich überhaupt nicht verändert.«

»Kummerspeck. Davon kommt das. Ich brauche eine Nummer.«

»Tut mir leid. Da kann ich dir nicht helfen. Willst du ein Bier?«

»Spinnst du? All die blöden Kalorien! Ich bin in der letzten Woche jeden Abend losgezogen. Ich habe es total satt, besoffenen Trotteln meine Lebensgeschichte zu erzählen. Wo finde ich einen Mann, mit dem ich nicht zu reden brauche? Ich will im Moment keine Beziehung, sondern nur ein winziges Abenteuer.«

»Ruf Lupus an. Der fühlt sich einsam.«

»Der arme Mikael. Dieser Spitzname ist einfach blöd. Irgendwie respektlos. Fehlt er dir sehr?«

»Sicher. Aber so ist das Leben.«

Ich wußte nicht, warum, aber ich hatte Sissel nicht erzählt, daß ich Lupus vor die Tür gesetzt hatte. Ich hatte gesagt, wir hätten uns einvernehmlich getrennt, und ich glaubte, er habe eine andere. Eilig wechselte ich das Thema. »Warum kommst du eigentlich so früh?«

»Aus purer Langeweile. Ich wollte eine Runde einkaufen gehen, aber dann habe ich meinen Kontostand gesehen und mir die Sache anders überlegt.«

»Du kriegst einen Tausender dafür, daß du Andersen hütest.«

»Echt?«

Ich lachte. Jede andere hätte die Überraschte gespielt und behauptet, ihn wirklich auch gratis hüten zu wollen. Nur Sissel nicht.

»Ich bin reich«, sagte ich. »Hab gestern einen schnellen Job gemacht.«

»Aber plötzlich bist du dann wieder pleite.«

»Genau. Und dann mußt du Andersen gratis nehmen. Möchtest du vielleicht etwas anderes trinken als Bier? Ich kann uns was mit Light-Limo mixen.«

»Aber der Schnaps hat doch auch Kalorien.«

»Ach was. Die sind leer. Ganz leer.«

Ich hatte fast alles gepackt. Das Taxi war bestellt. Ich hatte auf meinem Anrufbeantworter hinterlassen, wo ich war, und potentiellen Einbrechern mitgeteilt, meine Wohnung sei eine uneinnehmbare Festung. Sie müßten einen Hubschrauber nehmen und würden hier keine Werte finden, die es rechtfertigten, zu zwanzigtausend pro Stunde eine Maschine zu mieten. Normale Menschen, die anriefen, fanden das immer sehr komisch. Ich hatte Magentabletten und Zeichengeräte eingepackt, und ich hatte Wollsachen gewaschen, die jetzt auf der Terrasse auf dem Trockner hingen. Dicke Socken, Schal und Mütze, Pullover, Superunterwäsche. Es war ein witziger Kontrast, als Sissel und ich uns oben ohne mit unseren Gläsern in die Liegestühle fallen ließen. Ich hatte zwei Badehandtücher geholt, um in unserem Rücken den Schweiß aufzusaugen.

»Winterklamotten, total bescheuert«, sagte Sissel.

»Morgen um diese Zeit bin ich da.«

»Warum fährst du eigentlich?«

»Ferien. Habe ich dir doch erzählt.«

»Irgendwas stimmt da nicht. Auch wenn du wegen der Sache mit Mikael durchhängst.«

»Alles stimmt. Ich möchte bloß mal was erleben.«

»Verlieb dich bloß nicht!«

Ich wünschte, sie würde gehen. Sie trank viel langsamer als ich, und ich hatte mich auf raschen Suff eingestellt, um den Träumen zu entgehen, so vom Nachmittag ab, mit dem letzten Glas unmittelbar vor den Fernsehnachrichten. Dann würde ich wieder nüchtern und munter sein, wenn das Taxi kam. Aber Sissel blieb und langweilte sich. Sie wollte Zeit totschlagen. Zum Glück blieb sie sitzen, wenn ich neue Drinks mixte. Ich goß Schnaps in meine und verabreichte ihr die normale Dosis. Ich konnte kein Gejammere ertragen, sie jammerte immer los, wenn sie blau war. Und sie mußte doch Andersen zu sich nach Hause schaffen. Daß sie dabei schwankte, konnte ich nicht akzeptieren.

Es war anstrengend, mich weniger besoffen zu verhalten, als ich war, und ich hörte mich gereizt an, wenn ich ihr antwortete. Schließlich wurde sie sauer und wollte gehen, aber der Tausender stimmte sie wieder freundlich.

»Gute Reise, Bea. Und viel Vergnügen!«

Sie roch nach Schweiß und nach Haaröl. Ich winkte Andersen zu, und der klammerte sich an die unterste Sprosse seiner kleinen Plastikleiter.

Die Wollsachen waren trocken. Ich wickelte die Ginflaschen in Pullover und Schals ein und steckte alles in den Koffer. Danach trug ich meine Topfblumen in die Küche und stellte sie auf den Tisch. Sissel hatte angeboten, sie zu gießen, aber ich fand die Vorstellung schrecklich, daß andere Leute über meinen Fußboden liefen, während ich selber verreist war. Ich goß sie kräftig und bedeckte danach den unteren Teil der Töpfe mit Zellophan.

Ich mußte alles erledigen, ehe ich so besoffen war, daß es mir nicht mehr darauf ankam. Ich schloß den Koffer und mußte mich darauf setzen. Wenn bloß achtlose Flugplatzangestellte meine Ginflaschen nicht zerbrachen! Auf meinen Flugschein wollte ich mir Cognac und Champagner kaufen. Eine goldene Witwe, beschloß ich, keinen moussierenden Jux.

Ich suchte mir ein Fünfzig-Öre-Stück und drehte die Kofferschlüssel um. Meinen Kulturbeutel wollte ich in die Handtasche stecken. Und dann war die Zeit gekommen, sportliche Kleidung herauszulegen. Ich konnte vor dem Aufbrechen noch duschen und meinen Frühstückskaffee auf dem Flugplatz einnehmen. Alles mußte im Badezimmer bereitliegen, wenn ich erwachte, damit ich keine einzige Gehirnzelle benutzen mußte. Ich holte meine alten Levi's, ein T-Shirt, weiße Socken, Turnschuhe, saubere Unterhose. Ich wollte auf der Reise meine Öljacke anziehen, die war schon okay. Die Daunenjacke lag im Koffer, zusammengepreßt zu einem luftleeren Klumpen und mit Klebeband umwickelt.

Ich ließ Waschmaschine und Spülmaschine laufen, obwohl beide nur halbvoll waren. Es war schöner, in eine aufgeräumte Wohnung zurückzukehren. Ich stand in der Diele und hörte noch einmal meinen Anrufbeantworter ab. Ich hatte alles unter Kontrolle, aber es paßte mir nicht, daß ich so hektisch war.

»Lupus fehlt mir«, sagte ich plötzlich laut. »Soll ich ihn anrufen und sagen, daß ich ihn liebe und daß er zurückkommen soll, damit wir noch einmal neu anfangen können?«

Die Zimmer waren leer. Nicht einmal Andersen war da. Seltsam, daß ein Vogel, der nur wenige blöde Gramm wog, dazu beitrug, eine Wohnung von hundertzwanzig Quadratmetern zu bevölkern? Die Leere bewies, daß er das schaffte. Ich war allein.

»Nein, Lupus fehlt dir überhaupt nicht. Dir fehlt dein kleiner Piepmatz. Und jetzt hör auf mit dem Gejammer. Himmel, Bea, du bist zum Kotzen. Zeit für ein Glas und für ein bißchen Musik.«

Meine Stimmung paßte nicht zu Anne Grete Preus. Ich konnte jetzt kein Gerede über Leben und Liebe und Verrat und Sehnsucht und Verletzlichkeit ertragen. Ich legte eine CD mit Straußwalzern ein und trank und rückte Gartenmöbel gerade und entdeckte einen vergessenen Blumentopf. Ich ließ den Fernseher lautlos laufen, um Andersens Bewegungen in meinem Augenwinkel zu ersetzen. Ich bestellte mir einen Weckruf, für den Fall, daß der Strom und damit auch der Radiowecker ausfiele. Und dann hatte ich den Anruf bei meinem Vater lange genug aufgeschoben.

Er war noch nicht im Bett. Früher war er immer nach den Abendnachrichten schlafen gegangen, aber durch die vierzehn Fernsehkanäle war sein Tagesrhythmus zu Bruch gegangen. Mein Vater behauptete allerdings, auf seine älteren Tage weniger Schlaf zu brauchen. Jetzt reichten ihm schon fünf Stunden pro Nacht, und er hatte ausgerechnet, daß er in einem Alter von 122 überhaupt nicht mehr schlafen würde und durch Fernsehen rund um die Uhr die Kabelgebühren voll amortisieren könnte.

»Ich fahre morgen nach Svalbard.«

»Ach? Wie nett.«

»Starr nicht die Glotze an, wenn ich mit dir rede.«

»Nein, nein, ich will nur …«

»Ich höre doch deine Fernsehstimme!«

»Du hättest mal reinschauen können.«

»Ich hatte so schrecklich viel zu tun. Und du mußt ja unbedingt am Arsch der Welt wohnen, und ich habe kein Auto.«

»Nicht fluchen.«

»Arsch der Welt ist kein Fluch. Das sagen alle.«

»Und du willst also nach Svalbard? Zu den Pinguinen?«

»Die leben am Südpol.«

»Hast du getrunken?«

»Was?«

»Ich höre, daß du getrunken hast. Ich höre immer, wenn du getrunken hast.«

»Was siehst du dir denn heute abend an?«

»Einen Film. Und dann habe ich noch zwei Filme und ein Hockeyspiel auf einem noch nicht gesehenen Video.«

»Dann kommst du ja wirklich kaum zum Schlafen.«

»Trink nicht soviel!«

»Paß auf dich auf, Paps.«

Wir sagten auf Wiedersehen. Ich kippte meinen Drink ins Spülbecken, aß meine Tomate und nahm Lebensmittel, die sich nicht halten würden, aus dem Kühlschrank. Sie füllten eine ganze Plastiktüte, die ich vor die Wohnungstür stellte. Ich nahm auch gleich die Mülltüte mit, und damit war das erledigt.

Ich putzte mir die Zähne und ging ins Bett, wußte aber, daß ich nicht schlafen würde, und deshalb holte ich mein neuestes Fabergé-Buch, um mich in kostbaren Phantasien und Farbbildern zu ertränken. Das gehört zu meinen großen Leidenschaften im Leben, Fabergé-Eier, aus Gold und Platin, oder emailliert, manchmal mit Rubinen und Diamanten besetzt, und alle mit einer Überraschung in der Mitte, eine so präzise Juweliersarbeit, wie die Welt sie vorher oder nachher nie gesehen hatte. Insgesamt wurden vierundsechzig Eier hergestellt, dann machte die russische Revolution dem ein Ende, weil die steinreichen Kunden geköpft und Fabergé aus dem Land verjagt wurde. Ich sah mir lange die Bilder meines Lieblingseies an, das funkelnde Gold, das kleine Huhn im goldenen Dotter. Das allererste Ei der Serie, bestellt von Zar Alexander III als Ostergeschenk für die Zarina, nur sieben Zentimeter lang.

Das war noch Liebe! Eine ganz andere als die, von der Lupus faselte. Eines Tages wollte ich die Eier aus nächster Nähe sehen, nicht nur in teuren Kunstbüchern. Eines Tages wollte ich sie in der Hand halten und Hitze und Überfluß einer anderen Zeit spüren.

Ich knipste die Lampe aus und dachte an Golddotter und zu Rosen geschliffene Diamanten, während ich in schwarzen Schlaf hineinglitt. Dann schellte das Telefon, und gleichzeitig stimmte der Radiowecker ein. Es war schon Viertel nach fünf und ich konnte mich an keinen Traum erinnern. Was für ein Geschenk. Was für ein kostbares Ostergeschenk!

Das Taxi war noch nicht gekommen, als ich die Haustür hinter mir abschloß.

Nieselregen hing in der Luft. Die Straße lag grau und blank vor mir, ohne Bewegungen hinter den Fensterscheiben. Bei meiner Rückkehr würde sie eine andere sein. Ich steckte eine Zigarette an und ließ das Nikotin durch meinen leeren Magen in meinen Körper wandern. Absolut nicht gesund. Aber ich war auch nicht der gesunde Typ, obwohl ich ziemlich sportlich aussah. Als ich die Zigarette halb geraucht hatte, hörte ich den Dieselmotor. Ich hatte ein Flugplatztaxi bestellt, was bedeutete, daß noch andere mit mir zusammen fahren würden. Ich war gespannt auf diese anderen, ob sie unterwegs schlafen würden, ob sie Mundgeruch hätten, ob sie reden und nerven und unbedingt wissen wollen würden, wer ich sei und wohin ich reiste. Gerade Taxifahrer können unvorstellbar redselig sein, und nur wenige begreifen die Signale der Fahrgäste, die ihre Ruhe haben wollen.

Aber im Auto saß sonst niemand. Der Fahrer sprang heraus und verstaute meinen Koffer im Kofferraum.

»Sie wollen nach Nodden?« Ein Nordnorweger, der das R verschluckte. Ich grunzte als Antwort.

»Wir müssen noch jemand holen in Singsacker«, fügte er hinzu.

Die Reifen dröhnten über das Kopfsteinpflaster. Eine Möwenschar hob verdutzt vom Mittelstreifen beim Ilapark ab. An die Mauer der alten Anstalt hatte jemand mit blutroter Farbe gesprüht: *Trondheims unvorstellbare Doofheit.* Ich schloß die Augen. Horchte auf die Scheibenwischer, die zu wenig Wasser für ihre Arbeit hatten.

Der Fahrgast aus Singsacker wartete schon am Straßenrand. Ein junger Typ mit Locken, Tarnanzug und unförmiger Stofftasche.

»Sie wollen nach Nodden?« wiederholte der Fahrer munter, und der Typ bestätigte das. Fügte hinzu, daß hier nicht nur von Tromsø die Rede sei, sondern wirklich und wahrhaftig von Svalbard.

»Nach Svaaaalbadd! Was Sie nicht sagen …«

Doch das sagte er. Und noch sehr viel dazu. Fünfunddreißig lange Minuten lang redeten sie. Ich schaute aus dem Fenster und spielte die Müde. Gähnte mehrmals, um diesen Eindruck zu verstärken, und hielt nach Elchen oben am Hang bei Malvik Ausschau. Sie stapften auf dünnen Beinen dahin und waren im vagen Morgendunst nur schwer zu sehen. Kaffee, ich dachte an nichts anderes. Konnte nicht einmal richtig dem Lockenkopf zuhören, der sich in Longyearbyen offenbar auskannte wie in seiner Westentasche und der sich über die Bierpreise im Café Busen verbreitete und behauptete, »Huset« sei nicht mehr so wie früher. Wie früher, fragte ich mich, das war sicher lange vor seiner Geburt. Aber dann hörte ich, daß er im Bergwerk arbeitete und gutes Geld verdiente. Also wollte er nicht dieselbe Reise machen wie ich.

Nach dem Einchecken bekam ich endlich meinen Kaffee. Koffein und Nikotin und eine Waffel mit Ziegenkäse. Ich kaufte mir sofort zwei Tassen, weil ich dann nicht zweimal gehen mußte. Solche Dinge hatten Torvald immer aufgeregt. Nachfüllen war nämlich gratis. Ich bezahlte also fünfzehn Kronen, um nicht aufstehen zu müssen. Von mir aus gern, aber für Torvald reichte es zu der Behauptung, daß ich sein Leben damit um mehrere Jahre verkürzte. Wie gut für ihn, daß ich Schluß gemacht hatte. Obwohl er reizend war, vor allem im Schlaf. Sah wirklich aus wie ein Weihnachtsengel. Aber das ist doch kein Leben: mit jemandem, den man in schlafendem Zustand vorzieht. Ich habe gehört, daß viele Eltern zu ihren Kindern eine solche Beziehung haben, was ich wirklich nicht beurteilen kann.

Ein Innenarchitekt war offenbar im Café Amok gelaufen und hatte es mit Gemüse aus Pappe und an die Wände geklatschten alten Rucksäcken und Angelruten versehen. Ich trank Kaffee und wurde wach. Ich sehnte mich nach einem Bier, nahm mich aber zusammen. Ein Stück von mir entfernt nippte tatsächlich ein Typ an seinem Bier. Um halb sieben Uhr morgens. Es kam mir sehr sehr norwegisch vor, eine Art Freiheitskick für den Typen, der sicher zu Hause eine Frau von der Quengelsorte hatte, eine von denen, die behaupten, daß sie nach einem halben Martini schon müde sind. Gütiger Jesus, sie sind nicht nur müde, sie protzen auch noch damit. Armer Mann.

Ich bin unterwegs, dachte ich, jetzt bin ich niemand. Auf Reisen verschwindet die Identität. Man arbeitet nicht, man wohnt nirgendwo, man kann keine Bücherregale vorweisen, die anderen erzählen, was man liest und wer man ist. Niemand sieht unsere Freunde, die Leute, mit denen wir uns umgeben. Niemand weiß, was wir verdienen, von wem wir Weihnachtsgeschenke bekommen, ob wir unseren Blinddarm noch haben oder nicht. Die anderen sehen nur unsere Reisekleider und unser Handgepäck, und nur sehr wenige können auf so dünner Grundlage klare Schlußfolgerungen ziehen.

Ich kann das. Ich sehe ihre Schuhe, ihre Hände, ihren Schmuck, die Falten um ihre Augen, wie sehr sie daran gewöhnt sind, auf Reisen zu sein, im Café Schlange zu stehen. Nicht alle mögen es, auf diese Weise aus einem vertrauten Lebensrahmen gerissen zu werden. Ihr ganzes Auftreten zeigt, was ihre Reiseziele sind, ob sie Menschen treffen werden oder nur eine Aufgabe erledigen sollen. Für einige wenige gilt übrigens beides. Ohne, daß jemand es ihnen ansehen kann.

In Tromsø merkte man allmählich, welche Menschen mit einem anderen Flugzeug nach Svalbard weiterreisen würden. Eine ältere Dame stand mit einem Jungen von höchstens zwanzig am Kiosk. Sie kauften Schokolade und Zeitschriften. Ich bat in der Bar um eine Halbe und schaute in eine andere Richtung, sah mir durch das Fenster das Flugzeug an, mit dem wir gekommen waren, eine blöde kleine Propellermaschine, eine Fokker 50, deren Rückflug sich verspätete, weil am Heckrotor ein Draht klemmte. Pech. Aber wir würden zum Glück per Jet übers Barentsmeer fliegen.

Es regnete. Der Sommer ging zur Neige. Ich betrachtete Menschen in Daunenjacken und trank. Die ältere Dame holte sich einen Kaffee, der Junge Cola. Sie nahm die Brille ab und fing an, sie zu putzen, eine Brille, die aussah wie der Boden von Colaflaschen, und sie hätte fast ihre Tasse zu Boden gefegt, als sie die Brille wieder aufsetzen wollte. Ihr Gesicht war einmal schön gewesen. Sie sah ein wenig aus wie eine ältere Ausgabe von Elizabeth Taylor, obwohl sie wohl vermutlich gleichaltrig waren.

Ich brach ein angespanntes Gespräch mit einem Typen vom Zaun, der sehr aufgeregt war und unbedingt wissen wollte, ob ich nach Svalbard unterwegs sei, damit er selber erzählen konnte, das sei auch sein Reiseziel. Er war noch nie dort gewesen und erzählte lang und breit, daß er Forscher sei. Er sah ein bißchen aus wie ein Gesundheitsexperte, der oft im Fernsehen über richtige Ernährung und Graubrot und Cholesterin spricht. Mir fielen die Wörter Kleie und Ballaststoffe ein, während der Typ über Rentierparasiten und Funkmarkierung und Suche per Hubschrauber und Füchse als Wirttiere plapperte.

»Die Parasiten kapseln sich im Gewebe ein. Und da können sie lange bleiben«, sagte er.

Ich nickte. Das hörte sich vernünftig an. »Und frißt der Eisbär dann dieses Rentier und kriegt die Parasiten ab?« fragte ich. Der Junge stand jetzt in der Schlange vor dem Würstchenkiosk. Ich hätte gern gewußt, ob er zu jung sei, um scharfen Senf aus Dijon zu mögen.

»Nein«, antwortete der Gesundheitsexperte eifrig. »Bären fressen nur selten Rentiere und niemals Kadaver. Die ernähren sich vor allem von Robben, und in deren Ernährungskette gibt es andere Parasiten. Über Fische.«

»Aha, ja.«

Er lachte. »Ich freue mich so!«

»Schießt ihr mit Daktari-Gewehren auf die Rentiere?«

»Ja. Und um diese Zeit sind sie so fett, daß sie nach der Betäubung fast nicht mehr auf die Beine kommen, habe ich gehört. Fett wie Schildkröten«, sagte er strahlend.

»Fett?«

»Sie brauchen Fett für den langen Winter.«

»Fett ist nicht gesund«, wandte ich ein und trank einen guten Schluck. »Sie sollten mehr Kleie und Ballaststoffe essen.«

»Was?« Er war verwirrt, starrte in sein Bier und klimperte mit den Wimpern. »Himmel, wie lange wir noch warten müssen. Unser Flugzeug geht erst in anderthalb Stunden. Ich wünschte, ich könnte schlafen …«

»Schlaf du nur, such dir ein Sofa. Ich wecke dich.«

»Ganz bestimmt?« Er starrte mich glücklich an.

»Sicher.«

In kaufte Zeitungen. Die ältere Dame hielt sich die *Aftenposten* vor die Augen, der Junge aß seine Wurst. Er hatte nur Ketchup darauf und war sicher nicht älter als achtzehn. Ich bat die Frau hinter dem Tresen um noch ein Bier und einen sauberen Aschenbecher.

Eingekapselt im Gewebe, dachte ich, da liegen die Parasiten und warten darauf, zuschlagen zu können, Tod und Teufelswerk zu verbreiten. Die können sicher lange warten, jahrelang. Ein kleiner Flecken von einem Tier mit einem enormen Tötungspotential. Und dabei lebt es in einem Kreis, immer wieder im Kreis, von Wirttier zu Wirttier. Es geht eine Nemesis durchs Leben.

»Das Bier ist warm«, sagte ich. »Wenn ich etwas Warmes will, dann nehme ich Kaffee.«

»Tut mir leid, ich habe gerade ein neues Faß aufgemacht. Tut mir sehr leid«, murmelte die Tresenfrau. »Wollen Sie lieber eine *Flasche* Bier?«

»Ja, bitte.«

»Arctic Beer?«

»Ja.«

Die Flasche zeigte das Bild eines Polarteddys vor türkisem Hintergrund. Der Teddy steckte sicher voller Parasiten und PCB, aber ich trank die Flasche trotzdem leer.

Der Gesundheitsexperte wollte im Flugzeug neben mir sitzen, aber das konnte ich durch die Behauptung verhindern, ich sei müde und wolle mich ausbreiten. Das Flugzeug war nicht einmal halbvoll, und das machte mir Sorgen. Zu viele halbleere Flugzeuge, und simsalabim, schon wird die Route eingestellt. Ich möchte, daß überall Flugzeuge hinfliegen, zu jeder Zeit, dicht hintereinander, damit ich an Bord springen und zu fernen Gestaden verfrachtet werden kann, wann immer ich möchte. Wenn ich das alles hinter mir hätte, wollte ich mir einen Ausflug nach New York spendieren und mir im Forbes-Museum in der Fifth Avenue die Fabergé-Eier ansehen.

Der Gesundheitsexperte war wach und munter, und immer wieder bedachte er mich mit breitem Dankeslächeln, weil ich mir die Verantwortung auferlegt hatte, ihn zu wecken, und weil ich ihn auch geweckt hatte, obwohl er sabberte und ich nicht wußte, wie man auf einem Flugplatz einen fremden Mann berührt, den man wecken will. Schließlich hatte ich an der Tasche gezerrt, die er auch im Schlaf noch umklammert hielt.

Die Dame und der Junge setzten sich nach ganz hinten, wie das Leute machen, die Angst vor dem Fliegen haben und die gelesen haben, daß die Heckpartie beim Absturz weggeschleudert wird und deshalb den schlimmsten Treibstoffexplosionen entgeht. Sie hatten wohl nicht die Tatsache bedacht, daß wir über offenes Meer fliegen würden. Da wird nichts weggeschleudert. Da versinkt alles, und in eisigem Salzwasser von null Grad überlebt man höchstens einige Minuten.

Aber ich hatte nicht gelogen. Ich war müde. Der Servierwagen kam an mir vorbei, und ich lehnte den Gratischampagner ab, was mir überhaupt nicht ähnlich sah. Ich dachte träge an ein weiteres Bier, stopfte mir dann aber die Öljacke unter den Kopf und versank im Dämmerschlaf. Ich dachte an die Nemesis, die griechische Göttin, die die Gerechtigkeit symbolisiert. Sie läßt die Menschen abstürzen, die zu hoch gestiegen sind. Sie straft Übermut. Ich hatte Zeichnungen von ihr mit Zügeln in der Hand gesehen, auf denen sie sehr zielbewußt und eifrig ausgesehen hatte. Andere Zeichnungen stellen sie mit Flügeln dar. Mit Flügeln. Wie Andersen. Vielleicht war mein kleiner Vogel ja die Göttin in geschickter Verkleidung? Jetzt wurde auch ich auf Schwingen getragen, nur waren die mit Jetmotoren verbunden. Mit Motoren, die hoffentlich mehr aushielten als die Drähte im Heckrotor einer Fokker 50.

Ich wurde von Keuchen und Stöhnen und Rufen geweckt und merkte, wie sofort mein Blut schneller strömte: Stürzten wir ab? Ich schaute aus dem Fenster. Wir sanken durch die Wolkendecke und zogen das Sonnenlicht hinter uns her. Ich zwinkerte mit den Augen, war hellwach, setzte mich gerade und starrte.

Berge. Überall gewaltige Berge. Flach, breit, braun, unten aneinander grenzend, verbunden durch schwarze Scharten und glitzernde Schmelzwasserflüsse. Es war ein unwirklicher Anblick, jenseits sämtlicher Proportionen. Ich hatte ja geglaubt, schon viel gesehen zu haben, aber nun ertappte ich mich dabei, daß ich mit offenem Mund dasaß.

Das Flugzeug legte sich auf die Seite, und nun waren die Berge genau vor uns. Täler so breit wie Dänemark zwischen nackten, kahlen Berghängen, bedeckt von braunem Samt, der kein Licht durchließ. Nichts bewegte sich. Alles ruhte. Keine Baumwipfel wogten, keine Blumenwiese bewegte sich in der Brise und änderte dabei ihre Farben. Unbewegliche, durch nichts zu erschütternde uralte Berge, die schon lange hier lagen, ohne je erwartet zu haben, daß jemand sie sehen würde. Ich hatte fünfunddreißig Jahre gelebt, ohne zu begreifen, daß sie nur eine Flugreise von mir entfernt waren.

Meine Augen brannten, als ich sie schloß, vermutlich hatte ich eine Weile nicht mehr gezwinkert. Ich dachte: Vergiß nicht, warum du hergekommen bist. Aber kaum hatte ich diesen Gedanken gedacht, als die Berge wieder da waren, mit ihrer gleichgültigen Größe, die alles von Menschen Erschaffene übertrafen. Sie stiegen höher und höher und schlossen sich um uns, als wir der Erde entgegensanken, dem Meer.

Mir fiel der Text aus der Broschüre ein, über die *atemberau-bende* Natur. Alle im Flugzeug waren aufgeregt. Sie preßten sich gegen die Fenster und knipsten mit ihren kleinen automatischen Kameras, die ihnen nur den Blitzreflex in der Fensterscheibe liefern würden.

Ich reckte den Hals, weil ich sehen wollte, was die Dame und der Junge trieben.

Die Dame saß still da und schaute mit leisem Lächeln durch die Flaschenböden, sie sah sicher nicht viel. Der Junge drückte sich über seinem offenen Mund den Fotoapparat vors Gesicht.

Der Isfjord preßte sich zusammen und wurde zum Adventsfjord. Advent. Wartezeit. Ich entdeckte die Landebahn. Sie sah da unten so seltsam gerade und korrekt aus. Ich war zu ihr unterwegs, zu Menschen, zur Zivilisation, an Bord eines Schiffes, das von Händen gebaut worden war, die wußten, wie ein Schiff auszusehen hat. Ich versuchte wieder, zur Beobachterin zu werden, zur Zeichnerin, die nüchtern und distanziert registrierte, wie die Welt aussah, um sie bei Gelegenheit so glaubhaft wie möglich zu Papier bringen zu können. Um das zu schaffen, mußte ich meinen Blick von den Bergen abziehen und mich auf die Tragflächen des Flugzeuges konzentrieren. Die hatten Spaltflaps von der Art, die die Luftströmung durchlassen und Turbulenzen mindern, so daß die Tragfläche mit höheren Angriffswinkeln arbeiten kann. Je höher der Angriffswinkel, um so langsamer kann man fliegen. Aber wird man zu langsam im Verhältnis zu Konstruktion und Größe der Tragflächen, dann stürzt man ab. Zerschellt. Stirbt. Daran dachte ich, als wir zur Landung ansetzten und die anderen aufgeregt ihren Kram zusammensuchten.

Folgende Szene hatte ich immer voller Abscheu miterlebt: einen Menschen in einer Ankunftshalle, der ein Schild über seinem Kopf hochhält, mit einem Text, der sich an eine ganz bestimmte Gruppe von Menschen richtet. Diese Menschen lesen den Text, finden sich darin wieder und scharen sich wie Säuglinge um den Schildträger, drängen sich aneinander und warten wachsamen Blickes darauf, daß sich ihnen noch weitere anschließen. Nähert sich dann jemand, der auch nur den geringsten Hauch von Verwirrung zeigt und ganz offenbar nicht zu dieser Gruppe gehört, kann man in den Augen der Leute mit korrekter Zugehörigkeit den nackten Haß lesen. *Du gehörst nicht zu uns, mach, daß du wegkommst, zum Teufel.*

Und gleichzeitig staunen die Fachleute über das Wesen des Fremdenhasses? Sie bräuchten nur einen Tag in einer Ankunftshalle zu verbringen, da könnten sie das Phänomen eindeutig studieren.

Ich war immer zutiefst erleichtert, daß ich nicht dazugehörte, wenn ich an diesen Schildträgern vorüberschritt. In meinem ganzen Leben hatte ich noch nie dazugehört und war munter gegen den Strom marschiert. Ich war ein Individuum gewesen, das sich jeglicher Gemeinschaftsbezeichnung widersetzte, hatte denselben Trotz gezeigt wie Popmusiker, die sich nicht »in eine Schublade einordnen« lassen wollen.

Aber jetzt ging ich auf das Plakat zu. Es war eigentlich eher ein Blatt Papier, so gehalten von zwei Händen, daß sich das Gesicht dahinter auf ein Kinn und einen lächelnden Mund begrenzte. Auf dem Zettel stand kurz und bündig: Ewa.

Ich blieb stehen und sagte: »Hallo.«

Kinn und Mund erweiterten sich zu einem Männergesicht. Es lächelte ebenfalls. »Bist du Bea?«

»Ja.«

Plötzlich standen Dame und Junge bei uns. Der Mann sagte: »Und ihr seid Turid und Frikk?«

»Sind wir«, sagte die Dame und betrachtete die drei Buchstaben auf dem Zettel mit zusammengekniffenen Augen.

Ein älterer Mann kam auf uns zu, und diesmal fragte der Schildhalter: »Bist du Oscar?« Der Mann nickte, und der Schildträger hielt es jetzt für angebracht, den Zettel sinken zu lassen und uns die Hand zu geben.

»Ich bin Per, einer eurer Reiseleiter. Der Bus wartet draußen.«

»Aber …« Ich schaute mich um. »Sind wir nur zu viert?«

»Die anderen sind schon gestern abend eingetroffen. Mit einem Auslandsflug.«

Während wir auf unser Gepäck warteten, entnahm ich einem

Plakat an der Wand, wie gefährlich die Eisbären wären, welche Gefahrensignale es gab und wie man sich zu verhalten hatte. Kein Ausflug ohne Waffen, aber andererseits: Auf Bären durfte nur in Notwehr geschossen werden, da sie unter strengstem Naturschutz standen. Das Paradoxon war mir sofort bewußt. Wie definierte man eigentlich Notwehr? Es habe keinen Sinn, auf den Kopf zu zielen, stand dort noch, in Notwehr sei die Brust angebracht.

Der Blick des Teddys machte mir angst. Es war kein Blick mit Spielraum. Es war ein Blick, der gleich zur Sache kam, ohne Umschweife oder freundliches Schleichen um den heißen Brei. Es war ein Blick, der den Fotografen als potentielle Mahlzeit sah. Als Fleisch und Blut und gute Knochen, aus denen man nahrhaftes Mark saugen konnte. Und der Text erklärte, daß der Teddy beim Angreifen den Kopf senkte und losstürzte, daß er schnell war, auf kurzen Strecken sogar sehr schnell. Innerhalb weniger Sekunden konnte er sich zum Angriff entscheiden. Ich schauderte. Ein Raubtier mit einem Höchstgewicht von siebenhundert Kilo, auf das man eigentlich nicht schießen durfte. Vielleicht konnte es ja doch Schiffsleitern hochklettern? Ich riß meinen Koffer vom Laufband. Die anderen hatten ihr Gepäck schon erhalten.

Per, Oscar, Turid und Frikk. Der Reiseleiter stand offenbar auf Vornamen, und ich hoffte, daß er nicht der Typ »hier auf dem Schiff sind wir eine große Familie, und jetzt machen wir's uns gemütlich, Leute« war.

Oscar trug eine Öljacke, wie ich, und sagte nicht viel. Ich hatte ihn schon im Flugzeug gesehen, er hatte direkt hinter mir gesessen. Per sah genauso aus, wie ich mir einen Reiseleiter auf Svalbard vorgestellt hatte, mit hohen schwarzen Bergstiefeln, Isländer, und Hose und Jacke in passenden Farben, aus glänzendem Stoff und mit solide und polar aussehenden Polstern, mit Fell am Kapuzenrand und mit dicken Knöpfen, Reißverschlüssen und Klettverschlüssen verschlossenen Taschen überall dort, wo Platz für eine Tasche war. Er stapfte vor uns aus der Halle und zum Bus. Wie Entenküken wanderten wir hinterher, ohne miteinander zu reden, verlegen in dieser neuen Gemeinschaft, vorläufig nur entschlossen, genau das zu tun, was uns befohlen wurde.

Andere anonyme Fahrgäste, die abgeholt worden waren, spazierten zu Privatwagen, deren Seiten von Kohlenschlamm schwarz waren. Sie warfen ihr Gepäck in die Kofferräume, plauderten, kannten einander. Sie waren *nach Hause* gekommen, hier, auf einer Landebahn in einer Gegend, in der eigentlich niemand leben konnte. Der Gesundheitsexperte fiel überhaupt nicht auf, auch er schien hier zu Hause zu sein. Er entdeckte mich und winkte.

Ich hatte Durst. Dort lag der Fjord. Das Schiff konnte nicht weit weg sein. Ich wollte an Bord, in meine Kajüte. Wie gut, daß ich die fünftausend extra gelöhnt hatte, die mir eine Einzelkabine sicherten. Ich wollte meinen Koffer aufmachen und einen trinken, und den Rausch die Freude hervorholen lassen, endlich hierzusein – obwohl ich vor weniger als einer Woche noch nicht geahnt hatte, daß ich am Mittwochvormittag in Longyearbyen in einem Bus unterwegs zu einem Anleger und einem Schiff und einer Schiffsreise sitzen würde.

Ich setzte mich ganz hinten in den Bus, allein. Der Schlaf im Flugzeug hatte meine Leber alle Promille verbrennen lassen. Meine Hände zitterten ganz wenig. Oder lag das vielleicht an den Bewegungen des Busses? Turid und Frikk saßen nebeneinander. Frikk reckte den Hals und zeigte in alle Richtungen. Ich blickte an den Bergen hoch. Ich hatte sie einmal für eine Zeitung gezeichnet. Es ging um einen Besuch der Ministerpräsidentin, den die Einheimischen nicht so recht zu schätzen wußten, was einigen Wirbel verursacht hatte. Die Bergarbeiter hatte ich als Schar von halbblinden Maulwürfen dargestellt, die Rotoren des Hubschraubers hatten den roten Teppich mitsamt der Ministerpräsidentin in die Luft gewirbelt. Sie rollte wie eine Kugel auf den Bergwerkseingang zu, wo die Maulwürfe sie schon erwarteten. Die Hauptperson auf der Zeichnung war ein Vogel gewesen. Im Käfig. Ein altes Echo der Warnvögel, die früher in Bergwerken benutzt worden waren, als Meßgerät für die Qualität der Atemluft. Und der Vogel, der eine verdächtige Ähnlichkeit mit Andersen aufwies, schrie die Botschaft, während Gro auf ihn zu kullerte: »Schlechte Luft! Schlechte Luft!«

Aber dahinter hatte ich die Berge gezeichnet und spürte deshalb in den Fingerspitzen ihre charakteristische Prägung. Die horizontalen fossilen Schichten, die mit der Struktur der Steine über und unter ihnen brachen. Alle Berge schienen gleich hoch. Sie umgaben Longyearbyen auf Höhe der Meeresoberfläche. Zeit und massives Eis hatten diese Landschaft geschaffen. Und unter allem lag die Kohle, diese segensreiche Entschuldigung dafür, daß norwegische Bürger hier lebten und dafür sorgten, daß nicht raffgierige Typen mit verdächtigem Akzent hier aufkreuzten und Berge und Fjorde und Tiere und Meer ausbeuteten.

Und doch – es war unmöglich, die Größe der Berge wiederzugeben. Das sah ich jetzt ein. Ich hatte eigentlich keine Ahnung gehabt. Ob es sich nun um eine Zeichnung, ein Foto oder einen Bericht der Fernsehnachrichten handelte, es war unvorstellbar, daß sie so groß sein könnten, solange man sie nicht selbst gesehen hatte. Vielleicht verstärkte das Fehlen jeglicher Vegetation die Dimensionen noch, die reinen Linien, die alle Konturen bildeten. Die Luft war unwirklich scharf und durchsichtig, wie ein klarer Herbsttag auf der Hardangervidda. Außerdem waren die ganzen Berge zu sehen, vom Gipfel bis zum Meeresspiegel, ich hatte tausend Meter vertikale Sicht. Der Galdhøpiggen ist einfach nicht dasselbe, weil man sich am Fuße des Berges schon fast am Gipfel befindet.

Der Bus fuhr an zwei Zapfsäulen und einigen Lagerhäusern vorbei. Wir näherten uns dem Hafen.

Und da lag sie.

Die Ewa.

Mit Eispanzer vor dem Bug und allen Schankrechten. Sie lag da und wartete auf mich, blau und lang und ganz ruhig, mit einem gelben Mast mit Ausguckstonne. Ein riesiges schwarzes Gummiboot war am Bug festgezurrt.

Per geriet sofort in hektisches Organisieren, obwohl wir doch nur zu viert waren.

»Stellt euer Gepäck hier am Anleger ab. Wir fahren erst in zwei Stunden, vorher können wir also noch einkaufen gehen. Und wer will, schafft auch Museum und Galerie. Die anderen, die schon an Bord sind, kommen auch mit.«

52

Die anderen. Ich konnte an der Reling Gesichter erkennen. Zwei waren schon auf dem Weg an Land, über eine Art Holzplattform, die den Abgrund zwischen Kai und Schiff verdeckte. Ich beneidete sie, denn sie hatten die Ewa schon zu ihrer Basis gemacht, zu einem Punkt, von dem sie aufbrachen und zu dem sie zurückkehrten. Sie hatten sie vor mir eingenommen.

»Ihr braucht keine Angst um euer Gepäck zu haben, hier auf Svalbard gibt es keine Kriminalität«, rief Per.

Ich schleppte meinen Koffer zum Gepäck der anderen und lief dann rasch zurück zu meinem Platz ganz hinten. Langsam füllte sich der Bus mit Menschen. Ich hörte Englisch und Französisch. Drei Japaner brabbelten miteinander. Unfaßbar, daß sogar kleine Kinder es schaffen, diese Sprache zu lernen.

Ich dagegen wechselte mit niemandem ein Wort, setzte mir die Sonnenbrille auf die Nase und wartete auf die nächste Unterbrechung.

Hier, bei 78 Grad Nord, gab es zwar einen Supermarkt, aber der quoll nicht gerade über von Waschpulver zum Sonderpreis. Dagegen war er bis obenhin vollgestopft mit Kristall und Silber und Gold und Uhren und teuren Klamotten und wahnsinnig geschmacklosen Reiseandenken. Mir wurde richtig schlecht von dem Anblick. Mußte man denn wirklich blöde kleine Spielzeugeisbären verkaufen, wo doch die echte Ausgabe jederzeit auftauchen konnte? Sie verkauften sogar kleine zottige Spielzeugpinguine, es war nicht zu fassen, ich kaufte einen für meinen Vater und fragte mich, wo wohl die Ortsansässigen einkaufen mochten. Aber dann entdeckte ich eine Ecke, in der die Normalität regierte: Käse, Milch, Salami, Tiefkühlkost und Babynahrung. Schnaps und Zigaretten fand ich erst, nachdem ich kilometerlang an Regalen vorbeigewandert war, die mich ins Warenhaus Glassmagasin in Oslo versetzten. Unglaublich erleichtert füllte ich meinen Einkaufswagen mit Renault Cognac, Champagner und Zigaretten und warf noch ein paar Tüten Karamelbonbons dazu, dann fischte ich meinen Flugschein aus der Tasche, der mir diese vielen Schätze sicherte.

»Gibt es hier eine Toilette?«

Die Kassiererin zeigte mir den Weg und stempelte meinen Flug-schein ab. Ich ließ den Einkaufswagen vor der Tür stehen, schließ-lich gab es auf Svalbard keine Kriminalität, nahm einen guten Schluck Cognac und pißte dabei, dann verließ ich diesen Glaspa-last des entwürdigenden Kommerzes und steuerte ein Bier im Café Busen an.

Ich war in meine Halbe vertieft, als sie kamen. Es wäre aufgefallen, wenn ich darauf bestanden hätte, allein an meinem Tisch zu sitzen.

»Doch, hier ist frei.«

Ich steckte mir eine Zigarette an und hoffte, es mit fanatischen Nichtrauchern zu tun zu haben, aber Frikk legte eine Packung Prince auf den Tisch und ging zum Tresen.

»Für mich nur Kaffee!« rief Turid hinter ihm her. Er nickte, ohne sich umzudrehen. Sie lächelte. »Er kennt mich. Ich habe so wenig Appetit. Die Mahlzeit im Flugzeug wird noch stundenlang bei mir vorhalten.«

Ich zog meine Lippen zu einem Lächeln auseinander.

»An Bord sind ja nicht gerade viele aus Norwegen«, plapperte sie weiter, während sie ihre Daunenjacke auf den Stuhl hinter sich drapierte; mit dieser Art von Kleidungsstück schien sie nicht so recht vertraut zu sein. Ich trank und rauchte, mußte wieder pissen. Auf allen Seiten umgaben uns die Einheimischen. Nordnorwegi-scher und finnmärkischer Singsang wogte durch den Zigaretten-rauch, der vor den Fenstern von der Sonne blau getönt wurde. Ich schwitzte.

»Entschuldigung, ich muß zur Toilette.«

Dort wischte ich mir mit nassem Klopapier die Stirn und be-gegnete meinem eigenen Blick. Der sagte mir nichts. Auf dem Rückweg zum Tisch kaufte ich noch ein Bier.

Frikk beugte sich über ein Stück Bienenstich. Turid blies ihren Kaffee an und lächelte, als ich mich setzte.

»Ich heiße Turid«, sagte sie. »Aber das weißt du ja schon. Und das ist Frikk.«

Frikk nickte mit Creme am Kinn. Er hatte Pickel auf der Nase – aber nicht, weil er zu stark gewürzten Senf aß.

»Ich heiße Bea.«

»Das wird spannend!« sagte Turid. Frikk nickte und trank seine Cola. Die Cola hatte oben eine Fettschicht, als er sein Glas wieder hinstellte. Ich schluckte und starrte die Leute an den Nebentischen interessiert an. Ich zog eine Zigarette aus der Packung, das Feuerzeug fiel mir auf den Boden unter Turids Stuhl. Sie bückte sich und fing an, mit den Fingern den Boden zu betasten.

»Ach, ich sehe wirklich nicht gut.«

»Kurzsichtig?« fragte ich.

»Ja, und in den letzten Jahren ist es schlimmer geworden.«

Ich fand das Feuerzeug. »Hier ist es«, sagte ich.

Wir richteten uns auf, gleichzeitig, und stießen mit der Stirn gegeneinander. Es tat nicht weh, aber ihre Augen waren für die eine Sekunde, die wir brauchten, um uns zu entschuldigen, ganz dicht vor meinem Gesicht.

»Nein, viel wirst du auf dieser Tour nicht zu sehen kriegen, so kurzsichtig, wie du bist«, kicherte Frikk.

Turid antwortete nicht sofort.

Ich zog den Rauch bis in die Lungenspitzen, dann hob ich das Bier an den Mund und trank lange, ohne ihren noch immer an mir haftenden Blick zu erwidern. Ihre funkelnden Brillengläser erinnerten mich an Sonnenstrahlen, gebündelt in einem über Moos gehaltenen Brennglas. Bald stieg ein dünner Rauchfaden auf, gefolgt von einer kleinen Flamme. Meine Wange brannte.

»Der Junge hat recht«, sagte ich langsam und leckte mir die Lippen. »Wieso fährst du nach Svalbard, wenn du nur so wenig siehst?«

Sie räusperte sich. »Frikk hatte so große Lust auf diese Reise.«

Sie räusperte sich noch einmal, trank einen Schluck Kaffee und fügte hinzu: »Er interessiert sich so sehr für Natur, für alle Natur, die ein bißchen anders ist. Ich fühle mich zu Hause am wohlsten, in meinem Garten. Aber wo ich schon einmal hier bin, werde ich mich schon amüsieren. Ich bin ja schließlich nicht blind.«

Danach erzählten die beiden, was sie eingekauft hatten. Vor allem Frikk führte das Wort.

»Der Bus holt uns in einer Dreiviertelstunde ab«, sagte Turid.

»Ich glaube, ich gehe zu Fuß«, sagte ich.

»Findest du den Weg?«

»Einfach geradeaus zum Fjord und dann nach links.«

Sie nickte.

»Aber es ist vielleicht ein bißchen weit«, fügte ich hinzu.

»Ja. Ich glaube, Frikk und ich warten auf den Bus.«

Die hohe Wolkendecke war zerrissen und ließ helle Sonnenflecken durch. Der Fjord lag still und dunkel da. Die Straße führte zuerst geradeaus und dann in einem Winkel von neunzig Grad nach links. Hier brauchten sich die Straßenbauingenieure nicht den Kopf über im Weg stehende Bäume zu zerbrechen, sie konnten einfach die Straße anlegen und damit fertig. Ich fror und bohrte die Hände in die Taschen. Meine Einkaufstüte baumelte von meinem Arm, ich freute mich darauf, das Klebeband vom Daunenjackenklumpen zu reißen und Luft in die Jacke zu lassen. Es würde gut tun, sie anziehen zu können, ich ahnte schon, daß sie in den kommenden Tagen sehr oft meinen Körper umschließen würde, vielleicht auch in den Nächten mit Mitternachtssonne. Das Sightseeing würde sich für den guten Per wohl nicht auf die normalen Arbeitszeiten begrenzen.

Und dann fiel mir der Cognac in meiner Tüte ein. Ich blieb stehen und trank. Ein verdrecktes Auto kam vorbei, jemand glotzte. Wenn ich hier wohnte, dann wäre mein guter Ruf jetzt wohl ruiniert. Aber ich wohnte ja nicht hier. Deshalb winkte ich dem Wagen munter zu, trank wieder an meinem Renault, rieb mir die Wange, ohne eine Brandwunde zu entdecken, und wanderte weiter über die schnurgerade Straße auf den wartenden Fjord zu.

Der Bus überholte mich, als ich den Hafen fast erreicht hatte.

Mein Koffer war verschwunden, zusammen mit dem Gepäck der anderen. Per stand mit einer jungen Frau auf der Holzplattform und half den Leuten an Bord. Beide wechselten von einer Sprache in die andere, und die Frau sagte zu mir: »Welcome, my name is Pia, Piiia …«

Als sei ich geistig behindert und brauche die Dienste einer Logopädin.

56

»Ich bin Norwegerin«, sagte ich.

»Ach was? Ich heiße Pia.«

»Das habe ich gehört.«

»Geh einfach in die Messe, da treffen wir uns alle.«

In die Messe? Ich kletterte über die höchste Türschwelle aller Zeiten und hatte plötzlich einen Satz im Kopf: »Der König begab sich in seine innere Gemahlin.« Den hatte ich in der dritten Klasse in einem Schulaufsatz verwendet, und ich hatte erst fünf Jahre später mitten im Geschichtsunterricht kapiert, warum der Lehrer damals gelacht hatte.

Die Messe war ein Raum mit fünf oder sechs am Boden befestigten Tischen, rotkarierten Tischdecken und ebensolchen Vorhängen vor den Bullaugen. An den Tischen saßen Leute in dicken Jacken und hatten Handschuhe und Kameras vor sich liegen. Sie warteten gespannt. Turid und Frikk hatten sich schon niedergelassen. Frikks leuchtende Augen musterten den Raum und die Menschen. Ich setzte mich zu den Japanern und nickte höflich: »Hello.«

Sie lächelten alle drei von einem Ohr zum anderen und nickten mehrere Male. Ich fühle mich immer ein bißchen unwohl in japanischer Gesellschaft. Dieses Lächeln, das einfach da ist, ganz und gar ohne Grund. Was sie wohl machen, wenn sie wirklich glücklich sind? Ich versuchte, ihr Gegrinse nicht zu erwidern, ich sah lieber in eine andere Richtung und vermied direkten Blickkontakt.

»Jetzt sind wir alle hier!« rief Per und rieb sich die Hände. Ein Infobrett war neben einem Fernseher und einem Videogerät an der Wand angebracht. Pia trat neben Per. Sie waren niedlich, wie aus einem Bilderbuch. Jetzt setzte ein endloser Informationsstrom ein, der dazu führte, daß mein Durst überhandnahm, aber ich blieb sitzen.

Die Besatzung wurde vorgestellt. Sie defilierten lächelnd und nickend vorbei. Mir ging auf, daß es sehr lange her war, daß mich so viele Menschen innerhalb so kurzer Zeit angelächelt hatten. Hatte ich diese vielen wohlwollend entblößten Gebisse wirklich verdient? Ich versuchte, mir die Namen zu merken, und plötzlich erkannte ich, wie genial es war, daß Per sich auf Vornamen begrenzte, und daß dieser Entschluß sicher teuer erkauften Erfahrungen entsprungen war.

Zuerst kam Sigmund, ein riesiger Seebär: der Kapitän und Besitzer des Kahns. Seine Augen waren kalt. Er schien sich unwohl zu fühlen, aber er lächelte auf Kommando. Er hatte struppige Haare, und seine Hose und sein Pullover waren ausgebeult. Er hieß uns alle an Bord der Ewa willkommen und wünschte uns eine schöne Reise. Ich war mir nicht sicher, ob er das wirklich meinte, aber ich wußte auch, daß ich immer ungeheuer scharfsichtig wurde, wenn ich getrunken hatte. Nicht selten erwiesen sich meine krassen Schlußfolgerungen als nicht stichhaltig, wenn die Leber dann eine Runde gearbeitet hatte. Deshalb vergaß ich schnell die Kälte in Sigmunds Augen und widmete mich der nächsten Person, dem nächsten Namen, Lächeln und Willkommensspruch. Sie alle stammten diesmal von Georg, noch einem Seebären, einem älteren Mann: Eislotse. Ohne diesen Mann war Sigmund verloren, wenn wir uns durch einen engen Sund quetschen mußten oder von zuviel Treibeis umgeben waren, erklärte Per.

»Dann müssen wir zu zweit auf der Brücke stehen«, sagte Georg und fügte mit einem für Sigmund bestimmten Grinsen hinzu: »Und dann bestimme ich.«

Die, die kein Norwegisch sprachen, äfften das Lachen der anderen nach.

Danach traten Lena und Stian vor. Die beiden waren für das Essen verantwortlich, ein junges Paar, das wahrscheinlich einen Schnellkurs im Kochen absolviert hatte, um eine Gratistour nach Svalbard abzustauben. Sie hielten Händchen, als wollten sie signalisieren, daß sie für keine Romanze von Fahrgastseite zu haben sein würden, und sie tuschelten miteinander, wie alle Liebenden das machen, ein exkludierendes Benehmen, das auf alle anderen aufgesetzt und albern wirkt, nur nicht auf die, die sich noch genau erinnern können, daß es ganz natürlich wirkt, zu tuscheln und zu flüstern, wenn man mit beiden Beinen in der Psychose steckt, die wir Verliebtheit nennen.

Als nächstes Paar erschienen Ola und Bjørn, so jung wie Stian und Lena, aber ohne Händchenhalten. Sie standen mit hängenden

Armen da, wie das junge Männer eben machen, wenn sie nicht so recht wissen, wohin mit Armen und Beinen. Sie trugen ölverschmierte Overalls und Schirmmützen mit Olympia-Emblem, und sie lächelten nicht, sondern starrten ernst in die Messe hinein, energisch und verantwortungsbewußt. Sie tauten auf, als Per sagte: »Und hier haben wir Sonja. Das ist Sonja.«

Ola kniff sie in den Hintern und bildete sich offenbar ein, niemand habe das bemerkt.

Sonja machte einen Knicks. Sie machte tatsächlich einen Knicks!

»Sonja räumt die Kajüten auf«, sagte Per. »Sagt ihr Bescheid, wenn ihr noch Handtücher braucht oder so. In diesem Zusammenhang kann ich euch auch gleich bitten, euren Wasserverbrauch zu beschränken. Wir müssen Süßwasser bunkern, und deshalb sind unsere Vorräte begrenzt. Und noch etwas – schließt eure Türen nicht ab. Hier an Bord haben wir Vertrauen zueinander.«

Ich hatte plötzlich Angst, er könne etwas über eine einzige große Familie sagen, aber er fuhr fort: »Außerdem müssen für den Fall einer Notsituation die Türen offen sein. In diesem Zusammenhang zeigen Pia und ich euch jetzt die Rettungsanzüge.«

Pia ging auf den Flur, um sie zu holen, während Per seine Ermahnungen über saubere Handtücher und Wasserverbrauch auf Englisch wiederholte.

Die Rettungsanzüge erwiesen sich als gigantische Plastikmonstren mit eingebauten Handschuhen, Füßen und Kapuzen. Mein Durst wuchs und wuchs.

»So kommt man in die Füße«, sagte Per, und Pia führte das vor. »Like this. Und dann die Arme.«

Pia sah aus wie ein Raumfahrer. »Zieht den Reißverschluß bis zum Kinn hoch. Der sperrt sich manchmal ein bißchen«, sagte Per. Aber Pia schaffte es. Danach hockte sie sich hin, und alle hörten ein Zischen.

»Jetzt wird die Luft herausgepreßt«, erklärte Per. »The air inside. Und ganz zum Schluß setzt ihr die Kapuze auf und schließt den obersten Reißverschluß. Der Anzug schützt gegen Kälte und schwimmt.«

Wir erfuhren, daß die Anzüge in weißen sargähnlichen Kästen an Deck aufbewahrt wurden, Per versprach, uns später hinzuführen.

»What if we don't have time to put them on?« fragte hinter mir eine amerikanische Stimme. Ich drehte mich nicht um, war aber gespannt darauf, wie ehrlich Pers Antwort ausfallen würde.

»Then you will die within minutes«, sagte er. Schweigen senkte sich über die Messe. Sigmunds Blick wanderte herausfordernd von einem zum anderen. Ich überlegte, daß in diesem Moment vielleicht eine Art Auswahlprozeß stattfand. Daß die, die jetzt heulend zum Ausgang stürzten, an Land gesetzt werden würden, weil sie einer Tour mit der Ewa nicht gewachsen waren. Aber alle blieben ruhig sitzen. Ich warf einen Blick auf den Amerikaner. Große Daunenjacke, aus der ein winziges, braunes, runzliges Gesicht hervorlugte, Brille mit Stahlgestell. Er war geprägt vom Ernst des Augenblicks, schien stolz darauf zu sein, daß gerade seine Frage die Ursache zu diesem unverhohlenen Eingeständnis gegeben hatte, wie rauh die Natur um uns herum doch sei und welche Spannung darin liege. Die Erklärung dafür, warum wir fünfundzwanzigtausend Kronen für diese Reise bezahlten, zusätzlich zum Flug nach Longyearbyen.

»Alles klar«, schrie Per, um die Stimmung aufzulockern, und hielt den Moment dafür gekommen, um uns zu erklären, daß wir Bier aus dem Kühlschrank, Wein aus den Kisten auf dem Boden und Cognac, Whisky und Gin, Campari und Wodka aus den in Haltern an der Wand hängenden Flaschen entnehmen konnten. Ich reckte den Hals. Da hingen sie. Zehn Kronen für ein Bier, dreißig für eine Flasche Wein, zehn pro Dosis aus einer Wandflasche. Nur der Cognac kostete fünfzehn. Rémy Martin. Aber wir brauchten nicht mit Geld in sämtlichen Währungen der Welt um uns zu werfen. Per und Pia hatten für jeden Fahrgast eine Liste erstellt, und diese Listen wurden jetzt mit Magneten am Infobrett befestigt. Jede Liste wies einen Namen, die Namen der Alkoholvarianten und eine Rubrik »Diverses« für Filme und Bücher über Pflanzen und Tiere der Polarregion auf. Sie verkauften auch noch *sehr* fesche Pullover, wie Pia sagte. Wir sollten Striche in unsere

Listen eintragen, und am Ende der Reise würde dann alles zusammengezählt werden.

Mir kam dieses System ganz hervorragend vor, und ich erhob mich sofort und ging zur Kochnische der Messe, die einen Herd, einen Spülstein, einen Schrank, eine Geschirrspülmaschine und einen Kühlschrank aufwies. Alle starrten mich an, während ich ein Carlsberg aus dem Kühlschrank nahm und den Korken mit dem Öffner entfernte, der an einer Schnur an der Wand hing. Niemand folgte meinem Beispiel, und ich bereute alles sofort. Aber ich würde dieses Unternehmen noch oft wiederholen, und deshalb konnten sie sich auch gleich an diesen Anblick gewöhnen. Ich trank direkt aus der Flasche, dann ging ich lächelnd zu Per und Pia hinüber, griff zum Bleistift, der wie der Flaschenöffner an einer Schnur hing, und setzte einen kurzen, energischen Strich unter »Bea«, hinter »Beer.«

»Then you can find your cabins«, sagte Per. »Die Namen stehen an der Tür. Und die namenlosen Koffer stehen auf dem Gang beim Klavier. In einer Stunde wird gegessen. Dinner in an hour. Wenn wir das offene Meer erreicht haben. And today's programme will be written on the white board. This evening we will visit Barentsburg.«

Klavier? Hatten sie hier sogar ein Klavier? Ich blieb ruhig sitzen und trank, während die anderen aus der Messe wuselten. Per kam zu mir. »Durstig?« fragte er.

»Ja. Wie viele sind wir hier an Bord?«

»Verflixt. Das habe ich ganz vergessen.« Er starrte den letzten hinterher, die gerade die Messe verließen, aber sah wohl ein, daß es zuviel Mühe machen würde, alle wieder zurückzurufen.

»Elf Fahrgäste«, sagte er. »Und mit der fünfköpfigen Besatzung plus Kapitän, Eislotsen und Pia und mir sind wir insgesamt zwanzig.«

»Nur elf Fahrgäste? Kann sich das denn lohnen?«

»Frag Sigmund.« Per lächelte. »Ich bin nur ein normaler Lohnempfänger.«

»Dann darfst du sicher auch kein Bier trinken, wo du doch die ganze Zeit für alles mögliche verantwortlich bist«, sagte ich freundlich, und meine Schmeichelei fiel nicht auf steinigen Boden. Per richtete sich auf. »Ab und zu nehme ich schon ein Bier.«

»Wie schaffst du es, dir sämtliche Namen zu merken?«

»Bei elf ist das kein Problem. Ich war auch schon Reiseleiter bei Fahrten mit viel mehr Gästen ... auf größeren Schiffen als diesem. Das geht schon gut. Und beim Essen könnt ihr erzählen, wie ihr heißt. Dann lernen wir uns besser kennen.«

»Wie eine einzige große Familie?«

»Genau«, er lachte. »Willst du dir nicht auch deine Kajüte ansehen?«

»Wie ist's mit dem Rauchen?« fragte ich.

»Nur an Deck. Aber auf dem Achterdeck sind zwischen Reling und Dach Plastikwände angebracht. Dort ist es windgeschützt, es steht auch ein Holzofen da, wir können also im Halbkreis um ihn herumsitzen und ...«

»... es uns gemütlich machen.«

Er konnte meine Ironie einfach nicht überhören, aber er parierte mit: »Genau. Und Pfadfinderlieder singen!«

Meine Kajüte gefiel mir nicht. Sie war zu eng. Und dabei war sie doch eigentlich für zwei Personen gedacht: ein Etagenbett, zwei Schränke, ein Waschbecken und eine Kommode umgaben einen ein Meter breiten Darm von einem Flußboden, der so lang war wie das Bett. Das obere Bett war nicht bezogen; ich beschloß sofort, es als Nebenlager für Kleidungsstücke zu benutzen. Ich brachte all mein Hab und Gut an dazu geeigneten Orten unter und schob den Koffer, der nur noch den Pinguin für meinen Vater enthielt, unter das Bett, wobei meine Füße das fremde Schaukeln registrierten. Ich schaute aus dem Bullauge. Nicht eine Welle zu sehen.

Aber wo zum Henker sollte ich die beiden Ginflaschen verstauen, damit Sonja nicht entdeckte, wie rasch sich ihr Inhalt verringerte? Mein Alkoholverbrauch ging niemanden, absolut niemanden etwas an, es war meine Sache, warum ich das Flirren meiner Nervenstränge dämpfen mußte. Und diese Sonja hatte ich sofort als Schnüfflerin erster Klasse durchschaut. Allein schon ihr Knicks, wie ein demütiges Zimmermädchen. Sie war bestimmt ziemlich brutal, eine Wölfin im Schafspelz, die den Rest der Besatzung mit intimen Schilderungen des Gepäcks aller Fahrgäste unterhielt. Und es war doch klar, daß das Gepäck auf einer solchen Reise einiges über den Fahrgast verraten konnte.

Schließlich wickelte ich die Ginflaschen in die überzählige Bettdecke, Cognac und Witwe dagegen steckte ich zur Unterwäsche, die alle sehen durften, wenn sie wollten, meine Unterhosen waren sauber und neu. Ich puhlte das Klebeband von der Daunenjacke, schüttelte sie, damit sie soviel Luft wie möglich aufnahm, und legte sie mir über den Arm, als ich meine Kajüte verließ.

Beim Klavier lagen jetzt keine Koffer mehr. Es stand allein da, schwarz und glänzend, vorn waren Messingleuchter angebracht. Das Klavier war an der Wand festmontiert. Daneben stand ein Bücherregal mit spärlichem Inhalt, dessen Tür mit soliden Haken geschlossen war. Es konnte also ganz schön heftig zugehen, das war mir klar, mit Möbeln und Schränken, die von Wand zu Wand geschleudert wurden.

Die Japaner trippelten über den Teppichboden und lächelten bei meinem Anblick intensiv los.

»Did you like your cabins?« fragte ich.

»Velli nice! Velli nice!« antworteten sie wie aus einem Munde.

Die Gerüche, die Geräusche, das leichte Schaukeln des Decks. Die Ewa war wie eine Fremde, von der ich mir einbildete, sie einst gekannt zu haben, vielleicht in einem anderen Leben. Obwohl ich überhaupt nicht an Schiffe gewohnt war, fühlte ich mich auf ihr wie zu Hause. Schläfrig wanderte ich hinter den anderen her und ließ mir die weißen Särge mit den Rettungsanzügen zeigen, während die Schiffsmotoren zu grummeln anfingen.

Wir kamen an der Tür zum Maschinenraum vorbei. Die Hitze schlug uns entgegen, wie mitten im Winter die Hitzewand in norwegischen Einkaufszentren. Eiskalt – feuerheiß – eiskalt. Es roch nach Öl und nach Schnupftabak und Schweiß junger Männerleiber, bildete ich mir ein.

»Wäre es nicht besser, wenn wir alle einen Anzug in unserer Kajüte hätten?« fragte Oscar leise. Er stand neben mir.

»Ja, vielleicht«, sagte Pia, mehr sagte sie aber nicht. Oscar fuhr fort: »Wir schaffen es doch nicht mehr bis zu diesen Kästen, wenn wir schlafen, während das Boot gerade untergeht …«

»Warum nicht?« fragte ich und wurde etwas wacher.

»Weil das schnell passiert. Wenn es ein Holzschiff wäre …«

»Holzschiff?«

»Holz schwimmt. Metall nicht. Ein Schiffbruch dauert bei einem Holzboot länger … glaube ich.«

»Wir gehen nicht unter«, tröstete ich. »Die Ewa hat einen Eispanzer.«

»Aber es können auch andere Dinge passieren«, sagte er. »Es kann brennen, oder eine riesige Welle stellt uns auf den Kopf, ein Eisberg reißt die Schiffsseite auf.«

»Ach was.« Ich lachte. »Hast du wirklich Angst davor? Du bist ja vielleicht ein Pessimist!«

In diesem Moment fing ich den Blick des einen Japaners auf. Er lächelte. Ich sah wieder Oscar an, und der sagte: »Ich bin kein Pessimist, ich bin ein Realist. Deshalb bin ich so alt geworden.«

Ich wollte gerade einen blöden Spruch servieren, *er* sei doch wirklich noch nicht so alt, als Per uns bat, still zu sein und zuzuhören.

Er zeigte auf das Gummiboot. »And this is the Zodiac. We call it that. Zodiac. This will take us ashore.«

Der Zodiac hatte Sitze und in der Mitte ein Steuerrad. Es gab einen Außenbordmotor, der unter einer Ölplane lag.

»Wie viele PS hat der?« fragte Frikk.

»Neunzig«, antwortete Per.

»Himmel, so viele!« sagte Frikk.

Auch ich war beeindruckt. Noch sechzig Pferde, und er hätte mein Schulflugzeug eingeholt.

»Wie kriegen wir das zu Wasser?« wollte Frikk jetzt wissen.

»Mit der Winsch dort.« Per zeigte darauf.

Ich wanderte in die nach Essen duftende Messe. Lena und Stian tischten Schüsseln und Terrinen auf, und sie hatten den Tisch in der Ecke mit Stapeln von Tellern und Besteck bedeckt. Die rotkarierten Tischdecken waren Netzmatten gewichen, von der Art, wie man sie unter Teppiche legt, damit die nicht auf dem Parkett herumrutschen. Ich zupfte an einer. Sicher. Genau solche Matten. Clever. Schüsseln und Gläser würden praktischerweise an Ort und Stelle bleiben, wenn wir mitten im Orkan essen wollten.

»Du stehst ein bißchen im Weg«, sagte Lena mit entschuldigendem Lächeln und einer dampfenden Auflaufform mit überbackenen Kartoffeln in der Hand. »In zehn Minuten wird gegessen.«

Die Botschaft war klar und einfach: Verpiß dich, komm in zehn Minuten wieder.

Ich nutzte diese zehn Minuten zu einem kleinen Extradrink in meiner Kajüte und dankte meinem Schöpfer für meine Weitsicht. Mein totaler Alkoholverbrauch mußte zumindest nicht in Form von kleinen Bleistiftstrichen ausposaunt werden.

»Prost, Ewa«, murmelte ich. In diesem Moment änderte sich das Motorengegrummel. Die Tourenzahl erhöhte sich um einiges und überstieg die Eigenfrequenz der Kommode, während meine Haarbürste im Fach unter dem Spiegel vibrierte, wurde dann immer lauter, bis sich alles stabilisierte und das Schiff sich seitlich legte.

Aus dem Bullauge starrte ich auf Wasser, nicht mehr auf den Anleger, deshalb konnte ich unsere Abreise gar nicht voll genießen. Aber die Bewegung verriet mir, daß wir jetzt unterwegs waren. Per hatte uns streng ermahnt, niemals das Bullauge zu öffnen, aus Rücksicht auf Gischt und die Sicherheitsvorschriften, aber jetzt war kein Orkan in Sicht, und deshalb machte ich es doch und trank im Luftstrom noch einen Schluck Gin. »Prost, Ewa, gute Fahrt über die sieben Meere ... jedenfalls über dieses. Ich würde dir gern eine Flasche Champagner opfern, aber das ist die gelbe Witwe, und die muß ich für einen ganz besonderen Anlaß aufbewahren, für dann, wenn ich das gemacht habe, weshalb ich hergekommen bin. Du bekommst aber ein bißchen Gin, kleine Ewa, damit du versprichst, gut auf mich aufzupassen. Das ist Burnett's, deshalb gibt es nur einen kleinen Spritzer.«

Ich hielt die Flasche mit dem Daumen vor der Öffnung aus dem Fenster und ließ einige Tropfen die Metallwand hinunterlaufen, dann stand ich einfach nur noch da und schaute hinaus. Vögel, Bäume, in der Ferne ein brauner Strand. Ich hatte plötzlich Lust zum Malen. Aber wie sollte ich diese kristallklare Luft wiedergeben? Ich hatte mir nie die Mühe gemacht, Luftvariationen zu studieren, hatte das nie als Problem gesehen. Königsblaue Herbsttage in Trondheim waren leicht, ich zeichnete einzelne Herbstfarben einfach tiefer als sonst und gab den Himmel in tiefen Blautönen über Rot und Lila wieder. Aber hier? Das Licht verwirrte und verblüffte mich. Es war ehrlicher. Kompakter. Ich hatte keine Wasserfarben und keine Ölstifte bei mir, nur Bleistifte und Filzstifte. Ich seufzte, und mitten in einem neuen Schluck meldete sich der Gedanke wieder zu Wort: Vergiß nicht, warum du hier bist. Nicht zum Zeichnen, verdammt noch mal, oder um polare Natur zu malen, reiß dich zusammen, Bea ...

Ich hatte keinen besonders großen Hunger und ich hatte auch keine besonders große Lust, den anderen mehr über mich zu verraten als unbedingt notwendig. Als Pia mich bat anzufangen, sagte ich deshalb mit hoher, klarer Stimme: »My name is Bea, and I'm Norwegian.«

Dann stopfte ich mir den Mund mit Lammfleisch voll, das übrigens sehr lecker zubereitet war, mit Rosmarin und Knoblauch, denn niemand sollte sich einbilden, dies sei der Moment für intime Geständnisse. Aus dem Augenwinkel heraus konnte ich Turids Brillengläser blinken sehen. Ich spülte das Fleisch mit Mineralwasser hinunter, mir war plötzlich eingefallen, daß der Tag noch lang war. Wir wollten doch nach Barentsburg, den armen Russen guten Tag sagen, die fast verhungerten. Da ziemte es sich nicht, besoffen und knoblauchrülpsend anzutanzen.

Georg der Eislotse hatte sich neben mich gesetzt. Sein Profil war genau so, wie ich ein Seebärenprofil gezeichnet hätte. Scharfer Nasenrücken, viele Fältchen, Schnurrbart, kräftiges Kinn mit Kerbe. Er warf sein Essen ein, als gelte es das Leben, und dabei folgte er der Vorstellungsrunde der Fahrgäste.

Ich hatte offenbar die Leiste für die Informationsmenge ziemlich niedrig gehängt, und das ärgerte mich. Ich wollte zwar meine Lebensgeschichte nicht servieren, aber ich hätte doch gern etwas mehr über die anderen erfahren, was sie in ihrem zivilen Leben so machten etcetera. Aber jetzt ging es wie am laufenden Band.

Oscar war Norwegian. Turid erzählte, das sei sie auch. Und sie zeigte auf Frikk und sagte: »And this is my son, Frikk.«

Per zeigte auf die nächste, gebleichte Strähnchen in den Haaren, höchstens vierzig, massenhaft Wimperntusche, nagelneuer Overall, Goldringe. »My name is Dana. I'm from Iiiitaly!«

Danach kamen die Japaner an die Reihe. Sie hatten sich an einem Tisch für sich allein über einer Flasche Sojasoße zusammengerottet. Voller Abscheu hatte ich gesehen, wie sie ihr Lammfleisch in dem dünnflüssigen Zeugs ertränkt hatten. Der eine Mann erhob sich und ließ einen langen Spruch Kauderwelsch folgen. Es sollte wohl Englisch sein, klang aber japanisch. Es als gebrochenes Englisch zu bezeichnen wäre die Untertreibung des Jahres gewesen. Per räusperte sich und bat ihn, seinen Text noch einmal zu wiederholen. Die Wiederholung erfolgte im selben Tempo, und der Japaner lächelte dabei so breit, daß er bei Wörtern mit M statt der Oberlippe die Oberzähne benutzen mußte. Pia sprang ein. Sie zeigte auf seinen Brustkasten und fragte: »Name?«

Langer Spruch, wenn auch etwas kürzer als der erste. Ich kaute und trank wieder Mineralwasser. Das hier war lustig. Pia fragte, ob wir wohl eine Art Kurzversion der Namen benutzen könnten, sie gewissermaßen von Anfang an amputieren. Er nickte bereitwillig, Pia brachte in Erfahrung, wie die drei hießen, warf einen Blick auf die Versammlung, zeigte nacheinander auf die Japaner und ihre Begleiterin und sagte: »This is Sao und this is Nuno. And this is Izu.«

Izu war die Dame. Die Männer konnte ich nicht auseinanderhalten, ein Japaner ist ein Japaner. Aber die Frau Izu war ein anderes Kapitel. Sie benahm sich arg kindisch, was Gestik und Mimik betraf, wie eine norwegische Fünfjährige. Aber sie mußte eher an die fünfzig sein. Ich hatte keine Ahnung von Japan, abgesehen davon, daß es eigentlich Nippon hieß, daß die Leute wie bescheuert Computer und Autos produzierten und dabei in einem fort Selbstmord begingen. Warum verreisten diese drei gemeinsam? Waren sie Geschwister? Verheiratet? War Izu vielleicht Bigamistin? Jetzt sprachen sie miteinander, ohne zu lächeln. Und sie mußten ja auch kauen. Da ist das Lächeln nicht leicht. Die Sojasoße troff von den Gabeln, sicher war der Berufsstolz von Stian und Lena jetzt verletzt.

Ich vergaß diese barbarische Eßweise, als sich die beiden nächsten erhoben. Wirklich süße Typen. Männer in meinem Alter. Ich hatte sie schon beim Ausflug zu den weißen Särgen und zum Zodiac betrachtet, war aber zu müde gewesen, um sie so richtig zu verinnerlichen. Und dabei wäre es gar keine schlechte Idee gewesen. Sie zu verinnerlichen, meine ich. Sie waren Franzosen, deshalb sprachen sie Englisch wie Maurice Chevalier. Thank Heaven for little girls, summte ich vor mich hin, in meinem milden Ginrausch.

»Mai nim iz Filiiiipö, and ziz iz Scha!« sagte der eine Franzose.

Genau. Philippe und Jean. Was ist eigentlich los mit französischen Eltern? Warum haben sie so wenig Phantasie?

»Das sind ja vielleicht Playboytypen«, murmelte Georg in seine überbackenen Kartoffeln. Ich kicherte. Vielleicht hatte er ja recht, denn bei genauerem Hinsehen schienen ihre Kleider eher fürs Slalomlaufen als für eine Reise nach Svalbard gedacht zu sein. Stepphosen mit Hosenträgern und Pullover in munteren Farben. Mir ging auf, daß Georg mich zu seiner Vertrauten gemacht hatte, und um meine Bereitwilligkeit zu signalisieren, murmelte ich meinerseits: »Aber sie sind immer noch besser als die Japaner.«

Er grinste. »Oder als alte Leute, die auf einem Zylinder laufen und mit der Winsch in den Zodiac hinabgelassen werden müssen, weil sie sich nicht auf die Leiter trauen …«

Der Amerikaner stand auf. Er war der letzte.

»I'm Samuel. Call me Sam. I'm from Florida, where the temperature is a hell of a lot better than here.«

Dröhnendes Lachen, kariertes Hemd unter dem winzigen, braunen, runzligen Gesicht, nagelneue Jeans. Krampfhaft sportlich. Play it again, dachte ich, oder setz dich hin und halt die Klappe.

»Was soll der Quatsch«, flüsterte Georg. »Miese Temperatur! Ist doch noch Sommer … es hat ein ganzes Grad!«

»Ich muß hinaus in dieses Grad und eine rauchen«, sagte ich.

»Eine paffen? Ich komm mit. Vergiß deinen Teller nicht.«

»Was ist mit dem Nachtisch?« fragte Lena, die auch an unserem Tisch saß.

»Den nehmen wir nach dem Paffen.« Georg grinste.

Wir spülten unsere Teller ab und stellten sie in die Geschirrspülmaschine, dann nahmen wir in dem winzigen Gang vor der Messe unsere Jacken von den Haken. Die Haken mußten wirklich hart arbeiten, eine undurchschaubare Anzahl von dicken Jacken hing dort übereinander. Das gefiel mir. Wie eine Hüttentür auf blauer See.

Georg drehte sich mit dem Rücken zum Wind eine staubtrockene Rød Mix. Um uns herum lag blank und endlos das Meer. Die Sonne tunkte Berge und Fjord in buttergelbes Licht. Kein einziges anderes Schiff war weit und breit zu sehen, und der Fjord war so breit, daß ich mir einbildete, die Oberfläche beschriebe einen leichten Bogen. Die meisten Wolken waren hinter den Horizont gerutscht, wo sie sich als flache Haufen mit gelbem Rand vom hellblauen Himmel abzeichneten. Ich atmete tief durch. Es roch salzig und kalt. Wir hatten ein gutes Tempo und machten unseren eigenen Wind.

»Willst du vielleicht eine fertige Zigarette?« fragte ich.

»Nein, davon kann ich nicht schlafen.«

»Schlafen?«

»Ich leg mich nach dem Nachtisch aufs Ohr. Dann steht der Sigmund auf der Brücke ... bis ich wieder dran bin.«

»Schlafen und arbeiten, was? Keine Freizeit?«

»Ach ... ich geh ja auch mal mit an Land. Und knall auch mal, wenn's nötig ist.«

»Bären? Hast du ...?«

»Wir stoßen ab und zu auf einen. Aber wir haben dafür Bärenschuß. Dann kriegt er Angst.«

»Bärenschuß?«

»Das ist eine Art Leuchtgeschoß. Schönes Feuerwerk, für den Fall, daß der Teddy herumschnüffeln will.«

»Ist er ... der Bär ... gefährlich?«

»Aber sicher. Vor zwei Dingen hüte ich mich hier auf dieser Welt, vor Eulen und vor Eisbären.«

»Vor Eulen? Aber ...«

»Frauenzimmer. Ich nenne sie Eulen, aber das ist nicht böse gemeint.« Er lachte tabaksrauh und spuckte über die Reling.

»Du bist also nicht verheiratet?«

»O nein. War ich mal. Vor hundert Jahren, aber das ging nicht. Ich war ja nie zu Hause, war immer auf See. Sie hat behauptet, die Kinder wären durch unbefleckte Empfängnis entstanden. Seit damals bin ich den Eulen aus dem Weg gegangen. Das gibt nur Ärger.«

»Und den Eisbären.«

»Ja. Mit denen gibt's auch nur Ärger. Aber auf diesen Touren hier suchen wir ja gerade nach ihnen. Mir gefällt das nicht, aber ...«

»Habt ihr auf der letzten Reise welche gefunden?«

Ich steckte mir noch eine Zigarette an, um das Gespräch in Gang zu halten.

»Na und ob! So sieben oder acht, glaube ich.«

»Herrgott.«

»Ja, das kannst du wohl sagen. Und einmal hätte er uns fast erwischt. Er stand auf einer Eisscholle und fraß Robbenspeck, den ich ihm hingeworfen hatte, während wir per Zodiac um die Scholle rumwuselten. Die Touris haben wie wild geknipst. Ich dachte, es wäre nicht gefährlich, aber dann kam er ...«

»Herrgott!«

»Bei diesen Viechern weiß man einfach nie. Der hier sprang los und flog vier oder fünf Meter durch die Luft und landete neben uns im Wasser.«

»Vier oder fünf Meter?«

»Wenn er besseren Anlauf nehmen kann, dann springt er noch viel weiter.«

»Aber das Gummiboot – der Zodiac, der ist doch voller Luft? Wenn der Bär ein Loch reinreißt, dann versinkt er doch sicher?«

»Ja, das ganze Boot geriet in Panik, das kannst du dir ja denken. Wir hatten zwei Eulen bei uns, die vor Geschrei den Verstand verloren. Und ich hatte die Verantwortung für den ganzen Quatsch.«

»Und was hast du gemacht?« fragte ich atemlos.

Er zog an seiner Zigarette, stieß den Rauch durch die Nasenlöcher aus und sagte: »Na ja ... wir sind eben weggefahren.«

Das hörte sich vernünftig an. Ich nickte.

»Und jetzt will ich meinen Nachtisch. Heute gibt's Backpflaumengrütze.«

Ich trottete hinterher. Ich war bestimmt genauso müde wie Georg. In der Messe herrschte Unruhe. Alle wollten möglichst schnell mit dem Essen fertig sein, um von Deck aus alles zu sehen. Sie spachtelten ihre Grütze und starrten besorgt aus den Bullaugen. Ein Fotomotiv nach dem anderen schwamm vorbei. Zwei Berge, wie Zwillinge, tauchten auf. Sie sahen aus wie der Vesuv. Twin Peaks. Beim Anblick dieser Berge konnte niemand mehr stillsitzen. Sie stürmten zu den Kleiderhaken, ohne ihre Teller wegzuräumen. Georg sagte gute Nacht, und ich half Lena und Sonja beim Abräumen. Stian füllte die Geschirrspülmaschine. Wenn Lena Nachschub brachte, bekam sie jedesmal einen feuchten Kuß. Sonja summte vor sich hin.

Ich holte mir ein Bier, als wir fertig waren. Die Bärengeschichten hatten mich wieder durstig werden lassen. Bei diesen Viechern wußte man einfach nie. Na gut. Ich staunte darüber, wie hier die

Pronomen verteilt wurden. Der Bär war er. Das Schiff war sie. Das Wetter war er. Damit hatte ich zwei Er, bei denen man nie wußte, sowie eine Sie, auf die sich alle verließen. Abgesehen von Oscar. Das fesselte mich sehr, und ich grübelte weiter. Die Erde war sie. Die meisten mir bekannten Gottheiten waren er. Der Mond war sie. Was war mit anderen Transportmitteln? Doch, ein Flugzeug war sie. Die RAF-Flieger hatten im Krieg ihre Flugzeuge nach amerikanischen Sexbomben getauft. Was war mit Autos? Fahrrädern? Rodelbrettern?

Lena riß mich aus dieser Philosophie, als ich noch längst kein Ergebnis erzielt hatte. »Ich muß die Plastikmatten wegnehmen, hebst du mal eben dein Glas hoch?«

Das tat ich. »Wann sind wir in Barentsburg?«

»So in etwa zwei Stunden.«

»Dann lege ich mich so lange hin.«

»Sollen wir dich mahnen?«

»Mahnen?«

»Dich wecken. Wenn wir da sind.«

»Ja, bitte. Mahn mich dann bitte.«

Sie hatten nicht damit gerechnet, daß irgendwer sich gleich zu Beginn der Fahrt ins Bett legen würde; daß jemand aus anderen Gründen auf der Ewa war, als um die Kamera immer wieder auf Berge und Wasser und die Vögel zu richten, die im Kielwasser des Bootes herumwuselten. Deshalb hatten weder Per noch Pia an die Möglichkeit gedacht, daß jemand ihren wilden Streit hören würde, den sie in meiner Nachbarkajüte hinlegten. Die teilten sie, das hatte mir der Zettel an der Tür verraten, sie waren also ein Paar, wenn auch in einer sehr viel fortgeschritteneren Phase als Lena und Stian. Ich riß die Augen weit auf, stocknüchtern nach fast zwei Stunden Schlaf, preßte ein Ohr an die Wand und steckte den Finger in das andere.

»... das ist verdammt ungerecht ... und du stimmst ihm auch noch zu, Scheiße!« Das kam von Per.

»Ich hatte ja wohl keine andere Wahl!« fauchte Pia. »Oder was? Wir sind doch total abhängig von seiner Hilfe ... habe ich da eine andere WAHL? Hm?«

72

»Du hättest sagen können, daß du das erst mit mir besprechen müßtest, daß wir das alles zusammen machen. Verdammt ... wenn er die Hälfte haben will, dann müssen wir uns den Rest doch TEILEN. Scheiße ...«

»... verdammt ungerecht, mir solche Vorwürfe zu machen! Wenn WIR uns jetzt auch noch zerstreiten, dann sehen wir alt aus. Dann kriegt niemand was. Niemand! Hast du dir das schon überlegt?«

»Ich bereue fast, daß wir mit diesem Scheiß überhaupt angefangen haben«, sagte Per.

»Sicher, sicher, aber wir brauchen das Geld. Himmel, Per, jetzt reg dich doch wieder ab ...«

Ich kniff die Augen zusammen. Nun redet schon weiter, dachte ich. Worum geht es denn bloß? Aber es war ganz still. Ich hörte gurrende Schmusegeräusche. O verflixt, jetzt versöhnten sie sich wieder. Per sagte: »... wir tun so, als ob uns das recht wäre. Ohne uns schafft er das ja auch nicht. So ist das.«

Was schaffte wer nicht? Ich preßte mein Ohr an die Wand, aber es blieb still. Dann wurde an meine Tür gehämmert. Der plötzliche Schreck stieß meinen Finger tief in mein Ohr. Ich brüllte auf.

»Hallo? Äh ... Bea? Wir sind bald in Barentsburg. Ist bei dir alles in Ordnung?«

Lena. Wollte mich mahnen. Mein Gehörgang dröhnte vor Schmerz, mein Trommelfell bebte und kreischte in Hochfrequenz.

»Ja. Danke ... tausend Dank!«

Vorsichtig setzte ich mich auf und fischte den Renault aus dem Koffer. Ich fand einen Q-Tip und beträufelte ihn mit Cognac, dann rieb ich mir diese lindernde Flüssigkeit vorsichtig in den Gehörgang und trank einen energischen Schluck. Jesus Christus, was für eine Art, wach zu werden! Für einen Moment überkam mich wieder die Klaustrophobie, ich öffnete das Bullauge und wurde von einem Spritzer Salzwasser getroffen. Das tat gut. Ich leckte mir die Lippen und genoß den Salzgeschmack, dann zog ich mich an und ging zu den anderen nach oben.

Ich war überhaupt nicht auf diesen Anblick vorbereitet gewesen: die Häuser am Hang, die Menschen, den Dreck, die Stimmung, die bettelnden Kinder am Anleger, ihre ausgestreckten schmutzigen Hände.

Eine winzig kleine Russin trat von einem Fuß auf den anderen, sie war nach der norwegischen Mode der sechziger Jahre gekleidet. Hellblaue Daunenjacke, Terylenhose, karierter Acrylpullover mit Rollkragen, Modeschmuck, grüner Lidschatten und viel zuviel Rouge.

Stian hatte die Schüssel mit der Pflaumengrütze geholt und füllte die Pappbecher der Kinder. Zwei rannten auf die Häuser zu, ohne den Inhalt ihrer Becher anzurühren. Ich blickte hinter ihnen her, sie liefen endlose Holztreppen hoch, die hier die Straßen ersetzten. Zweihundert Meter weiter oben verschwanden sie in einem winzigen Haus, das sich an eine größere Betonmauer preßte. Die Fensterscheiben waren allesamt zerbrochen. Das Häuschen war gesprenkelt durch die abblätternde Farbe und den Rost, der von den Eisenbeschlägen an Fenstern und Türen hinabgetropft war.

Die tiefstehende gelbe Sonne versuchte, den Slumeindruck zu mildern, was ihr aber nicht sonderlich gut gelang. Die Frau streckte mit stolzem Lächeln die linke Hand aus, sie zeigte auf die Häuser, die Stadt, die herumlaufenden Kinder, und sie rief in gebrochenem Englisch: »Willkommen in Barentsburg. Ich bin Jelena, und ich werde Sie hier durch unsere kleine Siedlung auf achtundsiebzig Grad nördlicher Breite führen!«

Dieser Stolz … ich blickte ihr forschend ins Gesicht. Sollte der Stolz tiefe Beschämung verbergen? War er das Ergebnis von generationenlanger Propaganda, die keine negative Einstellung gestattete?

Per und Pia schlossen sich uns an.

»Wir gehen mit Jelena!« rief Per. »Kommt mit!«

Von der Besatzung wollte sich niemand uns anschließen. Nur Per und Pia und wir elf Fahrgäste brachen auf. Ich spielte einen Moment lang mit dem Gedanken, an Bord zu bleiben, dann siegte meine Neugier. Kaum hatte ich mich entschlossen, als schrille Musik erklang. Abba sangen über money, money, money. Alle schauten in die Richtung, aus der der Lärm erklang: eine Baracke am

Fuße des Hügels. Ich entdeckte in einem Fenster ein Megaphon, das als Lautsprecher diente. Über dem Megaphon: zwei grinsende Männergesichter. Und auf einer Plattform vor dem Haus: junge Männer, die an Tapetentischen standen, mit Zigaretten im Mund, in Daunenjacken mit zu kurzen Ärmeln.

»Ihr kaufen?« fragte Jelena eifrig in gebrochenem Englisch und trippelte in Richtung der Musik los. *Money, money, money, could be funny, in the rich man's world.* Mit großen Augen gingen wir hinter ihr her auf die Tische zu, die von Pelzmützen, Pelzhandschuhen, Münzen, Briefumschlägen mit gestempelten Marken, Militäreffekten, Holzbechern mit unbeholfenen Bildern von Eisbären und verschneiten Bergen, grün und rot bemalten Holzlöffeln und einem Samowar bedeckt waren.

»Ihr müßt feilschen«, sagte Pia. Ich dachte: Ja, da kennst du dich ja wohl aus ... mit Preisverhandlungen. Betrieben sie und Per vielleicht Rauschgiftschmuggel? Oder holten sie Schnaps aus Rußland?

»Aber sie sprechen nur Russisch«, fügte Pia hinzu. »Ihr müßt das Geld zeigen. Nur norwegisches Geld. Dafür können sie in Longyear einkaufen. Ein durchschnittlicher Wochenlohn beträgt hier fünfzig Kronen.«

Die Handschuhe kosteten genau fünfzig, die Japaner kauften jeder ein Paar. Samuel kaufte eine Pelzmütze, ich eine Anstecknadel mit Hammer und Sichel, für fünf Kronen. Die Männer strahlten mit Zahnstummeln und dunklen Augen, während Abba über unsere Köpfe hinwegdröhnten: *All the things I could do if I had a little money in the rich man's world.* Das Megaphon tilgte sämtliche Bässe, die schwedische Gruppe hörte sich an wie ein Mäusechor.

»Oben in der Stadt noch mehr einkaufen«, rief Jelena. »Jetzt zeigen, wie wir hier wohnen und leben.«

Wir gingen in geschlossenen Formationen die Holztreppe hoch. Samuel und Oscar kamen hinter mir und diskutierten über den Fjord, den wir von hier aus gut im Blick hatten. Samuel wußte nicht genau, wie in Norwegen ein Fjord definiert wird, und Oscar versuchte, seinem Gedankengang zu folgen.

»Der hier heißt Grønfjord, grüner Fjord, obwohl er in Wirklichkeit blau ist«, und auch Samuel meinte, daß hier von einem Fjord die Rede sein dürfe. Aber der Isfjord, gleich dahinten, der der Karte zufolge zwanzig Kilometer breit war? Nein, der war für Samuel nichts Geringeres als ein Meeresarm.

»Und der Storfjord ist sechzig Meilen breit«, sagte Oscar.

»Das ist kein Fjord«, erklärte Samuel. Die beiden hatten sich offenbar gefunden. Oscar durfte sogar die neue Pelzmütze aufprobieren.

Frikk führte zusammen mit Jelena unseren Zug an, dicht gefolgt von Turid und den Franzosen. Per und Pia sprachen leise miteinander, und ich hatte keine Lust, sie zu belauschen. Ich drängte mich nach vorn durch und hörte mir Jelenas Erklärungen an. Energisch lotste sie uns durch verschiedene Häuser: eine Gärtnerei mit erbsengroßen Tomaten, Frauen in großgeblümten Kittelschürzen und gehäkelten Angoramützen schleppten Wassereimer. Ein Stall mit kränklichen Kühen und einem riesigen Bullen namens Mars, der vor Hunger brüllte. Eine Katze kam angeschlichen. Eine wohlgenährte Polarkatze, die von allen gestreichelt wurde. Sie schnurrte und rieb sich an unseren Beinen und schaute verächtlich zu Mars hinüber, in der sicheren Überzeugung, daß ein kleiner Katzenmagen trotz Slum und Lebensmittelknappheit doch immer gefüllt werden würde. Die Kühe lieferten hundertzwanzig Liter Milch pro Tag, erzählte Jelena stolz, aber als Per fragte, ob das genug sei, mußte sie mit Bedauern in der Stimme zugeben, daß nur Kinder Milch trinken durften, die Erwachsenen nicht.

»Aber die Regierung hat angeordnet, daß jetzt alle Kinder aufs Festland zurückkehren müssen. Ich habe einen Sohn, und der ist vor kurzem abgereist.«

»Und was ist mit Ihnen?« fragte Dana und drehte einen Goldring hin und her.

»Ich muß hier bleiben. Ich habe einen Vertrag unterzeichnet. Ich muß noch zwei Jahre hier bleiben.«

Wir schwiegen. Jelena streichelte Mars, mit dem Ergebnis, daß eine lange Zunge aus seinem Mund schoß und versuchte, sich um ihr Handgelenk zu wickeln.

»Wie alt ist Ihr Sohn?« fragte Dana.

»Erst zwei Jahre. Meine Eltern kümmern sich um ihn. Das ist kein Problem.«

Aber ihr Blick verriet, daß das durchaus ein Problem war, auch wenn sie jetzt ihren Kummer abschüttelte und strahlend rief: »Und jetzt ich zeigen Swimmingpool und besuchen wir Hotel mit Bar.«

Mit Bar? Wir stapften hinter ihr her, über kohlschwarze Wege, wo flache Flechten am Wegesrand die einzige Vegetation darstellten. Wir kamen an einem kohlschwarzen Fußballplatz mit nur einem Tor vorbei. Einige Männer spielten mit einem verdreckten Ball und grölten und johlten. Alle Häuser waren heruntergekommen, farblos und riesengroß, sie standen akkurat nebeneinander, wie in einer Spielzeugstadt. Vor der Sporthalle, die angeblich ein Schwimmbad enthielt, standen weitere Tische, weitere Männer zeigten eifrig auf ähnliche Waren, wie wir sie schon zur Plastikmusik im Hafen gesehen hatten. Ich blieb vor der Halle stehen und rauchte, während die anderen sich den Stolz der Stadt zu Gemüte führten: Meerwasser, das in ein Becken gepumpt und erwärmt wurde. Ich schüttelte den Kopf und freute mich auf die Bar.

Die anderen kamen wieder zum Vorschein. Die Japaner lächelten und lächelten. Turid kam zu mir herüber. »Beeindruckend«, sagte sie.

»Aber ganz schön heruntergekommen«, sagte ich. »Die Farbenhandlung in der Stadt ist wohl konkurs gegangen.«

»Was? Ach so.« Sie lachte. »Aber die Instandhaltung muß doch wesentlich billiger sein als neu zu bauen?«

»Vielleicht bleiben sie nicht mehr lange hier«, sagte ich. »Die sind doch kurz vor dem Verhungern.«

Turid beugte sich plötzlich zu mir vor. »Ist das deine echte Haarfarbe? So dunkel?«

Ich trat zwei Schritte zurück und trat meine Zigarette auf dem kohlschwarzen Boden aus. »Aber sicher«, sagte ich.

In der Bar wartete Larissa in einer Seidenbluse mit Tupfenmuster und einem weißen Busen, der sich unter der Seide hob und senkte, Gold in den Zähnen und geschminkt wie ein Clown. Sie war allein in der Bar, einem grell beleuchteten Raum mit Resopalmöbeln und dem Warenangebot, an das wir uns inzwischen schon gewöhnt hatten. An einer Wand standen auch Kleiderständer. Dort hing ein Kleid neben dem anderen, karnevalskostümartige Teile aus Nylon, mit Pailletten und Puffärmeln und Spitzen.

»Die machen wir hier. Sehen Sie nur«, bat Larissa. Hier wurden also diese entsetzlichen Kleidungsstücke angefertigt, und die Leute bildeten sich ein, daß jemand aus dem Westen sie kaufen und sogar anziehen würde. Warum hatte niemand ihnen erzählt, daß dieses Design ein Schuß in den Ofen war? Daß diese Textilproduktion garantiert nicht den Weg in den Westen finden würde? Ich bat um einen Wodka und drehte den Kleiderständern den Rücken zu, leerte mein Glas auf einen Zug und bestellte noch eins. Larissa verlangte sieben Kronen pro Glas.

»Warum ist hier niemand?« fragte ich, aber sie verstand mich erst, als ich meine Frage langsam wiederholt und dabei auf das Lokal gezeigt hatte.

»Nur ein Schiff heute«, sagte sie.

Ich zeigte auf sie und fragte: »Aber wohin geht ihr? Wenn ihr einen trinken wollt?«

»Dafür wir kein Geld.«

Sie nickte zu meinem Glas herüber, und ich schlug die Augen nieder. Fünfzig Kronen Wochenlohn, sieben Kronen für ein Glas Wodka. Herrgott. Ich sah ein, daß sie das Geld brauchten, das ich hier ausgeben würde. Aber diese Kleider, ich brachte es nicht über mich, aus purer Wohltätigkeit eins zu kaufen und es im Gepäck zu haben, weil ich es nicht über mein Gewissen bringen könnte, es über Bord zu werfen. Etwas anderes, ich mußte etwas anderes kaufen. Einen Samowar? Aber was zum Henker sollte ich mit einem Samowar, ich hatte einen elektrischen Wasserkocher und Teebeutel.

»Haben Sie russischen Kaviar?« fragte ich. Larissa nickte.

»Ist sich sehr, sehr teuer.«

»Kann ich den mal sehen?«

Sie bückte sich hinter dem Tresen und holte eine kleine flache Büchse. Ich nahm sie in die Hand und starrte sie an. Roter Beluga. Siebzig Gramm. Ich hatte mir vor einigen Jahren auf dem Kopen-

78

hagener Flugplatz so eine Büchse gekauft, aus purer, lauterer Luxusgeilheit, und ich hatte dafür neunhundert Kronen bezahlt. Steuerfrei.

»Ist das roter Beluga?« fragte ich. Larissa nickte in tiefem Ernst und wiederholte: »Sehr, sehr teuer.«

»Wieviel?«

Samuel sah zu, schwieg aber. Ein Amerikaner begreift, daß die Sache ernst ist, wenn zwei Frauen über echten russischen Kaviar verhandeln.

Larissa wollte nicht sofort antworten. Sie starrte ihre Fingernägel an. Die waren knallrosa lackiert und bildeten einen schrillen Kontrast zu den mohnroten Tupfen auf ihrer Bluse.

»Wieviel?« fragte ich leise.

»Leider …«

Sie flüsterte. Ich mußte mich vorbeugen, um sie zu verstehen. »Leider … hundertfünfzig Kronen.«

Sie wagte nicht, mich anzusehen. Ich hatte eigentlich feilschen wollen, glaubte jedoch, daß sie sich nicht verstellt hatte. »Die nehme ich«, sagte ich.

Samuel atmete hörbar aus.

Larissa lachte glücklich, weil die bedrückte Stimmung sich nun gelockert hatte. »Ja, sehr gut!« sagte sie und wickelte die Büchse in Papier, das offenbar schon oft verwendet worden war. Ich steckte meinen Kaviar in die Tasche.

»Ich warte draußen«, sagte ich zu Samuel und ging.

Hinter dem Hotel sah ich einen kleinen Hügel, den ich dann ansteuerte. Ich wußte sofort, daß ich von dort den Hafen sehen könnte. Ich mußte die Ewa sehen, wissen, daß sie da war.

Warum hatte ich Samuel gesagt, daß ich draußen warten wollte? Die Antwort war, daß ich mich bereits als Teil dieser Gruppe von Menschen definierte. Wir erlebten das hier zusammen, würden an Bord über die Kleider lachen können, konnten zusammen schöne Natur sehen und diesen Anblick auf andere Weise verinnerlichen, als wenn wir damit allein wären. Torvald hatte dieses Thema mehrmals angesprochen, wenn er in den Wald wollte und ich keine

Lust zum Mitkommen hatte. Er fand, daß es keinen Sinn habe, allein loszuziehen, ein schönes Naturerlebnis einsam zu genießen. Er müsse es einfach mit jemandem zusammen erleben, wenn es ihm einen bleibenden Wert geben sollte.

Das Moos war weich unter meinen Füßen. Es roch gut, als ich in die Hocke ging und die Finger hineingrub. Obwohl wir August hatten, wo laut Reisebüro die meisten Pflanzen abgeblüht waren, entdeckte ich mehrere Büschel strahlendbunter Blumen. Winzigklein waren sie und drängten sich eng zusammen. Ich brach einen Stengel ab, er konnte höchstens zwei Zentimeter lang sein. Das hier war offenbar kein Ort, wo man seiner eigenen Wege ging und in schöner Einsamkeit Wurzeln schlug. Als Teil einer Gruppe konnte man zur Not überleben. Alles andere bedeutete den sicheren Tod.

Und dort lag die Ewa. Die Hafenmauer war hoch, der Wasserstand tief, die Ewa war nur von der Reling aufwärts zu sehen. Der Zodiac sah aus wie ein kleiner Spinnenmann kurz vor der Paarung, wie er sich da an sie klammerte. Oder … war auch der Zodiac eine Sie?

Die Ewa war kein besonders großes Fahrzeug, dennoch war sie schon zu meinem Zuhause geworden. Die Berge hinter ihr leuchteten kupferbraun, das Wasser kräuselte sich ganz leicht. Ich zog mir die Daunenjacke bis zum Hals hoch und atmete tief durch. Den Geschmack von Wodka spürte ich in meinem Mund und das Gewicht des roten Beluga in meiner Tasche. *All the things I could do in the rich man's world.* Es war sehr weit von diesem Verfall bis zu dem Rußland, über das ich so gern las, wo der Zar seinen Juwelier ein ganzes Jahr an einem Osterei für die Zarin arbeiten ließ. Jetzt wurden diese Eier zu zehn Millionen das Stück auf Auktionen in New York, Paris und London verkauft. Eigentlich müßte diese Wertsteigerung Larissa und Jelena und den anderen hier oben zugute kommen.

Plötzlich entdeckte ich Turid und Frikk. Sie kamen allein aus dem Hotel. Sie sahen mich nicht. Turid kniff Frikk in die Wange und sagte etwas, er riß sich los, hob die Hand an sein Gesicht und antwortete mit hoher, piepsiger Stimme. Ich war zu weit von ihnen entfernt, um etwas verstehen zu können. Turid jedoch hatte verstanden, und was sie verstanden hatte, gefiel ihr nicht. Sie schlug ihn hart auf die andere Wange. Er taumelte zwei Schritte rückwärts, drehte sich um und rannte zum Fjord hinunter. Sie rief etwas hinter ihm her, aber er blieb nicht stehen. Nun kamen auch die anderen zum Vorschein. Philippe, oder vielleicht auch Jean, trug einen funkelnden Samowar. Samuel und Oscar mit den Japanern im Schlepptau steuerten die Kramtische an. Ich beschloß, den mit Moos bewachsenen Hang hinabzuklettern und mir die langen Treppensysteme zu ersparen.

Der Dauerfrost im Boden sorgte dafür, daß sich das Schmelzwasser unter der Vegetation zu Bächen und Lachen sammelte und eine glitschige Schicht zwischen beweglichem und festem Boden bildete. Ich rutschte mehrmals aus und verdreckte mir Kleider und Bergstiefel. Auf halbem Weg schleppte ich mich zu einer Holztreppe und konnte dort den ärgsten Schmutz abklopfen. Die Japaner holten mich lächelnd ein.

»Du gehst allein?« fragte Sao oder Nuno.

»Sicher«, antwortete ich. »Ich gehe allein.«

Jemand hatte Wassereimer mit Bürsten zum Stiefelreinigen auf die Laufplanke gestellt. Die Kinder hatten sich wieder am Anleger eingefunden. Ich scheuerte drauflos und versuchte, die Stiefel ins Wasser zu pressen, um sie abzuspülen. Bergesens gutem Rat hatte ich es zu verdanken, daß sie innen trocken waren. Die Kinder standen bewegungslos da und glotzten mich an. Ich kam als erste zurück zum Schiff. Frikk war nirgendwo zu sehen. Durch die offene Tür strömte der Geruch von frischem Backwerk, und die Kinder rochen das zweifellos auch. Fast hätte ich den Eimer umgestoßen, weil ich unbedingt fertig werden und diesen Blicken entkommen wollte. Ich wollte duschen. Wollte mir den Slum abwaschen.

In der Messe standen Schüsseln mit Zimtwecken auf den Tischen, aber ich ging an der Tür vorbei und stieg die Treppe zu den Kajüten hinunter.

Dort suchte ich mir saubere Unterwäsche und Socken und entdeckte dabei die Bonbontüten. Ich zog mir Turnschuhe an, lief nach oben, warf den Kindern eine Tüte zu und sah kurz zu, wie sie sich um sie scharten. Der Eilmarsch mit der Pflaumengrütze die vielen Treppen hoch vorhin hatte mir schon klargemacht, daß es sich hier nicht um verwöhnte, gierige Rotzgören handelte, bei denen das Recht des Stärkeren galt. Sie würden geschwisterlich teilen und niemals akzeptieren, daß einer ein Goldei und ein anderer ein schnödes Hühnerei bekäme. Einige positive Spuren hatte das Sowjetregime immerhin hinterlassen.

Die Dusche war ein nackter, kalter Raum mit Betonboden und zwei Stahlbügeln an den Wänden. Der Boden war naß und vermutlich eine Brutstätte für Fußpilz. Die Tür ließ sich nicht abschließen, und es gab keinen Duschvorhang. Ob sie uns auf diese Weise dazu bringen wollten, mit dem heißen Wasser sparsam umzugehen? Weil die Angst, von wildfremden Menschen nackt gesehen zu werden, uns zur Eile antreiben würde? Das war jedenfalls die Wirkung, als ich plötzlich draußen auf dem Gang Schritte und Stimmen hörte. Ich hörte Französisch und Japanisch und Englisch, wild durcheinander wollten sich die verschiedenen Weltsprachen gegenseitig erzählen, was sie gesehen hatten, obwohl es bei allen dasselbe war. Waren mußten in Kajüten verstaut werden, Bergstiefel durch Turnschuhe, dicke Kleider durch Trainingsanzüge und andere legere Kleidung ersetzt werden. Sie mußten wirklich Geld haben, diese Leute, die aus Mitteleuropa den weiten Weg hierher gekommen waren. Es mußte sich um einen ganz besonderen Menschenschlag handeln, Sensationssucher, die es satt hatten, in Ägypten auf Kamelen zu reiten, durch Venedig zu gondeln oder in freudigem Entsetzen die Sirenen vor ihrem Hotel in Manhattan zu hören. Ihren Bekannten zu Hause erschien so eine Reise sicher als wahnsinnig exotisch und absolut ihren Preis wert.

Beim Anziehen schaute ich auf die Uhr und war überrascht. Es war elf. Die Sonne hatte mich total verwirrt. Und jetzt würden wir Zimtwecken essen und Kaffee trinken und weiterfahren? Ich war überhaupt nicht müde. Und ich fand, die Zeit sei reif, um hinauf in die Messe zu gehen und mir etwas anderes als Kaffee zu mixen, und zwar in aller Öffentlichkeit.

Ich entnahm einer Flasche an der Wand einen doppelten Gin, machte auf der Liste aber nur einen Strich. Im Regal für Mineralwasser und Soda lag ein Filzstift. Bea, schrieb ich auf die halbleere Tonicflasche und stellte sie zurück. Langsam füllte sich die Messe mit rotgesichtigen Fahrgästen. Sigmund öffnete eine Tür zum Flur, hinter ihm konnte ich eine steile Treppe erkennen. Dort oben lag also die Brücke.

»Hallo, hallo«, sagte er zu allen, die ihn hören konnten. »War's nett an Land?«

Dana lächelte ihr schönstes Kapitänslächeln und strich sich über die gebleichten Haarsträhnen, aber Sigmund hatte seine Aufmerksamkeit bereits den Schüsseln mit den Zimtwecken zukommen lassen. Er nahm in jede Faust einen und kaute los.

»Ist bald Georg an der Reihe?« fragte ich erfahren. Sigmund

starrte mich vage an, als habe er sein Gehör auf ganz andere Sprachen eingestellt.

»Nein«, sagte er schließlich. »Erst in drei Stunden.«

»Gehst du auch manchmal mit an Land?«

»Nicht hier«, sagte er. »Und nicht in Ny-Ålesund, wo wir morgen hinkommen. Ich warte, bis wir in der Wildnis sind. Wo es etwas zu sehen gibt.«

»Denen hier geht's sehr schlecht«, sagte ich und nippte an meinem Glas.

»Dreckig geht's denen. Aber das würden sie ums Verrecken nicht zugeben.«

»Die Führerin ... Jelena ... mußte ihr Kind nach Hause schicken, ohne mitkommen zu dürfen.«

»Ich hoffe, Per hat ihr ein gutes Trinkgeld gegeben. Diese kleinen Jobs bringen ihr ziemlich was ein.«

»O verflixt, auf die Idee bin ich gar nicht gekommen. Ich hätte ihr gern einen Fünfziger gegeben. Wieviel bekommt sie normalerweise von Per?«

»Hundert. Und damit gehört sie hier zur Oberklasse.«

»Und du? Verdienst wohl gut an diesen Touren?«

Er antwortete nicht sofort, sondern musterte mich sorgfältig, um festzustellen, ob hier eine Zynikerin sprach, eine Idealistin, deren Grundprinzipien durch eine Einkaufsrunde mit norwegischer Währung erschüttert worden waren und die ihren Frust nun am Besitzer und Kapitän eines armseligen Passagierdampfers auslassen wollte. Ich erwiderte seinen Blick, unschuldsblau, trank wieder und lächelte freundlich.

»Nicht schlecht«, sagte er schließlich.

»Aber du hast doch sicher auch viele Unkosten?« fragte ich und legte mein Gesicht in verständnisvolle Falten.

»Viele«, sagte er und füllte seine Tasse mit dampfendem Kaffee.

»Darf ich mal auf die Brücke kommen und zusehen?« fragte ich.

»Natürlich«, antwortete er, aber sein Mangel an Enthusiasmus verriet mir, daß Fahrgäste, die da oben herumwuselten, während er sich Mühe gab, sein Brot zu verdienen, wirklich das letzte waren, was er sich wünschte.

Ola erschien mit Zimtweckenblick und vom Öl schwarzglänzenden Händen. Ein Bausch Putzwolle lugte aus seiner Hosentasche, genau, wie sich das für einen Maschinisten gehörte. Er hatte die Mütze umgedreht aufgesetzt. Auch sein Gesicht war ölverschmiert.

»Ist Bjørn jetzt da unten?« fragte Sigmund. Ola nickte.

»Dann kannst du das Deck abspülen, den russischen Dreck wegwischen. Und vergiß nicht, Georg um halb zwei zu holen. Ich bin verdammt müde.«

Ola nickte und wagte erst, in seine Zimtwecke zu beißen, als Sigmund die Tür zur Brücke hinter sich zugezogen hatte.

»Ganz schön energisch, der Chef«, kommentierte ich.

»Das kannst du wohl sagen«, antwortete Ola mit Wecke im Mund und Öl in den Mundwinkeln.

Die Japaner hatten ihren eigenen Aufenthaltsort gefunden. Einen kleinen Salon hinter der Kombüse, mit Sofas und blanken Tischen. Der Standard war dort höher als in der Messe, mit Teppich auf dem Boden und teureren Vorhängen vor den Bullaugen. Hier lagen Bücher über Svalbard und norwegische Polexpeditionen. Als ich aufs Klo mußte, entdeckte ich, daß sie im Salon saßen und mit Stäbchen Nudeln aus Tassen aßen – statt frischer Zimtwecken. Sie wollten auch keinen Film sehen, alle drei schüttelten lächelnd den Kopf, als ich später ankündigte, daß gleich ein Clint-Eastwood-Film per Video geboten würde.

»Wir nicht viel Englisch!« piepste Izu und lachte herzlich, weil ich so dumm sein konnte. Mir fiel plötzlich eine Lucille-Ball-Show ein, wo alles japanisch synchronisiert war, und ich konnte Izu verstehen. Sie konnten die Untertitel nicht lesen, und sie hörten weder im Radio noch im Fernsehen Englisch.

»Es ist eigentlich ein Wunder, daß Ihr Computer und Autos bauen könnt«, sagte ich lächelnd auf norwegisch.

»Ja, ja!« lachte Nuno oder Sao.

»Das war gemein«, sagte hinter mir eine Stimme. Oscar.

»Aber es stimmt doch!«

»Rassistin!« sagte er. Aber sein Lächeln brach dieser Anklage den Stachel ab. Und doch hatte er recht.

»Es spielt keine Rolle, ob jemand rassistisch ist, wenn er das runtermacht, was ihm eigentlich kulturell und finanziell überlegen ist«, sagte ich.

»Meine Güte!«

»Willst du den Film sehen?« fragte ich.

»Den kenne ich schon.«

»Ich auch.«

»Und stimmst du mir zu, daß er anders wirkt als beabsichtigt?«

»Wieso denn?« fragte ich.

»Es sollte doch ein Anti-Gewaltfilm werden, nicht wahr? Clint wollte gewissermaßen Abbitte leisten für die viele Gewalt, die er zwei Generationen lang auf Zelluloid gebracht hat. Aber am Ende finden ihn alle ganz toll, wenn er losballert und in den Regen hinausreitet.«

Ich lachte. »Was bist du eigentlich von Beruf? Psychologe?«

»Fast«, antwortete er. »Aber jetzt fängt der Film an.«

Ich trank und sah halbherzig zu. Ging mehrere Male zum Rauchen nach draußen, schaute ins Wasser und überlegte mir, wie entsetzlich kalt es war, wie schnell ein Mensch, der plötzlich über die Reling gestoßen würde, sterben müßte. So schnell würde dieser Mensch Krämpfe bekommen und krepieren, daß er niemals von den Händen erzählen könnte, die geschoben, die zum Fall beigetragen hatten. Ich warf eine Kippe ins Wasser, aber das Dröhnen des Motors übertönte das Zischen der Glut. Noch nicht, noch nicht. Ich hatte Zeit genug. Jetzt waren wir alle hier. In einer großen Gruppe, auf der Ewa versammelt. Ich hatte Zeit genug. Ein Meer von Zeit. Ein Polarmeer von Zeit.

Ich ging nicht auf die Brücke. Eine Stimme sagte mir, daß ich im Umgang mit Sigmund nüchtern sein müsse. Georg war um zwei an der Reihe, ich wollte mit dem Schlafengehen so lange warten.

Frikk war aufgetaucht und nach vier Wecken wieder verschwunden. Turid hatte sich so dicht vor den Fernseher gesetzt wie nur möglich, mit einem blutroten Campari in ihren altersfleckigen Händen.

Die Motoren im Bauch der Ewa arbeiteten, und Clint lag verletzt in einer alten Scheune und fror, während die Saloondirne mit den Messernarben im Gesicht sich um ihn bemühte. Sie verkaufte ihren Schoß für Geld an die Cowboys. Aber machte es ihr zwischendurch auch mal Spaß? Ihrem Körper wenigstens, der von Hormonen und Drüsen gesteuert wurde, die die Scheide verräterisch glatt werden ließen; von der Biologie des Leibes, der naiv glaubte, jeglicher sexuelle Verkehr diene der Reproduktion im Namen der Liebe. Auch wenn der Beischlaf unter Zwang oder aus finanzieller Notwendigkeit stattfand, konnte der Körper doch mit Genuß darauf reagieren. Und das ist die allergrößte Schande: einen zitternden Orgasmus erleben, zusammen mit einem Menschen, für den du nur tiefe Abscheu empfindest. Diese Schande ist so groß, daß auch viele Jahre sie nicht dämpfen können; die Zeit, die vergeht, gibt ihr stattdessen neue Gesichter, Haß, Angst, Furcht davor, die Kontrolle nicht zu haben, die Kontrolle zu verlieren, Furcht vor dem Genuß, sogar vor dem Genuß mit Männern, die du magst, in die du verliebt bist.

Die Saloondirne hockte vor Clint und streichelte seine Wangen im frischgefallenen Schnee. Ich hatte vorher sicher noch nie einen Western mit Schnee gesehen. Sonst gab es immer gelben Sand. Es war immer sehr heiß. Hier war es so kalt, daß der Held Lungenentzündung bekam.

Turid saß mit straffem Gesicht da und starrte durch die Flaschenbodenbrille den Bildschirm an. Ihr Mund war halbgeöffnet, sie war hin und weg. Ich sah ihr Profil. Ihre Lippen waren naß von Spucke und Campari, von dem bald nichts mehr übrig sein würde.

Oscar döste. Die Berge draußen versetzten niemanden in der Messe mehr in Panik, obwohl die Sonne so energisch darauf schien. Und soviel ich wußte, hatte von den anderen niemand geschlafen. Konnten die nicht bald ins Bett gehen und mich in Frieden trinken und mit Georg reden und an Bord meines neuen schwimmenden Zuhauses zur Ruhe kommen lassen? Ich war im Grunde doch wohl sehr viel anders als Torvald. Ich erlebte lieber solo. Mit Promille im Blut.

Ich ging mit meinem Glas hinauf auf Deck. Turid drehte sich um und starrte zu mir hoch. Ihre Augen schienen hinter den Brillengläsern hervorzuquellen, ihre Lippen glänzten feuerrot und verzogen sich zu einem Lächeln, das ihre oberen Vorderzähne entblößte. Ich blickte in eine andere Richtung, rieb mir energisch die Wange und verließ die Messe, suchte mir auf dem Gang meine Daunenjacke und lief an Deck. Ich sah mich plötzlich ein spitzes Messer in einen solchen Augapfel stoßen, hörte das raschelnde Geräusch, als sich der Druck hinter der Hornhaut ausglich, und betrachtete eine glasklare gelee-ähnliche Flüssigkeit, die salzig wie Meerwasser aus der Stichwunde quoll.

Ich mußte die Kapuze aufsetzen und sie unter meinem Kinn fest zusammenhalten. Wir hatten ein gutes Tempo erlangt, quer über kleine Wellenkämme. Der Himmel war noch immer klar, der Fjord noch immer riesengroß. Die Wolken hatten sich am Horizont noch stärker zusammengeballt, waren zu einem zusammenhängenden flauschigen Band in orangen und rosa Pastelltönen geworden. Samuel hatte recht gehabt, das hier war ein Meeresarm. Hinter dem Boot, im Windschutz, hing eine Vogelschar in der Luft und folgte uns im Tempo des Schiffes. Ich leerte mein Glas und steckte es in die Tasche, dann gab ich mir Feuer. Durch ein Bullauge konnte ich die Japaner im Salon sehen, die gerade ihre Habseligkeiten einsammelten. Ich ging bis zum Bug und mußte mich dabei an der Reling festhalten. Ein Ruck durchfuhr das Schiff immer dann, wenn es einen Wellenkamm erreichte, aber es war leicht, diesen Rhythmus zu durchschauen und die eigenen Bewegungen anzupassen. Am Bug reichte die Reling mir bis zur Brust, und es war eisigkalt, als ich breitbeinig dastand und das Panorama betrachtete, auf das wir jetzt zuhielten: eine Art Meerenge, so breit wie der Isfjord, der vermutlich rechts von uns lag. Berge ohne jegliche Vegetation, herbstliche Hochgebirgsnatur bis ganz zum Strand.

Es war unmöglich, ohne Handschuhe zu rauchen. Die Finger meiner rechten Hand erstarrten zu Eis. Ich warf die Zigarette über Bord. Der Wind erfaßte sie und ließ sie hinter mir auf Deck landen. Ich mußte mich mit dem ganzen Oberkörper über die Reling lehnen, um einen Luftzug zu finden, der sie ins Wasser brachte. Dort sah ich den Bug, die Spitze des Schiffsrumpfes. Das Wasser schäumte einen Meter hoch vor der blauen, metallenen Messerspitze auf, und dort stand der Name, Ewa, in Weiß. Das W sah aus wie ein auf dem Kopf stehendes M. Ich spürte, wie mir das Blut in den Kopf strömte, während ich über der Reling hing und die gewaltigen Kräfte sah, dem Lärm der Motoren und Wassermassen lauschte, den schreienden Vögeln. Ich befand mich an Bord all dessen, was hier vorwärts donnerte.

Meer und See hatten schon immer die Menschen angezogen, sie erbarmungslos von zu Hause weggeholt. Frauen und Kinder hatten weinend Booten und Schiffen nachgewunken, ohne zu wissen, wann sie ihre Lieben wiedersehen würden, hatten in Sturmnächten wachgelegen und zu Gott gebetet. Das Meer hatte Leben genommen und Brot auf den Tisch gebracht. Einmal Seemann, immer Seemann. Das Land galt nicht, war nur eine Zwischenstation. In diesem Moment begriff ich, warum. Es ging nicht um das Meer, um die Einkünfte oder die Naturerlebnisse. Nein, es ging darum, in Bewegung zu sein, unterwegs von etwas, zu etwas, niemals in Ruhe, niemals in Ruhe. Man konnte ganz still in der Koje liegen und trotzdem dabei unterwegs sein. Eine Koje an Land hielt uns dagegen fest.

Ich richtete mich auf. Ich hatte schrecklichen Hunger. Hatte auch andere schon über Hunger klagen hören. See und Seeluft waren daran schuld. Aber wo sollte ich jetzt etwas zu essen finden? Vorher wollte ich auf jeden Fall noch eine Runde um das Boot drehen, mich damit vertraut machen.

Das Deck war frisch gespült. Sogar die weißen Särge mit den Rettungsanzügen. Hier und dort lagen ordentlich aufgewickelte Taurollen, in einem mir unbekannten System. Der Zodiac bewegte sich im Takt der Ewa, festgezurrt, unfähig, seine neunzig PS zu benutzen. Über mir lag die Brücke, mit riesigen Fenstern über die ganze Breite des Bootes. Ich konnte ein Gesicht erkennen, zwei Augen, die hinter den Sonnenreflexen funkelten. Kapitän Sigmund auf seinem Posten.

Ich schlüpfte in die enge Passage zwischen Wand und Reling, um nach achtern zu gelangen, wo man es sich im Halbkreis mit Pfadfinderliedern gemütlich machte. Ich kam an der Tür zum Maschinenraum vorbei, sie stand offen. Die Hitze schlug mir entgegen, und, durch den Lärm der Dieselmotoren: Gelächter. Hysterisches Gelächter. Ich blieb stehen. Jemand kam die Treppe hochgerannt, aber ich bewegte mich nicht. Es war Frikk. Sein lachendes Gesicht wurde wachsam, als er mich entdeckte.

»Hallo«, sagte ich. »Neue Freunde gefunden?«

»Ja«, war alles, was er sagte, ehe er sich an mir vorbeiquetschte. Aber diese kurze Antwort hatte genügend Luft aus seiner Lunge entweichen lassen, um mir klarzumachen, daß er geraucht hatte. Keine Prince, sondern einen guten Joint in guter Gesellschaft. Ich fragte mich, ob das ein Grund zur Besorgnis sei, glaubte das aber nicht. Es konnte ja wohl nichts schaden, daß sich die Maschinisten ihre Arbeit mit einem Joint versüßten. Schlimmer wäre es, wenn Sigmund schwankend hinter dem Steuerruder stünde.

Ganz weit achtern stieß ich auf die Plastikwand. Ein grober Reißverschluß aus Plastik zog sich von Dach zu Deck. Ich öffnete ihn und trat in einen Raum voll gelbem Licht, der Farbe des Materials, das Wind und Wetter aussperrte. Unklare Fenster wie in einem Zelt ließen ein wenig Licht und Aussicht herein, und ein riesiger kalter Holzofen bewachte diesen zehn Quadratmeter großen, geschlossenen Raum, den die Plastikplane geschaffen hatte. An der Innenseite der Reling waren orange Schwimmwesten befestigt, mindestens fünfzig an der Zahl, und an der Wand waren weiße Campingstühle aufeinandergestapelt. Eine Tür führte in die Messe, und auf beiden Seiten gab es Bullaugen. Ich zündete mir noch eine Zigarette an und zog die Aschenschublade aus dem Ofen, während ich zu den anderen hineinblickte. Der Film hatte die letzte Phase erreicht, ich hörte gedämpfte Schüsse. Drei Hinterköpfe waren alles, was ich sehen konnte. Dana, Oscar und Samuel. Turid war offenbar ins Bett gegangen. Zwei einsame Zimtwecken lagen noch in der Schüssel. Ich hatte gerade beschlossen, sie mir anzueignen, als Georg vom Gang her die Messe betrat. Er schaute in meine Richtung, entdeckte mich sofort, schnappte sich die beiden Wecken und kam durch die Messe zu mir aufs Achterdeck. Als er die Tür öffnete, hörte ich Clint seinen Verfolgern den Tod androhen.

»Na, paffst du schon wieder?«

»Ja. Willst du beide Wecken?«

»Ich wollte eigentlich noch ein bißchen Pflaumengrütze. Du kannst eine haben.«

Er kaute und rauchte dabei eine selbstgedrehte Zigarette, die in der Mitte so dick war wie eine Zigarre.

»Wo sind wir jetzt?« fragte ich.

»Im Forlandssund. Wir kommen bald an Sarstangen vorbei, und dann muß ich dem Sigmund helfen.«

»Sarstangen? Vor vielen Jahren habe ich mal ein Buch gelesen, das handelte von Sarstangen und einem Bulldozer ... Ich glaube, das hatte ein Schwede geschrieben.«

»Den Film hab ich in der Glotze gesehen. Aber das war kein Schwede. Ich glaube, das war ein Deutscher. Mir hat der nicht gefallen.«

»Der Deutsche?«

»Nein, der Film, du Dussel. Ich hab doch gesehen, wo sie mit dem Boot waren, hab alles wiedererkannt. Und das hat alles nicht gestimmt.«

»Aber jedenfalls waren sie bei Sarstangen.«

»Ja. Und da sind wir auch bald. Wir haben ein verdammt gutes Tempo, ich weiß ja nicht, wieso der Sigmund es so eilig hat ... wir haben doch Zeit genug ...«

»Der will in die Wildnis. Will die ganze Zivilisation hinter sich lassen. Barentsburg und Ny-Ålesund.«

Georg lachte. »Ja, der Sigmund ...«

»Ist der immer so sauer?«

»Nei-hein. Er ist einfach so.«

»Der muß doch haufenweise Geld verdienen?«

»Er hat es satt. Hat diese Tour hier schon so oft gemacht. Hat es satt. Wird auch langsam alt.«

»Und was ist mit dir?«

»Mit mir? Ich muß einfach auf See sein. Sonst krieg ich Gicht und werde unmöglich. Ich hab's ausprobiert. Glaub nicht, ich hätte das nicht ausprobiert ...«

Er hustete dröhnend.

»Auf was für Schiffen bist du denn gefahren?«

91

»Auf allen! Fischkuttern und Trawlern. Auch auf Tankern, aber das hat mir nicht gefallen.«

»Und was hast du gefangen?«

»Wal. Und Seehunde im Osteis.«

Georg linste durch das Plastikfenster, nachdenklich, als erinnere er sich an alle Fangtouren, wo sich die Seehundsleichen auf Deck stapelten und der Finnwal neben dem Schiff hergezogen wurde.

»Ich habe Hunger«, sagte ich.

»Dann werfen wir mal einen Blick in die Pantry.«

»Wohin?«

»Dahin, wo das Essen ist.«

Der Film war zu Ende, und Oscar machte sich am Videogerät zu schaffen. Er betrachtete die verschiedenen Knöpfe aus nächster Nähe, dann drückte er sorgfältig auf stop und rewind. Samuel kümmerte sich um die Fernbedienung. Dana war schon gegangen.

»Gute Nacht!« sagte Georg, als wir an ihnen vorbeikamen. Wir gingen in die Küche, wo alle Tische glänzten und die Schränke mit soliden Haken versehen waren. Georg öffnete ganz hinten eine Tür. Die Pantry, mit Regalen, vom Boden bis zur Decke mit Schüsseln und Tellern gefüllt, die mit Zellophan und Alufolie überzogen waren. Ich beschloß, dieses Zimmerchen Speisekammer zu taufen; langsam reichten mir diese ganzen Seeausdrücke, die die Küche zur Kombüse und das Eßzimmer zur Messe und das Gummiboot zum Zodiac und Wecken zum Mahnen und Wache zum Törn machten.

»Himmel, was habe ich für einen Hunger«, sagte ich.

»Nimm dir, was du willst.«

»Darf ich das?«

»Ihr bezahlt doch dafür.«

Korrekt. Das war mein Essen. Georg suchte sich die Schüssel mit der Pflaumengrütze und langte zu. Ich erschnupperte mir den Weg zu Brot und überbackenen Kartoffeln. Ausgezeichnet auf Brot. Danach ein kurzer Abstecher zum Kühlschrank, um dann mit einem Carlsberg einen erlesenen nächtlichen Imbiß verzehren zu können. Georg aß mit Kinn in Tellerhöhe Pflaumengrütze. Und dann stand Sigmund da.

»Sarstangen«, sagte er und machte kehrt.

»Darf ich raufkommen und zusehen?« flüsterte ich Georg zu.

»Sicher, halt erst mal den Mund ... warte, bis wir durch sind und der Sigmund in der Koje liegt.«

Auf der Brücke regierte peinliche Ordnung und Genauigkeit. Eine schwarze Seekarte bedeckte einen Tisch in der Mitte, auf dem Zirkel, Bleistift und Radiergummi bereitlagen. Gesteuert wurde mit einer Menge von Instrumenten auf der rechten Seite. Ein Radarschirm zeigte hellgrüne Felder, die ich für Land und Eis hielt. Sigmund würdigte mich keines Blickes.

Vor uns lag ein enger Sund. Und er war wirklich eng, nicht nur in svalbardischem Maßstab. Die großen Fenster vorn ließen Licht herein, die Sonne ließ alles Blankgeputzte funkeln. Georg besprach mit Sigmund Kurs und Knoten, nahm sich verschiedene Handbücher, dann betrachtete er durch ein Fernglas die Berge. Er verglich alles mit einem Bild im Buch. Ich reckte den Hals. Es ging um den Berg links.

»Hier ist es nur vier Meter tief ... wir müssen genau mitten durch«, sagte er leise.

Das dauerte seine Zeit. Sigmund befolgte Georgs Anweisungen, und das Boot schien sich kaum zu bewegen, als wir den Sund passierten. Ich entdeckte zwei Füchse, die an Land spielten.

»Oi! Schaut mal!« rief ich und zeigte darauf. Sigmund fuhr zusammen, schaute aber in die Richtung, in die mein Zeigefinger wies.

»Polarfüchse«, sagte er.

Als ob ich das nicht kapiert hätte. Idiot. Keinerlei Begeisterung zu merken, und Georg war noch immer zu sehr mit Fernglas und Karte beschäftigt, um auf mich zu achten.

Der eine Fuchs jagte verspielt hinter dem anderen her, der versuchte, sich hinter den Steinen zu verstecken, um danach überraschend hervorzuspringen. Auf das Boot achteten sie nicht. Wahrscheinlich waren sie von Parasiten übersät.

»Jetzt sind wir durch«, sagte Georg, und Sigmund nickte und ging. Georg trat an Sigmunds Platz und steigerte das Tempo.

»Jetzt sind wir bald in Ny-Ålesund«, sagte er. »Nach dem Frühstück geht ihr an Land, willst du nicht schlafen?«

»Bald. Erzähl mir vom Teddybären, dann kann ich von ihm träumen.«

Er lachte. »Erzähl mir doch nicht, daß du von Teddybären träumen willst!«

»Doch! Erzähl mir, wieso er so gefährlich ist.«

»Weil er einen Sprung in der Birne hat. Er ist lebensgefährlich, es gibt jetzt viel zu viele von seiner Sorte, hier oben vielleicht dreitausend. Deshalb hat er Hunger, das kannst du dir ja denken. Es gibt nicht genug Seehund für alle.«

»Und trotzdem gehen wir an Land und …«

»Keine Panik. Wir sind bis an die Zähne bewaffnet.«

»Sind sie alle gleich gefährlich?«

»Neeeinn, bei manchen ist die Angst größer als der Hunger. Aber sie haben keine natürlichen Feinde, weißt du. Eine Bärin mit Jungen muß sich vor dem Bären hüten, sonst frißt er die Kleinen auf, aber sonst kann ihr nichts passieren. Und zwei Jahre alte Junge, die zum ersten Mal allein unterwegs sind … die sind ganz klein mit Hut. Am schlimmsten und gefährlichsten sind die alten Bären, die alles mögliche erlebt haben, denen kannst du Bärenschuß zwischen die Füße knallen, und die bleiben völlig unbeeindruckt stehen.«

»Himmel, was macht man dann?«

»Man macht, daß man wegkommt.«

»Aber …«

»Kein aber. Jetzt mußt du schlafen gehen. Ich hab sonst nie nachts Eulen auf der Brücke. Das macht mich ganz nervös.«

Er lachte unter seinem Schnurrbart, und davon wackelte sein Kinn.

»Nicht auf Eisberge auflaufen, während ich schlafe.«

»Wir kriegen erst morgen richtiges Eis. Du kannst ganz unbesorgt losschnarchen.«

Und seltsamerweise glaubte ich ihm, daß ich unbesorgt schlafen könne. Die Ewa schaukelte mich wie in einer Umarmung. Sie lullte mich ein, trug mich und legte mich in eine Wiege, von wo aus ich zu einem weißen Tüllhimmel hochblickte, Fliegen summen hörte, den Duft des Sommers spürte. Ich schlief und träumte und zeichnete Striche, es war Bergesens Gesicht, unter einer stechenden Sonne, die schwarze Schatten in dieses Gesicht malte. Ich liebte mich mit dieser Zeichnung, spürte den Geschmack von Kakao und sah, wie mein Schweiß auf dem Papier dunkelgraue Flecken hinterließ.

Ich hatte erst wenige Stunden geschlafen, als ich diesen entsetzlichen Schrei hörte. Ich hatte die Augen noch nicht aufgemacht, als ich auch schon aufgesprungen war. Mein Reisewecker zeigte vier Uhr. Die Sonne schien durch das Bullauge, und einen Moment lang glaubte ich, es sei vier Uhr nachmittags, aber dann fiel mir ein, wo ich war.

Wieder ertönte der Schrei, gefolgt von hysterischem Geplapper und jammervollem Schluchzen. Eine Frau. Auf dem Gang. Ich zog meine Jeans an und rannte aus der Kajüte. Die Ewa machte eine heftige Bewegung, und ich mußte mich mit meinem ganzen Gewicht gegen die Tür stemmen, um sie öffnen zu können.

Dana kniete vor dem Bücherschrank. Sie hatte eine Schublade herausgezogen und allerlei Papiere ausgekippt, die jetzt um sie herum verstreut waren. Alles in ihrem Gesicht war weit aufgerissen: Augen, Mund, Nasenlöcher. Tränen und Speichel liefen durcheinander, ihre Daunenjacke stand offen. Sie rappelte sich auf, ohne mich zu bemerken, hob die Schublade auf und schien genau zu wissen, was sie damit vorhatte. Sie rannte die Treppe hinauf und schrie wieder schrill und laut.

Ich rief hinter ihr her. »Was ist denn los? Was ist passiert? Ist denn etwas passiert?«

Andere Kajütentüren öffneten sich. Verdutzte Gesichter unter zerzausten Haaren. Ich hämmerte an die Tür von Per und Pia. Per hatte schon seine Hose angezogen.

»Was ist denn los, zum Teufel?« keuchte er und zog seinen Reißverschluß zu.

»Dana. Die muß ausgerastet sein. Sie ist mit einer Schublade nach oben gestürzt.«

»Mit einer Schublade …?«

Ich lief hinter Per her, und auf der steilen Schiffsleiter wäre ich fast von seinen Absätzen im Gesicht getroffen worden. Die Tür zum Deck stand sperrangelweit auf. Per warf im Vorbeirennen einen Blick in die Messe. Sie war leer.

Wir fanden Dana beim Zodiac. Auf dem Deck lag ein Seehund, frisches Blut strömte aus einer Schußwunde in seinem Kopf. Daneben lagen griffbereit ein Wasserschlauch und ein riesiges Brett. Dana hatte die Schublade zum Schlag erhoben, entdeckte uns und brüllte: »Wo steckt er? Ich briiiiing ihn um!«

Per ging langsam auf sie zu. »Ganz ruhig«, sagte er. »Ganz ruhig, Dana. Bitte …«

»Ich briiiiing ihn um«, schluchzte sie. Rotz und Tränen und Seehundsblut flossen. Ich trat zwei Schritte vor und schaute zu den Fenstern der Brücke hinauf. Eines öffnete sich. Georg streckte den Kopf heraus.

»Ich dachte, alles schläft, verdammter Mist!« rief er, aber beim Anblick seines Gesichts wurde Dana wieder hysterisch. Sie schloß die Augen und schrie, vom Solar plexus herauf, ein Schrei, der über die Wellen jagte und die Vögel veranlaßte, auf dem Wasser zu landen und sich nervös an den Federn zu zupfen.

»Himmel, Georg! Du lernst es einfach nie!« rief Per.

»Ich konnte doch verdammt noch mal nicht ahnen, daß wir schon wieder solche Leute an Bord haben!«

Per entriß Dana die Schublade. Sie sank neben dem Seehund zu Boden und streichelte ihn, und dabei weinte sie leise. Die anderen kamen aus der Tür hinter uns. Ich hörte Georg oben fluchen, lange, komplizierte Flüche, zu denen nur die Leute aus Nordnorwegen genug Phantasie, Training und Improvisationstalent besitzen. Per reichte mir die Schublade und hockte sich neben Dana.

»Versuch doch, das zu verstehen«, sagte er. »Damit füttern wir die Eisbären.«

»Neeein!« rief Dana. »Seehunde sind schön. Einfach wunderschön.«

Georg schlug das Fenster zu. Izu, in einer Art Samtnachthemd, trat neben mich. Sie klapperte mit den Zähnen, aber ihr Blick wich nicht von Dana und dem Seehund. Nun tauchte auch Pia auf und

96

befahl uns mit energischer Stimme, ins Schiffsinnere zurückzukehren. Einzelne ließen sich nur widerstrebend schieben, wie Oscar zum Beispiel, der glaubte, Dana brauche erst etwas zur Beruhigung.

»Oscar ist Psychologe«, sagte ich. »Vielleicht kann er ihr helfen.« Pia ließ los, und Oscar schlug vor, Sigmund zu wecken, der offenbar den ganzen Lärm verschlafen hatte.

»Der hat sicher ein Beruhigungsmittel«, meinte Oscar.

»Das übernehme ich«, sagte Pia leise. Und laut sagte sie: »Also rein mit euch. Hier gibt es nichts zu sehen.«

Per hatte Dana zum Aufstehen gebracht. Sie trat taumelnd von einem Fuß auf den anderen, war viel zu nervös, um sich dem Rhythmus des Schiffes anzupassen. Per und ich konnten sie in die Messe lotsen, wo ich ihr ein Bier holte. Pia erschien keuchend mit einer Tablette. »Nimm das hier«, sagte sie.

Dana spülte die Tablette mit dem Bier hinunter. Per holte für sie einen Stapel weiße Servietten, und sie wischte sich damit das Gesicht ab.

»Wie entsetzlich ... wie grausam«, murmelte sie, und dann folgte noch allerlei auf italienisch, was sicher ebenfalls dieses entsetzliche Erlebnis beschrieb.

»Pia bringt dich ins Bett«, sagte Per.

Ich ging wieder auf die Brücke.

Georg stand allein da. Niemand von den anderen Fahrgästen hatte sich berufen gefühlt, das von Dana ausgesprochene Todesurteil zu vollziehen. Georg grinste, als er mich sah.

»Ja verdammt, was für ein Höllenlärm. Wollte sie mich mit der Schublade umbringen?«

»Offenbar.«

»Gut, daß ich gerade ans Steuer mußte, ehe ich mit Schälen anfangen konnte.«

»Ist sie von dem Schuß geweckt worden?«

»Ja, wahrscheinlich. Ihre Kajüte liegt gleich in der Nähe. Aber ich wollte es riskieren, er lag so passend auf einer kleinen Eisscholle. Ich brauchte ihn einfach nur zu pflücken.«

»Was für Leute hattet ihr auf der letzten Tour? Die du Per gegenüber erwähnt hast?«

»Solche Greenpeaceleute, die fast alles falsch verstanden haben.
Meine Fresse, die hab ich ja vielleicht satt. Nicht mal eine Schnute
kann man noch schießen, ohne daß die Welt auf dem Kopf steht ...«

Er steckte sich eine Zigarette an und öffnete das Fenster einen
Spaltbreit. »Sind jetzt alle wieder im Haus? Ist die Küste da unten
klar?«

»Glaub schon.«

»Und die italienische Eule ist am Bett festgebunden?«

»Sie hat eine Tablette gekriegt. Und die Schublade hat sie nicht
mehr.«

»Ich wollte gerade das Messer holen, als sie hier auftauchte. Gut,
daß sie das nicht mehr gesehen hat, sonst hätte sie mich bestimmt
abgemurkst. Was für eine Eule! Das ist das Verrückte an dieser
ganzen Bande ... denen sind Tiere wichtiger als Menschen. Und
die haben doch keine Ahnung von der Natur.«

»Kann ich nicht solange hier oben aufpassen?«

Er lachte. »Du weißt doch bestimmt nicht, was du zu tun hast.«

Ich wollte mich in aller Bescheidenheit ein wenig über meine
Kenntnisse in bezug auf Flugzeuglenkung verbreiten und behaupten, das hier könne auch nicht schwieriger sein, als er sagte: »Geh
ruhig nach unten. Hier ist klare Sicht für die Zeit, die ich brauche,
um ihn zu schälen.«

Ihm ging es um den Speck. Schälen war ein gutes Wort, denn die
Haut wurde nicht vom Speck getrennt. Der Kopf und ein dünner
Streifen aus rottriefendem Fleisch, der im Schwanzstummel endete, gingen über Bord. Georg hatte ein Paar dicke Gummihand-
schuhe angezogen und hackte den Speck in passende Stücke, die er
dann zuerst in einen Müllsack und dann in ein niedriges
Gerätehäuschen vor dem Zodiac steckte. Danach spülte er Blut
von Deck und Brett, während ich rauchte und hellwach alles beobachtete. Es dauerte nur wenige Minuten.

»Die wird mich für den Rest der Reise hassen«, murmelte er.
»Ich werd meinen Arsch hüten müssen.«

»Ja, vor zwei Dingen soll man sich auf der Welt hüten«, lachte ich.

»Ach … *du* bist wirklich ganz in Ordnung.« Er grinste.

Ich holte auf dem Rückweg die Schublade aus der Messe und schob sie mit den Papieren wieder in den Schrank. In meiner Kajüte nahm ich meine Zeichensachen und skizzierte rasch die Szene von vorhin. Dana mit zum Schlag erhobener Schublade, Georg, der mit einem Bootshaken den Seehund von der Eisscholle fischte. Ich schlug eine neue Seite auf und zeichnete die spielenden Füchse und die Berge. Zwei Stunden lang trank ich Gin und zeichnete Berge und ging manchmal ans Bullauge, um sie mir genauer anzusehen. Licht und Luft konnte ich einfach nur vergessen, aber die Berge waren eigentümlich genug, um meinen Zeichnungen Leben zu geben.

Dann fiel mir ein, daß die Schublade verschiedene Karten enthalten hatte, und ich schlich mich hinaus, um sie zu holen. Die anderen hatten alle ihre eigenen Karten mitgebracht, nur ich war nicht umsichtig genug gewesen.

Jetzt aber hatte ich eine. Es war keine Seekarte, sondern eine von der Sorte, aus der auch ich schlau wurde. In der Kajüte verglich ich die Karte mit der runden Aussicht hinter dem Bullauge und wußte dann, daß wir jetzt den Kongsfjord erreicht hatten, an dessen Ende sich der Gletscher Kongsbreen erhob. Der Berg mitten am Horizont mußte der 802 Meter hohe Grimalditoppen sein.

Grimaldi. Das hörte sich italienisch an. Und damit prustete ich los. Ich hielt mir die Hände vor den Mund, weil Pia und Per nicht begreifen sollten, wie hellhörig alles hier war. Ich lachte Tränen beim Gedanken an eine verrückte Italienerin, die mit einer Holzschublade Jagd auf Georg machte. Ich brauchte zur Beruhigung noch einen letzten Schluck aus der Flasche und eine Zigarette, und ich blies den Rauch durch das Kuhauge, was jetzt vermutlich streng verboten war. Jetzt fehlte nur noch die plötzlich einsetzende Sprinkleranlage.

»Das wird immer lustiger«, flüsterte ich einem Vogel zu, der sich in Erwartung von Küchenabfällen genau vor dem Bullauge herumtrieb. Seine Federn glänzten im Nachtlicht mattrosa. Der Vogel zwinkerte mit den Augen, dann flog er senkrecht auf und war verschwunden. Ich fragte mich, ob Andersen mich wohl vermißte.

Beim Frühstück waren alle ziemlich angespannt. Wir warteten auf Dana. Ruhig lagen wir in Ny-Ålesund am Kai, und ein früher Morgendunst hing über dem Fjord und hüllte die Berge ein – auch den Grimaldi-Gipfel, und mir fiel plötzlich ein, daß die Fürstenfamilie von Monaco mit Nachnamen Grimaldi heißt. Himmel, was schleppt man doch für unnützes Wissen mit sich herum, und dabei löse ich nicht einmal Kreuzworträtsel. Die Fürstenfamilie von Monaco ist mir doch scheißegal. Jetsetter. Reiche Idioten mit Schränken voller Silberservice von Fabergé, die sie nicht verdient haben.

Der Frühstückstisch wies nüchterne Schiffskost auf. Zwei Sorten Marmelade, zwei Sorten Käse, Schinken, Makrele in Tomate. Und Haferbrei. Aber niemand beklagte sich. Turid schmierte sich Himbeermarmelade auf den Käse und leerte ein Glas Milch, ehe sie es noch einmal füllte und sich setzte. Zwei Glas kalkhaltige Flüssigkeit, so ist es, wenn man alt wird: Die Angst vor brüchigen Knochen entscheidet über unsere Eßgewohnheiten.

Als Dana endlich auftauchte, hatten wir in der Messe die nächtlichen Ereignisse in vier Sprachen durchgekaut. Und wir hatten uns unmerklich in zwei Lager geteilt: die, die Georg für einen blutrünstigen Norweger und Dana für eine ehrliche Idealistin hielten, und die, für die Dana eine Gans und Georg ein eingefleischter Jäger war, den man nehmen mußte, wie er war. Samuel, Turid und Frikk, die Franzosen und Izu gehörten zur ersten Kategorie, der Rest zur zweiten. Also hatten die nächtlichen Szenen auch zu einer Spaltung im norwegischen Lager und zwischen Oscar und Samuel geführt, die eigentlich gute Freunde geworden waren.

Während Dana am Büfett zulangte, führten Oscar und Samuel deshalb ein leises, aber hitziges Gespräch. Nuno und Sao stauchten abwechselnd Izu zusammen, in der Gewißheit, daß sie sonst von niemandem verstanden wurden. Izu hatte inzwischen beschämt den Kopf gesenkt und akzeptierte das, was sich für mich wie ein richtiger Abfallhaufen anhörte, von der Sorte, von der der Vogel vor meinem Fenster geträumt hatte. Weder Nuno noch Sao lächelten. Ich fand, daß sie übertrieben.

»Jetzt hört aber auf«, sagte ich. Alle drei starrten mich an.

»Sie muß doch meinen dürfen, was sie will«, fügte ich hinzu.

»Was?« fragte Sao oder Nuno. Ich wiederholte, sah aber ein, daß der Satz einen Fingerbreit über ihrer sprachlichen Kompetenz lag. Ich zeigte auf Izu und sagte: »Sie meint, was sie will.«

Das brachte sie zum Schweigen. Nuno und Sao glotzten mich haßerfüllt an. Das war eine Erleichterung nach dem vielen Lächeln, geradezu eine Traumsituation. Aber dann übernahm Samuel das Lächeln. »Finde ich auch«, flüsterte er. »Georg kann doch nicht einfach einen unschuldigen Seehund abknallen.«

»Sicher kann er das«, widersprach ich. »Willkommen in Norwegen.«

»Aber ich dachte ... wo du doch ...« Er machte eine verzweifelte Handbewegung in Richtung Japaner.

»Sie hat das Recht auf ihre eigene Meinung. Ich habe zu Hause Stiefel aus Seehundsfell.«

»Aber, aber«, murmelte Oscar.

»Du bist meiner Meinung. Also halt die Klappe«, sagte ich.

»Turid und Frikk sind auch aus Norwegen«, sagte Samuel, er ließ nicht locker. »Und die finden durchaus nicht, daß Georg ...«

»Wir sind nicht unbedingt einer Meinung, bloß weil wir alle aus Norwegen sind«, fiel ich ihm ins Wort, senkte dann die Stimme und sagte: »Turid hat ... vermutlich ihr Leben lang ihre Lebensmittel im Supermarkt gekauft und nie den großen Zusammenhang zu sehen brauchen. Und Frikk ... der ist ein junger Träumer.«

Samuel murmelte etwas darüber, daß Supermärkte nicht viel mit der Sache zu tun hätten. Ich gab keine Antwort, sondern betrachtete statt dessen Turid, die ihr drittes Glas Milch füllte. Ihre Hände sahen aus wie Adlerkrallen, ihr Kehlkopf wanderte auf und ab, wenn sie schluckte. Die Haut an ihrem Hals war alt und fleckig.

Dana setzte sich allein an einen Tisch, hatte aber nicht bedacht, daß alle, die aus der Messe hinauswollten, an ihr vorbei mußten. Das Frühstück war im Nu erledigt, wir wollten ja an Land. Geld und Kreditkarten brannten in den Touristentaschen, auch in meiner. Dana versteckte sich hinter ihren Haaren, die ihr ins Gesicht fielen, und aß mit einem Löffel ungezuckerten Haferbrei. Sie hatte offenbar nicht gewußt, daß es Haferbrei war, aber sie aß tapfer und schluckte schwer. Samuel drückte ihre Schulter, als er an ihr vorbeiging, und Izu nahm sie in den Arm. Dana blickte auf. Ihre Augen waren rotgerändert. Die Franzosen machten für sie das V-Zeichen, und nach soviel moralischer Unterstützung setzte sie sich ein wenig gerader. Georg hatte recht, für den Rest der Tour mußte er wirklich seinen Hintern hüten.

Draußen war es windstill, die Luft war feucht und im trüben Nebellicht farblos. Ich rauchte an Deck eine und holte dann Geld aus der Kajüte, während die anderen an Land gingen, begierig darauf, ihr Geld loszuwerden. Ich mußte an ein altes Hinweisschild an der E 6 denken: *Letzte Tankstelle vor dem Gebirge.* Das hätte hier auch stehen können. Letzte Einkaufsmöglichkeit vor der Wildnis, 79° Nord. Sieben oder acht Häuser und einige Masten drängten sich aneinander. Die eine oder andere ortsansässige Seele wanderte mit einem Gewehr über der Schulter umher. Jean entdeckte ein Rentier, das vor einem der Häuser äste, und rannte mit erhobener Kamera hin. Ich konnte ihn und Philippe jetzt unterscheiden, ich hatte nämlich entdeckt, daß Philippe eine echte Rolex hatte.

Per und Pia gingen an Land, und auch Sonja kam angeschlichen. Sie war fast unsicher, wie ein kleiner Geist, der über den Boden huscht. Hübsch, auf eine junge, ungewaschene Weise. Lena kam aus der Tür und rief hinter ihr her: »Es muß aber light sein.« Sonja nickte und ging weiter in Richtung der Häuser.

Ein leichter Windhauch trug einen entsetzlichen Gestank an meine Nase, einen Gestank, der aus dem Bug des Schiffes kam. Konnte das der Speck sein? Ich ging ihm nach, und vor der Ewa lag ein kleiner Fischkutter am Kai. Männer in verdreckten Hosen aus Ölzeug machten sich an Fischen zu schaffen, die zum Trocknen aufgehängt waren oder in blutroten Fischkästen lagen. Das Deck war von Fischabfall verschmiert.

Georg trat hinter mich: »Ja, das ist ein trauriger Anblick, siehst du, wie tief sie im Wasser liegt?«

Ich nickte.

»Die kommen von den Färöern und kriegen hier keinen Diesel, haben kein Geld. Aber die Behörden garantieren für sie, das habe ich eben per Funk gehört.«

»Fahren die nach Hause?«

»Nein, die fahren ins Schlupfloch. Mit dem Kahn da brauchen sie drei Tage dafür. Die gehen mit Mann und Maus unter, wenn es Sturm gibt. Gehst du an Land?«

»Ja, und du?«

»Aber klar. Ich muß nur schnell mein Geld holen. Muß ich meine Fahrkarte mitnehmen?«

»Nein, hier ist alles frei. Hier steckt niemand die Nase in irgendwas.«

»Leck mich doch. Es gibt keinen Ort auf der ganzen Welt, wo die Leute sich nicht in alles mögliche einmischen.«

Ich holte meine Brieftasche. Georg kam hinterher und holte Geld aus seiner Kajüte.

»Du brauchst nicht für mich auszulegen. Und das mit dem Lecken erledigen wir später, wenn der Sigmund wach wird. Ich sag der Sonja Bescheid, damit sie mein Bett frisch bezieht.«

»Mach, daß du auf die Brücke kommst, du Seehundsmörder! Wieviel Tabak willst du haben?«

»Fünf Packungen, und für den Rest Schokolade. Und vergiß das Zigarettenpapier nicht.«

Izu stand allein beim Rentier, die anderen waren im Laden. Das Rentier stapfte auf kurzen Beinen umher, in tiefen Gedanken versunken, das Maul im Moos vergraben.

»Danke«, sagte Izu.

»Wofür denn?«

»Sie sind nett ... sie haben Angst um mich ...«

»Angst?«

»Sie passen auf. Daß nichts passiert ... nichts ...«

Ich verstand sehr gut, warum Filme aus den USA zu hoch für sie waren. Izu mußte um jede englische Vokabel ringen. Das war die Strafe dafür, daß sie in einem Land lebten, in dem alle Filme synchronisiert wurden.

»Nichts Gefährliches?« schlug ich vor. Izu nickte eifrig.

»Wer sind sie?« fragte ich. »Ist einer dein Mann? Sind sie deine Brüder?«

»Aber nein!« Sie lachte. Ein ganz normales Lachen, kein krampfhaftes Lächeln.

»Sao ist mein ... Anwalt und Nao mein ... Manager.«

»Anwalt und Manager?« wiederholte ich verblüfft.

»Verstehst du, ich bin ... großer Star in Japan«, sagte Izu leise, so als reine Information.

»Filmstar?«

»Auch Filme. Und Reklame. Und Theater ... auf der Bühne.«

»Bist du sehr berühmt?« fragte ich.

»Berühmt, ja. Wenn ich ausgehe ... überall Menschen ... alle wollen mich anfassen ... wollen Autogramm.«

»Aber nicht hier!« sagte ich.

»Nein! Hier nicht berühmt. Japan weit weg.«

Ich mußte plötzlich an diverse mittelmäßige norwegische Popstars denken, die in Japan plötzlich irrsinnig beliebt geworden waren, erinnerte mich an Aufnahmen von kreischenden japanischen Teenies hinter Polizeisperren, die ich in den Fernsehnachrichten gesehen hatte, und ich betrachtete Izu, die in Turnschuhen und einem schwarzen Overall mit gelber Kapuze neben mir stand. Ungeschminkt, die Haare zum Pferdeschwanz gebunden. Eine kleine Japanerin vor zackigen Bergen.

»Verdienst du haufenweise Geld?« fragte ich, ohne zu überlegen.

»Ja, wirklich haufenweise. Wir haben in Tokio ein hohes Haus mit vielen Büros. Alle arbeiten für Izu.«

»Aber du bist nicht verheiratet?«

»Das ist jetzt zu spät«, sie lächelte. »Ich bin mit meiner Arbeit verheiratet. In Japan muß eine Frau jung sein, darf nichts anderes machen.«

»Aber Sao und Nuno passen auf dich auf.«

»Ja. Sie waren entsetzt, weil ich nach Svalbard wollte. Sie ... mögen das Boot nicht. Zu klein, zu klein.«

Izu war ihre Geldmaschine, kein Wunder, daß sie ebenso hysterisch bewacht wurde wie Michael Jackson. Aber ihr ihre Ansicht über Robbenjagd vorschreiben zu wollen ging dann doch ein wenig zu weit.

»Willst du eigentlich einkaufen?« fragte ich.

»Nein, ich habe alles, was ich brauche. Ich will das Tier, das ... das ...«

»Das Rentier. Das Polarrentier.«

Mein Englischlehrer wäre stolz auf mich gewesen.

Ehe man in den Laden durfte, mußte man die Schuhe ausziehen. Die Regale quollen über von Parfüm und Zigaretten und Schokolade, und das nur wenige Stunden Seereise von Barentsburg entfernt. Zigaretten wurden nur stangenweise verkauft. Ich kaufte Zigaretten und Tabak und Blättchen. Der Boden schwankte unter meinen Füßen. Wenn ich mich ein wenig bewegte, schwankte er nicht mehr. Ich mußte ganz breitbeinig dastehen, um Ruhe zu haben, und ich wußte, wenn ich zu lange hier stehenbliebe, dann würde ich seekrank werden. Mir war schon ein bißchen schlecht.

»Und drei von den großen Dosen mit Erdnüssen«, sagte ich. Eigentlich hatte ich Schokolade kaufen wollen, aber die Übelkeit erweckte meinen Salzhunger. Für den Rest von Georgs Geld kaufte ich eine Fünferpackung Daim, Georg sollte nicht unter den Bocksprüngen meines Magens zu leiden haben.

Oscar und Samuel hatten sich in die Bildbände über Svalbard vertieft, die gleichen, die im Salon der Ewa auslagen. Hier wurden sie verkauft, und Samuel wollte offenbar einen haben.

Turid stand vor einem Kleiderständer. Dort gab es keine russischen Paillettenkleider, sondern teure Wollpullover mit Eisbärbildern. Frikk starrte die Pullover an, während Turid einen nach dem anderen hervorzog. Frikk schüttelte übertrieben heftig mit dem Kopf, als mache es ihm große Freude, sie alle scheußlich zu finden. Schließlich stampfte Turid mit dem Fuß auf. Sie stampfte wirklich mit dem Fuß auf und fauchte Frikk leise an. Er senkte den Kopf, und er zeigte auf einen schwarzen Pullover mit weißem Eisbären und gewebten Bändern an den Bündchen. Turid marschierte mit dem Pullover zur Kassiererin und warf eine VISA-Karte auf den Tresen. Ich betrachtete verstohlen Frikks Gesicht. Sein Trotz war offenkundig, aber hinter dem Trotz versteckte sich noch etwas anderes.

»Schöner Pullover«, sagte ich. »Du hast ganz schön Schwein.«

»Pa.«

»Benimm dich anständig«, sagte Turid laut, sie bedachte Frikk mit dem Colaflaschenblick und mich mit einem reizenden Lächeln.

Ich kam als erste zurück zum Boot. Georg saß in der Messe und fraß die restliche Backpflaumengrütze direkt aus der Schüssel. Daneben stand eine Schale mit Sahne.

»Schon fertig?« fragte er.

»Die anderen wollen noch die Sehenswürdigkeiten bewundern«, sagte ich. »Den Turm und so. Wo das Luftschiff Norge vertäut war.«

»Du aber nicht.«

»Keinen Bock. Bin ein bißchen müde.«

Ich ließ mich ihm gegenüber auf den Stuhl sinken.

»Die Sonja hat mein Bett schon neu bezogen.«

»Dussel. Hier ist dein Tabak.«

»Du weißt doch wohl, daß Svalbard eine einzige große erogene Zone ist? Warte nur!«

»Worauf denn?« Ich mußte lachen, dann aber entdeckte ich in seinem Blick einen Hauch von Flirt. Himmel … Georg? Ein über fünfzig Jahre alter Seebär?

»Auf die Lust. Wenn wir nach Norden fahren. In die Wildnis. Warte nur. Ich habe meine Tricks, das kannst du mir glauben. Ich weiß, was Eulen mögen. Du wirst einen Arm brauchen, in dem du schlafen kannst …«

»Wir haben viele Männerarme an Bord.«

»Denkst du jetzt an den Sigmund?«

»Nein … aber vielleicht an Jean oder Philippe?«

»Diese Schnösel! Pa, die sind doch unter deiner Würde. Und sie haben eine gemeinsame Kajüte. Gott weiß, was die da zusammen anstellen. Ich werd die Sonja fragen, ob sie beide Kojen benutzen.«

»Laß den Quatsch, Georg, du spinnst doch.«

»Ich spinne, und ich bin gut im Bett. Vergiß nicht, ich hab mich an vielen Eulen versucht … bin seit ich dreißig bin schon Junggeselle und Spielmann. Und immer diskret!«

»Diskret! Wenn du direkt vor dem Fenster von Greenpeaceleuten Seehunde abschießt?«

»Pu … ja, dieser Blödsinn. Himmel, was für ein Aufstand … war sie mit an Land?«

»Aber sicher. Hat Parfüm und Postkarten gekauft. Hat sich langsam wieder ein bißchen gefangen.«

Sigmund tauchte auf. Er goß sich aus der Thermoskanne Kaffee ein, holte Brot und Marmelade aus der Speisekammer und unterhielt sich mit Georg über den elenden Fischkutter, der zum Schlupfloch wollte. Ich stürzte mich mit politischem Geschütz in die Debatte, wollte Sigmund ein bißchen provozieren, entdeckte aber zu meiner Enttäuschung, daß er meiner Meinung war.

»Nein. Norwegen hat kein Monopol auf den Fischfang in der Schutzzone, das ist klar«, sagte er.

»Hat es wohl, zum Teufel!« sagte Georg.

»Nein!« sagte ich. »Weißt du nicht, daß Island zu achtzig Prozent vom Fischfang lebt? Bei Norwegen sind das nur zehn bis zwanzig Prozent.«

»Eben deshalb«, sagte Georg. »Die sind dermaßen vom Fisch abhängig, daß sie das Meer leerfischen. Hast du ihre Trawler gesehen? Die sind so riesig und teuer, daß sie pro Tag zwanzig Tonnen Fang brauchen, um sich zu rentieren. Und das ist viel zuviel.«

»Wenn wir mit ihnen verhandelten, könnten wir uns vielleicht über Quoten einigen«, sagte Sigmund. »Statt dessen gibt es Krieg und überall hier oben werden Fische gewildert.«

»Gewildert, ja! Verdammt, die machen doch das Meer total leer! Und dann erst die Spanier! Mit einer Maschenweite wie in einem Netzhemd! Komm mir nicht mit Quoten … die haben doch keine Ahnung, was eine Quote ist. Die haben kein Gefühl für das

Gleichgewicht im Meer. Ich weiß, wovon ich rede. Scheiß Fischerei-Yuppies!«

»Wenn sie an den Entscheidungen beteiligt würden, könnten sie vielleicht so ein Gefühl entwickeln«, sagte ich. »Sie sind wie Kinder, die im Küchenschrank Mutters Bonbondose entdecken und einfach zulangen. Wenn das Kind seine eigene Bonbondose hätte, würde es vielleicht einen Teil vom Inhalt aufbewahren, aber weil die der Mutter gehört, macht es sie sofort leer. Weil es sich nicht verantwortlich dafür fühlt.«

»Genau«, sagte Sigmund.

»Ach, haltet doch die Fresse. Ihr habt doch keine Ahnung. Bonbondose! Hier geht es nicht um Bonbondosen. Gute Nacht!«

Dana ging nach Einkaufstour und Sightseeing ins Bett. Sie hatte wohl noch Schlaf nachzuholen. Wir anderen versammelten uns in der Messe, als der Motor in Fahrt kam und wir endlich ablegen konnten, mit Kurs nach Norden. Per trat neben das Infobrett und hielt einen kleinen Vortrag über die Bewegungen des Polareises. Wenn der Wind vom Pol her wehte, dann jagte das Eis in einem Höllentempo südwärts. In einem Höllentempo nach Eismaßstäben. Bis zu zwanzig Stundenkilometer. Wenn der Wind von Süden kam, hatten wir an der Westspitze von Svalbard freie Fahrt. Das Kunststück war, diese Spitze zu umrunden, dann war normalerweise jetzt im August der Weg nach Osten eisfrei. Auf dieser Tour wollten wir das ganze Nordaustland umfahren. Und jetzt kam der Wind von Südwesten, das war gut. Pia zeigte auf die Karte, die mit Magneten an der Wand befestigt war, während Per erzählte. Meine Güte, wie die beiden einander ergänzen, dachte ich und holte mir ein Bier. Diesem Beispiel folgten noch andere, und ich freute mich, weil ich nicht mehr die einzige war, die nicht auf die Uhr schaute, wenn sie Lust auf ein Bier verspürte.

Alle waren guter Laune. Endlich waren wir unterwegs in die Wildnis. Nur die Ewa und ein weiteres, ähnliches Schiff hatten es während der letzten drei Jahre geschafft, Svalbards Westspitze zu umschiffen. Und wir würden an Land gehen, jungfräulichen Boden betreten.

»Vielleicht hat dort noch niemand einen Fuß hingesetzt. Vielleicht war dort bisher alles vom Eis bedeckt«, sagte Per.

Er nutzte die Gelegenheit für einen kleinen Vortrag über die Einwirkung, die das Abschmelzen der Polkappen auf das Klima auf der ganzen Welt ausübt, und ich brauchte noch ein Bier. Ich trank schnell, um wach zu werden. Eine haarfeine Balance ist das, mit Bier aus der Klasse 2, gerade so schwach, daß die Augenlider bleischwer werden, wenn man zu langsam trinkt. Bei Starkbier besteht dieses Risiko nicht. Dort stellt sich der muntere Rausch ein gutes Stück vor der Lethargie ein.

»Und in fünf Stunden erreichen wir den Magdalena-Fjord«, sagte Per und sprach »Fjord« auf englisch aus. Er versprach große Naturschönheit und einen Gletscher, der sich in voller Fjordbreite dahinzog.

»Wir können jede Menge Fotos machen«, strahlte Philippe. Per und Pia nickten.

»Und heute abend gehen wir an Land, in Virgohavn«, sagte Per abschließend.

»Was ist heute für ein Tag?« fragte ich plötzlich.

»Donnerstag«, antwortete Pia.

»Himmel, erst Donnerstag? Dann sind wir gestern an Bord gekommen?«

»Genau«, sagte Pia.

Es war nicht zu fassen. Gestern morgen noch stand ich vor dem Haus und rauchte und wartete auf das Taxi. Aber ich hatte nicht schnell genug getrunken. Die Müdigkeit überwältigte mich restlos. Ich hätte lieber auf puren Gin setzen sollen.

Ich schlenderte zu meiner Kajüte, ließ mich in die Koje fallen und genoß die wogende Umarmung der Ewa und den gleichmäßigen, einschläfernden Motorenlärm. Ich staunte darüber, wie schnell ich mich daran gewöhnt hatte, auf einem Schiff zu wohnen. Im Laden hatte unter mir der Boden geschwankt, aber sowie ich wieder an Bord war, hatte sich die Seekrankheit gelegt, und auf den Boden unter meinen Füßen war wieder Verlaß gewesen.

Sigmund ist auf der Brücke, dachte ich träge, und Georg schläft in sauberer Bettwäsche. Er hatte mich nicht in seine Kajüte gebeten, also hatte ich ein Gegenmittel gegen sexuelle Anmache gefunden: einen Streit über isländische Fischerei in der Schutzzone vom Zaun zu brechen.

Ich erwachte mit einem Bein im Bettbezug, ansonsten hatte ich es mir um den Leib gewickelt, und ich roch meinen eigenen klammen Schweiß. Ich hatte vier Stunden geschlafen. Ich wickelte mich in ein Handtuch, rannte zur Dusche und fand es restlos uninteressant, ob jemand kam. Ich verbrauchte soviel Wasser, daß die Ewa wahrscheinlich zehn Zentimeter höher lag, als ich fertig war. Ich machte genau, was ich wollte. Und wann ich wollte. Ich war frei. Und nüchtern. Letzteres konnte ich beim Anziehen jedoch korrigieren. Lauwarmer Gin und eine Handvoll trockener Erdnüsse. Danach machte ich zehn Liegestützen, aus purer Freude darüber, die Beine richtig ausstrecken zu können.

»Stellt euch vor, daß manche Menschen ihr Leben lang glauben, Weiß sei einfach Weiß«, sagte Oscar. Wir standen an der Reling, als das Boot leise in den Magdalena-Fjord glitt. Der Fjord war für svalbardische Verhältnisse sehr eng. Es gab viel Eis im Meer, unförmige Klumpen und schneebedeckte Eisschollen. Das Eis wies alle Farbtöne zwischen Schmutzigweiß und tiefem Türkis auf. Per hielt am Bug Hof, und der Motor lief mit geringer Tourenzahl, deshalb war Per gut zu verstehen. Das türkise Eis war das älteste, es war vielleicht Jahrtausende alt. Es hatte sich ganz unten von der Gletscherfront gelöst und war deshalb zusammengepreßt. Wir würden versuchen, für unsere abendlichen Drinks ein Stück davon zu erwischen, versprach er.

»Weißt du, was das für Vögel sind?« fragte ich Oscar und zeigte auf die Viecher. Ich nahm an, daß uns die ganze Zeit dieselben Individuen folgten. Sie waren riesengroß und sahen aus wie Sturmmöwen. »Sind das Sturmmöwen?«

»Sturm ja, Möwe nein«, antwortete Oscar. »Das sind Eissturmvögel, die Freunde des Seemannes. Das habe ich aus einem der Bücher im Salon. Hast du dich eigentlich mit Turid gestritten, oder was?«

»Was? Wie kommst du denn auf die Idee?«

»Ich dachte ... vielleicht hat sie gehört, was du über sie gesagt hast, über Seehundsmord und Supermärkte, ich weiß nicht ...«

»Aber wieso hast du dir das überhaupt überlegt?«

»Sie sieht dich manchmal so seltsam an ... wenn du ihr den Rücken zudrehst ... wenn du aus der Messe gehst ... oder aus dem Laden ... in Ny-Ålesund.«

»Sie sieht mich seltsam an? Wie denn?«

Ich versuchte zu lachen. Auch Oscar lächelte, er antwortete: »Weiß nicht so recht ... nicht gerade haßerfüllt, aber ... auch nicht besonders freundlich.«

»Komisch«, sagte ich.

Per rief uns. »Wollt ihr nicht zuhören?«

»Wir hören gut hier!« antwortete Oscar und leise zu mir: »Das ist ja, als ob wir wieder in der Schule wären.«

Ich ließ meinen Blick auf einer tieftürkisen Eisscholle ruhen und dachte: Ganz ruhig bleiben, das geht alles sehr gut. Ganz ausgezeichnet sogar.

Ich steckte mir eine Zigarette an und sagte: »Ja, genau wie in der Schule. Wir sollen in Reih und Glied erleben. Aber eigentlich ist es mir scheißegal, wie sich das Abschmelzen des Poleises aufs Klima auswirkt.«

»Ist es nicht!« Er grinste.

»Doch, echt. Scheißegal. Ich habe keine Kinder, keine Nachkommen, keine Familie, die länger leben wird als ich. Und bis New York unter Wasser liegt und der Treibhauseffekt uns alle durchlöchert hat, bin ich längst tot. Ich scheiße auch auf die Regenwälder. Die sind zu weit weg. Um die sollen andere sich kümmern.«

»Aber du bist hergekommen? Um Svalbard zu sehen?«

»Reiner Urlaub. Und ich schwitze nicht gern im Süden, wo ich Speisekarten auf Spanisch und Schwedisch lesen muß. Ich mag Schweden nicht, und in Spanien wimmelt es nur so von denen. Von Schweden und Deutschen ... Horror ...«

»Rassistin!«

»Wiederhol dich nicht dauernd. Erzähl mir lieber über deinen Job.«

Aber das schaffte er nicht mehr, denn Per hatte unsere Solotouren satt, als wir nun auf die Gletscherfront zuglitten.

»Kommt jetzt beide her!« befahl er. Und wir gehorchten. Ich stellte mich neben Turid an die Reling und hoffte, daß Oscar das registrierte.

»Die Gletscherfront ist sechzig Meter hoch! Hundertzwanzig Fuß!« schrie Per.

Es gab nichts, woran wir diese Größe hätten messen können, ich hatte geglaubt, wir würden näher ans Eis herankommen, als das in Wirklichkeit der Fall war. Die Gletscherfront türmte sich himmelhoch vor uns auf, war schichtweise in abgestuften Türkistönen gefärbt, nach oben hin wurde das Eis immer höher. Das Gletschertor lag als tiefblaues Maul in der Mitte, helles Wasser schäumte heraus und vermischte sich mit dem Salzwasser. Wie alle meine Landsleute war ich schon einmal in der norwegischen Gebirgswelt unterwegs gewesen und hatte Gletschertore aus nächster Nähe gesehen. Aber das war an Land gewesen, im Hochgebirge. Bei Buarbreen zum Beispiel, einem Arm des Folgefonna; ich hatte beeindruckt aufgekeucht, als ich vor einigen Jahren dort hochgekraxelt war. Aber dieses Tor würde im Vergleich zu dem monumentalen Rachen, dem wir uns nun langsam näherten, wie das reine Mauseloch aussehen. Ich entdeckte drinnen Vögel, Eissturmvögel, die gefährlich lebten, aber gleichzeitig konnten wir nun endlich die Dimensionen vergleichen. Die Öffnung mußte an die dreißig Meter hoch sein. An den Kanten entdeckte ich Risse.

»Vielleicht bricht das ganze Dings auseinander«, sagte ich.

»Wenn, dann nur kleine Klumpen«, antwortete Per, gab Sigmund auf der Brücke jedoch ein Zeichen, zurückzusetzen. Das Motordröhnen änderte sich, aber weil das Boot langsam reagierte, hielten wir weiter auf das Gletschertor zu.

Nun hörten wir ein tiefes Grollen. Zwei Klumpen lösten sich und trafen als kreideweißes Platschen auf die Wasseroberfläche auf. Philippe und Jean hingen über der Reling und fotografierten eifrig. Izu posierte vor dem Gletscher für Nuno oder Sao. Die Ewa lag still da. Zu nahe. Viel zu nahe, dachte ich, während ich, wie in Zeitlupe, sehen konnte, wie der ganze Bogen über dem Gletschertor abbrach und fiel. Er fiel und fiel, in einer gewaltigen, langsamen Bewegung. Eine grüne Wasserwand türmte sich auf, kam auf uns zu, und Per schrie: »Aufpassen!«

Ich ließ meine Zigarette fallen und klammerte mich an der Reling an. Die Ewa lag in einem Winkel von neunzig Grad vor der Wasserwand. Sie richtete senkrecht den Bug auf, als die Wand sie traf, dann kippte sie wieder vornüber. Ich bildete mir ein, in diesem kurzen Moment vor dem Gletscher den Meeresboden sehen zu können; ich glaubte Maria Magdalenas Lächeln zu sehen. In diesem Moment packte Turid mich an der Seite, wie ein Greifer, der mich in die Wassermassen hinausheben wollte. Ich ließ mich rückwärts fallen und traf mit dem Hintern aufs Deck auf. Alles heulte auf. Am lautesten waren Dana und Izu. Turid hielt sich jetzt mit beiden Händen an der Reling fest, mit dem Rücken zu mir. Ich konnte ihr Gesicht nicht sehen. Per fuchtelte mit den Armen, um sich mit Sigmund zu verständigen. Frikk brüllte: »Verdammt, meine Kamera!« Die Wellen warfen das Boot hin und her, und unter uns dröhnten die Motoren. Die Ewa hatte arge Schlagseite, als Sigmund sie, statt zurückzusetzen, volle Kanne in einem Bogen vorwärts und zurück in die Richtung jagte, aus der wir gekommen waren.

»Meine Kamera!« heulte Frikk. Turid zog ihn am Ärmel. »Ich kaufe dir eine neue«, sagte sie.

»Aber die Bilder …!«

Izu weinte, und Dana natürlich auch.

»Das war wirklich nahe dran!« sagte Samuel und fuhr sich dramatisch über die Stirn.

»Ich fand das spannend«, sagte Oscar. »So richtig Action. Sam, deshalb bist du doch hergekommen, oder was?«

»Ich hätte gerade darauf nun wirklich verzichten können«, sagte Per.

»Himmel, ich wäre fast über Bord gegangen«, sagte Turid, ohne mich anzusehen. »Wenn ich mich nicht an Bea hätte festhalten können, dann weiß ich wirklich nicht, was passiert wäre.«

»Per, um Himmels willen, vergiß nicht das Eis für die Drinks heute abend«, sagte ich.

114

»Hattest du Angst, wir könnten kentern?« fragte er.

»Nein, ich hatte keine Angst, wir könnten kentern.«

In der Katastrophenpsychiatrie geht es vor allem darum, über die schrecklichen und beängstigenden Ereignisse zu reden. Immer wieder. Bis alles entschärft und mental verarbeitet ist.

In der Messe, bei Kaffee, frischgebackenem Bananenkuchen und fertig geschmierten Broten, beschrieben wir deshalb der Reihe nach, wie wir das Kalben erlebt hatten, so, als hätten wir uns dabei an unterschiedlichen Orten aufgehalten. Izu und Dana hatten vor Aufregung rote Flecken im Gesicht, weil sie nun wußten, daß sie gewissermaßen vor dem Tor des Todes überlebt hatten. Ich holte mir Kaffee und Cognac. Georg war aufgewacht und setzte sich zu uns, er beneidete uns heftig, weil er den Spaß verpaßt hatte. Dana würdigte ihn keines Blickes. Lena und Stian hielten energisch Händchen.

»Ich finde, es sollte bei jeder Tour so einen direkten Kontakt mit den Naturkräften geben«, sagte ich auf norwegisch. »Setzt das in die Broschüren, und die Ewa wird jedesmal voll belegt sein.«

»Du hattest wohl nicht die Spur von Schiß, was«, sagte Georg mit Kuchen im Mund.

»Sie ist gestürzt«, sagte Oscar.

»Ich bin gestürzt, aber Schiß hatte ich nicht«, sagte ich.

»Und hat irgendwer die Kamera verloren?« fragte Georg.

»Frikk«, antwortete ich. »Und ich meine Zigarette. So ein Mist!«

Per stand an der üblichen Stelle und versuchte, das Ganze herunterzuspielen, wurde aber immer wieder von Nuno und Sao unterbrochen, die wild durcheinander ihre Englischkenntnisse bemühten und bis zum Zerreißpunkt ausdehnten und ausmalten, wieviel der Schiffsbesitzer und Kapitän und nicht zuletzt das Reisebüro hätten zahlen müssen, wenn die Wassermassen ihre liebe Izu verschlungen hätten. Zu diesem Zeitpunkt wußten Per und Pia und noch andere, welcher Star unter uns weilte. Izu wollte die Lage entschärfen und lachte und kicherte zusammen mit Dana wie ein Schulmädchen. Mir aber fiel auf, daß sie jeglichen Blickkontakt mit Anwalt und Manager vermied.

»Und heute abend gehen wir an Land«, sagte ich. »Da begegnet uns sicher eine Eisbärherde und reißt uns in Fetzen.«

Per bedachte mich mit einem mürrischen Blick, und als Antwort sagte ich: »Ich habe doch Norwegisch gesprochen. Die Feiglinge kapieren ja kein Wort.«

»Laß den Scheiß«, sagte er, zu jung und mit zu geringer Lebenserfahrung, um zu wissen, daß er zu einer Zynikerin mit Promille im Blut nichts Blöderes hätte sagen können. Deshalb machte ich frischen Mutes weiter: »Wenn jemand von uns stirbt, müssen wir dann kehrtmachen?«

»Ja«, sagte Georg. »Das müssen wir. Und bis zum Gehtnichtmehr der Regierungsbevollmächtigten den ganzen Scheiß erklären.«

»Ich finde, darüber müßten wir reden«, sagte ich. »Schließlich sind für uns alle die Ferien verdorben, wenn irgendwer hier blöd genug ist und einfach stirbt.«

»Nein, darüber müssen wir nicht reden«, sagte Per leise. Aber ich sprang auf, brachte den ganzen Spruch noch einmal auf englisch und sagte zum Schluß: »Wir sollten eine Abmachung treffen … eine Art Vertrag abschließen, sagen, daß die anderen weiterfahren wollen, wenn unterwegs jemand stirbt.«

Samuel nickte. »Das klingt vernünftig.«

»Ich scheiß doch drauf, was ihr macht, wenn ich abkratze«, sagte Frikk.

»Obwohl er sich ein wenig … jugendlich ausdrückt, bin ich seiner Ansicht«, sagte Turid.

»Was ist mit euch?« fragte ich die Japaner. Izu nickte: »Okay.« Aber Sao und Nuno schüttelten heftig den Kopf. »Nicht okay«, sagten sie wie aus einem Munde. »Das entscheide ich«, sagte Izu. Schweigen senkte sich über die Messe. Der Augenblick der Konfrontation. Aber die kam nicht. Ein japanischer Wortschwall von Sao oder Nuno ließ Izu den Kopf senken.

»Alles klar«, sagte ich auf norwegisch. »Die Japaner müssen am Leben bleiben, sonst ist die Tour ums … Nordaustland gegessen. Was ist mir dir, Philippe?«

»Mir ist das recht so«, sagte er. Auch Jean nickte.

»Oscar?«

Oscar lachte. »Das ist doch Blödsinn«, sagte er. »Eine solche Abmachung können wir gar nicht treffen.«

»Genau!« sagte Per.

»Das haben wir aber gerade gemacht«, sagte ich. »Oscar?«

»Na gut.«

»Ich glaube nicht, daß wir die Zustimmung von Reiseleitung oder Besatzung brauchen, schließlich bezahlen wir diese Reise«, sagte ich laut.

Es hatte als Witz angefangen, endete aber als klares Abkommen. Allerdings war es eine teuer erkaufte Abmachung; Pers Blicke erzählten mir nämlich im Klartext, wem er in diesem Moment den Tod wünschte.

»Ich weiß wirklich nicht, warum du das so doof findest«, sagte ich mit unschuldigem Lächeln.

»Weil du ihnen angst machst«, sagte er. »Und das ist …«

»Doof«, sagte ich.

»Ich werde mit Sigmund darüber sprechen«, sagte er.

»Das brauchst du nicht, ich gehe jetzt sofort auf die Brücke.«

Wer A sagt, muß schließlich auch B sagen.

Sigmund stutzte bei meinem Anblick. »Ich dachte, das wäre Georg«, sagte er.

»Wir haben eine Vereinbarung getroffen. Alle Fahrgäste, mit Ausnahme von Sao und Nuno. Und vielleicht von Izu.«

»Eine Vereinbarung? Worüber denn?«

»Wenn jemand stirbt, dann wollen wir nicht umkehren, sondern die Tour weiterfahren.«

»Was?«

»Ja, es kam uns irgendwie natürlich vor, über den Tod zu sprechen, wo wir doch das Gletschertor in die Fresse bekommen hatten, und dann ging mir auf, daß es doch saublöd wäre, wenn hier jemand sterben würde und die ganze Tour verdorben wäre.«

»Saublöd?« wiederholte Sigmund.

»Ja. Aber die Sache ist jetzt geklärt. Und da wir bezahlen … das wollte ich nur sagen. Bis später.«

Als ich mich zum Gehen umdrehte, entdeckte ich, daß die Tür des Schrankfaches unter dem Kartentisch einen Spalt breit geöffnet war. Ein kleiner oranger Gummizipfel lugte daraus hervor. Aha, Sigmund hatte seinen privaten Rettungsanzug in Reichweite. Und er hatte vor kurzem das Gefühl gehabt, den Anzug zu benötigen. Wir waren in größerer Gefahr gewesen, als ich hatte begreifen können.

»Aber im Grunde hast ja du zu bestimmen«, sagte ich großzügig und lief die Treppe hinunter.

Seehunde, Seehunde!« rief Frikk, als er in die Messe gestürmt kam.

Ich saß vor meinem zweiten Cognac und freute mich auf den Landausflug. Rennfahrt mit dem Zodiac. Teddys. Und ein wenig alte Geschichte. Pia hatte uns überraschend malerisch vom Walfang erzählt, der hier jahrhundertelang betrieben worden war. Tausende von Seeleuten aus zahllosen Ländern fingen hier mit ihren primitiven Harpunen Wale, sie trieben den Wal zur Erschöpfung, indem sie ihn mit Ruderbooten umzingelten und zu Gott und Satan beteten, der Wal möge ja nicht in die Tiefe abtauchen. Denn dann riß er die Boote mit sich. Pro Fangsaison kamen zwanzig Prozent der Mannschaften jedes Walfangschiffes ums Leben.

Der Wal wurde an Land gekocht. Wichtig war das Öl, und der Gestank muß ganz entsetzlich gewesen sein. Wir würden solche Trankochereien sehen, versprach Pia. In Virgohavn. Wo der Schwede Andrée zu seinem Flug zum Nordpol aufgebrochen war. Sie wollte gerade erzählen, welch entsetzliches Fiasko dieses schwedische Unternehmen gewesen war, als Frikk angestürzt kam.

Seehunde? Na und? Hatten wir nicht schon genug Seehunde gesehen? Oder sollte vielleicht die niedliche lebendige Ausgabe auf den Film gebannt werden?

»Stampede!« rief ich munter, als die Horde im Flur die Jacken an sich riß. Samuel war der einzige, der meinen eleganten Umgang mit diesem amerikanischen Viehtreiberausdruck registrierte, er schenkte mir ein breites Grinsen. »Ein Seehund! Super!«

Wir waren auf dem Weg nach Virgohavn, und dieser Weg führte durch einen engen Sund nach dem anderen. Georg hatte uns aber versichert, daß das Wasser tief sei.

Ich ging zu den anderen, um eine Zigarette zu rauchen, und ich pries mich glücklich, weil ich keine Kamera besaß. Frikk betrachtete staunend den Seehund auf der Eisscholle, konnte diesen Anblick aber fast nicht genießen, weil er ihn nicht verewigen konnte.

Der fette Seehund zwinkerte mit den Augen, als er zur Sonne hochblickte, und drehte sich auf die Seite. Sigmund hatte die Ewa dicht herangefahren und ließ die Motoren jetzt im Leerlauf gehen. Das Kameraklicken hörte sich an wie ein zusammenhängendes Rauschen. Der Seehund schien sich nicht um die ganze Aufmerksamkeit zu kümmern. Entweder war er strohdoof oder sehr mutig. Ich tippte auf ersteres. Schon mancher Mensch ist mit dem Etikett mutig versehen worden, ohne das zu sein, einfach nur, weil sein Intellekt nicht ausreichte.

»Das ist eine Klappmütze!« rief Georg aus dem Brückenfenster. Er und Sigmund standen zusammen dort oben. Ich fragte mich, ob sie in ihrem Schrankfach wohl zwei Rettungsanzüge hatten.

Das hier war also ein Exemplar der Art Klappmütze. Ich hatte seit Jahren geglaubt, Klappmützen seien Nagetiere aus der Mäusefamilie. Dana blickte haßerfüllt zu Georg hoch, und der winkte und rief: »Den knall ich nicht ab. Keine Panik!«

Aber Dana brauchte mehr als Galgenhumor und frisches Bettzeug, um sich besänftigen zu lassen. Sie bewegte nicht einmal einen Mundwinkel, sondern tauschte mit Izu einen Blick und verdrehte die Augen. Die Klappmütze glitt von ihrer Eisscholle, verschwand und tauchte ein Stück entfernt wieder auf. Sie war wirklich niedlich, als sie so haarscharf aus dem Wasser hervorlugte, sogar ich mußte das zugeben.

»Sind das die Seehunde, die Weißlinge als Junge haben?« fragte ich Per. Ohne mich anzusehen antwortete er: »Nein, Klappmützen kriegen ›Bluebacks‹. Weißlinge haben die Grönlandseehunde. Vielleicht könntest du beim Essen eine kleine Debatte über norwegische Weißlingsjagd lostreten? Dafür interessieren sich die Leute in Italien, Frankreich und den USA doch sehr.«

»Reg dich ab, du verwechselst mich mit Brigitte Bardot«, antwortete ich. »Kann das daran liegen, daß ich so wunderschön bin?«

Vor dem Landgang mußten wir erst noch spachteln, sonst hätten Lena und Stian nicht mitkommen können. Nur Ola blieb an Bord und paßte auf die Ewa auf. Bei Gulasch und Reis erzählte Pia von Andrées Flug zum Nordpol. Ich mußte dermaßen lachen, daß ich Reis in die Nase bekam. Typisch Schwede. Er hatte eigentlich ziemliche Erfahrung mit polaren Verhältnissen, hatte schon auf Svalbard überwintert, ehe er 1897 auf diese Ballongeschichte verfiel. Der Ballon wurde in Virgohavn gebaut, also gleich um die Ecke, und Virgohavn war auch die Basis des ganzen Unternehmens. Andrée und zwei weitere Heinis flogen optimistisch mit ihrem Ballon los, büßten aber gleich beim Start schon diverse Schleppleinen ein. Und damit saßen sie gewissermaßen in einem herrenlosen Luftschiff – was durchaus von ihren Plänen abwich: zwei Tage Flug zum Nordpol, danach weiter nach Rußland. Sie hatten nicht genug Kleider bei sich, sie hatten sich vor allem auf elegante Jacken mit Hermelinbesatz verlegt, die wollten sie anlegen, wenn sie den russischen Zaren besuchten und ihm mit Wodka zuprosteten. Eine kleine Spritzfahrt mit dem Luftballon, hatten sie gedacht. Aber es wurde ein Totalabsturz bei 82°Nord, und die armen Schweden mußten in ihren Hermelinjacken zu Fuß weiterziehen. Sie brauchten zweieinhalb Monate und kamen bis Kvitøya, wo ihre Reste dreiunddreißig Jahre später von einem norwegischen Schiff gefunden wurden. Was für ein Patzer!

Ich registrierte durch mein heulendes Gelächter hindurch, daß Oscar mich streng anstarrte. Er wußte, daß mir schon ein rassistischer Spruch auf der Zungenspitze lag. Niemand von den anderen lachte so wüst wie ich. Ich schnaubte Reiskörner aus meinen Nebenhöhlen, ertränkte sie in Rotwein und besann mich. Spürte auch Pers Blick im Nacken. Wenn der gewußt hätte, welchen Spaß es mir machte, mich mit ihm zu streiten. Daß jemand mich nicht mag, hat mir immer schon ein Gefühl der Befreiung eingegeben. Dann braucht man sich auch nicht mehr anständig zu benehmen. Das Terrain ist sondiert. Und man kann höflichen, wenn auch antagonistischen Meinungsaustausch pflegen, der als pure Vitaminspritze fungiert. Vielleicht bin ich deshalb Karikaturistin geworden, überlegte ich mir, weil ich mich traue, die Machtmenschen herauszufordern, die auf ihrem Piedestal dösen.

Aber ich hatte immerhin Respekt vor Per. Und auch vor Pia. Sie hatten hier schon oft Führungen veranstaltet. Sie hatten Waffen. Sollten auf uns aufpassen. Wenn Per allzu sauer auf mich war, konnte ich bei der nächsten Gelegenheit als Bärenfraß enden. Und die anderen würden die Tour nicht einmal abbrechen müssen.

Als ich mich in meiner Kajüte anzog, war ich heiß vom Rotwein und der Erwartung. Summte »My way«, schmierte mir ganz viel Wimperntusche ins Gesicht und dachte an Georg. »Erogene Zone, Mensch«, lachte ich, dann verstummte ich und horchte. Wieder Krach in der Nachbarkajüte. Ich ließ mich auf die Koje fallen und preßte mein Ohr an die Wand. Aus Schaden klug geworden, hielt ich mir diesmal das andere Ohr mit der ganzen Hand zu, statt es mit einem lebensgefährlichen Finger abzudichten.

Aber sie wußten, daß gerade alle zum Umziehen in ihren Kajüten waren, deshalb waren sie sehr leise. Ich hielt den Atem an, trotzdem war es unmöglich, mehr als nur Bruchstücke aufzuschnappen. Etwas über eine Winsch. Und etwas über Bea. Großer Gott, sie wollten mich doch wohl nicht per Winsch ins Wasser befördern? Konnten sie denn keinen Spaß vertragen? Ich hustete laut, um sie beim eventuellen Planen von Einzelheiten zu stören, und sie verstummten.

Auf dem Gang wimmelte es nur so von Menschen, die dermaßen für polare Verhältnisse angezogen waren, daß sie kaum voneinander unterschieden werden konnten. Wir sahen aus wie Weihnachtsschinken in Brotteig und stapften mit stocksteifen Armen die Treppe hoch.

Es war zwei Grad über Null, aber im Zodiac würde es kalt sein, und wenn Pia sagte, »zieht euch warm an«, dann gehorchten wir. Das Gummiboot war schon zu Wasser gelassen, Bjørn saß hinter dem Lenkrad in der Mitte, und Georg stand an der Winsch. Per und Pia kamen mit ihren Gewehren über der Schulter angetrampelt. Sigmund hatte ebenfalls ein Gewehr. Georg trug einen Revolvergürtel. Ein langer Lauf lugte heraus und hing an seinem Oberschenkel hinab.

»Ganz schön groß!« sagte ich.

»Magnum«, antwortete Georg stolz. »Den Teddy möchte ich sehen, der jetzt frech wird.«

Lena, Bjørn und Sonja schleppten die Schwimmwesten an, und Georg zeigte uns, wie sie mit einer Schnur unter dem Schritt gebunden wurden. Vorher waren wir in unseren vielen Kleidern schon steif gewesen, aber jetzt wurde es noch schlimmer. Unsere Bewegungsfreiheit war auf ein Minimum reduziert. Samuel hatte sich seine Russenmütze unter dem Kinn zugebunden.

»Wie sollen wir denn in den ganzen Klamotten die Leiter runterklettern?« jammerte ich.

»Heute nehmen wir die Metalleiter«, sagte Sigmund. »Im Wasser ist wenig Eis. Das geht schon. Wir bringen euch in zwei Touren an Land. Per! Kannst du die erste übernehmen?«

»Ich will auch mit der ersten fahren«, sagte ich, enthakte die beiden Metallringe auf der Innenseite der Reling, drehte mich um und stieg an der Außenseite langsam nach unten. Meine Handschuhe rutschten am Geländer ab, ich zog sie aus und steckte sie in den Mund. Die Schiffsseite erhob sich senkrecht vor mir, und unter mir wartete das Meer. Ich schaute mich nach dem Zodiac um, aber dabei fiel mein Blick nur auf meine eigene Schwimmweste.

»Verdammt«, murmelte ich, und dann packte eine Hand meinen Knöchel. Bjørn bugsierte meinen Fuß nach unten, aber ich wagte erst, die Leiter loszulassen, als ich mit beiden Füßen sicher im Boot stand, innerhalb der schwarzen Gummiwurst, die das Fahrzeug umgab.

Hinter mir kam einer nach dem anderen nach unten. Bjørn erklärte uns, daß wir uns nebeneinander an den Rand des Bootes setzen und uns an einem am Gummi angebrachten Tau gut festhalten sollten. Über uns schrien die Vögel. Die Eissturmvögel. Die Freunde des Seemannes. *Meine* Freunde. Ich erkannte einen von ihnen, er war dunkler als die anderen. Riesig. Hungrig. Ich wollte ihm später ein bißchen Brot hinwerfen.

Die Sonne hatte sich hinter einem Berg versteckt. Die Schatten wurden dunkel und naß. Es war kalt. Mit vollem Zodiac startete Bjørn und lieferte uns eine wilde Fahrt an Land, bei der er mindestens neunundachtzigeinhalb von den insgesamt neunzig Pferdestärken benutzte. Er grinste. Die Franzosen saßen neben mir und waren ebenso begeistert wie unser Steuermann. Sie hatten ihre Slalomhosen mit passenden Jacken ergänzt und mochten das Tempo offenbar. Zu Hause hatten sie bestimmt Sportwagen, die noch schneller fahren konnten. Der Bug des Gummibootes traf die Wellenkämme mit lautem Klatschen, wir sprangen wie ein wütendes Kaninchen über die Wasseroberfläche. Was ist, wenn wir auf Eis treffen, das dicht unter der Wasseroberfläche schwimmt, überlegte ich. Wegen »higher« Maschinisten hatte ich mir keine Sorgen gemacht, aber das hier war etwas anderes. Wer zugekifft ist, sollte keine neunzig Pferde in die Finger bekommen. Ich blickte in Bjørns Augen, aber die sahen klar und wach aus. Er brachte uns an einen braunen Strand unter schwarzen Bergen. Per sprang aus dem Zodiac und zog ihn an Land, damit wir trockenen Fußes aussteigen konnten.

»Wir können die Schwimmwesten hier liegen lassen«, sagte Per und zog seine aus.

Der Strand war steinig und glatt. Wir liefen über trockenen Boden. Überall lagen riesige Baumstämme herum, Treibholz aus Sibirien. Sie sahen aus wie Salzstangen, mit denen Neptun um sich geworfen hatte. Bjørn fuhr mit Vollgas zur Ewa zurück. Die war ja vielleicht klein! Ein winziges kleines Spielzeugschiff in öder Natur. Bei diesem Anblick fühlte ich mich ziemlich verlassen.

»Jetzt bleiben wir zusammen und warten auf die anderen«, befahl Per.

Sein Blick war immer auf Wanderschaft, über die Berge, durch ein Tal, das im Osten die Landschaft zerschnitt, in beiden Richtungen über den Strand.

Draußen auf der Ewa kletterten die anderen wie kleine Ameisen die Leiter hinab. Eine von ihnen war Turid. Wenn sie jetzt fiel, wären genug Leute in der Nähe, um ihr wieder hochzuhelfen. Sie würde nicht lange genug im Wasser bleiben, um sich den Tod zu holen.

Die Stille lastete auf uns, die Vögel waren uns nicht zum Strand gefolgt. Die Natur sah aus wie tot. Keine Muscheln am Wasser, kein Tang. Nur leeres Salzwasser, das gegen die Steine schlug. Man mußte David Attenborough heißen, um hier Leben zu finden. Oder auf einen Bären warten.

Ladung Nr. 2 war jetzt unterwegs. Das Geräusch des Zodiacs beruhigte mich. Motoren, die funktionierten, Treibstoff, der sie zum Leben erweckte, das alles sorgte dafür, daß wir uns nicht in einer Notsituation befanden. Ziemlich wenig, aber genug.

Im Boot war es allerdings zu Tumulten gekommen. Wir konnten wildes Gestikulieren sehen. Als sie näher kamen, beobachteten wir, wie Dana mit den Fäusten gegen Georgs Brustkasten hämmerte, während Oscar und Pia versuchten, sie wegzureißen. Georg lachte mit offenem Mund.

»Herr, gib mir Kraft«, stöhnte Per.

»Er will den Eisbären abschießen!« heulte Dana. Ich steckte mir eine Zigarette an.

»Samuel! Behalte den Berghang im Auge!« sagte Per. »Und du ...«

Er zeigte auf mich. »Du nimmst das Tal.«

Oscar und Per bugsierten Dana aus dem Boot. Ihre Tränen strömten nur so. Sigmund war wütend und packte ihre Schultern, als sie endlich den Strand erreicht hatte.

»Jetzt hör mir mal zu«, sagte er. Dana schluchzte.

»Wir dürfen keine Bären abschießen. Aber im Notfall müssen wir uns verteidigen. Deshalb sind wir bewaffnet. Kapierst du das? Um uns zu BESCHÜTZEN. Um Bären zu verjagen.«

»Aber, aber ...«

»Du kannst nicht mit an Land kommen, wenn du dich so anstellst. Dann wirst du zum Risikofaktor. Kapierst du das?«

Dana nickte gequält mit geschlossenen Augen und flüsterte: »Er darf ihn nicht erschießen ...«

»Und wenn der Eisbär versucht, dich umzubringen? Dich aufzufressen?«

Dana schüttelte den Kopf. Dieses Problem war zu hypothetisch, es war unvorstellbar. Sie wollte gern einen Eisbären sehen, aber der durfte nicht gefährlich sein. Nichts durfte gefährlich sein, alles sollte schön und exotisch und ökologisch ausgewogen sein.

»Alles klar?« fragte Sigmund und ließ sie los.

»Wo sind die Japaner?« fragte ich.

»Du sollst nicht die Fahrgäste zählen«, sagte Per. »Ich habe dich gebeten, das Tal im Auge zu behalten. Das hier ist ernst.«

»Ich habe das Tal im Auge behalten«, widersprach ich.

»Die Japaner wollten nicht mitkommen«, sagte Sigmund. »Nuno hat einen Blick auf die Leiter und den Zodiac geworfen, und plötzlich war Izu in ihrer Kajüte verschwunden.«

Georg stapelte die Schwimmwesten aufeinander, grinste und schüttelte resigniert den Kopf. Ich ging zu ihm. »Sag ihr, daß dein Bett frisch bezogen ist«, sagte ich.

Er schlug sich auf die Oberschenkel und lachte grob. »Der könnte ich was anderes erzählen. Könnte sie vor Angst um den Verstand bringen!«

»Was denn?«

»Wenn ein Eisbär kommt, dann frißt der zuerst ihre Birne und ihre Titten. Ehe sie Napoli sagen kann.«

Die Spuren von Salomon August Andrée, ein wilder Scherben-haufen von den Gefäßen, in denen er Salzsäure aufbewahrt hatte, aus der die Luft für den Ballon produziert werden sollte, lagen ziemlich breit verteilt herum. Hier lagen sie seit dem 11. Juli 1897. Es war kein schöner Anblick.

»Hier sollte jemand aufräumen«, sagte Turid und band sich ihre Kapuze fester zu.

»Das Zeug steht unter Denkmalschutz«, sagte Pia. »Es darf nicht berührt werden. Kulturelle Denkmäler. Und da hinten seht ihr den Boden des Ballonhangars.«

Es handelte sich um eine erhöhte Stelle aus festgetrampelter Erde. Es war nicht zu fassen, daß ein Schwede hergekommen war, um per Ballon zum Nordpol zu reisen. Andererseits, überlegte ich mir, waren ja auch gewisse Norweger vom Ballonfieber gepackt worden.

Die Trankochstellen waren runde Erdhaufen, das war alles. Ich hockte mich hin und schnupperte, konnte aber keinen Trangeruch feststellen.

»Nicht darauf treten«, mahnte Per. »Das sind auch Kulturdenkmäler.« Per erzählte, während Georg, Sigmund und Pia sich um uns verteilt hatten. Sie hatten uns den Rücken zugekehrt und hielten Ausschau.

»Ist das nicht eine Insel?« fragte ich Per. Er nickte. »Dann gibt es hier doch sicher keine Bären?« fügte ich hinzu.

»Überall gibt's Bären«, sagte er. »Die können tagelang schwimmen. Meer ist kein Hindernis.«

»Sei nicht so sauer auf mich«, sagte ich freundlich.

»Bin ich nicht«, antwortete er. »Und du bist immerhin besser als Dana.«

»Meine Güte, was für ein Kompliment!«

Es mußte doch allen klar sein, daß eine hysterische italienische Eule für einen Reiseleiter ein größeres Problem darstellte als eine nette, sympathische Querulantin aus Trondheim, die die Fahrgäste zu einem Todespakt überredete. Wenn Per nur gewußt hätte, wie sehr er sich über unsere Abmachung noch freuen würde. Wenn die Ewa kehrtmachen und in aller Eile zurückfahren müßte, würde ihm einiges an Trinkgeldern entgehen.

Ich ließ Zigarette Nr. 2 auf den Boden fallen und trat sie aus.

»Aufheben«, sagte Per. »Wir dürfen hier keinen Müll hinterlassen. Die Natur hier ist sehr empfindlich, Abfälle werden nur langsam abgebaut.«

Ich hob die Zigarette auf und steckte sie in die Zigarettenschachtel, dann hielt ich verstohlen nach der ersten Ausschau, die ich ebenfalls auf dem Boden ausgetreten hatte. Dort lag sie. Direkt vor Frikks Füßen. Ich hob sie rasch auf. Frikk und Sonja unterhielten sich über Andrées Luftfahrt. Turid stand ein Stück entfernt ganz allein auf einem Felsen und betrachtete ihre Hände. Sie wirkte verloren in ihrer weiten Daunenjacke.

Sie sah alt aus. Schmächtig. Mit eingetrockneter Haut, wie eine Porreestange, die zu lange im Kühlschrank gelegen hat. Sie hatte die Kapuze abgestreift, und ich konnte durch ihre grauen Haare ihre Kopfhaut sehen. Die Kopfhaut glänzte. Wie schön Turid einst gewesen war. Klein und rein und weich, die Sorte Frau, die Männer hochheben und an sich drücken, an der sie schnuppern möchten, die sie ins nächstgelegene Schlafzimmer tragen und ausziehen und von der sie wissen möchten, ob sie bis ins Innerste ebenso weich und rein ist; ein kleines Schmusekaninchen mit gemalten Lippen und dunklem Rehblick. Jetzt sah sie aus wie ein verschlissener Teddybär, den irgendwer von einem Dachboden rangeschleppt hatte.

Sie hob den Blick, aber ihre Brillengläser richteten sich nicht auf mich. Sie richteten sich auf Sonja und Frikk. Die beiden standen dicht nebeneinander. Frikk lachte über eine Bemerkung von Sonja, und Turid schien noch mehr in sich zusammenzusinken. Plötzlich brannten mir Tränen in den Augen, aber ich verdrängte sie, konzentrierte mich auf das, was Per mit lauter Reiseleiterstimme erzählte, und dachte: Das einzige Gefühl, das stärker ist als Trauer, ist Angst.

Viele waren enttäuscht, als wir zur Ewa zurückfuhren, ohne einem einzigen wütenden Bären begegnet zu sein, der uns auffressen wollte. Aber die Enttäuschung beschränkte sich auf die Fahrgäste.

»Du konntest deine Donnerbüchse ja gar nicht benutzen«, sagte ich zu Georg. Wir gehörten zum letzten Trupp, der zur Ewa zurückkehrte.

»Nein, Gott sei Dank«, antwortete Georg.

»Himmel, es ist so schön hier«, sagte Samuel. »Aber auch beängstigend. Isoliert … öde.«

»Wie bist du auf die Idee gekommen, hierher zu fahren?« fragte ich.

Samuel ließ seinen Blick über den Sund zwischen uns und der braunen Steininsel schweifen. »Meine Frau ist gestorben«, sagte er leise. »Und ich bin ins Reisebüro gegangen und habe gesagt, ich wolle weit weg. Soll es dort warm oder kalt sein, fragte die Frau im Reisebüro. Kalt, sagte ich, so fühlte ich mich nämlich gerade.«

Ich sagte nicht sofort etwas. Ich hatte ihn als blasierten Amerikaner auf der Jagd nach einem Erlebniskick eingestuft. In diesem Moment sah er aus wie ein Junge. Die Pelzmütze verbarg Teile seines Gesichtes. Seine Hände steckten in viel zu großen Handschuhen, die aus den Jackenärmeln quollen. Er sah aus wie ein Sohn, der genau die Kleider angezogen hatte, die seine Mutter ihm hingelegt hatte.

»Fühlst du dich jetzt wärmer?« fragte ich vorsichtig.

»Ja, wirklich. Ich mag die Menschen an Bord, die Stimmung.«

Georg hob die Hand und rieb die Finger aneinander. »Wir kriegen Sturm. Er ist jetzt noch zahm.«

»Ist er das?« lachte ich. »Zahm?«

»Ja, verdammt zahm. Und da sind schon die Wolken.«

»Was sagt der Wetterbericht?«

»Der Wetterbericht!« Georg wieherte. »Für diese Gegend gibt

es keinen Wetterbericht. Hier wird nicht gefischt, und Fähren gibt's hier auch nicht.«

»Du kannst also nur in der Luft mit den Fingern wedeln, um festzustellen, ob er zahm ist?«

»Das ist eine gute Methode.«

»Er ist zahm«, übersetzte ich für Samuel ins Englische.

»Wer ist zahm?«

»Der Sturm«, lachte ich.

»Du magst keine Seehunde?« fragte er mich unerwartet.

»Mögen ist so eine Sache«, antwortete ich. Er starrte mich verständnislos an.

»Warst du nie auf Jagd?« fragte ich.

»Nein.«

»Aber du ißt Fleisch.«

»Ja, das schon. Aber das ist ein billiges Argument.«

»Ist es nicht. Das ist das einzige Argument. Mehr gibt's da nicht zu diskutieren«, sagte ich und zündete mir noch eine Zigarette an.

»Die kannst du gleich wieder ausmachen«, sagte Georg. »Ich will keine Löcher im Boot haben. Und zieh die Schwimmweste an.«

Draußen auf der Ewa half ich Pia, die Schwimmwesten in den Plastikraum achtern zu bringen, während Bjørn und Sigmund den Zodiac mit der Winsch an Bord holten.

Unsere Finger waren taub, unsere Gesichter brannten nach der wilden Fahrt im Gummiboot.

»Bist du eine gute Schützin?« fragte ich sie.

»Es geht.«

»Hast du schon mal einen Bären geschossen?«

Ihr fiel eine Weste auf den Boden. Das gelbe Licht, das durch die Planen fiel, gab ihrer Jacke eine neue Farbe.

»Nur Schneehühner«, sagte sie. »Und Hasen. Zusammen mit meinem Vater. Er hatte sich einen Sohn gewünscht. Zu meinem siebten Geburtstag bekam ich mein erstes Luftgewehr.«

»Wie alt bist du jetzt?«

»Dreiundzwanzig.«

»Und was machst du im restlichen Jahr? Wenn du nicht hier bist, meine ich.«

»Himmel, soll das ein Verhör sein, oder was?«

»Nicht doch«, ich lachte. »Ich bin nur ein bißchen neugierig. Ich bin immer neugierig.«

»Ich studiere Tiermedizin.«

»Das ist sicher teuer«, sagte ich. »Studiendarlehen und …«

»Investition für die Zukunft.«

Die Westen waren jetzt an ihren Haken festgebunden. »Das wäre das«, sagte Pia. »Und du?«

»Was ich für den Rest des Jahres mache?«

»Ja.«

»Ich zeichne. Zeichne und zeichne.«

»Bist du Künstlerin?«

»Vielleicht … irgendwie schon.«

»Hier oben kriegst du sicher massenhaft Inspirationen.«

»Massenhaft. Aber jetzt brauche ich ein Bier oder vier. Oder einen Schnaps. Was ist mit dem Eis, das Per besorgen wollte?«

»Ach, wir hatten wohl andere Sorgen.«

»Da hast du wahrscheinlich recht«, sagte ich. »Könnten allesamt zu Eisstatuen geworden sein. Hätte uns dann jemand gefunden?«

»Supermann.«

»Was sagst du? Supermann?«

»So nennen den alle. Der Superpuma der Regierungsbevollmächtigten.«

»Und Supermann hätte uns gefunden.«

»Sicher. Wir haben doch einen Notsender an Bord.«

»Aber … hätten wir uns schnell genug die Anzüge anziehen können?«

»Ich glaube nicht.«

»Dann hätte Supermann das Wrack der Ewa gefunden. Und unsere Leichen.«

»Ja«, sagte Pia und ging. Und ich dachte: Meine große Klappe sorgt immerhin dafür, daß Per und Pia mir nicht mehr die Wahrheit verschweigen. Und das finde ich gut.

In der Messe beklagte man sich gutmütig in mehreren Sprachen über die nicht vorhandene Nacht. Ein Ereignis nach dem anderen konnte doch vorüberschwimmen, während die Sonne schien und wir schliefen. Das Bier war eiskalt und paßte genau in meine Hand.

»Kommen wir um diese Ecke?« fragte ich, mit dem Finger auf der Karte.

»Sicher«, antwortete Georg. »Die Eiskante liegt bei achtzig Grad und ist unterwegs nach Norden. Und das ist gut so, wir wollen doch bis Sjuøyane. So, jetzt muß ich wohl den Sigmund ablösen.«

»Wir gehen auf Phippsøya an Land, das ist eine von den sieben«, sagte Per.

»Phippsøya? Nach wem ist die denn benannt?« fragte Oscar.

»Sicher nach Phipps dem Affen«, antwortete ich. Sogar Per lachte. Ich ließ das Bier durch meine Kehle fließen und wollte mir ein neues holen, als Samuel fragte, ob ich auf dieser Reise schon gezeichnet hätte. Dana und die Franzosen grinsten erwartungsvoll. Pia hatte geklatscht.

»Ein bißchen«, antwortete ich. Samuel wollte das sehen. Ich lief in meine Kajüte, zog den Gin unter der Bettdecke hervor und aß ein paar Erdnüsse, dann riß ich die Szene mit Dana und dem Seehund aus meinem Zeichenblock. Die Füchse und die Berge waren in Ordnung, die konnte ich ihnen zeigen.

Ich nahm an, daß sie gezeichnet werden wollten. Alle werden gern als Karikatur gezeichnet. Die Götter mögen wissen, wieviel Restaurantservietten ich schon mit munteren Porträts bekritzelt habe. Aber ich ließ mich immer bezahlen. Ein Cognac pro Schnauze war hier sicher angebracht. Auf dem Festland begnügte ich mich mit einer Halben, aber hier sorgten die zollfreien Preise für einen unerwarteten Vorteil. Ich würde reichlich blau sein, ehe ich alle neunzehn verewigt hätte. Möglicherweise könnte ich eine Art Sparkonto mit Strichen auf meiner Liste eröffnen?

Aber sie wollten Berge. Allesamt wollten sie Berge. Sogar die Japaner kamen aus dem Salon und sahen zu. Ich blickte zu Izu hinüber, aber die schien gut gelaunt zu sein, durchaus nicht von einer eisernen Ferse in den Dreck getreten, wenn ihre Miene auch nicht leicht zu deuten war. Sie lächelte wie üblich, und ich zeichnete sie rasch, das mußte ich einfach. Es war das breiteste Lächeln der Welt, mit tanzenden Augen. Und um das Gesicht ein Fellkapuzenrand, der außen zur Sonne wurde. Darunter lagen die Berge. Izu sprang herum und klatschte in die Hände und rief: »Gefällt! Gefällt!«

Ich riß die Zeichnung vom Block und gab sie ihr. Sie verneigte sich tief und zeigte auf die Ecke des Blattes. »Dein Name. Dein Name, bitte!«

»*Du* willst *mein* Autogramm?« Ich lächelte.

Sie nickte und lachte so herzlich, daß ich eigentlich noch fünf Zentimeter Lächeln in allen Richtungen hätte dazusetzen müssen. Ich schrieb B. A. in die Ecke.

»Willst du nicht erzählen, wofür das B steht?« fragte Turid.

»Das steht für nichts«, antwortete ich. »B Punkt. A Punkt. Bea. Möchte noch jemand eine Zeichnung? Stellt euch an!«

Ich riß die A3-Blätter in zwei Teile und zeichnete Berge, bis mein Bleistift glühte. Ich erklärte das Honorarsystem; sie sollten auf ihre und auf meine Liste je einen Strich machen, auf meiner Liste wurde dafür die Rubrik »Guthaben« eröffnet. Alle akzeptierten das als geniale Lösung. Bier und Cognac strömten nur so, während ich zeichnete, und Lena holte Salzstangen und Erdnüsse. Samuel bat um die Füchse.

»Zwei Cognacstriche«, antwortete ich.

»In Ordnung.«

Sigmund betrachtete mich lächelnd. Das erste Lächeln, das ich bei ihm gesehen hatte.

»Was ist mit dir, Sigmund?« fragte ich. »Kann ich diese Reise gratis haben, wenn ich achthundert Berge, hundert Füchse und fünf Karikaturen zeichne, auf denen du gewaltige Ähnlichkeit mit Kevin Costner hast?«

Er lachte. War wie ausgewechselt. »Du kannst die Ewa zeichnen«, sagte er. »Zeichne sie als fesche Yacht.«

»Aye aye, Captain.«

Und die Ewa wurde wirklich fesch. Schwellende Formen, Kurven an den richtigen Stellen. Es war mäuschenstill in der Messe, als ich sie zeichnete. Der Alkohol gab mir Mut. Ich ließ sie mit gespreizten Knien und auf dem Rücken im Wasser liegen. Ich wollte den Zodiac auf ihr haben, aber die Spinnenassoziation war zu ekelhaft. Ich starrte sie an. Ihre Mähne, die vor dem Bug im Wasser trieb, ihren Nacken. Den in den Nacken geworfenen Kopf. Ihre ganze Haltung war schamlos, im wahrsten Sinne des Wortes: ohne Scham.

Aber was war mit dem Gummiboot?

Da kam mir eine Idee. Ich zeichnete den Zodiac als schwarze Bibel, die sie hingerissen an ihre nackten Brüste preßte.

»Holy shit«, murmelte Samuel.

Ich hatte mich selber übertroffen. Seltsamerweise wirkte meine Zeichnung kein bißchen obszön.

»Die werde ich einrahmen«, sagte Sigmund. Er ging zu meiner Liste. Ich zählte mit, als er Striche in den Guthabenkreis malte. Fünf Striche.

Ich stand allein an der Reling und rauchte, als alle schon im Bett waren. Sigmund war nach dem Kaffee auf die Brücke gegangen, hatte behauptet, er sei hellwach, und deshalb schlief Georg jetzt. Meine vier Stunden Schlaf hatten mir einen Vorsprung gegeben, ich war auch nicht müde.

Die See war glatt. Ich hatte nicht gewußt, daß offenes Meer so flach sein konnte, ohne irgendeinen Kräusel. Die Wolken näherten sich, langsam, von vorn, wo die Sonne tief und orange am Himmel hing. Wir waren weit weg vom Land, in allen Richtungen hatten wir offenes Meer vor uns. Meer und Himmel begegneten sich. Es gab sehr viel Treibeis im Meer, große und kleine Schollen, die sich spiegelten und den Horizont zackig aussehen ließen. Weit weg von mir spielten auf einer Eisscholle einige Seehunde. Ich genoß es, hier ganz allein zu stehen. Ein Poltern war zu hören, wenn der Schiffsrumpf gegen eine Eisscholle stieß, sie ließen sich einfach nicht umfahren, aber sie waren so dünn, daß sie wie Zuckerguß zerbrachen, wenn der Bug sie traf. Ich hatte mich schon an dieses Geräusch gewöhnt.

In der Speisekammer fand ich Brot. Die Vögel sollten auch etwas Gutes bekommen, nicht nur Abfälle vom Tisch der Reichen. Ich nahm mir noch einen Cognac mit und stellte das Glas zu meinen Füßen auf das Deck. Ich warf Brotstücke in die Luft und hatte erwartet, daß die Eissturmvögel sie aufschnappen würden, aber das schafften sie nicht; sie erwischten das Brot erst, wenn es im Wasser gelandet war und zu versinken drohte. Ihre Flügel peitschten kleine Wellen hoch, wenn sie die Wasseroberfläche erreichten und das Brot mit ihren krummen Schnäbeln auffingen.

Als ich kein Brot mehr hatte, wischte ich mir die Krümel von den Händen und ging auf die Brücke. Mein Erfolg mit der Zeichnung hatte mir Mut gegeben.

»Diese Eissturmvögel sind ja nicht besonders schnell«, sagte ich; mir erschien das als gute Eröffnung für ein Gespräch.

»Nein«, antwortete Sigmund. »Bei rauher See kommen sie fast nicht hoch, sie brauchen einen langen Anlauf. Manchmal landen welche an Deck. Dann müssen wir sie über Bord werfen, das Schiff ist nicht lang genug für sie, allein kommen sie nicht in die Luft.«

»Uns folgen immer dieselben, nicht wahr?«

»Ja. Sie verbringen ihr ganzes Leben auf dem Meer. Nur zum Brüten gehen sie an Land. Sie haben eine Art Filter, der das Salz aus dem Wasser nimmt, deshalb können sie es trinken.«

»Du weißt viel über Vögel?«

»Das tun alle Seeleute. Aber der Eissturmvogel ist etwas Besonderes, nicht schön, aber treu.«

Ich lachte. »Wie sieht es übrigens mit dem Eis aus?«

»Nimm dir das Fernglas. Man kann die Eiskante sehen.«

Die Eiskante war ein zitternder Doppelstrich vor dem nördlichen Horizont, austernfarben, schimmernd wie Fabergés Perlmuttemaille.

»Wie hoch ist sie?«

»Nicht sehr hoch. Alles Eis im Meer hier kommt von der zersplitternden Kante. Ein paar Meter.«

»Es gibt also keine Eisberge? Solche großen?«

»Hier nicht.«

»Eigentlich hast du uns überhaupt nicht gern am Hals, oder was?«

Er sah mir in die Augen. »Das ist es nicht«, sagte er. »Aber ich muß auf so vieles achten, trage so große Verantwortung.«

135

Ich nickte verständnisvoll und hielt mir wieder das Fernglas vor die Augen, um mir die Seehunde anzusehen. In diesem gigantischen Panorama konnte ich sie aber nicht finden, in diesem Meeresarm, der so isoliert lag, daß er nicht einmal im Wetterbericht erwähnt wurde. Aber ich entdeckte etwas anderes. Etwas Schmutziggelbes mitten im Weiß, auf einer großen Eisscholle. Weit, weit vor uns.

»Ich glaube, ich sehe einen Bären«, sagte ich.

Sigmund war in zwei Sprüngen neben mir und übernahm das Fernglas. Ich zeigte auf die Scholle.

»Ich sehe ihn«, sagte er. »Dann müssen wir die ganze Bande mahnen, das habe ich Per und Pia versprochen.«

»Was? Alle wecken?«

»Ja. Das ist so abgemacht, dafür bezahlt ihr ja. Kannst du das übernehmen? Aber laß Georg schlafen. Der hat schon öfter Bären gesehen.«

Ich rannte von der Brücke und weiter unter Deck. Mit Per und Pia fing ich an, machte dann den ganzen Weg durch den dunklen Flur weiter, klopfte und rief. Bei Turid und Frikk hörte ich leises Gemurmel, noch ehe ich gegen die Tür hämmern konnte. Ich hätte gern in die Kajüte geschaut, riß mich aber zusammen.

»Aufwachen! Eisbär! Polarbär! Teddy! Le Teddyeur!«

Dann rannte ich wieder an Deck. Aber wir waren noch immer zu weit weg, um von dort etwas sehen zu können, deshalb ging ich wieder auf die Brücke.

»Verdammt«, sagte Sigmund, als ich oben ankam. »Wir haben zu früh gemahnt, mit dem stimmt etwas nicht. Das hätten wir in Ruhe und Frieden in Ordnung bringen können. Aber jetzt ... wo alle zusehen ... da können wir nicht ...«

»Was stimmt denn nicht?«

»Der ist krank. Schleppt sich rum.«

Wir näherten uns jetzt. Sigmund ließ das Fernglas nicht sinken. Ich mußte wieder nach unten gehen, zum Bug. Hinter mir kamen Jean und Philippe angerannt, gefolgt von Samuel und Oscar.

»Mit dem stimmt was nicht«, sagte ich. »Sigmund meint, er sei krank.«

»Ich sehe ihn nicht«, jammerte Philippe. Er hatte die Kamera schon gezückt.

Mitten auf der Eisscholle befand sich ein Schneehaufen. Die Ewa umrundete die Eisscholle, und dann sahen wir ihn aus nächster Nähe.

Wie oft hatte ich, wo ich doch im Norden lebte, schon Bilder von Eisbären gesehen! Im Film, im Fernsehen, auf Postkarten, in Büchern, auf Pullovern und auf T-Shirts! Mehrere tausend Mal? Ich hätte die Augen schließen und einen perfekten Teddius polaris zeichnen können. Den langen schmalen, fast ein wenig schlangenhaften Kopf. Den im Vergleich dazu großen Rumpf. Den Schwanzansatz. Den Hinterleib, der höher war als der Vorderleib. Die breiten Pfoten mit schwarzen Klauen und Fellbüscheln, die zwischen den Klauen hervorlugen.

Aber der Anblick des echten Teddys bewies, daß Fotos und Zeichnungen niemals die Wirklichkeit sind und auch nie sein können. Niemals.

Ich starrte einen lebendigen Eisbären an, als hätte ich noch niemals einen gesehen, als sei das hier ein neuentdecktes Tier, von dessen Existenz die Menschen nichts gewußt hätten. Er war nur zehn oder zwölf Meter von mir entfernt. Ich betrachtete seine feuchte Nase, den Blick, die Zunge, die Fangzähne.

Und er war einwandfrei krank. Sein Hinterleib lag seitlich verzerrt im Schnee, lahm und unbeweglich, während sein Vorderleib sich auf die Pfoten stützte. Und jetzt erst hörte ich sein Gebrüll, obwohl er sicher schon eine gute Weile gebrüllt hatte. Ein Schmerzensgebrüll jenseits von Zeit und Raum, vermischt mit Angst, weil wir so nahe gekommen waren. Weil er sich nicht verteidigen konnte, brauchte er Entfernung, größere Entfernung als sonst. Nicht er war jetzt das Raubtier. Das Raubtier waren wir.

Inzwischen hatte sich auch der Rest eingefunden. Die Ewa setzte zurück. Sigmund ließ die Motoren fast absterben. Wir standen still da, in Reih und Glied, ohne den Blick vom Bären abwenden zu können. Sein Gebrüll ging in tiefes, heiseres Stöhnen über. Wir konnten das Wasser gegen die Eisscholle schlagen hören.

»O verdammte miese Pest«, flüsterte ich und heulte los. Georg. Ich mußte Georg holen.

»Der hat das Rückgrat gebrochen. Holt Georg!« rief Sigmund aus dem Brückenfenster. Ich rannte die Treppe hinunter, stolperte, mußte mich am Geländer anklammern, um nicht bis nach unten zu fallen.

»Georg. GEORG!« Ich riß die Tür auf und schüttelte ihn.

»Hä? Was ist los? Gehen wir unter?«

»Ein Bär! Und der ist krank. Du mußt ... ich glaube, du mußt ...«

»Immer mit der Ruhe, Frauenzimmer ... du bist ja schlimmer als eine Italienerin. Was ist passiert? Ich dachte, du wolltest ... siehst du nicht, wie sauber mein Bettzeug ist?«

»GEORG! LASS DEN SCHEISS! Steig in deine Hose und komm.«

Statt an meinen Aussichtsplatz am Bug zurückzukehren, lief ich auf die Brücke. Ich wollte nicht weinen. Ich mußte die Sache so gut wie möglich hinter mich bringen. Sigmund stand am Funkgerät.

»Dann weckt ihr sie eben«, sagte er. »Over und aus.«

»Mit wem redest du?«

»Ich muß mit der Regierungsbevollmächtigten reden. Muß die Erlaubnis einholen, den Bären zu erschießen.«

»ERLAUBNIS? Aber ... der hat doch das Rückgrat gebrochen. Hast du nicht gesagt, er hätte das Rückgrat gebrochen?«

»Doch.«

»Dann brauchst du doch wohl keine Erlaubnis!«

»Doch. Die Antwort kommt sicher bald.«

»Aber Himmel, selbst wenn der unter Naturschutz steht ...«

»Wir brauchen trotzdem die Erlaubnis. Sonst gibt es nur Ärger. Nur Ärger. Wenn wir die anderen nicht geweckt hätten, dann hätten wir vielleicht ... Nein, irgendwer hätte den Schuß gehört, und dann wäre das ganze Theater wieder losgegangen.«

Der Bär hatte sich auf die andere Seite der Eisscholle geschleppt. Wackelte mit dem Kopf. Brüllte wieder, zeigte einen rosa Schlund. Seine Vorderpfoten wanderten immer wieder seitwärts, sein Hinterleib aber lag unbeweglich da. Der Bär bewegte sich im Kreis, der Schwanzansatz bildete das Zentrum. Ich kehrte ihm den Rücken zu. Wartete auf Georg.

»Der ist sicher zwischen zwei Eisschollen geraten«, sagte Sigmund. »Vielleicht bei der Seehundsjagd.«

Georg kam auf die Brücke und griff zum Fernglas.

»O verdammt«, sagte er leise. »Hast du schon mit Longyear gesprochen?«

»Ja«, antwortete Sigmund. »Die Antwort kann jeden Moment eintreffen.«

Die kleine Menschengruppe am Bug stand ganz still da. Niemand fotografierte. Jean hatte den Arm um Dana gelegt. Sie weinte und zitterte.

Das ist Natur, dachte ich, sieh dir die Natur gut an, Dana. Sieh doch nur, wie schön hier alles ist. Mitternachtssonne und ganz stilles Polarmeer. Eis in schönen Farbschattierungen.

In dem Moment knisterte das Funkgerät.

Die Erlaubnis wurde nicht erteilt. Die Naturschutzgesetze ließen sich angeblich nicht umgehen. Die Natur sollte ihren Gang gehen. Ich folgte Georg. Er fluchte auf dem ganzen Weg zum Schuppen, in dem der Sack mit dem Seehundsspeck lag, bei jedem Schritt kam ein neuer Fluch. Siebzehn Menschen standen fröstelnd am Bug, während Georg und ich den Sack aus dem Schuppen zerrten. Georg zog, weiterhin fluchend, seine Handschuhe an.

»Verdammte plattfüßige Bürokraten, bohren sich hinter ihren Schreibtischen in der Nase, die sollten wir in Stücke hacken und ihm hinschmeißen. Oder denen das Rückgrat brechen, sie auf eine Eisscholle legen und tschüß. Verdammte Scheiße …«

Er richtete sich gerade auf und rief Sigmund leise zu: »Leg sie langsam seitwärts … nicht voll auf ihn zu. Ich will nicht, daß er vor Angst von der Scholle rutscht!«

Ich öffnete den Sack. Schwerer Fettgestank schlug mir entgegen. Wir schleppten den Sack an die Reling. Ich hockte mich hin und öffnete den Sack so weit, daß der Inhalt offen dalag und leicht zu fassen war. Das Seehundsfell war grau mit schwarzen Flecken, die

Haare glänzten feucht, ich mußte an meine Stiefel denken. Der Speck war gelbweiß mit dünnen Blutstreifen.

Georg stand bereit. In kräftigen, blitzschnellen Würfen beförderte er den Inhalt des Sacks über die Reling, als wir an der Eisscholle vorbeifuhren. Ich blieb weiter in der Hocke. Horchte auf das Gebrüll. Glotzte das blutige Wasser an, das unten im leeren schwarzen Plastiksack herumschwappte.

»Hast du getroffen?« fragte ich.

»Ja, zum Henker!« Dann rief er zu Sigmund hoch: »Jetzt machen wir, daß wir hier wegkommen, verdammte Axt!«

Und der stummen Menschenschar am Bug rief er zu: »Seht ihr jetzt, wozu ein toter Seehund gut ist?«

In der nächsten Stunde steigerte sich der Alkoholkonsum um einiges. Dem Kalben im Magdalena-Fjord war spontane Katastrophenpsychologie gefolgt, jetzt aber schwiegen alle. Jetzt, wo wir wirklich das Bedürfnis gehabt hätten, über alles zu reden. Statt dessen tranken wir. Alle, außer Per und Pia, die sich ein Mineralwasser teilten. Lena schmierte Brote, die niemand essen mochte.

»Oscar«, sagte ich. »Du als Psychologe. Sag was Kluges!«

»Keine Ahnung, was das sein könnte«, antwortete er.

»Was ist mit dir, Per? Pia?«

»Wir sollten wohl bald ins Bett gehen, uns an Georgs Beispiel halten.«

»Alles klar«, sagte ich. »Dann sage ich etwas.«

Ich sprang auf und rief durch die Messe. »Die Regierungsbevollmächtigte ist ein Arsch! Seid ihr da nicht meiner Meinung?«

Alle nickten, nur Samuel nicht, er sagte: »Die müssen sich doch an ihre Regeln und Gesetze halten. Ein Tier, das unter Naturschutz steht ... uns steht es nicht zu, Leute anzuklagen, weil sie sich an ein Gesetz halten, das ...«

»Aber sicher steht uns das zu«, widersprach ich. »Aber ja! Die Regierungsbevollmächtigte ist ein Arsch! Die Regierungsbevollmächtigte ist ein Arsch! Wir können ein Lied daraus machen!«

Ich improvisierte mit lauter falschen Tönen: »Ein Arsch! Ein Arsch, tralalalala!«

Oscar lächelte schwach, und das taten auch Nuno und Sao.

»Immerhin hat er was zu essen bekommen«, sagte Jean. Frikk starrte mit nassen Augen seinen neuen Eisbärenpullover an. Turid saß vor dem dritten Cognac, ich hatte gezählt. Izu ließ ihren Tränen freien Lauf und wischte sie auch nicht ab.

»Dieser arme, arme Eisbär«, stöhnte Dana. »Und er war so wunderschön …«

»Ja, los, raus damit«, sagte ich und hob das Glas mit viel Gin und wenig Tonic. »Auf den Teddy! Unser erster Eisbär! Cheers! A votre santé!«

»Du bist betrunken«, sagte Oscar.

»Ja, Gott sei Dank«, erwiderte ich. »Und jetzt will ich eine Tomate, dann gehe ich ins Bett.«

Er schlief schon. Ich legte meine Kleider in die obere Koje und stieg zu ihm ins Bett, und dabei schnupperte ich an seinem Brustkasten.

Der kleine Vorhang vor dem Bullauge war vorgezogen, aber es gab doch so viel Licht, daß ich auf seiner Brust graue Haare sehen konnte. Ich fuhr mit den Händen über seinen Körper, er schmatzte im Schlaf. Es war ein starker, fester Körper, auch am Bauch. Er war blaß, aber im Halbdunkel erkannte ich unten an seinem Hals den scharfen Übergang von weißer zu wettergegerbter Haut.

»Georg«, flüsterte ich. »Georg!«

Er wurde etwas wacher. »Ach was, da bist du ja …«

Er streichelte mein Gesicht. »Du hast geweint.«

Ich nickte und begrub mein Gesicht an seinem Oberarm.

Er nahm mich in den Arm und drückte mich an sich. »Jetzt schlafen wir, du und ich«, flüsterte er. »Eins nach dem anderen.«

Per ging gerade durch den Flur, als ich aus der Kajüte kam.

»Himmel«, sagte er.

»Selber Himmel«, erwiderte ich und trottete barfuß zu meiner eigenen Kajüte. Ich mußte mich an den Wänden abstützen. Das Boot schlingerte heftig. Alles dröhnte. Die Bücher tanzten hinter dem Glas durch den Bücherschrank. Das Klavier zitterte.

»Er wird langsam sauer«, hatte Georg gesagt.

Langsam sauer? Das Wetter schien ausgesprochen wütend zu sein. Schlimmer konnte es unmöglich werden.

Eis donnerte gegen den Bug, wenn er sich in ein Wellental stürzte. Alles, was auf meiner Kommode gestanden hatte, hatte sich jetzt gleichmäßig auf dem Boden verteilt. Zahnbürste und Zahnpasta waren ins Waschbecken gefallen. Der Koffer war unter dem Bett hervorgerutscht, ich stellte ihn hochkant in den Schrank. Das Bullauge zeigte ein weißes Chaos aus brechenden Eisschollen und brausender Gischt. Ein brennender Schmerz machte sich in meinem Zwerchfell breit.

Mir war aufgefallen, daß Ola und Bjørn und auch noch andere hinter dem Ohr ein kleines Pflaster sitzen hatten, sicher ein Mittel gegen Seekrankheit. Ich durchwühlte meine Sachen, bis ich die Magentabletten gefunden hatte, dann spülte ich zwei mit einem Schluck Cognac hinunter. Den Kleinkram stopfte ich in die Kommode und sicherte die Schublade mit den Haken.

Der Frühstückstisch war gedeckt, aber der Käse lag auf dem Boden, obwohl die Teller von der Gummimatte an Ort und Stelle festgehalten wurden. Die Thermoskannen waren mit Schnur an der Wand befestigt. Die Messe war fast leer. Jean und Philippe saßen mit bleichem Schnabel da und tranken Tee. Per knabberte an einem Apfel und schaute aus dem Bullauge. Georg stand breitbeinig mitten im Raum und aß Haferbrei mit Milch und Marmelade. Er grinste mich mit breiverschmiertem Schnurrbart an.

»Ich hab so ein komisches Gefühl im Bauch«, sagte ich. »Es brennt ...«

»Dann mußt du was essen, Mädel. Schade, daß wir keine Ananas haben.«

»Ananas?«

»Verdammt gut, wenn du seekrank wirst. Ananas schmeckt nämlich genauso, wenn sie wieder rauskommt.«

Ich schluckte und bückte mich nach dem Käse. Das war nicht leicht. Die Bewegungen mußten genau dem Schlingern des Bootes angepaßt werden. Ich erwischte den Käse beim dritten Versuch, aber als ich mich aufrichtete, drehte sich die Messe um mich.

»Oooo …«

»Friß!« sagte Georg. »Mindestens drei Brote, auch, wenn du gar keinen Hunger hast. Und ein Glas Milch. Und dann kriegst du von mir auf der Brücke eine Selbstgedrehte. Danach bist du dann frisch wie ein Gummifisch.«

Beim Verlassen der Messe rief er munter: »Alle Mann an die Pumpen!«

Milch? Nein, ich wollte zuerst ein Bier, deshalb steuerte ich geradewegs den Kühlschrank an, endete dann aber im Zickzackgang.

»Ei der Daus«, sagte Per.

»Selber ei der Daus.«

»Und ausgerechnet Georg …«

»Klappe halten. Ich mache, was ich will. Ich mache immer genau, was ich will. Geh ein bißchen Tran trinken, du.«

Ich hatte ihm eigentlich vor Angst die Seekrankheit gewünscht, aber das Resultat war, daß mir selber die Magensäure hochkam. Wie eine Verdurstende in der Wüste packte ich das Bier, hob es zum Mund, lief im Zickzack zurück zum Essen und aß drei Brote, genau, wie mir aufgetragen worden war, mit Salami und Tomaten. Ich schloß beim Kauen die Augen, damit ich das Essen nicht auch noch sehen mußte. Die Milch schenkte ich mir.

»Sind schon welche seekrank?« fragte ich.

»Ja«, antwortete Per. »Die kotzen gerade ihre Kajüten voll. Pia hat Eimer ausgeteilt. Einen hat sie selber gefüllt.«

»Wer hat das Essen gemacht?«

»Stian. Lena ist krank.«

Ich fuhr mit der Hand über den Bauch und trank den letzten Rest Bier.

»Aber ich fühle mich jetzt viel besser«, sagte ich. »Richtig gesund sogar.«

Sigmund kam von der Brücke. Er rieb sich die Augen und hob den Käse hoch, der wieder auf den Boden gefallen war.

»Scheißwetter.«

»Der Bär …« fing ich an.

»Ist jetzt im Wasser«, vollendete Sigmund. »Immerhin ist er mit vollem Bauch gestorben.«

Das Meer. Grau und weiß. Auch der Himmel war weiß. Horizont und Farben waren verschwunden. Schneematsch und Regen prasselten gegen die Fensterscheiben und lagerten sich unten als grauer Schleim ab. Der einzige ruhende Punkt, an dem mein Blick haften konnte, war Georg, aber ich lehnte seine Selbstgedrehte ab. Ich nahm lieber eine von meinen eigenen Zigaretten. Georg öffnete das Fenster einen Spaltbreit, damit ich meinen Rauch hinausblasen konnte. Immer wieder lief er zur Karte und steckte unsere Position ab. Das Boot hob und senkte sich immer wieder.

»Das ist schwierig so nah beim Pol«, sagte Georg. »Dem Gyro gefällt das nicht.«

»Ist das gefährlich?«

»Gefährlich ...?«

»Bei solchem Wetter auf See sein?«

»Nein, spinnst du? Das hier ist doch nichts. Ein paar Windstöße, eine kleine Brise.«

»Wieviel Beaufort haben wir wohl?«

»Zweiundzwanzig vielleicht«, antwortete er mechanisch, dann richtete er sich auf und sah mich an: »Was zum Teufel weißt du über Beaufort?«

»Ich fliege ein bißchen. Aber ich glaube, bei diesem Wetter würde ich unten bleiben.«

»Du fliegst? Mit deinem eigenen Flugzeug?«

»Ich fange gerade erst an ... gerade erst. Mit einem winzigen Flugzeug, das nach einem Katzenvieh heißt ... einer Cheeta. Und Katzen haben Angst vor dem Wasser.«

»Ich hab nur Angst vor dem Fliegen. Aber kostet das nicht einen Haufen Geld?«

»Jede Menge. Aber wenn ich das Geld nicht für die Flugstunden brauche, dann verschwindet es trotzdem auf irgendeine Weise. Ich bin eine Verschwenderin.«

»Ach – eine Verschwenderin? Eine fliegende Verschwenderin? Daß du dich traust!«

»Beim Fliegen fürchte ich mich nie. Aber jetzt ... bist du ganz sicher, daß das nicht gefährlich ist? Du hast gesagt, er sei sauer. Er ... der Sturm ...«

144

»Pa, er hat sich ein bißchen beruhigt, seit wir wach geworden sind. Sieh mal, da hinten!«

Er legte den Arm um mich und zeigte auf einen schmalen Strich am Horizont, ein taubenblaues Band. »Dahin wollen wir.«

»Welche Richtung ist das?«

»Geradewegs nach Osten.«

Er zeigte es mir auf der Seekarte. Und er erzählte, Sigmund habe ihm streng befohlen, den einundachtzigsten Breitengrad erst zu überqueren, wenn das Wetter gut und alle wieder gesund wären.

»Der einundachtzigste ist etwas ganz Besonderes. Da stoßen wir an, und ihr kriegt ein Diplom.«

Himmel, ein Diplom? Bloß, weil wir bis hierher auf der Ewa herumgelungert haben? Ich fand das ziemlich bescheuert, und Georg war eigentlich meiner Ansicht.

»Aber rahm es trotzdem ein. Eines Tages findest du es vielleicht lustig, daß es bei dir zu Hause an der Wand hängt. Dann kannst du es anglotzen und an den alten Georg denken, der dich sicher durch polare Gegenden geführt hat.«

Ich sagte nichts dazu.

»In dir gibt es nämlich auch polare Gegenden«, sagte er dann. »Ich glaube, du bist an Eis vorm Bug gewöhnt.«

»Ich mache das Eis selbst. Und knalle es anderen vor den Bug.«

»Schaffst du das denn?«

»Und wie. Nimm dich also in acht, Georg. Im Grunde bin ich ein Arsch.«

»Kein Arsch, aber ... irgendwas in dir krieg ich nicht zu fassen ... und ich glaube, dir geht das genauso.«

»Ich kriege Klaustrophobie«, sagte ich. »Wenn es zu eng wird. Zu klamm. Meine längste Beziehung hat fünf Monate gehalten. Er hieß Leif. Und es hat so lange gehalten, weil ich ihm egal war. Deshalb konnte ich atmen. Ich lag mit Grippe im Schlafzimmer, und er hat vergessen, daß ich dort war. Aber ich konnte atmen ...«

»Du bist eine komische Eule. Aber ich kann dich verstehen. Ich bin ja auch ein bißchen so. Deshalb bin ich ja auch allein.«

Ich lachte und sagte: »Ich gerate in Panik, wenn ein Mann sagt, daß er mich liebt.«

»Das werde ich dann lieber nicht tun ...«

»Oi! Schau mal, Georg! Ein Papageientaucher!«

Der Vogel flog schräg durch die Luft, dann landete er im breiten Wellental zwischen zwei Brechern und war verschwunden.

»Der Arme ... bei diesem Scheißwetter ist er total verwirrt«, sagte Georg.

»Ich wußte gar nicht, daß es hier oben so viele Vögel gibt. Ich mag die Eissturmvögel. Die sind toll. Und gestern habe ich einen kleinen flinken gesehen ... mit rotem Schnabel, glaube ich.«

»Eine Küstenseeschwalbe. Die folgen den Booten nur selten.«

»Und einen schwarzweißen, der aussah wie ein winziger Pinguin.«

»Ein Alk. Die sind gut.«

»Wieso gut?«

»Schmecken gut.«

Ich verschluckte mich vor Lachen. »Herrgott, du bist unmöglich!«

»Hier im Norden essen die Leute ihn nicht gern. Sie behaupten, daß er nach Tran schmeckt. Aber man braucht ihn nur über Nacht in Essig einzulegen.«

»Sag mal, gibt es irgendwas, was du noch nicht gegessen hast?«

Er zupfte sich am Schnurrbart. »Tja, wenn, dann höchstens dich. Wir hatten es vorhin ein bißchen zu eilig ... aber das holen wir noch nach ...«

Ich trat dicht an ihn heran und schnupperte. Es tat gut, an ihm zu schnuppern und seine braunen Lachfältchen aus nächster Nähe zu sehen. Auch er schnupperte, wir kamen aus dem Gleichgewicht und knallten gegen die Wand, wo wir einen Kalender mit einem Bild des Nordkaps herunterwarfen.

»Da siehst du's! Eulen auf der Brücke werfen mich einfach um. Ich muß mich um die Ewa kümmern, sie ein bißchen befühlen. Also scher dich jetzt runter.«

Ich zauste seinen Schnurrbart und ging. Und ich dachte dabei: Nimm dich in acht, Bea, nimm dich verdammt noch mal in acht. Keine Lebensgeschichten servieren, bloß, weil du zuviel trinkst und in seinem Arm so gut schlafen kannst.

Die Japaner saßen im Salon, aßen aus Kaffeetassen Nudeln und blätterten in Büchern über Svalbard. Das Wetter schien ihnen nichts auszumachen. Die Messe war leer, der Frühstückstisch abgeräumt. Stian räumte die Kombüse auf.

»Heißa und hussa«, sagte ich. »Brauchst du Hilfe?«

»Mhm. Beim Kartoffelschälen vielleicht.«

»Damit verdient ihr euch wohl die Reise, du und Lena?«

»Nicht nur mit Kartoffelschälen. Schließlich gehen wir beide auf die Koch- und Stewardschule.«

»Und macht verdammt gutes Essen. Kann ich dieses Messer nehmen?«

Wir schälten Seite an Seite, und Stian erzählte mir, wie ihn nach einer Fernsehsendung der Polarbazillus erwischt und wie er dann ganz einfach beschlossen hatte, hierher zu fahren. Er erzählte von Lenas Angst vor dem Wasser und daß sie im Moment so krank war, daß sie sofort nach Hause wollte. In diesem Sommer hatten sie dreimal Svalbard umrundet, das hier war die vierte und letzte Reise vor dem Winter, der die Welt hier oben mit Eis überhäufen würde. Aber so rauhe See wie heute hatten sie noch nicht gehabt. Ich steuerte Georgs Ananastip bei, und Stian grinste. Aber wir waren uns darüber einig, daß dieser Sturm, den Georg als Brise bezeichnete, zu einem passenden Zeitpunkt gekommen war. Der Bär rutschte auf diese Weise in den Hintergrund, alle hatten jetzt andere Sorgen.

»Ich habe geheult«, sagte Stian. »Und das ist mir lange nicht mehr passiert.«

Er war reizend. Bisher hatte ich es noch nicht geschafft, mit ihm in Kontakt zu kommen. So ist das eben bei frischverliebten Paaren.

»Findest du es witzig, verliebt zu sein?«

»Was für eine komische Frage!« sagte Stian.

»Nun antworte schon.«

»Ich habe Lena verdammt lieb.«

»Aber findest du das gut?«

»Weiß nicht so recht. Wenn du so fragst. Was ist mit dir?«

»Nein, ich … das hat damit nichts zu tun.«

»Alle wissen über dich und Georg Bescheid.«

»Was?«

»Meinst du, sowas läßt sich auf einem Schiff geheimhalten?«

»Aber Jesus Maria, wir sind doch erst vor einer Stunde aufgestanden!«

»Zeit genug. Mehr als Zeit genug. Es geht Kranken gleich besser, wenn ihnen über den Klorand spannender Klatsch serviert wird.«

»Reißt er auf jeder Tour eine Frau auf?«

Es war zu spät, diese Frage zurückzuziehen.

»Nein«, antwortete Stian.

Ich nutzte die Gelegenheit, um die Zitrone noch ein bißchen weiter auszuquetschen. »Sicher?«

»Ja. Ich glaube, er ist ziemlich wählerisch. Er haßt quengelige Frauenzimmer.«

Lena hatte zum Nachmittagskaffee einen Kellerkuchen backen wollen. Bis dahin würden wir ruhige See erreicht haben, hatte Sigmund gesagt. Aber Lena war im Moment vor allem mit ihrem eigenen Mageninhalt beschäftigt.

»Ich backe einen Schokoladenkuchen«, sagte ich. Stian war beeindruckt. Das war ich im Grunde auch, als ich zwischen den Wänden der kleinen Kombüse hin und her geworfen wurde, während ich eine Plastikschüssel an meine Brust drückte und die verschiedenen Zutaten hineingab. Ich entschied mich für die Schnellfassung. Eier, Sojaöl und Zucker werden verrührt, dann folgen Weizenmehl, Kakao und Backpulver. Wir fanden grüngesprenkelte Muffinsformen, und es machte großen Spaß, jede einzelne innerhalb der zwei Sekunden zu füllen, in denen die Ewa den Bug steil nach unten senkte. Ein bißchen kleckerten wir auch.

»Wisch du das auf«, sagte ich. »Ich bin schließlich bezahlender Fahrgast.«

Wir stellten die Formen in den Backofen und holten Puderzucker aus dem Küchenschrank. Etwas anderes gab es nicht zum Verzieren.

»Aber das muß sein«, murmelte ich vor mich hin. »Nur weißer Puderzucker allein reicht nicht aus. Das ist zu langweilig. Kleingehackter Seehundsspeck wäre gut. Wir könnten den als Zitronat ausgeben ...«

»Du spinnst doch!« Stian grinste.

»Wir nehmen Erdnüsse!« sagte ich.

Ich sah keinen Grund, das miese Wetter zu verschlafen. Ich war strahlender Laune, schließlich hatten wir an diesem Morgen trotz allem schon einiges geleistet. Aber ich redete mir ein, daß ich nicht verliebt sei. Absolut nicht. In keinster Weise. Ein wenig interessiert vielleicht, weil er eine große Klappe hatte und sich vor Sturm und Unwetter nicht fürchtete. Außerdem gefiel mir sein Schnurrbart. Hatte noch nie jemanden mit Schnurrbart geküßt. Der Schnurrbart piekste. Kitzelte. Das gefiel mir. Aber es war nur eine Abwechslung, eine kleine Abweichung von meinen wirklichen Plänen. Ich überlegte mir, daß das Wetter im Moment dafür perfekt sei.

Als die Muffins verziert waren und unter Zellophan in Schüsseln in der Pantry warteten und als ich Stian mitgeteilt hatte, daß sich dieser Raum auch als Speisekammer bezeichnen ließ, sah ich mich nach neuen Aufgaben um. Ich räumte ein wenig in der leeren Messe auf, schüttelte die Tischdecken aus, blickte hinaus auf die graue, aufgewühlte See und die Eissturmvögel, die sich nicht abschütteln ließen. Bei den schlimmsten Wellen drehten sich die Fenster waagerecht. Das Treibeis hämmerte gegen den Bug, und in den Schränken klirrten aufgeregt die Schüsseln und die Kaffeetassen. Ich sah nach, ob alle Schranktüren sicher abgeriegelt waren, und fand einen riesigen roten Sektkühler mit Coca-Cola-Reklame. Die Eiszange hing am Rand.

Und Eis für die Drinks war für mich die Motivation, mich bei diesem Scheißwetter an Deck zu wagen. Ich brauchte einen Eimer mit einer Schnur, das war alles. Ich wollte den Eimer über die Reling werfen und eine Runde Eis fangen. Aber zuerst mußte ich mich umziehen.

Unten im Gang roch es nach Kotze. Der Bücherschrank war aufgesprungen, und die Bücher lagen auf dem Boden. Nansen, Amundsen und Jerry Cotton in trauter Einigkeit. Ich lag auf den Knien und las die Bücher auf, als sich Sonjas Kajütentür öffnete. Frikk kam herausgewankt und machte sie leise hinter sich zu.

»Ei der Daus«, sagte ich. Wußte jetzt, daß man das sagt, wenn der falsche Mensch aus der falschen Tür kommt. Aber er war zu krank, um mit einem »selber ei der Daus« zu parieren, er glotzte nur leer vor sich hin. Brauchte mehrere Sekunden, um zu begreifen, warum ich mitten zwischen den Büchern auf dem Boden kniete.

»Was sagt Turid denn dazu?« fragte ich leise.

»Woher weißt du, daß sie überhaupt etwas sagen wird, zum Teufel?« rülpste er.

»Woher kommst du? Aus Oslo?«

»Turid wohnt in Oslo. Sie ist meine Mutter, klar? Und jetzt muß ich ...«

Er stürzte in Richtung Klo davon.

»Kotzen«, fügte ich hilfsbereit hinzu. Ich erhob mich und klopfte an Sonjas Tür. Ging hinein. Sie schlief. Lag jedenfalls mit geschlossenen Augen da. Es stank ganz umwerfend. Ich atmete mit offenem Mund und schüttelte sie. Ein kleiner Spalt zwischen ihren Augenlidern zeigte blanke Hornhaut.

»Sonja«, flüsterte ich. »Du darfst dich nicht mit Frikk einlassen. Das gibt nur Ärger. Nimm dich in acht!«

»Hä?«

»Laß die Finger weg von Frikk. Es gibt da einiges, was du nicht weißt ...«

»Aber er hat doch ...«

»Das wollte ich nur schnell sagen.«

Aber Sonja schloß wieder die Augen und stöhnte. »Versuch's mal mit Ananas«, sagte ich. »Und wenn du was zu trinken willst, dann kann ich das Eis besorgen.«

Die Tür zum Deck hatte innen eine Klinke, die aussah wie ein riesiger Hebel. Bisher hatten wir nur kurz daraufgedrückt, aber jetzt saß sie unten fest, und ich riß dermaßen heftig daran, daß mir die Ohren sausten. Mein linkes Ohr tat weh, und ich fragte mich einen Moment lang, wo Pia und Per wohl steckten. Beide hatten Seekrankheitspflaster und keinerlei Sorgen. Sie machen sicher etwas Vernünftiges, sagte ich mir zum Trost, inspiriert von Georg und der Querulantin aus Trondheim. Wenn ich Zeit gehabt hätte, hätte ich an der Wand gehorcht.

In einem Kabuff auf dem Gang hatte ich einen Zinkeimer und eine dicke Rolle Nylonseil gefunden. Den Knoten hatte ich mit dem Feuerzeug zu einem soliden Klumpen schmelzen lassen, ich wollte keinen herrenlosen Schiffseimer auf dem Gewissen haben. Ich trug jetzt meine Weihnachtsschinkentracht, und ich dachte gerade an die Bergsteigerregel: »Sag Bescheid, wo du hingehst«, als ich wieder an der Tür riß, die sich mit einem Brüllen öffnete. Auch alle Schleusen öffneten sich, und kein Herz freute sich. Es war, wie von der Seite in ein Schwimmbecken zu steigen. Aber ich zögerte nicht. Ich sah mich später an diesem Tag lässig in Richtung Eiskübel nicken und sagen: »Ich habe ein bißchen Eis besorgt. Greift nur zu!« Und alle würden bewundernd aufkeuchen und mich für eine reinkarnierte Polfahrerin halten – allerdings keine schwedische.

Aller Wahrscheinlichkeit zum Trotz gelang es mir, hinter mir die Tür zuzumachen. Die Außenklinke ließ ich erst los, als ich mich an einem anderen festmontierten Teil anklammern konnte: an der Reling, die sich in ganz anderem Rhythmus als dem der Sprünge des Schiffes in Längsrichtung heftig hob und senkte. Sie reichte mir bis zu den Schultern, im nächsten Moment bis zu den Knien. Genau vor mir hing ein Eissturmvogel.

Ich war schon triefnaß, sogar unter der Kapuze. Ich wickelte die Nylonschnur ab und befestigte sie an der Türklinke, wickelte sie mir zweimal um die Taille, die keine Taille mehr war, sondern eine tonnenförmige Textilienmasse, und warf den Eimer über die Reling. Jetzt hatte ich Sicherheitsvorkehrungen ergriffen, die mir den Mut gaben, über die Reling zu schauen und auf schwimmende Eisschollen zu warten.

Und die kamen in einem Höllentempo. Sie hüpften mit den Wellen auf und ab. Der Eimer war einige Meter hinter mir gelandet und sperrte dort den Schnabel auf, wild entschlossen, alles zu verschlingen, was sich gerade anbot. Ich mußte versuchen, ihn im richtigen Moment aus dem Wasser zu ziehen, Gin mit Salzgeschmack wäre nun wirklich nicht das Richtige.

Es dauerte. Ich mußte lange auf eine passende Eisscholle warten. Sie war in der Mitte auseinandergebrochen, hing aber noch zusammen. Und an den Bruchstellen sah ich türkise Eisklumpen. Ich ließ den Eimer aufs Eis knallen, als mir die Reling gerade an die Knie reichte, und ohne die an der Türklinke vertäute Schnur wäre ich wohl als Leckerbissen für die Krebse auf dem Meeresboden gelandet, und *ich* war ja wohl nicht die Richtige für ein solches Ende. Ich zog den Eimer hoch. Ausgesprochen zufrieden mit meiner Leistung, wickelte ich mich aus der Schnur und konnte die Tür auf- und auch wieder zumachen. Der Übergang zu Zimmertemperatur und relativer Stille war umwerfend. Ola kam mit einer Banane in der Hand und Öl auf beiden Wangen aus der Messe. Er blieb stehen und glotzte mich an: »Hast du ...«

»Wollte gern ein bißchen Eis für meinen Gin.«

»Du hättest über Bord gehen können!«

»Ja. Deshalb kannst du verdammt froh sein, daß wir verabredet haben, dann nicht kehrtzumachen. Das wäre doch für euch traurig gewesen.«

»Du warst doch wohl nicht draußen?« Georg zauste meine nassen Haare.

»Doch. Hab Eis für die Drinks besorgt.«

»Bruchs?«

»Was?«

»Bruchs. So nennen wir das. Nicht Brucheis, sondern Bruchs.«

Das Band am Horizont war näher gekommen, wärmer geworden; es schickte das Licht als goldschimmernde Strahlenbündel ins Graue.

»Und außerdem habe ich Muffins gebacken«, protzte ich.

»Du solltest nicht soviel trinken«, sagte er und beugte sich über die Karte. Ein Bleistift kullerte über den Boden.

»Was zum Henker hat das mit den Muffins zu tun?«

»Nichts. Aber das solltest du nicht.«

»Ich trinke nicht viel. Nur ab und zu ein Bier. Und es paßt mir nicht, wenn ...«

»Und Cognac. Und Gin. Und ...«

»Hat Sonja das gesagt?«

»Sonja? Nein ... ich hab schließlich selber Augen in der Birne.«

»Verdammt, Georg, nichts ist so schlimm, als wenn mir jemand sagt, was ich zu tun und zu lassen habe. Dann werde ich total …«

»Klaustrophobisch?«

Er lachte. Ich lachte nicht. Starrte ihm ins Gesicht, auf einen Punkt über dem Schnurrbart.

»Ja. Genau!«

»Was für blödes Eulengewäsch! Hier mitten auf dem Polarmeer wirst du ja wohl nicht klaustrophobisch! Mehr Platz als hier gibt es doch gar nicht.«

Er haute mir respektlos auf den Hintern. Ich haute zurück, aber er erwischte mich am Handgelenk und zog mich an sich.

»Du bist mir ein komischer Fall«, flüsterte er. »Aber du wirst schon sehen, das kriegen wir in Ordnung, ehe diese Tour zu Ende geht.«

»Versuch's«, sagte ich. »Versuch's doch einfach!«

Ich kam mir vor wie ein kleines Kind, das in einer Decke auf dem Boden gefangen war und das nun den Ausgang entdeckt und verdutzt hinauskriecht. Hinaus zu Licht und Farben und Leben. Langsam ließ die Ewa das Scheißwetter hinter sich zurück, Meter für Meter. Über uns verzogen sich die Wolken, legten seidenglatten Himmel über seidenglattem Meer frei, das im Sonnenlicht brannte und von Treibeis weißgetupft war.

Wir kamen nicht weiter, wenn wir nicht den einundachtzigsten Längengrad überquerten, obwohl wir so langsam gefahren waren. Die Halbinsel Mossel versperrte uns den Weg nach Osten, im Süden lag der Wijdefjord. Wir konnten Gråhuken und Velkomstpynten sehen. Georg ließ den Treibanker auswerfen.

Überall waren Seehunde: auf Eisschollen, im Wasser. Georg verstreute Tabak, als er auf sie zeigte. Er konnte Grönlandsrobben, Klappmützen und Ringelrobben unterscheiden, die er Schnuten nannte.

»Und siehst du die Riesenrobbe dahinten! Nein, weiter rechts. Ja, da!«

Er lenkte mein Kinn mit fester Hand. Ein Fenster stand weit offen. Kein Windhauch. Es roch nach salzigem Meer und Schmieröl. Und sein Hemd roch nach Tabak. Die Vögel schrien und schlugen mit den Flügeln. Vogelgeschrei und schwappendes Wasser an den Schiffsseiten waren die einzigen Geräusche.

»Wie ist es möglich«, flüsterte ich. »Erst dieses Scheißwetter, und dann wupp, die pure Idylle. Mein Gott, wie schön ...«

»Ich glaube nicht, daß der Herr hier einen Finger im Spiel hat. Du vielleicht?«

»Nein. Aber trotzdem ... wenn es richtigen Sturm gegeben hätte, hättest du ihn dann nicht angerufen?«

»Das habe ich schon oft getan. Oder eigentlich ... ich schreie *ihm*. Und niemand weiß, ob ich damit den Sturm oder den Herrn meine.«

154

Er kicherte, und sein Gekicher ging in Husten über.

»Du solltest nicht soviel rauchen«, sagte ich.

»Ach, halt die Fresse, mach mich nicht klaustrophobisch, du Eulenhaut!«

Er hielt sich das Fernglas vor die Augen und suchte die Umgebung nach Bären ab. »Wo Seehunde sind, müssen auch Bären sein«, sagte er. »Das hier ist die Pantry von Meister Petz.«

Nach weiteren Ausschaurunden sagte er: »Aber bei dem Burschen weiß man nie ... Plötzlich ist er nicht da, wo du ihn erwartest, und plötzlich taucht er da auf, wo du ihn am wenigsten vermutet hättest.«

Pia wollte in die Tonne hochsteigen und nach den Teddys Ausschau halten. Ich ärgerte mich, weil ich nicht selber auf diese Idee gekommen war. Ich hätte wie ein kleines Eichhörnchen mitten im Scheißwetter nach oben klettern können, vor Georgs Augen, um ihm zu zeigen, daß ich wirklich vor nichts Angst hatte.

Pia befestigte die Rettungsleine und hängte sich das Fernglas um den Hals. Und dann kletterte sie blitzschnell nach oben. Unter der Tonne öffnete sie die Bodenluke, zog sich hoch und schloß die Luke wieder. Von Deck aus konnten wir oben nur zwei funkelnde Fernglaslinsen sehen.

»Das ist höher, als es aussieht«, sagte Oscar. Er, Samuel und ich saßen auf Taurollen im Bug, tranken Bier und genossen eine Stille und ein Gefühl der Weite, die allein schon die Kosten der Reise wert waren. In der Sonne waren es mindestens sieben oder acht Grad über Null. Wir konnten unsere Daunenjacken öffnen, und ich rauchte ohne Handschuhe. Was für ein Luxus! Das Boot wiegte sich sachte, und am westlichen Horizont lag das blauschwarze Unwetter, dem wir vorhin den Rücken gekehrt hatten. Oscar und Samuel waren beide seekrank gewesen, aber auf meinen Befehl hin hatten sie ein Bier und ein Brot zu sich genommen, und nun hatten sie wieder Farbe im Gesicht.

»Viel gekotzt?« fragte ich im Konversationston.

»Ja, sicher. Aber du mußt ja wirklich seetüchtig sein«, sagte Oscar.

»Ich glaube schon. Ich habe offenbar verborgene Eigenschaften. Und Magentabletten. Und Cognac.«

»Früher schon mal mit dem Schiff gefahren?«

»Nein, nur mit Fähren und so.«

Er lachte plötzlich. »Ich habe sogar zweimal das Kotzen vergessen.«

»Sehr komisch. Was ist mit dir, Sam? Bist du jetzt wieder gesund? Gesund genug to do it again?«

»Ha ha …«

»Ich nehme an, den Witz hast du schon öfter gehört.«

»Das kannst du wohl sagen.«

»Viel gekotzt? Ich habe Oscar gerade dasselbe gefragt.«

»Jetzt fühle ich mich besser. Und das hier …« Er zeigte mit großer Geste auf das Polarmeer. »Das ist … das ist … so unbeschreiblich, daß es einem armen Menschen glatt den Atem verschlägt.«

»Ja, ich wußte das schon vorher. Es steht doch in der Broschüre.«

Ich trank Georg auf der Brücke zu. Er spuckte als Antwort ins Wasser. Und traf. Ola und Bjørn kamen angetrottet. Bjørn gähnte.

»Das Gummiboot muß aufgepumpt werden!« rief Georg.

»Reg dich ab!« antwortete ich. »Die Kinder müssen sich erst mal ausruhen.«

»Hier wird sich erst auf den Hintern gesetzt, wenn alles erledigt ist.«

»Wir sitzen schon.« Ich lächelte Oscar an. »Das ist das Leben. C'est la vie. Cheers!«

Die Kranken kamen der Reihe nach aus ihren Kajüten getrottet. Ich schaute über die Reling und entdeckte überall offene Bullaugen. Ein schwacher Kotzgeruch stieg zu mir hoch. Die anderen kniffen im hellen Licht die Augen zu und erkannten erst nach einigen Sekunden, daß sie nicht träumten. Die Berge in der Ferne, der Wijdefjord, der sich wie zwei gespreizte Frauenschenkel öffnete, der Tanz der Vögel in der Luft, überall auf dem Eis Seehunde. Wir tranken den Genesenden zu, als sie auftauchten und sich mit Liegestühlen aus dem Plastikraum auf dem Achterdeck verteilten. Ich ging drei neue Bier holen und machte drei ordentliche Striche. Ich hatte noch jede Menge Cognacstriche in meinem Guthabenkreis und wollte gerade einen durchstreichen, als Georg hinter mir stand. Wir waren allein in der Messe. Er küßte meinen Nacken, das kitzelte, und legte von hinten, unter der Daunenjacke, die Arme um mich.

»Alle reden über uns«, flüsterte ich und lehnte den Kopf an seine Schulter. Er küßte mich aufs Ohr, knabberte ein bißchen an meinem Ohrläppchen. Ich hatte sofort Lust, mir noch einmal sein Bettzeug anzusehen.

»Du hast recht gehabt«, flüsterte ich.

»Womit denn?« Seine Stimme klang heiser, er atmete schwer.

»Mit der erogenen Zone. Wenn ich dich in Trondheim kennengelernt hätte, in der Pianobar zum Beispiel …«

»Dann hätte ich keine Chance gehabt.«

»Nein, keine Chance im Polarmeer.«

In diesem Moment hörten wir vom Deck her laute Rufe. Georg ließ mich sofort los und rannte los. »Die haben sicher Bären gesehen!« rief er. »Komm schon!«

Es waren aber keine Bären, sondern zwei Walrösser. Sie kamen auf uns zu. Ich gab Oscar und Samuel ihr Bier. Die einzigen, die jetzt noch fehlten, waren Jean und Turid. Und Sigmund, der schlief. Philippe hatte die Kamera bereit und wartete darauf, daß das Walroß in Schußweite käme. Oscar und Samuel redeten leise miteinander. Sie starrten nicht wie wir anderen ununterbrochen die Walrösser an, und deshalb hatte ich plötzlich das Gefühl, daß sie Dinge besprachen, die uns anderen nicht zu Ohren kommen sollten. Sie waren gute Freunde geworden. Aber das hier war etwas anderes. Etwas Wichtiges und Geheimes. Statt mich an sie heranzuschleichen und sie zu belauschen, stellte ich mich neben Georg und konzentrierte mich auf das Leben im Meer. Georg stützte die Ellbogen auf die Reling und drehte sich eine Zigarette.

»Walrösser! Das sind vielleicht witzige Viecher!« Er lachte.

Sie wurden immer größer und legten unter Wasser offenbar ein ziemliches Tempo vor. Ich dachte zuerst, es müsse sich um viele

Tiere handeln, konnte nicht so recht glauben, daß immer wieder dieselben zwei Tiere nach wenigen Sekunden, aber mindestens fünfzig Meter weiter, wieder aus dem Wasser lugten. Frikk grämte sich wieder, weil er seine Kamera eingebüßt hatte.

Schließlich sahen die Walrösser riesengroß aus, obwohl ihr Körper größtenteils im Wasser lag. Lange, gelbweiße Zähne. Winzige Schweinsaugen auf jeder Seite eines schrumpeligen Kopfes. Ihre Barthaare wurden starr und triefnaß. Wenn sie die Wasseroberfläche durchstießen, prusteten sie los, und das Wasser stob nur so hoch.

»Das ist ein Pärchen«, sagte Georg. »Das siehst du an den Zähnen. Sie hat kürzere und dünnere Zähne.«

Per erzählte auf englisch alles, was er über Walrösser wußte, und hielt dabei ein Bier in der Hand. Die Stimmung hob sich langsam, es war eine Stimmung, die zu einer unwirklichen Wirklichkeit, einer Wandertour auf See, zu Ostern im Gebirge paßte. Die Walrösser weiteten ihre Nasenlöcher, machten es sich zwanzig Meter vom Boot entfernt gemütlich und konnten sich an uns nicht satt sehen.

Sie fraßen Fisch, bis sie nicht mehr konnten, erzählte Per. Fraßen und fraßen. Danach schliefen sie zwei Tage am Strand. Ein ausgewachsenes männliches Walroß wog anderthalb Tonnen, das Vielfache von einem Eisbären.

»Können wir nicht mit dem Zodiac hinfahren?« fragte Oscar eifrig. »Sie uns ein bißchen genauer ansehen?«

»Du bist wohl total verrückt, Mann«, sagte Georg. »Diese Zähne ... mit denen haben sie das Boot zerfetzt, ehe du duzi duzi sagen könntest.«

»Ach so. Ja, natürlich. Aber daß sie so groß sind? Doppelt so groß wie Eisbären? Unglaublich.«

»Incroyable«, murmelte Philippe, ohne zu wissen, daß er direkt übersetzt hatte. Er preßte sich die Kamera ans Auge und knipste ununterbrochen. Die Japaner verewigten sich gegenseitig mit derselben Kamera in der bekannten Positur: vor der Reling, mit dem Meer als Hintergrund. Dana stand ein Stück entfernt, versteckt hinter einer teuren Sonnenbrille. Ich hatte eine gewisse Kälte von ihrer Seite registriert, und ich wußte, warum. Wer sich mit einem

Seehundsmörder einläßt, ist sicher von derselben Sorte. Und das war gar kein dummer Gedanke, fand ich.

»Ist deine Mutter krank?« fragte ich Frikk. Der gab keine Antwort.

»Ist Turid immer noch krank?« fragte Oscar.

»Ja«, sagte Frikk und starrte die Walrösser an. Sonja saß auf der Taurolle, die ich gerade verlassen hatte, ihr Gesicht war gelbgrün, sie konnte sich nicht auf den Beinen halten oder in fremden Kajüten herumschnüffeln. Lena saß neben ihr.

»Ich habe Muffins gebacken«, sagte ich zu den beiden. Sonja schloß die Augen und schluckte, Lena lächelte. »Spitze«, sagte sie. »Wir müssen Sigmund in einer Stunde mahnen, dann geht's nach Norden, hat Per gesagt. Den Kaffee gibt's nach der Feier.«

Endlich machte Sonja den Mund auf. »Du, Bea ... warst du bei mir? Und hast etwas gesagt, über ... über ...«

»Darüber können wir später noch sprechen. Nicht hier. Nicht jetzt.«

Alte Seebären werden alte Seebären, weil sie Argusaugen und gespitzte Ohren haben und scheinbar unwichtige Informationen schneller aufschnappen als eine eifersüchtige Frau. Georg flüsterte: »Was hast du ...«

»Nicht jetzt«, antwortete ich leise. Dann hob ich die rechte Hand und rieb die Finger aneinander.

»Er ist jetzt trocken! Trocken wie Zunder!« sagte ich laut und äffte seinen Akzent nach.

»Ja«, lachte Georg. »Er hat endlich alles ausgepißt.«

Der Radarschirm zeigte, daß sich die Eiskante weit nach Norden verschoben hatte, bis zum 81. Grad Nord. Die Sjuøyane waren zugänglich. Ich hielt noch immer nach Teddys Ausschau, als Sigmund und Jean auftauchten. Sigmund hatte sechs Stunden Schlaf hinter sich und war bereit dazu, in ein paar Stunden seinen Törn anzutreten.

Jean knabberte an einer trockenen Scheibe Brot.

»So gehört sich das«, sagte ich munter. »Mach, daß du was in den Magen bekommst, der ist doch sicher leer.«

»Ganz leer ... und meine Füße auch«, seufzte er. Ein lieber, niedlicher Junge. Schwul waren sie wohl nicht, aber trotzdem restlos uninteressant für mich. Zu jung. Zu jung und zu langweilig. Wenn ich sie jedoch in der Pianobar kennengelernt hätte, dann wäre das etwas anderes gewesen! Die Welt ist seltsam, dachte ich. Hatte bisher noch nicht erlebt, daß mein geographischer Aufenthaltsort entschied, auf welches Mannsbild ich Lust bekam.

»Vielleicht sollte mal jemand nach Turid sehen?« fragte Oscar. Lena stand auf.

»Das mache ich«, sagte sie.

Einige Minuten darauf war sie wieder da. »Sie erbricht sich nicht mehr, sagt aber, sie sei krank und wolle ihre Ruhe.«

»In Ordnung«, sagte Sigmund. »Dann fahren wir jetzt nach Norden. Ola, ans Werk.«

»Ich gehe auf die Brücke«, sagte Georg. »Dann kannst du dich um die Fahrgäste kümmern.«

Pia kam aus der Tonne. Ich schaute hinauf. Ich mußte auch einen Ausflug nach dort oben machen. Ich brauchte doch bloß mit der Rettungsleine um den Bauch hochzuklettern. Kinderspiel, die Ewa würde schon auf mich aufpassen.

Als die Motoren wieder loslegten, sehnten wir uns nach der Stille. Die Eissturmvögel mußten lauter schreien, um ihre Meinung kundzutun. Die Welt wurde eine andere, wir waren wieder in Bewegung. Ich mußte plötzlich an Camilla Collett denken, die geschrieben hat, daß es nicht darum gehe, uns *von* etwas zu befreien. Wir befreien uns *für* etwas. Wieso war mir das gerade jetzt eingefallen?

Lena und Stian brachten jetzt Tabletts mit Weingläsern. Kein Plastikscheiß, sondern echte Gläser. Das nahm jetzt wirklich Form an. Bjørn brachte Erdnüsse und Salzstangen, Per einen großen dicken Briefumschlag, dessen Inhalt ich schon kannte. Ganz zum Schluß brachte Sigmund zwei Magnumflaschen Opéra. Ich schluckte. Igitt, Opéra. Billigplörre. Aber ich schwieg. Ich hätte sarkastische Witze über den Preis der Reise und den Preis von Opéra reißen können, vielleicht etwas Geistvolles über umgekehrte Proportionen. Oscar hätte gelacht, Sigmund die Stirn gerunzelt. Ich rief aber treuherzig: »Aaaa! Champagner!«

»Hol deinen Kaviar!« sagte Samuel.

»Kommt nicht in die Tüte.«

Die Ewa dröhnte mit voller Kraft gen Norden. Sigmund stellte die Flaschen aufs Deck und ging mit Georg auf die Brücke. Plötzlich hörten wir dreimal das Nebelhorn. Wir fuhren zusammen und heulten auf, die zumindest, die das noch nie erlebt hatten. Sigmund ließ den ersten Sektkorken knallen und achtete darauf, daß er nicht über die Reling ging. Ich fand diese Angst vor Umweltverschmutzung ein bißchen hysterisch, sah aber vor meinem inneren Auge plötzlich einen verzweifelt mit den Flügeln schlagenden Eissturmvogel, dessen Schnabel sich im Draht des Korkens verheddert hat.

Wir tranken und prosteten uns munter zu. Wer vor kurzer Zeit noch mit dem Kinn über der Kloschüssel oder einem Plastikeimer gehangen hatte, nippte ein wenig vorsichtiger, unsicher, ob der Magen das schon wieder mitmachen würde. Aber ich langte zu. Der Sekt war gar nicht so schlecht. Und polarkalt.

»Georg braucht auch was«, sagte Sigmund.

»Ich bring ihm ein Glas, und ihr könnt dann solange darüber klatschen«, sagte ich.

Und als ich auf der Brücke angekommen war und auf die anderen hinabblickte, die mit erhobenen Gläsern am Bug standen, entnahm ich den neugierigen Blicken der Japaner, daß sie erst jetzt von der Sache erfahren hatten. Izu lachte, winkte mir zu und machte das V-Zeichen. Ich lächelte angestrengt zurück.

»Das hier ist ja schlimmer als eine norwegische Kleinstadt«, sagte ich. »Prost!«

»Prost, Eulchen. Gut, daß du diese Zeichnung für den Sigmund gemacht hast. Er ist ein bißchen aufgetaut. Wenn er nur nicht zu sehr aufgetaut ist und gedacht hat, du wolltest mit ihm flirten ...«

»Dich werde ich in natura zeichnen«, drohte ich. »Wenn du nicht deine Zunge hütest. Und dann hänge ich das Bild ans Infobrett, während du schläfst!«

»Wie nennst du dieses Tier?«

»Infobrett.«

»Ich sage Tafel.«

»Da hast du's mit einem Wort, lieber Georg, wie verschieden wir sind. Daß wir unter derselben Bettdecke gelandet sind, ist absolut verrückt! Irrwitzig!«

»Völlig durch den Wind. Aber ziemlich nett. Mir grummelt's tief unten im Laderaum, wenn ich nur daran denke.«

Ich beugte mich mit dem Glas in der Hand aus dem Fenster und rief: »Mehr! Ich will mehr!«

»Dann komm runter und hör auf zu knutschen!« rief Bjørn, dieser Grünschnabel, der hatte sicher lauter Nummern von Penthouse unter seine Matratze gestopft. In diesem Moment fiel mir die Tonne ein, ich wollte doch nach oben.

»Du, Georg, alte Eulen sind gern hoch oben. Ich will in die Tonne.«

»Nein, was willst du denn da oben? Das macht dir nur angst.«

»Angst? Wo ich doch fliege? Jetzt hör aber auf.«

»Ja ja. Aber ich glaube trotzdem, das hier ist etwas anderes. Es ist höher, als du denkst. Vergiß die Tonne.«

Das hätte er niemals sagen dürfen. Noch ehe er duziduzi sagen konnte, war ich von der Brücke hinunter aufs Deck gerannt.

Sigmund schnallte mir die Rettungsleine um. Über die Schultern, um den Leib, durch den Schritt.

»Muß das denn sein?« quengelte ich.

»Es muß sein«, sagte Sigmund.

»Kann ich ein bißchen Sekt mit raufnehmen?«

»Nein. Konzentrier dich auf die Sprossen. Davon gibt's viele. So. Viel Glück!«

Ich kletterte ohne Handschuhe. Das Metall war schneidend kalt. Ich hörte, daß die Tourenzahl ein wenig sank, also war Georg auf meiner Seite und wollte mir Ruhe zum Klettern geben. Ich trug Turnschuhe, und darüber war ich froh. Die Bergstiefel wären für diese Sprossen zu klobig gewesen.

»Erst runterschauen, wenn du oben bist«, hatte Sigmund gesagt, und ausnahmsweise wollte ich einen gutgemeinten Rat befolgen.

Ich schluckte. Mein Nacken war steif, mein Körper auch.

Fast oben. Finger und Fingerknöchel taten weh. Alles schwankte. Schwankte sehr. Schwankte seitwärts und aufwärts und … War denn Wind aufgekommen? War der Sturm wieder da? Das Metall war gelb angestrichen. Osterkükengelb. Ich zwang mich dazu, an ein Osterküken zu denken, das ich zu Hause im Schrank hatte und von dem Andersen so begeistert war. Er hatte auf diesem Küken unaussprechliche Bewegungen durchgeführt und danach wochenlang auf Nachwuchs gewartet.

Der Boden. Der Tonnenboden. Ich war oben. Ich stemmte die Luke hoch und kletterte weiter. Ich stellte die Füße auf zwei Bretter am Rand, die abgeblätterte Farbe wies darauf hin, daß sie zu diesem Zweck hier angebracht waren. Ich klappte die Luke zu und schaute über die Kante.

Eine Sekunde später saß ich auf dem Hintern auf dem Boden und hatte die Hände vors Gesicht geschlagen.

»Ogottogottogott …«

Und damit war *nicht* das Wetter gemeint.

»HOI!« rief unten jemand.

Hatte Sigmund die Masthöhe gesteigert? Hatte er den Mast wie ein Periskop in die Höhe geschraubt? Es waren hundert Meter bis zum Deck. Mindestens. Und die Tonne bewegte sich hin und her, mit zehn Meter Ausschlag in jede Richtung, und ich konnte mich nirgendwo festhalten, konnte nicht steuern, hatte keine Kontrolle. Aber ich mußte …

»O großer Gott!«

Ich zog mich an der Innenseite der Tonne hoch. Der ganze Scheiß würde umkippen. Das hier war doch ein Verstoß gegen sämtliche Naturgesetze. Das ganze Schiff würde kentern, wir würden voll ins Reich der Walrösser rutschen.

»Hallo, da unten!« piepste ich über die Kante. Sie hörten nichts.

»HALLO!« wiederholte ich. Sie waren zu mikroskopisch kleinen Ameisen geworden. Zu Köpfen mit Füßen. Ich war so hoch, daß ich nicht einmal ihre Gläser sehen konnte. Der Zodiac sah aus wie eine Seifenschale.

»Weht jetzt ein schlimmer Wind?« rief ich, und das Lachen unten war nicht mißzuverstehen. Ich hatte über kesse junge Burschen gelesen, die auf Telegraphenmasten kletterten und dann weinend von Feuerwehrleuten gerettet werden mußten. Ich hatte mich über solche Geschichten immer amüsiert. Ich fummelte an der Rettungsleine herum. Die saß fest.

»Ich will noch ein bißchen hier oben bleiben!« rief ich und hoffte aus ganzem Herzen, daß ich mich überzeugend anhörte.

Aber wer schreckliche Angst hat, hört sich niemals überzeugend an. Schon bald wurde an die Luke geklopft. Ich heulte auf.

»Ich bin's, Bjørn!« erscholl eine Stimme. »Mach auf!«

»Ich trau mich nicht …«

»Stell die Füße an die Seite!«

Ich tat, wie mir geheißen, dann schloß ich die Augen, schluckte. Der Boden öffnete sich.

»Wir kentern«, stöhnte ich. »Merkst du das nicht? Wir werden von den Walrössern aufgespießt.«

»Quatsch. Alles ist in Ordnung«, sagte Bjørn. In Ordnung, dachte ich, er ist ein kleiner Grünschnabel, aber er ist alles, was ich habe.

Er packte einen meiner Füße. Ich brüllte auf, zog den Fuß zurück und verlor für einen Moment die Balance. Ich brüllte noch einmal.

»Die lachen«, sagte er, und sofort verstummte ich.

»Eine Sprosse nach der anderen. Nicht nach unten blicken. Ich führe deinen Fuß von Sprosse zu Sprosse. Verlaß dich auf mich. Wir machen das in aller Ruhe.«

Ich machte die Augen erst wieder auf, als wir unten angekommen waren. Alle jubelten und klopften mir auf die Schulter und erzählten mir, was ich doch für ein mutiges Geschöpf sei. Bjørn hatte nicht einmal eine Rettungsleine. Ich wagte nicht, Pia anzusehen, die vorhin erst ohne Probleme nach oben und wieder herunter geklettert war.

»Wie war die Aussicht?« fragte Samuel.

»Ich habe keine Aussicht gesehen«, antwortete ich. Und erst jetzt bemerkte ich das Lachen. Wie ein gleichmäßiger Vorhang im Hintergrund. Es war Georg. Er stand auf der Brücke und lachte beim Ein- und auch beim Ausatmen.

»Halt die Klappe!« brüllte ich. »Du plattfüßiger Nördling!«
Sigmund füllte mein Glas, und ich leerte es auf einen Zug.

»Und jetzt kriegt ihr die Diplome!« sagte Per und teilte aus. Ich nahm meins mit zitternden Fingern entgegen.

Certificate 80° North stand darauf. *Britta Abner has in the best Polar tradition participated in an Expedition in Arctic waters and crossed 80° North.* Unterzeichnet von Per und Sigmund. In die Mitte war eine abenteuerliche alte Seekarte kopiert. Ich hatte das Gefühl, ein Diplom verdient zu haben.

»Ach, so heißt du also«, sagte Oscar und blickte mir über die Schulter.

»Nein«, widersprach ich. »Ich heiße Bea. Vergiß den anderen Namen. Der gilt nur fürs Finanzamt und für Polarexpeditions-diplome.«

Stian und Lena brieten Koteletts mit Zwiebeln und Erbsen. Es duftete aus der Kombüse. Die Mitternachtssonne schien durch die Bullaugen, und alle Decktüren standen offen. Wir liefen hin und her und auf und ab, mit Karten, Fotoapparaten, Vogelbüchern, Flaschen und Gläsern. Es war still nach dem Sturm, und bald würde auf allen Tellern gutes Essen liegen.

Sigmund wurde wieder von der Brücke geschickt, als er sich zu seinem Törn dort einfand, und ich durchschaute Georgs Plan. Er wollte viele Stunden abreißen, um Freizeit anzuhäufen. In dieser Hinsicht spielte die Uhr eben doch eine Rolle.

Statt ihn durchzuwalken, hatte ich mich ganz einfach nicht bei ihm sehen lassen. Er war oben gefangen, es war soviel Treibeis auf der See, und der Kahn mußte sicher hindurchgelenkt werden. Georg mußte eben später versuchen, mich zu besänftigen. Dussel, dachte ich, so zu gackern, wo doch alle über uns Bescheid wissen!

Die Muffins waren sehr begehrt. Lena brachte Georg drei Stück davon und Kaffee. Ich stellte mir vor, wie er sie unter seinem Schnurrbart hindurch in sich hineinstopfte und dabei wußte, daß ich sie gebacken hatte.

»Ist das echtes Eis?« fragte Samuel plötzlich und bückte sich über den Cola-Kühler. Jetzt war der Moment gekommen. Sehr passend, fand ich, nach der Tonnenszene.

»Aber sicher«, sagte ich. »Als ihr kotzenderweise unter Deck gelegen habt, habe ich ein bißchen Eis aus dem Meer gefischt.«

»Stimmt das? Warst du an Deck? Bei dem Sturm? War das nicht ziemlich riskant?« fragte Samuel mit großen Augen.

»Aber nicht doch«, antwortete ich. »Ich hatte mich an der Türklinke vertäut.«

Samuel nickte beeindruckt und langte zu. Die Japaner und auch Dana, Sigmund und Oscar hatten zugehört. Sie begriffen sicher, daß die Naturgewalten des Meeres gefährlicher waren als eine blöde Aussichtstonne nur wenige Fuß über Deck.

Die Eisstücke klirrten in Samuels Campari. Alle starrten das Glas an und schienen eine Explosion zu erwarten. Aber statt dessen wurde der Drink zu einer Eissoße. Samuel nahm einen Schluck und nickte anerkennend. »*Echtes* Eis«, sagte er und schnalzte mit der Zunge.

Es gab also echtes und unechtes Eis. Mein Kühlschrank zu Hause enthielt demnach unechtes Eis – bloß hatte ich es nie zuvor als unecht betrachtet. Die Welt weitet sich aus, wenn neue Begriffe auftauchen. Ich sah mich schon auf der Terrasse Getränke servieren und sagen: »Tut mir leid, ich habe nur falsches Eis, echtes ist schwer aufzutreiben, hier in Trondheim …«

Plötzlich wurde an Deck gerufen. Teddy in Sicht! Wir hörten, wie sich die Umdrehungszahl der Motoren verringerte, und wir brauchten unnötig viele Sekunden, um die Messe zu verlassen, weil wir alle gleichzeitig durch die Tür wollten. »Ich sage Turid Bescheid«, bot Per an.

Es war eine Bärin mit zwei einjährigen Jungen. Sie stand auf einer geräumigen Eisscholle und fraß einen selbstgerissenen Seehund. Die Jungen lagen neben ihr und waren schon satt. Vom Seehund bis zum Rand der Eisscholle, wo er aus dem Wasser gezogen worden war, zog sich eine rote Spur. Die Bärin fraß und beobachtete uns dabei aus dem Augenwinkel. Wir waren fünfzig Meter von ihr entfernt. Langsam näherten wir uns, aber die Bärin schien überhaupt keine Angst zu haben. Und weil sie sich nicht fürchtete, taten die Jungen das auch nicht.

Alles stimmte: So hatten Eisbären zu sein, so hatten sie zu stehen, gesund und unversehrt, beim Picknick auf einer Eisscholle, während die Sonne über dem Polarmeer schien und die Eissturmvögel zum Sturzflug ansetzten, in der Hoffnung auf eine Fleischfaser. Es war mir bewußt, daß ich lächelte, und ich mußte einfach zu Georg blicken. Ich stand unter der Brücke an der Reling – das Fenster war offen – und konnte seinen Blick sofort einfangen. Er sagte kein Wort, grinste nur so breit, daß seine vielen Fältchen zusammengeschoben wurden, als seien diese Bären sein Geschenk für mich.

»Himmel, sind die prachtvoll!« stöhnte Dana. Der Seehund, den sie gerade verspeisten, schien für sie keine Rolle zu spielen. Vielleicht, weil er kein Fell mehr hatte. Er war fertig geschält, und er sah nicht mehr aus wie ein Seehund, sondern wie ein Stück Fleisch, ähnlich denen, die in Zellophan eingewickelt in Supermärkten verkauft werden.

»Und seht euch doch die kleinen Bärenbabys an!« sagte Jean.

Die Babys hatten zuerst zu essen bekommen. Mama hatte den Seehund gefangen und die Arme ausgebreitet und ihren Kindern großzügig gestattet, zuerst ihre kleinen Mägen zu füllen. Sie selber gab sich mit rotem Fleisch zufrieden und vielleicht mit etwas Gehirnmasse. Im Schädel konnte eine Teddymutter allerlei Leckerbissen aus Fett finden. Die Jungen hatten Blutflecken an den Schnauzen, auf der Brust und den Vordertatzen. Sie zwinkerten uns aus kohlschwarzen Augen zu und sahen mit ihren kleinen Schnauzen aus wie Teddybären der falschen Farbe. Plötzlich hätte ich sie gern gestreichelt, mich davon überzeugt, daß es sie wirklich gab, daß das hier keine Filmleinwand war, die einen alten BBC-Film in Cinemascope zeigte.

»Wollte Turid das nicht sehen?« fragte ich Per.

»Der geht es nicht so gut«, antwortete er.

Wir mußten über die Eissturmvögel lachen, die hungrig auf der Eisscholle herumstolzierten. Die Bärin schlug nach ihnen, sie flatterten kreischend außer Reichweite, dann nahmen sie ihre Patrouillengänge wieder auf. Das Schiff war jetzt nur noch vier oder fünf Meter von ihnen entfernt, es trieb seitwärts an ihnen vorbei, um die Scholle nicht anzustoßen. Wir standen stumm an der Reling, flüsterten höchstens und hörten die Bärin schmatzen und die Jungen zufrieden grunzen. Nicht viele Bärinnen konnten ihre Jungen noch großziehen, erzählte Pia, es gab einfach zu viele Bären. Aber diese Familie hier wirkte fett und gesund. Die Mutter mußte eine gute Jägerin sein.

»So, wie Georg ein guter Jäger ist«, sagte ich, und das war für Dana bestimmt, die mich aber keines Blickes würdigte. Die Bärin ließ das Seehundfleisch fallen und kam auf uns zu getrottet. Die Eissturmvögel schrien hysterisch über dem Kadaver hinter dem

Rücken der Bärin. Die Ewa warf einen Schatten über die Eisscholle, ließ die Farben blauer, kälter werden. Die Bärin kam bis zur Schiffswand, die jetzt das Eis berührte, auf dem sie stand. Sie reckte den Hals und beschnupperte das Metall. Nicht einmal jetzt, wo sie zwei Junge beschützen mußte, hatte sie Angst. Mir fiel ein, was Georg gesagt hatte. Das einzige, wovor sie sich hüten mußte, waren die männlichen Eisbären. Und das Schiff war kein Eisbär, kein natürlicher Feind für sie. Sie hob den Kopf und sah uns an. Ihre Ohren waren ganz rund und saßen tief im Fell. Ich konnte den süßlichen Geruch frischen Blutes ahnen. Langsam legte sie eine Pfote aufs Metall und richtete ihren Oberkörper auf, bis sie auf den Hinterbeinen stand.

»Weg von der Reling«, sagte Georg über uns. Aber sie würde uns doch nicht erreichen können? Trotzdem übersetzte Per blitzschnell. Wir wichen zurück und zur Seite. Die Kamera der Japaner fing an, sich mit einem Summgeräusch zurückzuspulen. Nuno oder Sao brachte voller Haß einen langen japanischen Spruch, den alle verstanden. Eisbär auf anderthalb Meter Entfernung, und sein Film war zu Ende. Im Londoner Zoo hätte er in aller Ruhe einen neuen Film einlegen, vielleicht erst noch ein Kebab essen können. Aber hier hatte er es nicht mit einem in einer Betongrube mit Elektrozaun eingesperrten Ausstellungsobjekt zu tun. Das hier war The Real Thing.

Die Bärin zog durch die Nasenlöcher Luft ein, in dem Versuch, uns in ihr System einzuordnen.

»Schöner, schöner Teddy, braves Mädchen«, sagte ich. »So, ja ... jetzt kannst du wieder zu deinen Jungen gehen.«

Ihr Kopf war breiter, als ich mir vorgestellt hatte. Ihre Tatzen auch. Wir standen einem der größten Raubtiere der Welt von Angesicht zu Angesicht gegenüber. Obwohl sie bedächtig und zutraulich wirkte, hatte ich durchaus nicht mehr das Bedürfnis, sie zu *berühren*.

»Ich glaube«, flüsterte ich, »du hast mich davon überzeugt, daß es dich wirklich gibt.«

Sie reckte den Hals und versuchte, über die Reling zu schauen. Auch von den anderen machte niemand den Versuch, sie hinterm

Ohr zu kraulen – obwohl sie sich ungeschickt und langsam zu bewegen schien, fast schon ein wenig unbeholfen. Sie wirkte ungefährlich.

»Sie riecht das Essen in der Kombüse«, sagte Per leise.

»Aber sie kann doch nicht … kann nicht …«, stotterte ich.

»Das nicht«, sagte Per.

»Wollen wir sie füttern?« fragte Samuel.

»Wir haben kein Seehundsfleisch mehr«, sagte ich. »Wie schade.«

Dana ignorierte mich noch immer. Ich wollte gerade vorschlagen, noch einen Seehund abzuschießen, um beim nächsten Bären Speck zu haben, als mir einfiel, daß Georg das sicher ohnehin vorhatte. Es hatte keinen Sinn, die Gemüter zu erregen, italienisches Blut in Wallung geraten zu lassen.

Die Bärin ließ sich auf alle viere fallen, die Eisscholle knackte und das Wasser schwappte über die Kanten. Plötzlich fiel ihr der Seehund ein, die unterbrochene Mahlzeit. Die Eissturmvögel zerrten wie besessen an verschiedenen Fleischfasern, als die Bärin sich sammelte. Statt mit der Tatze nach ihnen zu schlagen, stieß sie ein kurzes Brüllen aus. Der Luftdruck schien die Vögel über den Schnee zu schleudern. Wir kicherten nervös, als wir das Gebrüll hörten. Das eine Junge erhob sich und kam zum Eisschollenrand, wo es sich ausgesprochen unelegant bäuchlings ins Wasser fallen ließ. Das andere folgte diesem Beispiel.

»Denen war es in der Sonne zu warm«, sagte Pia.

Die Ewa hatte die Scholle schon hinter sich gelassen, obwohl sie sich kaum bewegt hatte. Auch die Eisscholle war in Bewegung. Mit einem letzten Blick auf den Seehund folgte die Bärin ihren Jungen ins Meer. Zusammen schwammen sie in Richtung Land, in Richtung Berge, ostwärts, auf Gustav den Femtes-Land zu. Ein riesiger prustender Kopf, dahinter zwei kleinere, in gemächlichem Tempo schwammen sie landwärts.

»Gute Reise!« rief Sonja und winkte.

Die angespannte Stimmung löste sich zu übertriebenem Lachen und einer Kakophonie von Gerede darüber, wie phantastisch das doch gewesen sei. Die Motoren dröhnten unten im Schiffsrumpf.

Sigmund schien sehr zufrieden zu sein und nickte Per zu, wie um zu sagen, daß die Fahrgäste gute Ware für ihr Geld bekommen hätten. Die Broschüre hatte uns schließlich Eisbären versprochen. Es wäre ganz schön peinlich gewesen, wenn wir nur den Teddy mit dem gebrochenen Rückgrat gesehen hätten.

»Wal? Was ist mit Walen? Meinst du, wir sehen auch noch Wale, Sigmund?« fragte ich.

»Himmel«, erklang über mir Georgs Stimme. »Was für ein anspruchsvolles Frauenzimmer!«

»Anspruchsvoll? Sieh lieber mal in den Spiegel«, antwortete ich, ohne ihn anzusehen.

»Jetzt müssen wir miteinander reden, du und ich …«

Er packte mich am Handgelenk, als ich die übriggebliebenen Kartoffeln in die Kombüse brachte. Inzwischen halfen alle mit. Deckten den Tisch, räumten ab, holten füreinander Bier und Wein, übersetzten, wenn jemand einen Witz gemacht hatte.

Sigmund hatte als erster gegessen, dann war er mit dem Dessertteller in der Hand nach oben gegangen, um Georg abzulösen. Zitronenschaumcreme. Gelber als die Leiter zur Ausguckstonne. Georg hatte sich zu den Japanern gesetzt. Ich saß schon zwischen Samuel und Oscar. Wir drei teilten eine Flasche Rotwein, hatten aber schon eingesehen, daß eine Flasche zuwenig war. Schließlich hatten wir drei getrunken und uns über das Chaos auf den Wandlisten scheckig gelacht, wo es inzwischen von Drittelstrichen nur so wimmelte. Ich hatte an diesem Tag noch nicht besonders viel getrunken, und der Rotwein stieg mir sofort in die Wangen.

Ich hörte zu, wie Georg durch ein Gespräch mit den Japanern stolperte. Izu erzählte von ihrem großen Hobby: Bonsais, aber sie brauchte die Hilfe von Nuno und Sao, um die richtigen Wörter zu finden. Ich drehte mich nicht um, hörte mir aber alles an.

»Winzigklein?« fragte Georg zum Schluß. »Wo sie eigentlich groß sein sollten?«

»Ja! Ja! Winzigklein! Winz!« schrie Izu glücklich.

»Reden? Worüber denn?«

»Stell jetzt die Kartoffeln weg und komm.«

»Willst du keinen Nachtisch?«

»Doch. Komm.«

Er schob mich die Treppe hinunter, durch den Flur und in seine Kajüte. Der Vorhang war noch immer zugezogen.

»Das ist ungerecht«, sagte ich. »Du hast mindestens vier Zentimeter breiteren Boden als ich.«

Er lachte, nahm mein Gesicht in die Hände und starrte mir in die Augen. »Mein Eulchen, laß dich ansehen ... deine Wangen sind so heiß! Die verbrennen mir die Hände! Mein Eulchen mit Tonnenangst ...«

Ich gab keine Antwort, nahm stattdessen seine Hände und drückte sie langsam herunter.

»Zeig mal deinen Bonsai«, flüsterte ich.

»Später«, antwortete er. »Erst der Nachtisch.«

Später, *viel* später, zog ich mich an, verließ Georg, ging in die Messe und holte zwei Becher Kaffee mit Sahne. Dann lief ich in meine eigene Kajüte, klemmte mir Cognacflasche und Zeichenblock unter den Arm und ging wieder zu Georg.

Das Bett wurde zur Höhle. Schummriges Licht, Kaffee mit Cognac. Die obere Koje diente als Höhlendach. Seltsam, bei unverschlossener Tür dazusitzen und draußen die anderen vorbeigehen zu hören.

»Ich darf eigentlich nichts trinken. Wenn der Wind dreht und wir die Eiskante in die Fresse kriegen, muß ich auf die Brücke.«

»Pa. Es ist doch ganz windstill.«

Er wollte schon etwas sagen, aber mein mürrischer Blick ließ ihn verstummen. Wir saßen nebeneinander mit dem Rücken zur Wand, hatten die Decke quergelegt und mußten die Köpfe einziehen, um nicht gegen die obere Koje zu stoßen. Der Zeichenblock fungierte als Unterlage für den Kaffee mit Schuß.

»Wollen wir nicht noch einen Seehund schießen?« fragte ich.

»Doch. Wenn sich die Gelegenheit ergibt. Sowie Greenpeace in die Falle gegangen ist. Aber ich hab keinen Schalldämpfer, verdammt, ich muß die Richtung genau planen.«

»Ich will mitkommen.«

»Du bist weicher geworden«, sagte er plötzlich.

»Weicher?« Ich lachte. »Weil ich mit auf Seehundsjagd will?«

»Nicht deshalb. Oder vielleicht auch deshalb. Aber du scheinst irgendwie mehr aus dir herauszukommen. Als du an Bord gekommen bist, war das anders.«

Seine Rede machte mir angst. Ich blies auf meinen Kaffee und dachte nach. Was hatte ich nachts geträumt? Nichts. Hatte ich noch mehr mit Sonja gesprochen? Nein. Hatte es mir etwas ausgemacht, daß Turid nicht an Deck kommen wollte, obwohl wir Bären dicht neben dem Schiff hatten? Nein. Hatte ich an sie gedacht, unten in der Kajüte, ganz allein, während alle anderen an Deck waren und sie da alt und klein und sehr, sehr verletzlich lag? Hatte ich mit anderen Worten die Gelegenheit genutzt, um mit ihr zu reden? Ihr ein bißchen angst zu machen? Nein, ich hatte mir die Bärin angesehen, die Jungen, hatte Georg angelächelt, hatte Witze über Seehunde und Wale gerissen und den Anblick der kleinen schwimmenden Bärenfamilie unterwegs zum Gustav den Femtes-Land genossen.

»Was war das denn mit der Sonja …«

»Nichts. Nichts von Bedeutung.«

»Jetzt sag schon.«

»Nein, ich wollte nur … noch Cognac?«

»Ja. Also, was war los?«

»Ich glaube, Turid ist eine überbehütende Mutter. Deshalb habe ich Sonja geraten, sich ein wenig in acht zu nehmen. Sie und Frikk haben nämlich etwas am Laufen. Und manche Mütter wollen nicht, daß …«

»Das geht dich doch nichts an, zum Henker!«

»Das nicht. Ich habe es Sonja ja auch nur so nebenbei gesagt.«

»Jetzt hör aber auf. Vergiß die Kiste. Laß die beiden ihre eigene Suppe auslöffeln.«

»Genau. Das habe ich auch vor. So, jetzt sprechen wir nicht mehr darüber. Soll ich dir auch ganz bestimmt keine Zitronencreme holen?«

»Ganz bestimmt. Zeig mal deine Zeichnungen.«

Ich zeigte ihm Berge und Füchse. Dana mit der Schublade und ihn mit dem Bootshaken. Danach zeichnete ich ihn noch einmal, während er zusah.

Er kniete nackt vor dem offenen Meer in einem Bett und war der Skipper vor dem Steuerruder, mit einer Kippe in der Fresse, einem Eissturmvogel auf der Schulter und einem hocherhobenen Cognacglas. Eisberge donnerten gegen die Bettpfosten. Eine Robbe, die verdächtig viel Ähnlichkeit mit Bea hatte, kletterte gerade unbemerkt ins Fußende des Bettes, und dabei hielt sie in der rechten Flosse eine Robbenhacke. Und der Eissturmvogel hatte verdächtig viel Ähnlichkeit mit Andersen, aber das fiel Georg natürlich nicht auf.

»Meine Fresse, du bist ja vielleicht tüchtig! *Lebst* du denn auch davon?«

»Ja.«

»Gut?«

»Ich glaube schon. Hab nicht ganz den Überblick.«

»Aber mal mir ja keinen Bonsai, dann kann ich die Zeichnung nicht an die Wand hängen.«

»Kannst du wohl. Das ist doch bloß eine Zeichnung!«

»Ich will meinen Rüssel nicht in Glas und Rahmen haben, das mußt du doch kapieren!«

Und damit ließ ich meine Integrität fahren und beugte mich den Forderungen des Auftraggebers; der Skipper schob sein eines Knie etwas weiter vor.

»So, ja. Anstandshalber«, Georg lachte wiehernd.

Ich übertrieb bei der Größe seines Schnurrbartes, und das gefiel ihm gut. Sein Kinn bekam in der Mitte eine tiefe Kerbe.

»Was hast du denn mit der Robbenhacke vor?«

»Ich hab doch gesagt, du sollst dich vorsehen.«

»Hast du viele Liebhaber?«

»Nein. Nicht sehr viele. Zeitweise vielleicht.«

Ich hätte hinzufügen können: zeitweise, wenn ich es schaffe, nicht soviel zu denken, im Augenblick zu leben und mir wirklich viel Mühe zu geben.

»Ich will nach dieser Tour hier abmustern …«

Abrupt verlor ich den Bleistift aus dem Griff, wußte nicht mehr, wo der enden sollte. Georg flüsterte: »Du brauchst nicht ... ich sage das nicht, weil ...«

»Das weiß ich. Mir wurde nur so ... so ...«

»Klaustrophobisch?« Jetzt lachte er nicht.

»Nicht klaustrophobisch, sondern ... vielleicht hatte ich Angst ...«

»Angst? Aber liebes kleines Eulchen. Warum denn das?«

»Es ist irgendwie so, als wollte ich nicht, daß es mir gutgeht«, antwortete ich langsam. Die Wörter klebten dabei einfach aneinander. Sie ergaben keinen Sinn. Aber Georg nahm mir vorsichtig den Bleistift aus den Fingern und ließ den Block auf den Boden fallen. Legte die Arme um mich. Die Ewa wiegte sich, Treibeis kratzte am Bug.

»Du hast etwas Schlimmes erlebt«, flüsterte er. »Davon kommt das. Erzähl's dem Georg.«

»Nein!« antwortete ich und befreite mich aus seinem Arm.

»Aber ... du weinst ja ...«

»Aber nein. Und jetzt stehen wir auf.«

Samuel zeigte in der Messe Bilder seiner verstorbenen Frau, seiner Kinder und seiner Enkel. Ich sah, daß er sich große Mühe gab, seine Gesichtsmuskulatur unter Kontrolle zu bringen, und begriff, daß ihm noch ein wenig wärmer geworden war, sonst hätte er es nicht geschafft, diese Bilder zu zeigen. Per und Pia tuschelten miteinander. Ich hätte gern gewußt, worüber. Dunkle Pläne über Gemauschel, mit dem sich Geld verdienen ließ? Oder bildete ich mir das nur ein, mit Hilfe der mir angeborenen Phantasie, von der ich schließlich lebte? Vielleicht hatten sie sich ganz einfach um ihr Gehalt gestritten? Im Moment konnte ich mich nicht einmal mehr daran erinnern, was sie gesagt hatten, andere Realitäten waren mir jetzt wichtiger.

Georg ging auf die Brücke, obwohl das noch gar nicht nötig war.

»Wann erreichen wir Sjuøyane?« fragte ich Pia.

»Heute nacht, gegen vier«, antwortete sie. »Wir gehen nach dem Frühstück an Land.«

Es war halb zwölf, die meisten waren ins Bett gegangen. Ich ging nicht auf die Brücke, sondern kroch allein in meine eigene Koje und stellte den Wecker auf halb vier. Die Tür war nicht abgeschlossen. Wenn er wollte, konnte er hereinkommen, ich dachte an unser Gespräch und war endlos erleichtert darüber, daß ich nicht nüchtern war. Ich stand sogar auf und trank noch einen besonders großen Gin als Puffer gegen die Träume, die mir zweifellos bevorstanden.

Er war Eislotse. Führte die Ewa sicher durch die Schollen. Und nun wollte er unbedingt mich lotsen.

Der Rausch verteilte sich gleichmäßig in meinem Körper wie ein Sammelsurium aus zitternden Fäden von den Fingerspitzen bis in den kleinen Zeh. In einer knappen Woche würde ich ihn nicht mehr kennen. Dann würde er verschwunden sein. Er und seinesgleichen würden wieder zu exotischen Einschlägen in der Pianobar werden, im Keller unter dem Hotel Britannia. Seebären auf Stadtausflug mit zu langen Hemdkragen, ausgebeulten Brieftaschen, großer Klappe und einem Lachen, das daran gewöhnt war, Motorenlärm und Orkan zu übertönen. Ich stellte mir plötzlich vor, wie Georg Bergesen die Hand reichte. »Eislotse Georg Korneliussen, angenehm.«

Ein absurdes Bild. Das Infobrett. Himmel, der Mann wußte ja nicht einmal, was ein Infobrett ist. Wo wohnte er überhaupt? Wo lebte er? Wenn er nicht bei 81° Nord Schiffe um das Nordaustland herumlotste? Was wußte ich von ihm? Zwei Kinder. Er hatte zwei Kinder, die seine Frau einer unbefleckten Empfängnis verdankte. Damals, als er jung war und noch keine Ahnung von Eulen hatte.

Ich erwachte davon, daß er da war, da lag, Haut an Haut. Er roch nach Seife, war frisch geduscht und hatte nasse Haare, hatte sich ein Handtuch unter den Kopf gelegt. Ich lag zwei Sekunden da und erforschte meinen Rausch, wie alt der jetzt war, um festzustellen, wie lange ich geschlafen hatte. Mindestens drei Stunden.

»Ich kann an deinem Atem hören, daß du wach bist«, flüsterte er.

»Ich will eigentlich schlafen.«

»Weglaufen, meinst du … ins Traumland.«

»Ja. Weglaufen. Das habe ich ja auch gemacht, als ich hergekommen bin, nicht wahr? Und jetzt …«

»Jetzt geht es nicht mehr weiter.«

Er lag außen. Über mir hing bedrückend eine weitere Koje. Und doch stellte sich die Klaustrophobie nicht ein. Das war ungewohnt. Ich brach in Tränen aus.

»Aber meine Kleine … aber, aber … nicht traurig sein … ich werd dich auch nicht bedrängen«, flüsterte er in meine Haare. »Vor dem Georg brauchst du doch keine Angst zu haben, das mußt du doch begreifen.«

Ich weinte und weinte, konnte nicht aufhören. Wenn ich etwas haßte, dann war das, in nüchternem Zustand zu weinen. »Verdammt«, stöhnte ich zwischen den Schluchzern und schmiegte mein Gesicht an seinen Brustkasten, um nicht so laut zu sein. »O zum Teufel, ich will nicht …«

»Aber, aber, nicht fluchen. Fluchen paßt nicht zu Eulen. Ruf unseren Herrn an, das ist schon in Ordnung, aber nicht den anderen Heini. Diesen Burschen überlaß lieber uns Mannsbildern.«

»Weißt du …«, schniefte ich.

»Nein, das weiß ich nicht, aber ich habe den starken Verdacht, daß du es mir erzählen wirst.«

»Weißt du … so ein Mantra …«

»Mantra. Davon habe ich gehört. Mönche, die vor sich hinjammern, und dann haben sie ein Wort, das sie immer wieder sagen … irgendwie in Gedanken …«

»Genau. Weißt du, was ich in Gedanken immer wieder sage, wenn ich nicht schlafen kann und die schlimmen Gedanken sich nicht verjagen lassen?«

»Was denn? Simsalabim?«

»Nein. Ich sage scheiß drauf, scheiß drauf, scheiß drauf … tausendmal. Scheißdrauf, scheißdrauf, scheißdrauf … so.«

Er wurde ganz still , ich lachte ganz schnell ein bißchen, aber er stimmte nicht ein. Schließlich flüsterte er mit seltsam brüchiger Stimme: »So etwas Trauriges habe ich in meinem Leben noch nicht gehört …«

Er hatte mich eigentlich wecken wollen. Aber ich konnte uns erst in andere Stimmung bringen, als ich mich rittlings über ihn setzte, statt aus dem Bett zu steigen und die Ginflasche zu holen, was ich eigentlich vorgehabt hatte.

»Ich krieg keine Luft. Daß eine kleine Eule soviel wiegen kann wie ein Walroß, wußte ich noch gar nicht.«

Endlich lachte er. Ich sprang auf den Boden und schaute frö-stelnd aus dem Bullauge. Silbrigschimmernde See und Treibeis. Nebelschwaden, durch die von der Seite her die Sonnenstrahlen strömten.

»Sind wir jetzt bei Sjuøyane?«

»Pst, jetzt halt doch mal den Mund«, zischte er. »Du bist ja schlimmer als ein Nebelhorn, Frau.«

»Warum soll ich still sein?«

»Weil ich große Pläne habe. Wir treffen uns um vier Uhr an Deck mit dem Ola.«

»Und was machen wir da?«

»Das siehst du um vier Uhr.«

»Das ist ja noch eine ganze Stunde ...«

»Ja, eine ganze Stunde.« Er grinste: »Und ich bin frisch ge-duscht. Der Bonsai mußte begossen werden. Der will wachsen.«

Wir wollten auf Seehundsjagd. Mitten in der Nacht, mit Ola und dem Zodiac. Bei Phippsøya.

»Zieh dich ganz warm an«, sagte Georg eine Stunde später und ging in seine Kajüte, um dasselbe zu tun. »Und schleiche! Heute nacht soll hier keiner mit einer Schublade erschlagen werden!«

Die Ewa lag jetzt still da. Der Anker war ausgeworfen. Wenn von diesem Krach niemand wach geworden war, dann würde ich sie auch nicht wecken. Ich schaute kurz aus dem Bullauge, dann blieb ich bewegungslos stehen und starrte: Die Sonne verbarg sich hinter einem senfgelben Nachtnebel, der einige Bootshöhen über der Wasseroberfläche hing. Kein Kräusel auf dem Wasser. Wir befan-den uns in einer goldenen klaren Nische zwischen Wasser und Ne-bel. Und überall schwammen schlafende Eissturmvögel, der näch-ste nur wenige Meter von mir entfernt. Sie hatten die Köpfe unter die Flügel gesteckt und wiegten sich sanft mit den Wellen wie kleine Federbüschel. Wir lagen vor Anker, würden ihnen nicht davonfahren, sie konnten sich ausruhen. Ich konnte ja so gut verstehen, daß sie »Freunde des Seemanns« genannt wurden. »Wie schade, daß du sie nie kennenlernen wirst, Andersen«, flüsterte ich.

Der Gang lag im Halbdunkel da. Ich hörte ein Husten, und plötzlich konnte ich mich nicht beherrschen. Langsam öffnete ich Sonjas Tür, und richtig, da lagen sie beide. Schlafend. Jung. Mit roten Wangen, die Arme umeinander gelegt. Lautlos schloß ich die Tür wieder. So würden auch Lena und Stian daliegen, wenn ich nachsah. Und Per und Pia. Das hier war ja das pure Traumschiff. Erogene Schutzzone mit Schlupflöchern an jeder Ecke. Kichernd schlich ich mich an Deck. Georg stand an der Winsch, in Thermoanzug und Mütze mit Ohrenklappen. Er trug seinen Revolvergürtel. »Willst du mit dem Revolver Robben schießen?« flüsterte ich.

»Ich leih mir nicht gern Waffen aus, aber dafür muß ich es wohl. Oder soll ich vielleicht die Robbenhacke nehmen?«

»Nein! Spinnst du?«

»Pst!« zischte er. »Ola, bist du das?«

Langsam ging der Zodiac über die Reling, während Georg die Winsch manövrierte. Ich beobachtete die Eissturmvögel. Drei von ihnen, die merkten, daß sie dem Boot im Weg sein würden, zogen die Köpfe unter den Flügeln hervor und paddelten in aller Ruhe davon. Dann steckten sie wieder die Köpfe unter die Flügel, schauten mit einem Auge aber noch hervor.

Ich schwitzte. Es war windstill, zwei Grad plus, der Nebel hob sich. Georg holte einen Sack mit allerlei Ausrüstungsgegenständen. Ola kletterte ins Gummiboot, und ich entdeckte die Leiter. Es war nicht die aus Metall, die über der Kante gehangen hatte, die mit gutem Geländer und breiten Tritten. Nein, das hier war eine kleine Strickleiter, die lose in der Luft baumelte, da die Schiffsseite nach innen schräg abfiel.

Georg warf den Sack ins Boot und kletterte mit Leichtigkeit nach unten. Ich schaute über die Reling, um seine Technik zu begreifen, konnte aber keine entdecken.

»Na los!« Georg war schon unten. Ich zögerte. Dann begegnete ich dem Blick eines Sturmvogelauges. Kugelrund, kohlschwarz und neugierig. Als erwarte der Vogel ein wenig Zusatzunterhaltung.

»Ach was«, murmelte ich. »Das ist doch alles kein Problem.«

Am schwierigsten fand ich es, überhaupt nach außen zu klettern. Ich hing wie ein Spanferkel über der Reling und tastete mit der Stiefelspitze, und dabei mußte ich mir das Gelächter von unten anhören. Mein Ärger sorgte für Adrenalin und Mut. Ich kletterte wie ein Affe, als ich erst einmal die erste Leitersprosse gefunden hatte und das Tau in Händen hielt. Es war gut, daß wir die Schwimmwesten weggelassen hatten. Georg fing mich auf.

»Das hast du wirklich gut gemacht, Eulchen ...«

»Hört auf mit dem Flirten, wenn ich mitkommen soll«, flüsterte Ola, packte ein Paddel und fing an, uns von der Ewa wegzuschieben.

»Warum benutzen wir nicht die Metalleiter?« fragte ich.

»Zuviel Eis in der See. Und es macht zuviel Krach.«

Wir kamen nur ganz langsam von der Stelle. Und wir mußten weit weg vom Schiff sein, um den Motor anlassen zu können.

Die Eissturmvögel wichen langsam zurück, als wir vorbeikamen.

Das seltsame graugelbe Licht des Nebels, die überwältigende Stille, die schlafenden Vögel auf dem blanken, stillen Wasser, ich hatte noch nie so etwas gesehen, niemals solches Licht, ganz ohne Schatten. Und dann entdeckte ich Land, weit vor uns. Einen schwarzen Strand und einen schwarzen Berg, der oben im Nebel verschwand.

»Wir fahren um die Insel herum, auf die Rückseite, dann können wir in Ruhe knallen«, sagte Georg leise. »Wenn die Ewa still liegt, ist alles so verdammt gut zu hören. Mit etwas Glück hat der Wind die Bucht vom Eis befreit, dann kann auch Ola eine Runde spielen.«

»Jetzt fahren wir los«, sagte Ola.

Der Motor dröhnte auf und füllte die Welt mit Geräuschen, aber sie waren gleichmäßig und anonym und würden als normaler Motorenlärm der Ewa durchgehen, falls Dana aufwachte und horchte.

Im Nu hatten wir uns ein gutes Stück von der Ewa entfernt.

Georg kniete ganz vorn, um dem Boot Gewicht zu geben, sonst hätte sich der Bug aufgerichtet.

»Genau wie auf der Zeichnung«, rief ich.

»Nur fehlt dir die Robbenhacke!« antwortete Georg.

»Aber wir haben andere Geräte an Bord«, sagte Ola und lachte roh, so, wie nur pickelige Knaben lachen können, wenn sie mit ihren Zoten die Frauen beeindrucken wollen.

»Sicher!« antwortete ich. »Ein kleines und ein großes.«

»Was weißt du denn davon, verdammt noch mal?« fragte Ola und steuerte das Boot seitlich an einer Eisscholle vorbei.

»Ich habe gestern durchs Schlüsselloch geschaut, als du geduscht hast.«

»Hä? Aber ich habe doch überhaupt nicht … o verdammt, da hast du dir ja eine angelacht, Georg!«

Aber Georg grinste nur. Er sah einfach toll aus. Mit dem Nebel über sich, dem Revolver an der Hüfte, den im Gegenwind flatternden Mützenklappen. Der Typ Mann, bei dem junge Emanzen die Straßenseite wechseln.

Wir bogen um eine Landzunge und konnten eine eisfreie Bucht sehen.

»Jippie!« heulte Ola.

»Alles klar«, rief Georg. »Du zuerst. Dann die Schnute!«

Und damit rief Ola alle Pferdekräfte herbei, preßte die Oberschenkel um seinen Sitz und legte los.

»Haltet euch fest!«

Georg krümmte sich am Bug zusammen, und ich rutschte von der Gummikante und landete auf dem Boden.

Wir bretterten mit Slalomkurven in die Bucht, das Wasser brach nur so über uns herein. Ich heulte und rechnete jeden Augenblick damit, daß wir umkippen würden, daß dieser blöde Kahn sich aufbäumen und uns im Salto fortschleudern würde. Ein einziges breites Grinsen füllte Olas Gesicht, und er war erst zufrieden, als unsere Kleider triefnaß waren und ich nur noch heisere Laute hervorbrachte.

»Jetzt haben wir jeden einzelnen Seehund aus der ganzen Gegend verjagt!« sagte ich.

»Die lassen sich nicht verjagen, die sind zu blöd. Okay, Ola …
machen wir mal was Vernünftiges. Zieh sie aufs Eis.«

Sie! Der Zodiac war auch eine Frau. Interessant. Ob wohl schon
mal eine Emanze darüber eine Dissertation verfaßt hat? Statt einfach die Straßenseite zu wechseln?

Wir fanden sofort Seehunde. Zwei Ringelrobben auf einer Eisscholle. Ola verlangsamte das Tempo. Georg zog den Revolver und
schoß zweimal kurz hintereinander. Die Seehundsköpfe fielen aufs
Eis, erst der eine, dann der andere. Das Eis um sie herum war blut-
gesprenkelt. Ich sagte kein Wort, hatte mich wieder aufgesetzt, um
mir den Überblick zu verschaffen. Ola zog das Boot an die Eisscholle heran. Die Seehunde lächelten und starrten aus gebrochenen Augen ins Nichts. Ihre Barthaare sträubten sich, jedes einzelne Haar war dick wie ein Schnürsenkel. Ein Eissturmvogel war
auf der Eisscholle gelandet und schüttelte die Flügel, um zu erwa-
chen. Andere sahen zu. Sie hatten wirklich vollen Einblick in alle
Ereignisse.

»Hol sie ganz dicht an die Eisscholle heran, ich will verdammt
noch mal nicht draufsteigen müssen.«

Ich räusperte mich. »Die sind aber schön.«

Es war zu spät, ich hatte es gesagt. Er würde glauben, ich sei
nicht damit einverstanden, daß er sie schoß, ich sei eine Städterin
und eigentlich eine schrecklich sentimentale Person, die Katzen-
babys und Welpen beweinte und an der Wand einen Tierkalender
hängen hatte, Weißlinge mit Babyblick. Aber seine Antwort überraschte mich: »Ja, das sind tolle Tiere.«

»Findest du sie auch toll?«

»Aber sicher. Alle Tiere sind toll. Aber das heißt nicht, daß wir
nicht ein bißchen zulangen können.«

»Hast du schon viele Seehunde umgebracht? Weißlinge?«

»Massenhaft.«

»War das nicht scheußlich?«

Er hatte den einen Seehund erwischt und zog ihn an Bord.

»Scheußlich? Nein, wenn du im Eis bist und deine Arbeit tust,
dann überlegst du nicht, ob das scheußlich ist.«

»Aber wenn die Mutter dahinter angekrochen kommt und ... und ...«

»Das vergißt sie schnell. Aber das mit der Mutter war wirklich nicht immer angenehm. Ola, jetzt mußt du den Arsch hochkriegen und mir helfen.«

Gemeinsam konnten sie beide Seehunde ins Boot bugsieren.

»Wir gehen zum Schälen an den Strand.«

Sieben bis acht Eissturmvögel flogen geduldig hinter uns her. Jetzt würde es bald etwas zu fressen geben. Ein Nachtgericht.

»Stimmt es, daß viele Seehunde noch leben, wenn ihnen die Haut abgezogen wird?«

Georg warf mir einen raschen Blick zu. »Nein«, sagte er.

»Aber wenn die noch zappeln ...«

»Ich will dir eins sagen. Ein Seehund kann auch ohne Kopf noch zappeln.«

»Das ist doch nicht möglich.«

»O doch. Ich habe es selber gesehen. Der Körper scheint noch eine Weile zu leben. Wie bei Hühnern.«

»Ich habe von Hühnern gehört, die ohne Kopf noch weitergerannt sind«, gab ich zu.

»Das ist genau dasselbe. Kapiert habe ich das nie, aber so ist es.«

»Die Leute sehen das eben nicht gern in den Fernsehnachrichten.«

»Die Leute möchten überhaupt nichts Trauriges sehen, solange es nicht erdichtet ist. Aber wenn ich an all das denke, was die Natur selber den Tieren antut ... pfui Teufel, ist das soviel schöner als das, was die Menschen sich so ausdenken? Wenn die Natur selber zulangt, kommt oft eine lange Quälerei dabei heraus. Aber wenn der Georg zu Magnum oder Robbenhacke greift, dann ist die Sache im Nu gegessen.«

»Erzähl das mal Dana. Vielleicht begreift sie es.«

»Keinen Bock. Bei Gott, das ist wirklich wahr, ich hab ganz einfach keinen Bock!«

»Aber viele Menschen sind gemein zu Tieren.«

»Nichts ist schlimmer, als sie in Zoos einzusperren. Das ist zum Kotzen.«

»Ich habe zu Hause einen Vogel. Einen Wellensittich. Der ist eingesperrt.«

»Laß ihn frei.«

»Er kommt ohne mich nicht zurecht, so ganz allein.«

Wir zogen den Zodiac ein Stück weit auf den Strand. Karge Landschaft lag vor uns, so weit wir vor der Nebelwand sehen konnten. Ein steiniger Strand, unten mit hellerem Sand und dem gleichen Treibholz wie in Virgohavn. Alle Geräusche klangen hohl, fast ganz ohne Echo. Ich setzte mich auf einen von Salzwasser und Eis weißgespülten Baumstamm. Georg holte die Ausrüstungsgegenstände, Handschuhe und Messer, Holzbretter, zusätzliche Säcke.

Er schlitzte dem Seehund den Bauch auf. Speck quoll heraus. Dann machte er einen Schnitt zwischen Fleisch und Speck und hatte am Ende ein großes dickes Viereck aus Speck herausgeschnitten, das er in Stücke hackte. Die Eissturmvögel schrien, sie wußten nicht, ob wir sie vielleicht vergessen hatten. Georg schnitt ein Stück schieres Fleisch ab und warf es ihnen hin.

Ich entdeckte Sonnenstrahlen auf dem Weg durch die Nebelschwaden. Wie Scheinwerfer trafen die Strahlen auf das Wasser, und das Licht verbreitete sich. In diesem Moment wehte eine schwache Brise über den Strand.

Im Laufe einer kurzen Minute verwandelte sich die geschlossene graue Nebeldecke in einzelne kleine Schwaden. Zwischen den Schwaden sah ich tiefblauen Himmel, und plötzlich wurde die Welt erschaffen. Die Sonne strömte uns entgegen. Der Himmel spannte sich im Halbkreis. Der Horizont war wieder zu sehen, und ich saß nicht mehr auf einem Strand, sondern am Fuße eines Berges – eines hohen kupferroten Berges, der sich hinter uns auftürmte.

»Hast du es gesehen«, flüsterte Georg. »Hast du das gesehen … aber was ist denn los mit dir, mein Eulchen?«

Er kam zu mir herüber, stand da mit blutigen Fellhandschuhen, bückte sich, starrte mir ins Gesicht. Ich blickte verständnislos zu ihm hoch. Erst jetzt spürte ich, daß mir die Tränen übers Gesicht liefen.

»Was ist los …«

»Es ist einfach so schön«, schniefte ich. »Ich glaube, ich habe noch nie in meinem Leben etwas so Schönes gesehen wie eben, als sich der Nebel gelichtet hat. Als ob … als ob …«

»Als ob alles neu anfinge«, sagte Georg leise.

Ich nickte. »Ja, genau so.«

Und in diesem Moment wußte ich, daß ich fertig damit war, es war vorbei, hatte losgelassen, ich war heil und ganz. Im Alter von fünfunddreißig Jahren konnte ich endlich in Freiheit meine Entscheidung treffen.

Und ich dachte: Vielleicht ist das Gott. Vielleicht sind diese Berge, dieses Meer und diese Sonne Gott.

Wir hatten gerade die Specksäcke in den Zodiac geladen und schoben ihn aufs Wasser, als Ola ihn entdeckte. Einen Bären am Hang. Der Bär bewegte sich nicht. Er war mindestens hundert Meter von uns entfernt, da oben am Berghang.

»Der ist tot«, sagte Georg. »Seht ihr nicht, daß er die Beine hängen läßt?«

Ich kniff die Augen zusammen und starrte nach oben, konnte aber nur einen gelblichen Haufen erkennen.

Georg packte den Sack mit Handschuhen und Messern und machte sich auf den Weg. »Kommst du mit?« fragte er. Ich nickte und stapfte hinterher. Die Steine lösten sich unter meinen Füßen, sie wurden nicht von Erde zusammengehalten. Georg legte den Arm um mich. Der Bär konnte schlafen, konnte jeden Moment aufspringen, wenn er uns hörte, konnte sich auf uns stürzen, aber das spielte keine Rolle. Nie im Leben würde ich gerade heute sterben.

»Alles klar?« fragte Georg.

Ich nickte. »Aber sicher. Ganz klar. Total superklar sogar.«

»Mal sehen, wie du schmeckst.«

Auch er schmeckte gut. Der Bär hätte die Gelegenheit nutzen und zwei Fliegen mit einer Klappe schlagen können. Zwei winzige blöde Fliegen unten am Berg, außen hart und innen weich, wie Karamelschokolade.

Aber er war wirklich tot.

»Ein Männchen. Genau wie dein Vogel zu Hause.«

»Er heißt Andersen. Und er wäre sicher stolz, mit einem Eisbären verglichen zu werden.«

Der Pelz war gelb. Um die Schnauze hatte er kleine Narben.

»Er ist verhungert«, sagte Georg. »Vor ganz kurzer Zeit. Alt und erschöpft. Hat zum Sterben ein paar Tage gebraucht. War zu schwach, um auf Schnutenjagd zu gehen.«

Er zog sein Messer.

»Was hast du vor?«

»Ich will den Kopf haben.«

»Den Kopf?«

»Eigentlich nur die Zähne, aber die kriege ich nur mit einer Axt los. Und die Axt liegt auf der Ewa.«

»Aber Georg!« rief ich und mußte bei seinem Anblick lachen, er hockte da mit dem Messer in der Hand und sägte an dem Bärennacken herum. »Was um Himmels willen willst du denn mit den Zähnen?«

»Die verkaufe ich einer Eule in Oslo.«

»Wie bitte?«

»Ich verkaufe die Zähne einzeln. Wenn ich Schwein habe, kriege ich pro Stück fünfhundert Kronen.«

»Wieso denn?« Mehr brachte ich nicht heraus.

»Ich kenne eben Eulen, die machen alles mögliche mit Healing und Sternbildern und was weiß ich, was sie sonst noch alles anstellen. Manche nehmen Steine, und die legen sie den Leuten auf den Leib und behaupten, die Steine könnten sie gesund machen. Und sie sind total verrückt nach Eisbärzähnen.«

Ich mußte einfach immer weiterlachen. Ich hatte seit Jahren nicht mehr so herzlich gelacht, ich glaube, in meinem ganzen Leben noch nicht. Es war restlos wahnwitzig absurd, daß der Eislotse Georg Korneliussen an Healerinnen in Oslo Eisbärzähne zu fünfhundert Kronen das Stück verscheuerte! Ich sah sie vor mir, in tiefem Ernst, in der Hand einen Zahn von einem Eisbärkopf, der hier und jetzt vom Körper eines verhungerten Teddys abgehackt wurde.

»Ich hoffe, du gackerst nicht über mich«, konnte Georg einschieben, als ich Atem holen mußte. Ich konnte nicht sofort antworten, fischte eine Zigarette aus der Tasche und gab mir keuchend Feuer.

»Oder doch?« Er ließ nicht locker. Er hatte jetzt den Kopf vom Rumpf gelöst, packte ihn mit beiden Händen und stand auf.

»Nein«, stöhnte ich. »Ich stelle mir die Eule in Oslo vor.«

Georg legte den Teddykopf in den Ausrüstungssack, schließlich konnte doch Dana bei unserer Rückkehr frischerwacht über der

Reling hängen. Wir umrundeten die Landspitze, und dort wiegte sich die Ewa leise in der Morgensonne.

Georg kletterte vor mir die Leiter hinauf. Raufwärts ging es leichter, Georg wartete auf mich und half mir über die Reling. Dann lief er zum Schuppen, holte etwas, das aussah wie eine dicke Hanfseilrolle, und warf sie Ola zu. Die Rolle wurde zu einem großen Netz, in dem Ola die Plastiksäcke verstaute, während Georg die Winsch an die Reling bugsierte. Dann wurde das Netz am Haken befestigt und hochgehievt. Alles wurde im Schuppen verstaut, gut versteckt vor neugierigen Italienerinnen und deresgleichen.

»Wir lassen den Zodiac liegen. Die anderen wollen ja nachher noch an Land und sich auf dem Berg Eismöwen ansehen.«

»Eismöwen? Sind die selten?«

»Die stehen unter Naturschutz. Und sie brüten hier, oben auf dem Gipfel.«

Es war sechs Uhr. Trotzdem saßen schon Leute in der Messe. Oscar, Samuel und Philippe spielten Karten. Sie hatten nicht mehr schlafen können. Auf dem Tisch standen eine Kanne Tee und ein Teller Kräcker mit Ziegenkäse.

»Auf Seehundsjagd gewesen?« fragte Oscar.

»Ja. Aber das brauchst du nicht zu übersetzen«, antwortete ich. »Und außerdem haben wir ...«

Georg versetzte mir einen Rippenstoß.

»Zwei feine Schnuten«, er grinste und wollte nicht über den Eisbärkopf reden. »Und jetzt will ich ein Spiegelei. Was ist mit dir, Eulchen? Ich mach sie.«

»Zwei Eier. Mit ganzem Dotter.«

»Und für mich auch zwei«, sagte Ola.

Ich stand in T-Shirt und Unterhose da, als ich den Schrei hörte. Zwei Sekunden lang glaubte ich, er stamme von Dana, sie habe uns doch zurückkommen sehen und sei nun mit erhobener Schublade unterwegs. Ich lief barfuß auf den Gang.

Aber es war Turid. Sonjas Kajütentür stand halb offen. Und plötzlich war alles in Bewegung: Arme, Gesichter, das Muster eines Bettbezuges, etwas Weißes flog wie Schneeflocken durch die Luft, Menschen um mich herum, andere, die schrien. Ich registrierte ein Glitzern, wie von einer Messerklinge, konnte hinter der halboffenen Tür gerade noch Turids Gesicht erkennen, ihr Profil, den aufgerissenen Mund, Speichel, der von der Unterlippe troff. Sie trug jetzt keine Brille. Die wenigen Schritte bis zu ihr kamen mir so lange vor wie ein fallendes Gletschertor. Und die Wasserwand, die sich dann erhob, war die Kajütentür. Ich stieß sie auf, traf damit Turid. Sie taumelte rückwärts, schlug mit dem Nacken gegen die Kante des Bullauges. Es hörte sich an, wie wenn ein gekochtes Ei gegen den Küchentisch geschlagen wird, damit die Schale zerbricht. Turid glitt an der Wand nach unten und hinterließ einen dünnen roten Strich. Sie hatte kein Messer in der Hand, sondern eine Rasierklinge. In einem Stück Papier, an der einen Seite, trotzdem hatte sie sich geschnitten, von ihrer Fingerspitze tropfte Blut. In der Luft vor ihr schwebten federleichte Daunen. Eine landete auf ihrem Kinn und klebte in der Spucke fest.

»Ich habe sie umgebracht«, sagte ich. Und dachte: Und ich hatte es mir doch anders überlegt.

Es war einmal ein Mädchen, das in die Hauptstadt ging, um ein Jahr lang das Gymnasium zu besuchen. Ihre Noten waren bisher nicht sehr gut, und deshalb wollte keine Schule in Trondheim sie nehmen.

Das Schuljahr war ihr wie warmer Sand durch die Finger gerieselt. Sie war sechzehn und lebte in einem Strom von Verliebtheiten, Liebeskummer. Hormonen, die alles bei ihr auf den Kopf stellten. Erst war sie ein Mädchen mit zwei auf die Brustknochen geklebten Himbeerdrops und einem Welpenbauch gewesen, der über den Hosenbund hing. Im Laufe dieses Jahres wurde sie zu einer kleinen Frau – ganz plötzlich, als habe jemand sie überraschen wollen und sie gebeten, ganz kurz die Augen zuzumachen. Und als sie sie wieder öffnen durfte, blickte sie an sich herab und entdeckte ihren Körper. Anders als viele ihrer Freundinnen, die ihre Brüste versteckten und sich immer wegen der Binden in ihren Schultaschen schämten, liebte sie ihren Körper. Sie hatte sich von Kopf bis Fuß im Spiegel betrachtet, kannte jede Stelle, jede neue Kurve, jede heimlich schwitzende Falte.

Und sie bereute das verlorene Schuljahr auch nie, denn innerlich hörte sie ein Lied, einen Ton, der nie brach und der sie davon überzeugte, daß das Leben gelebt werden mußte und daß sie das schaffen könnte, wenn sie wollte. Ihre Noten waren ein Problem, das war ihr klar. Aber sie wußte, daß sie intelligent war. Tüchtig. Daß sie die Faulheit abschütteln und loslegen konnte, wenn sie sich erst dazu entschlossen hatte.

Die Anzeige stand in der Zeitung. Ihr Vater, der sie in den letzten zehn Jahren seit dem Tod ihrer Mutter allein großgezogen hatte und der voller Angst zugesehen hatte, wie das häßliche Entlein zum Schwan wurde, ließ sich auf einen Küchenstuhl sinken, als seine Tochter auf die Anzeige zeigte und sagte: »Ich will ein Jahr in Oslo aufs Gymnasium gehen. Ich bezahle selber. Denen ist es egal, was ich bisher für Noten hatte.«

»Aber Britta! Ich kann mir das nicht leisten …«

»Das weiß ich. Ich kann ein Studiendarlehen bekommen. Ich werde arbeiten. Ich schaffe das. Und dann haben wir die Sache hinter uns, Papa!«

Sie ging nach Oslo, konnte bei einer Kusine des Vaters wohnen, die er seit vielen Jahren nicht mehr gesehen hatte, die ihr aber trotzdem gegen ein wenig Hilfe im Haushalt und im Garten ein Zimmer überließ. Alles ließ sich gut an. Sie war wild entschlossen, dieses eine Jahr auf dem Gymnasium zu schaffen.

Und dieses Jahr hätte wie alle anderen Jahre werden können. Etwas, an das man viel später zurückdenkt, man weiß die genaue Jahreszahl nicht mehr sicher, hat vielleicht den Namen der Kusine vergessen und kann sich an das Muster der Vorhänge im Zimmer nicht mehr erinnern.

Aber es war sehr schwer. Das Bummeljahr hatte größere Lücken gerissen, als ihr klar gewesen war. Alle Fächer mußte sie in den Griff bekommen, alle Prüfungen im folgenden Jahr innerhalb von vierzehn Tagen bestehen.

Die Schule hatte eine Rektorin: Turid Haraldsen, kinderlos, sehr hübsch, wenn auch nicht mehr ganz jung, eine Schönheit im Stil von Elizabeth Taylor, mit gertenschlanker Taille, um die sie schmale Lackgürtel trug, unter großen, hohen Brüsten, runden Hüften und schlanken Fesseln. Sie trug immer kräftigen roten Lippenstift in der Farbe ihres Nagellacks, ihre Brille war am Rand mit kleinen Edelsteinen besetzt und hatte ein Flügelchen an jeder Schläfe.

Wenn das Mädchen auf dem Flur an ihr vorbeikam, hielt sie ganz kurz den Atem an, ehe sie die Düfte einsog, die Turid Haraldsen hinterließ: von den Lippen, vom Puder auf ihren Wangen, der schwache Shampoo-Duft ihrer Haare, der Duft von Körper und Kleidern. Sie trug Weiß, Cremefarben und Rosa, und immer hatte sie Perlen in den Ohren.

Turid Haraldsen unterrichtete Englisch in der Klasse des Mädchens. Sie leckte sich die Kreide von den Fingerspitzen und schürzte dabei die Lippen, um den Lippenstift nicht zu verwischen. Sie machte einen runden Schmollmund und leckte einen Finger nach dem anderen, mit einem leisen Knall wie von einem Sektkorken. Das Mädchen kaufte sich Schminke und übte vor dem Spiegel auf ihrem Zimmer, aber die Schminke blieb aufgesetzt, wurde niemals zu einem Teil ihrer selbst. Jede Handbewegung geschah in dem Bewußtsein, daß die Nägel lackiert waren, jedes Wort war von den fettigen roten Lippen geprägt.

Die Rektorin hatte einen Mann, den sie ab und zu sahen, er wartete vor dem schmiedeeisernen Tor in einem schwarzen Wagen auf sie und ließ Zigarettenasche aus dem Fenster rieseln.

Und die Rektorin Turid Haraldsen sah, daß das Mädchen sich mit der Schularbeit abmühte. Sie sah, daß das bei vielen der Fall war. Und das Mädchen konnte nie wirklich feststellen, ob sie die einzige Auserwählte gewesen war. Turid Haraldsen lud das Mädchen an jenem Freitagnachmittag im Oktober zu sich nach Hause ein, als totes Laub die regennassen Straßen bedeckte und auf der Kongeterrasse die Stühle aufeinander gestapelt wurden.

Der Sicherheitsgurt im Auto roch leicht nach Parfüm, und das Mädchen erwähnte vorsichtig, wie schwer ihr alles fiel, aber daß sie so gern alle Prüfungen bestehen wollte. Turid Haraldsen saß auf dem Rücksitz und ließ ihren Mann fahren. Sie wolle ihr gern helfen, sagte sie. Das Mädchen stellte sich Abende über aufgeschlagenen Schulbüchern mit Kakao auf dem Tisch vor. Sie stellte sich vor, wie Turid Haraldsen mit lackiertem Nagel auf einen Satz im Buch zeigte, um sich danach mit leisem Knall den Finger abzulecken.

Der Mann hinter dem Lenkrad wirkte freundlich und still. Das Mädchen fragte sich kurz, warum sie wohl keine Kinder hatten, sie selber hatte doch gerade ein Jahr hinter sich, in dem es von zentraler Bedeutung gewesen war, nicht schwanger zu werden. Diese Angst hatte sie davon abgehalten, mit einem Jungen den entscheidenden Schritt zu tun.

Die Rektorin drückte sie im Wohnzimmer kurz an sich und benahm sich überhaupt nicht mehr wie eine Rektorin, sondern wie eine Frau in ihrem eigenen Haus. Dem Mädchen war noch lange schwindlig, nachdem Turid Haraldsen sie umarmt hatte; die Düfte von ihrem Hals, ihrer Haut, die sie von einem heißen Schaumbad träumen ließen. Sich in weißen Schaum auf heißem Wasser versenken und das Prickeln spüren.

Turid Haraldsen zeigte ihr schöne Dinge. Porzellan und Bilder, Kunstbücher, die die kostbarsten Schätze der Welt darstellten, aus Ägypten, der Mayakultur, China, aus Fabergés Werkstatt in St. Petersburg. Sie erzählte, man brauche eine gute Ausbildung, um eine Stelle mit gutem Verdienst zu finden; um durch die Welt zu reisen und sich das anzusehen, was man nicht selber besitzen könne. Das Mädchen war erst sechzehn Jahre alt. Sie starrte alles an, was ihr gezeigt wurde, die braunen, schmalen Hände, die die Bücher hielten, die Lippen, die erzählten, ein Fältchen an Turid Haraldsens Hals, das feucht glänzte, wenn sie den Kopf bewegte. Ihre Ohrläppchen waren von glänzenden weißen Daunen bedeckt, das war dem Mädchen schon früher aufgefallen.

Sie starrte die deutschen und dänischen Porzellanschätze der Rektorin an, wagte nicht, sie zu berühren, und dachte an die Wohnung, die sie und ihr Vater bewohnten: zwei Zimmer, der Vater schlief im Wohnzimmer – abgesehen von diesem einen Jahr, in dem sie in Oslo das Gymnasium besuchte.

Und dann sagte Turid Haraldsen das, was das Leben des Mädchens verändern sollte. Statt zu wiederholen, was sie schon im Auto gesagt hatte, nämlich, daß sie ihr helfen wolle, sagte sie jetzt: »Ich kann dir mit den *Noten* helfen, Britta.«

Ihr Mann brachte Sekt. Das Mädchen leerte das Glas und dachte an die Noten, fragte sich, was das bedeuten sollte. Sie sah, daß Turid Haraldsens Hände ein wenig zitterten, daß sich ihre Brüste über dem Lackgürtel heftiger hoben und senkten als sonst, als sie sagte: »Ich kann dir in allen Fächern die besten Noten geben.«

Der Mann lächelte und trank. Und das Mädchen auch. Ihr wurde heiß, schwindlig, sie war fast glücklich. Der Mann, der Fritjof hieß, füllte ihr Glas immer wieder, und plötzlich lag sie auf einem roten Ledersofa. Der Mann zog sie aus, Turid Haraldsen sah zu. Beide beteuerten flüsternd, heiser, daß sie nur schöne

Dinge machen würden, sie solle ganz entspannt sein und genießen, und seltsamerweise glaubte das Mädchen ihnen jedes Wort. Leise Musik strömte durch das Zimmer und lullte sie ein, und der Mann zeigte ihr seinen Schwanz. Zuerst kicherte sie, aber sie verstummte, als er sich daran zu schaffen machte und schließlich ein Kondom darüberstreifte. Turid Haraldsen half ihm dabei. Sie half Fritjof dabei, in das Mädchen einzudringen. Es tat schrecklich weh. Aber die Rektorin, die jetzt die Brille abgenommen hatte und deren Stirn schweißnaß war, schmierte das Mädchen unten mit Vaseline ein, ihre Finger waren warm, und die langen Nägel kratzten oder rissen nicht, sie wußte, was sie tat. Das Mädchen bekam noch mehr zu trinken. Sie beteuerten immer wieder, daß wirklich niemand daran zweifelte, daß sie dieses eine Jahr in Oslo mit Glanz bestehen würde. Der Mann stöhnte. Das Zimmer schwankte und schaukelte hin und her. Der Mann brüllte. Turid Haraldsen atmete mit geschlossenen Augen, beugte sich über beide und hatte ihre Hand in ihrer Unterhose vergraben. Sie leckte mit spitzer nasser Zunge Wange und Mundwinkel des Mädchens, immer wieder.

Danach wischte sich Fritjof seinen Schwanz mit einem gelben Waschlappen ab, und Turid Haraldsen half ihr beim Anziehen.

»Du hast Lippenstift auf der Wange«, sagte die Rektorin und wischte ihn vorsichtig ab. »Nächstes Mal lassen wir uns mehr Zeit, Liebes.«

Sie fuhren sie nach Hause. Bis vor die Haustür. Ihr Vater hatte angerufen, aber das Mädchen rief nicht zurück. Am nächsten Tag lag sie im Bett. Am übernächsten auch. Die Kusine stellte keine Fragen. Das Mädchen dachte: »Es wird kein nächstes Mal geben.«

Aber das gab es. Denn das Mädchen hatte größere Probleme denn je damit, sich an alle Wörter in den Büchern zu erinnern. Sie traf jeden Tag die Rektorin. Auf dem Flur, in den Englischstunden, auf dem Schulhof. Die Rektorin duftete wie immer, ihre Lippen waren röter denn je. Beide lächelten, als ob nichts passiert sei, aber beide wußten, daß die Rektorin wußte, daß das Mädchen immer weniger im Unterricht mitkam.

Und deshalb wurde es ein Jahr, das niemals vergessen oder mit anderen Jahren verwechselt werden konnte. Sicher lief es ihr durch die Finger, wie Sand. Und sicher war der Sand heiß. Aber es war eine Fieberhitze, in der Kälteschauer steckten. Und Fritjof schätzte seltsame Dinge. Das Mädchen mußte lernen, daß es manchen Männern gefällt, wenn junge Mädchen pissen. Das Mädchen mußte lernen, daß Frauen miteinander schlafen können, obwohl keine einen Penis hat. Das Mädchen mußte lernen, daß der Körper viele Hohlräume hat, daß nackte Haut riecht und schmeckt, wenn man nur lange genug daran leckt. Das Mädchen mußte lernen, daß manche Erwachsene Schmerz und Genuß gern verbinden, auch wenn sie nie selber die Peitsche zu fühlen bekam, sondern sie nur halten mußte. Das Mädchen mußte Dinge über sich selber lernen, über ihren Körper, ihre Macht über den Genuß der anderen. Das Mädchen entdeckte den Rausch der Hingabe, entdeckte, wie sinnlos es ist, nein zu sagen; sie mußte erleben, daß das Zimmer auch ohne Sekt schwankte, daß es gut tat, daß es niemals aufhören durfte. Und Turid und Fritjof Haraldsen triumphierten über die Muskelkontraktionen des Mädchens wie über ihre eigenen. Es half nicht einmal, nein zu denken. Ihr Körper war jung und neu und wußte genau, was er wollte, wie er alle Nervenstränge in einem einzigen weißglühenden jubelnden Punkt irgendwo unter dem Nabel sammeln konnte. Und in den Weihnachtsferien zu Hause fuhr sie dem Vater über den Mund, als er darüber klagte, wie dünn sie geworden sei, und wenn er wegen der Schule nervte, wie es liefe, was für Freundinnen sie habe. Sie erfand Freundinnen, gab ihnen Namen.

»Ein Jahr, dann ist es überstanden«, sagte sie und lächelte.

Der Sand im Stundenglas ging zur Neige. Sie erhielt ihr Zeugnis. Sie hätte es in den Fluß schmeißen und alles verraten können, aber das tat sie nicht. Sie war jetzt siebzehn, und zu Hause hatte sie einen Vater, der behauptete, nur für sie zu leben. Deshalb verriet sie nichts und warf ihr Zeugnis auch nicht in den Fluß.

Sie fuhr nach Hause und vermißte niemanden; sie redete sich ein, daß sie niemanden vermißte, als sie sich plötzlich ein wenig langweilte, da sie nur noch mit Gleichaltrigen zusammen war. Sie wurde an die Kunstgewerbeschule aufgenommen. Sie lernte Männer kennen, die verblüfft und glücklich waren, weil sie ganz offen sein konnten, wenn sie einfach nur mit ihr schlafen wollten.

Aber das Mädchen vergaß Turid Haraldsen nie. Fritjof vergaß sie, aber nicht Turid Haraldsen. Ihre Träume erhielten Bilder, Gerüche, Geschmack, Tonfall, Bewegungen am Leben. Und im Laufe der Jahre beschäftigte sie sich immer mehr mit ihr, wollte wissen, wo Turid Haraldsen sich befand. Das Mädchen war jetzt erwachsen, sie informierte sich mit Hilfe der Telefonbücher. Ihr ging auf, daß Turid und Fritjof geschieden waren, denn er war nicht mehr da. Und wenn sie in Oslo war, dann ging sie ab und zu an Turids Haus vorbei. Im Schutze der Bäume konnte sie im Park schräg gegenüber stehen und zu den Fenstern, dem gepflegten Garten hinüberschauen. Ein seltenes Mal sah sie dabei auch Turid Haraldsen, einmal mit einem Kopftuch, als sie einige Sträucher beschnitt. Sie bückte sich, reckte den Hintern an die Luft. Der war im Laufe der Jahre breiter geworden. Das Mädchen stellte fest, daß Turid Haraldsen langsam alt wurde.

Das Mädchen rief sie in regelmäßigen Abständen an. Vor allem dann, wenn wieder eine Beziehung zu Bruch gegangen war. Sie gab sich immer wieder als eine andere aus: als Mutter, die ihr Kind aufs Gymnasium schicken wollte. Oder sie fragte, ob das Haus zu verkaufen sei, und erklärte dann, der Makler habe ihr sicher die falsche Adresse genannt.

Es war leicht, Turid bei solchen Anlässen zum Reden zu bringen. Und als sie eines Tages im August angerufen und mit Bergenser Akzent nach dem Schulgeld für das nächste Jahr gefragt hatte, gab Rektorin Haraldsen zunächst eine falsche Antwort. Lachend entschuldigte sie sich damit, daß sie soviel im Kopf habe. Sie werde nach Svalbard fahren, stellen Sie sich das vor, und das Mädchen lachte auch und wollte sehr gern wissen, wie eine solche Reise arrangiert wurde.

Turid Haraldsen erklärte voller Eifer, wann sie fahren würde und wie das Schiff hieß. Es sei im Grunde nicht ihre Idee gewesen, sagte sie, ihr Reisebegleiter habe sie überredet. Das Mädchen wünschte eine gute Reise, noch immer mit Bergenser Akzent, und die Rektorin versprach ihr, den Prospekt der Schule zu schicken, in dem alles über das Schulgeld stand.

Das Mädchen radelte in die Innenstadt, zu einem Reisebüro, wo sie dieselbe Reise buchte, voller Angst, sie könne schon ausgebucht sein. Das war sie nicht.

An diesem Abend informierte sie sich darüber, wie der Körper auf extreme Kälte reagiert. Wie sinkende Körpertemperatur das Herz langsamer schlagen läßt und die Sauerstoffzufuhr zum Gehirn behindert. Schließlich tritt dann der Tod ein. Im Wasser geht das am schnellsten. Bei Svalbard mißt es oft nur null Grad. Salzwasser gefriert erst bei minus zwei. Das Leben ist nach wenigen Minuten zu Ende. Akuter Herzkrampf. Turid Haraldsen sollte ins Wasser gestoßen werden, am besten, wenn das Boot volles Tempo vorlegte, denn dann konnte es nicht mehr rechtzeitig kehrtmachen. Turid würde tot sein. Ganz tot. Vielleicht auch schon untergegangen. Es würde nicht lange dauern. Vielleicht konnte sie sie erst damit konfrontieren, was sie getan hatte, warum sie sterben mußte. Wenn die Rektorin ihre junge Schülerin erkannte, würde sie klug genug sein, um das nicht herauszuposaunen. Und wenn sie das Mädchen sofort erkannte, dann sollte die Rektorin sich eben fürchten.

Aber diese Pläne waren verhältnismäßig vage. Wichtig war, daß es wie ein Unfall aussah, wie ein grauenhafter und schrecklicher Unfall. Das Mädchen hatte durchaus nicht vor, noch mehr für ihre guten Noten zu büßen, als es ohnehin schon der Fall gewesen war. Das kalte Meer war eine phantastische Mordwaffe, die sie ganz und gar umgeben würde, rund um die Uhr. Es war eine viel zu perfekte Gelegenheit, um sie sich entgehen zu lassen.

Womit das Mädchen nicht gerechnet hatte, war, daß Natur, Licht, Eis und die Kälte, die Turid Haraldsen umbringen sollten, statt dessen das Todesurteil aufhoben.

Denn als diese an der Wand hinunterglitt, einen dünnen roten Strich hinterließ und sich die Fingerspitzen an einer Rasierklinge zerschnitten hatte, hatte das Mädchen sich alles anders überlegt. Ein alter Eislotse und ein Nebelgürtel um Phippsøya, der sich in den Sonnenstrahlen auflöste, hatten sie dazu gebracht, ganz plötzlich ihre Absicht aufzugeben.

Ich habe sie umgebracht«, wiederholte ich.

Jemand packte mich von hinten an den Schultern. Hart. Es war Oscar.

»Nein«, sagte er. »Ich habe alles gesehen. Du hast sie nicht umgebracht. Du hast sie daran gehindert, die zwei im Bett aufzuschlitzen. Hörst du?«

Ich nickte. Wunderte mich über seine Ruhe. Seine Vernunft. Er hatte recht. Ich hatte es mir ja anders überlegt. Sonja schluchzte. Frikk zog sie aus dem Bett und auf den Flur, weg vom Blut. Ich drängte mich in die Kajüte und fiel neben Turid auf die Knie, betastete ihren Hals, mußte eine Weile nach der Schlagader suchen. Dünne Hautfalten rutschten unter meinen Fingerspitzen weg. Oscar zog von hinten an mir, wollte mich auf die Füße bringen. Ich spürte in der Schlagader einen schwachen Strom von Blut. Noch einmal. Und noch einmal.

»Sie lebt noch«, sagte ich, und Oscar zog nicht mehr. Vorsichtig legte ich sie auf den Boden, zog das Kopfkissen aus dem Bezug und legte ihn ihr unter den Kopf.

»Turid«, flüsterte ich. »Nicht sterben. Bitte, nicht sterben.«

Ich streichelte ihre Wangen. Ihre Augenlider bewegten sich überhaupt nicht. Oscar hatte sich neben mir in die enge Kajüte gequetscht. Im Flur hinter uns hallten die Stimmen wider. Eine Hand reichte mir einen weißen Druckverband und einen orangen Halter mit Leukoplast. Oscar hob ihren Kopf vom Kissenbezug, während ich den Verband anbrachte. Das Pflaster haftete nicht an den vom Blut nassen Haaren, das Gewicht ihres Kopfes sorgte aber dafür, daß es nicht verrutschte. Meine Hände waren rot. Oscar schnitt mehr Pflaster ab und wickelte es um ihre Fingerspitzen.

»Bitte, geh«, sagte ich zu Oscar. »Geh … ich will mit ihr allein sein.«

»Nein«, hörte ich hinter mir Pias Stimme. »Es ist viel besser, wenn ich mich um sie kümmere.«

»Sie hat ein Loch im Kopf ... und das scheint sehr tief zu sein«, sagte Oscar und erhob sich. Ich drehte mich nicht um, konzentrierte mich voll und ganz auf Turid Haraldsens Gesicht, Augenlider und Puls.

Ich hörte Sigmund sagen: »Wir bekommen keinen Funkkontakt, versuchen es aber weiter.«

Plötzlich sah ich eine Bewegung an einem ihrer Augenlider. Die Wimpern zitterten leise.

»Raus!« rief ich, ohne mich umzusehen. »RAUS! MACHT DIE TÜR ZU!«

Ich ging in die Hocke, um in der engen Kajüte mehr Platz zu haben, trat nach hinten aus, konnte die Tür schließen, dann kniete ich mich wieder neben sie.

»Turid!« flüsterte ich. Jemand drückte hinter mir auf die Türklinke, ich trat, traf wieder die Tür. Draußen wurde es still.

»Turid!« wiederholte ich. Ihre Augen öffneten sich ein wenig, zwei kleine Spalten zeigten feuchte Hornhaut. Erst nach einigen Sekunden konnten sie klar fixieren. Die Lippen bewegten sich. »Meine Brille ...«

»Nicht sterben«, flüsterte ich. »Ich wollte doch nicht ... nicht ...«

Sie schluckte trocken. Ihr Kehlkopf erinnerte mich an eine Schlange, die eine ganze Maus verschluckt hat, so daß die Konturen sichtbar werden, der spitze Kopf einer erstickenden Maus.

»Ich habe dich erkannt ... Britta ...«

Ich gab keine Antwort.

Sie schloß die Augen, flüsterte: »Hast du Angst vor mir?«

»Ich bin auf dieses Schiff gekommen, um dich umzubringen«, sagte ich.

Sie verstummte. Ihr Gesicht war so klein. Runzlig. Fremd. Sie trug ein Nachthemd, das am Halsausschnitt mit Schmetterlingen bestickt war. Sie hatte immer schöne Gegenstände besessen, diese Turid Haraldsen. Und schöne Menschen.

»Hast du gehört? Ich wollte dich umbringen ...«

»Blute ich stark? Am Kopf?«

Ich schaute auf das Kissen. Weiße Daunen klebten im Blut.

»Nur ein wenig. Es geht schon.«

»Warum ... bringst du mich ... jetzt nicht um?«

»Weil das alles kaputtmachen würde. Für mich selber.«

»Du kannst mich jetzt umbringen.«

Ihre farblosen Lippen bewegten sich über Zähnen, die gelber waren als die Füllungen dazwischen.

»Ich wußte nicht, daß ... daß du das nicht selber wolltest, Britta ...«

»Ich wollte die Prüfungen bestehen, das war alles. Himmel, du und Fritjof, ihr mußtet doch begreifen, daß ...«

»Daß es dir gefiel ...«

Meine Tränen tropften auf ihr Kinn. Das Blut auf dem Kissenbezug schien einen dunkelroten Heiligenschein zu bilden.

»Ich hasse dich noch immer«, sagte ich. »Aber du sollst nicht sterben. Und ich wollte nicht ...«

»Arme Britta ... du Arme ... ich habe dich nie vergessen, verstehst du ... und sag Frikk, daß ich ... daß er ...«

Plötzlich stand Georg da, zog mich hoch zu sich und aus der Kajüte. Er hielt einen Bratenwender in der Hand, von dem Fett auf den Boden tropfte.

»Nein!« sagte ich. »Ich will ... ich muß ...«

»Genug ist genug«, sagte Georg, »Pia muß jetzt nach ihr sehen.«

Pia quetschte sich an uns vorbei, kniete sich vor Turid hin.

»Sie will Tierärztin werden«, sagte ich. »Das ist nicht dasselbe. Ich hoffe, sie muß nicht sterben. O Himmel, Georg, sie darf nicht ...«

»Aber was hattest du so Geheimnisvolles mir ihr zu besprechen?«

Georg versuchte, mich zur Treppe zu führen, aber ich wollte nicht an Deck. Ich wollte in der Nähe der Kajüte bleiben, um ganz schnell wieder bei ihr sein zu können. Sie lebte. Ich dachte: Ich werde ihr schon begreiflich machen, daß ...

Georg sagte: »Setz dich hierher.«

Ich spürte den Klavierdeckel unter dem Hintern. Glatt und kalt. Ich setzte mich vorsichtig und hielt mich auf beiden Seiten der Oberschenkel mit den Händen fest. Fingerspitzen auf poliertem

Holz. Das Klavier war an der Wand befestigt. Es hing fest. Und ich auch. Nichts würde fallen, umkippen. Alles würde gut werden.

Georg streichelte meine Haare und meine Wange.

Pia kam aus der Kajüte. Sie hatte keine Eile, sie blieb mit der Hand auf der Klinke stehen. Sie trug weiße Turnschuhe. Ein Schnürsenkel hatte sich geöffnet.

Ich ließ das Klavier nicht los. Nicht sofort. Erst, als ich den Kopf hob und Pias Blick begegnete. Langsam ließ ich meinen Blick zu Georgs Gesicht wandern, über seinen Pullover, seine Hose, zu der Hand, die einen vor Butter glänzenden Bratenwender hielt.

»Ich muß kotzen«, sagte ich. Er bugsierte mich durch den Flur zum Klo, vorbei an vielen Menschen, und stand in der Tür, während ich mich erbrach. Oscar kam zu uns.

»Sie ist tot«, sagte ich zu Oscar und kotzte noch einmal. Sie redeten und redeten auf mich ein, aber ich konnte kein Wort mehr verstehen. Und hinter ihnen brodelten andere Stimmen, andere Sprachen. Georg holte ein Handtuch, machte einen Zipfel mit kaltem Wasser naß. Er kniete neben dem Klo und wusch mir das Gesicht.

»Jetzt sei mal ganz ruhig. Denk an gar nichts. Eins nach dem anderen. Einfach nur ruhig atmen. So, ja.«

»Georg, ich …«

»Ruhig atmen. Ich bin hier. Ich bin hier bei dir. Ich gehe nicht weg. Eins nach dem anderen.«

Jetzt verstand ich alles, was er sagte.

»Nimm mich in den Arm.«

Das tat er. Ich weinte, bis mir der Gestank auffiel, in dem wir beide saßen. »Ich muß hier raus.«

»Du klapperst mit den Zähnen, arme Kleine.«

Georg zog mich mit sich. Er hielt meine Hand ganz fest und ließ sie nicht los. Der Bratenwender blieb auf dem Kloboden liegen.

Pia hockte wieder neben Turid, machte sich an ihr zu schaffen, an ihrem Hals, horchte an ihrem Herzen. Per klebte neue Pflaster auf ihre Fingerspitzen. Es kam mir seltsam vor, jetzt, wo das Herz kein Blut mehr durch ihren Körper pumpte. Ich sah, daß die Bettdecke an mehreren Stellen zerschnitten war, lange scharfe Schnitte, aus denen die Daunen quollen. Blutspuren. Auch am Bullauge sah ich Blutspuren. Georg zog mich weiter, die Treppe hoch, in die Kombüse, auf einen Hocker in der Ecke. »Setz dich. Ganz ruhig.«

Er rannte in die Messe, aus der ich Stimmengewirr hörte. Kam zurück. Entdeckte meine blutigen Hände, zog mich vom Hocker, spülte sie unter dem Wasserhahn ab, trocknete sie mit Papier. Dann drückte er mir ein Bier in die linke und einen Cognac in die rechte Hand. Zog hinter sich die Kombüsentür zu und sagte: »Trink!«

Ich leerte den Cognac in einem langen, brennenden Schluck, das Bier kühlte dann alles ab, ich weinte nicht mehr. Georg hatte selber auch ein Bier in der Hand.

»Wir gehen zu den anderen«, sagte ich.

»Bist du sicher? Daß du nicht zusammenbrichst oder so? Ich mach mir solche Sorgen um dich. Als ich den Lärm gehört und gesehen habe, was passiert war, da mußte ich an dich denken, und nicht an Turid …«

Und ich sah plötzlich ein, daß es müde machen kann, stark und fest zu sein. Ich erhob mich und nahm ihn in den Arm. »Das geht schon gut, ich bin hier. Ich bin auch hier, Georg. Ganz quicklebendig … glaube ich.«

In der Messe wurde alles genau durchgesprochen. Simultanübersetzung zog alle mit hinein. Die Kühlschranktür wurde immer wieder geöffnet, der Flaschenöffner hatte an seiner Schnur kaum eine ruhige Sekunde. Georg holte meine Kleider. In dramatischen Situationen wird vieles unwichtig. Niemand reagierte darauf, daß ich in Unterhose und T-Shirt vor ihnen stand. Einige andere waren ebenso leicht bekleidet wie ich, sie hatten geschlafen. Per zog einen Stapel grauer Schiffsdecken aus einer Sitzbank und verteilte sie. Auf einem Tisch lagen viele weiße Servietten, um die Tränen aufzufangen. Sigmund ging zu Frikk und wollte ihn trösten.

»Keine Panik, sie war gar nicht meine Mutter«, sagte Frikk. Diese Aussage wurde ins Japanische, Französische und Englische übersetzt, während Sonja seine Wange streichelte, nicht überrascht, schon informiert über die Lügenwelt ihres Liebsten. Frikk fing meinen Blick auf, ich erwiderte ihn ruhig, gespannt darauf, was er noch sagen würde.

»Sie war nicht deine Mutter?« Sigmund staunte.

»Ich war ihr Liebhaber, gegen Bezahlung. Die Bezahlung war diese Reise.«

Wieder wurde übersetzt.

»O verdammt«, sagte Georg. Das wurde nicht übersetzt.

»Wie alt bist du?« fragte Sigmund.

»Achtzehn.«

Sigmund blickte Oscar fragend an, aber da alle anderen Frikk und Sonja anstarrten, fiel nur mir auf, daß Oscar unmerklich den Kopf schüttelte. Oscar und Sigmund. Irgendwas lief zwischen denen ab.

Sigmund konzentrierte sich nun wieder auf Frikk, setzte sich zu ihm: »Meinst du, du brauchst irgendwelche Hilfe?«

»Ich will nicht umkehren«, sagte Frikk. »Das haben wir doch abgemacht, nicht wahr? Turid war auch einverstanden.«

Sigmund blickte wieder Oscar an und sagte: »Nein, wir sind in jeder Richtung von Longyearbyen gleich weit entfernt. Ich habe den Notsender auch nicht benutzt, wollte es erst per Funk versuchen. Und jetzt, wo sie tot ist, kann ich den Notsender nicht aktivieren. Es ist kein ausreichender Notfall mehr ... kann man sagen ...«

»Ich wollte ihren Tod doch nicht«, sagte Frikk. »Aber die Frau war krank. Und ich brauche euch nicht leidzutun. Macht euch da keine Sorgen. Für Bea ist es schlimmer.«

Aller Blicke wandten sich in meine Richtung. Georg drückte meine Hand. Sigmund sagte: »Viele haben gesehen, was passiert ist. Bea muß der Regierungsbevollmächtigten einen Bericht ablegen. Aber ansonsten ... was ist mit dir, Sonja? Wie fühlst du dich?«

»Wie schrecklich, sich Liebe kaufen zu müssen«, sagte Sonja.

»Liebe? Wer redet denn von Liebe, verdammt? Sie war eine Hexe«, sagte Frikk.

Das Wort Hexe wurde übersetzt, und gemischte Reaktionen

waren in der Messe zu beobachten, als ein Mensch, der immerhin tot unter Deck lag, so beschrieben wurde.

»Aber du bist doch zusammen mit ihr hergekommen? Freiwillig? Vielleicht solltest du doch mit jemandem sprechen«, sagte Sigmund. »Du scheinst die Lage doch nicht so ganz im Griff zu haben. Die Reaktion kann sich noch einstellen. Auch bei Bea.«

»Dann kann ich doch mit Bea reden«, sagte Frikk.

Ich nahm mir noch einen Cognac, kippte ihn in aller Eile und ging mit Frikk in die Kombüse.

Wir setzten uns nebeneinander auf die Anrichte. Ich hatte ein neues Bier und ließ die eiskalte Flasche in meinen Händen rollen. Der plötzliche Rausch erschwerte das Sprechen, aber ich war mit meiner Stimme zufrieden, sie hörte sich ganz normal an.

Frikks Geschichte war anders als meine. Er war Mann, und Turid war Frau. Es hatte keine Perversitäten gegeben, seit Fritjof nicht mehr mit im Spiel war. Während der letzten dreizehn Jahre hatte sie sich Jungen als Geliebte genommen. Frikk glaubte, im letzten Schuljahr der einzige gewesen zu sein. Und seine Psyche war davon so wenig zerstört worden, daß er sich diese Svalbard-Reise gern »erkauft« hatte, obwohl er sein Zeugnis schon hatte. Ich ging nicht weiter auf meine eigene Geschichte ein, sagte ihm nur, daß ich auf Wunsch Turids eine kurze Beziehung zu Fritjof gehabt hatte. Aber das begriff er nicht.

»Sie wollte zuschauen«, sagte ich.

»Ach so.«

»Ja, so.«

»Aber daß du auch ... aber ich habe gemerkt, daß du es wußtest. Du hast Dinge gesagt ...«

»Ja«, sagte ich. »Aber es geht nicht, davon zu erzählen. Denk an all die anderen, die dasselbe durchgemacht haben. Zeugnisse, die nichts wert sind ...«

»Hast du ... es vergessen können?«

»Ja, kein Problem. Und du hast Sonja.«

»Ich weiß nicht, ob Sonja ... es hat sich einfach so ergeben. Wenn sie mir in Oslo begegnet wäre, hätte ich nicht zweimal hingeschaut.

Sie ist nicht mein Typ. Aber dann hatte ich plötzlich so schreckliche Lust, der alten Kuh eins auszuwischen. Verdammt …«

»Sei lieb zu Sonja. Laß sie nicht merken, daß du sie nur benutzt hast. Sonst bist du auch nicht besser als Turid. Sei lieb zu ihr.«

»Sonja ist toll. Wir sind gern zusammen. Hier zu sein … diese Reise … die hat alles für mich verändert. Jetzt bin ich ganz sicher, daß ich hier arbeiten will … mit der Natur, Tieren, Vögeln, allem … ich hab so verdammte Angst, daß alles zerstört wird. Vermarktet. Daß es verschwindet.«

»Du kriegst die Sache gut in den Griff, Frikk. Das kann ich hören.«

Er lächelte mich an.

»Du bist verdammt in Ordnung, Bea. Aber … was hast du gedacht, als du uns gesehen hast? Als dir aufgegangen ist, daß wir dieselbe Reise machen würden?«

»Es war fast ein Schock. Die Welt ist klein, dachte ich. Aber sie hat mich nicht erkannt. Es ist viele … viele Jahre her, weißt du.«

»Verdammt, ich kann mir vorstellen, daß das ein Schock war. Du hattest keine Lust, sie ins Meer zu schubsen?«

Er lachte kurz.

»Nein«, ich lächelte. »Das ist nicht mein Stil. Und alles ist doch schon so lange her.«

»Aber jetzt ist sie tot«, sagte Frikk. »Komisch.«

»Ja, seltsam. Sehr seltsam.«

»Es war nicht deine Schuld. Du hast mich und Sonja gerettet, so mußt du das sehen. Die Frau war verrückt … die aufgerissenen Augen und die Brillengläser, die genau die Form der Augen hatten … du hättest ihr Gesicht sehen sollen!«

»Ich habe Hunger«, sagte ich. »Laß uns mit den anderen nicht darüber reden.«

Alle zogen sich an, aber ich ging nicht unter Deck. Ich aß ein Marmeladenbrot und sagte kein Wort. Izu kam und nahm mich in den Arm. »Nicht deine Schuld«, sagte sie. »Das wissen alle.«

Dana lächelte mich tröstend an. Sie hätte nur wissen sollen, was Georg und ich angestellt hatten, während sie schlief. Daß sich nicht nur ein toter Mensch an Bord befand, sondern auch zwei tote Seehunde.

Nach dem Essen ging ich an Deck und rauchte eine Zigarette. Ola räumte gerade die Rettungsanzüge aus einem der weißen Kästen, die ganz vorn am Bug standen. Die Anzüge lagen wie kopflose Leichen in grellen Farben aufeinander.

»Soll sie in der Kiste liegen?« fragte ich.

»Sigmund hält das für das Beste. Da ist es kalt genug.«

Ich nickte, inhalierte Nikotin. Nicht denken, hatte Georg gesagt. Eins nach dem anderen. Die Eissturmvögel waren aufgewacht. Wuschen sich die Federn und schrien sich im Wasser und auf den Eisschollen an. Der Berg lag wartend da, das Licht hatte sich geändert und verpaßte ihm ein dunkleres Braun. Der Zodiac hätte an Bord geholt werden müssen, obwohl er bald wieder benutzt werden sollte. Eine Eisscholle kratzte am Gummi. Ich wollte nicht mit auf den Berg. Die Möwen sollten beim Brüten Ruhe vor mir haben. Samuel hatte sie im Vogelbuch nachgeschlagen und nannte sie »ivory gull«, Elfenbeinmöwe. Das Bild zeigte einen glänzenden weißen Vogel. Klein und unschuldsrein. Aber ich wollte schlafen. Auf der Ewa schlafen, wenn alle an Land waren. Wollte vorerst nicht mehr trinken. Ich wollte träumen und erkunden, wie es dort aussah, wo die Träume erschaffen wurden. Ich fand es schön, daß sie hier draußen liegen sollte. An der frischen Luft. Es wäre schlimmer gewesen, wenn ihre Kajüte einfach abgeschlossen worden wäre.

Jean und Philippe trugen jetzt die Schwimmwesten nach achtern in den Plastikraum. Die anderen wollten an Land. Wir könnten später am Tag Feuer im Ofen machen. Ein oder zwei Pfadfinderlieder singen. Philippe sagte, mit vielen ungefügen orangen Westen im Arm: »Du bist ein guter Mensch, Bea. Vergiß das nicht. Auch, wenn du eine scharfe Zunge hast.«

»Eine scharfe Zunge? Vielleicht ist die zu scharf.«

»Nein. Du bist du. So einfach ist das.«

Daraufhin ging ich unter Deck.

Sigmund und Oscar wickelten sie gerade in einen Bettbezug, bemerkten mich nicht, knieten vor ihr und kehrten mir den Rücken zu. Sigmund hob ihre Füße, Oscar hielt den Bettbezug. Ihre Knie hatten trockene, querlaufende Falten.

»Der Bettbezug ist nicht lang genug«, murmelte Oscar. »Wir brauchen noch einen.«

»Insgesamt vier«, sagte Sigmund.

Ihr Gesicht war jetzt glatter. Das Pflaster an ihren Fingern war vom Blut durchtränkt. Die Schwerkraft schickt die Kräfte zum Erdinneren hin, wenn das Herz zu schlagen aufhört.

»Vergeßt ihre Brille nicht«, sagte ich.

»Was?« Oscar fuhr herum und glotzte aus Hundehöhe zu mir hoch. »Du bist hier?«

»Vergeßt ihre Brille nicht.«

Dann ging ich wieder nach oben.

Schon nach einer halben Zigarette brachten sie sie. Georg hatte den Arm um mich gelegt.

»Ist es wirklich so schlau, daß du …«

»Mir geht's gut.«

Sie war eine weiße, mit Schnüren umwickelte Stoffwurst, die sehr gut in die Kiste paßte. Sigmund klappte den Deckel zu, zog zwei Hängeschlösser aus der Tasche und befestigte sie an Haken, die bei den Kisten, die Rettungsanzüge enthielten, nicht benutzt wurden. Dann zogen sie die Kiste über das Deck und ließen sie vor der Tür zum Maschinenraum stehen. Dort war sie außer Sichtweite, und nur Ola und Bjørn kamen in ihre Nähe. Turid sollte in einer Kiste liegen, die vorher einen Schutz gegen das Wasser enthalten hatte, in dem sie eigentlich sterben sollte. Frikk hielt Sonjas Hand, beide trugen rote Handschuhe. Sigmund und Oscar kamen zu uns zurück. »Da liegt sie nun«, sagte Sigmund. »Mehr können wir nicht tun. Wir schaffen das schon. Es war ein Unfall. Wir fahren weiter. Es hat doch keinen Sinn, daß wir … ich meine … niemand von uns hat besonders an ihr gehangen. Und wo nicht einmal Frikk …«

Oscar schaltete sich ein. Er und Sigmund handelten plötzlich gemeinsam. Ich erinnerte mich an ihren Blickwechsel.

»Obwohl sich das ein bißchen eiskalt anhört, ist die Sache für

208

uns jetzt beendet«, sagte Oscar. »Wir nehmen sie wieder auf, wenn wir in Longyear sind und mit dem Büro der Regierungsbevollmächtigten sprechen müssen.«

»Als ob nichts passiert sei?« fragte ich. Georg drückte meine Schulter härter. Oscar blickte mir ernst ins Gesicht und antwortete: »Ja, Bea. Als ob nichts passiert sei. Schaffst du das?«

»Sicher.«

»Ich muß mir jetzt mal diesen Vogel ansehen«, sagte Samuel leise. »Die Elfenbeinmöwe. Nach allem, was passiert ist, kann nur noch die Elfenbeinmöwe meine Gedanken auf die richtige Spur lenken.«

»Gute Fahrt«, sagte ich.

»Kommst du nicht mit?«

»Ich muß schlafen.«

Er nahm meine Hände und blickte mir freundlich ins Gesicht: »Du fühlst dich doch jetzt hoffentlich nicht schuldig?«

»Mir geht's gut«, antwortete ich, und ich hatte es plötzlich satt, dermaßen heftig getröstet zu werden, weil ich einer Frau ein Loch in den Kopf verpaßt hatte, die ich ursprünglich mit kaltem Blut und kaltem Wasser hatte umbringen wollen. »Grüß die Möwen von mir.«

»Ich muß auch schlafen«, sagte Georg zu Per. »Ich komme nicht mit. Mit Sigmund seid ihr zu dritt gegen den Teddy, und das reicht ja wohl. Hast du Bärenschuß? Ich kann dir welchen geben, wenn du nicht …«

»Ich habe genug.«

Nuno und Sao saßen im Salon und glotzten ratlos aus dem Bullauge zum Strand hinüber. Izu war mit den anderen an Land gegangen, was den Wünschen von Anwalt und Manager nun überhaupt nicht entsprochen hatte.

»Warum kommt ihr nicht mit?« fragte ich.

»Wir mögen keine Eisbären.«

»Aber die mögen euch!« antwortete ich aufmunternd und überließ sie ihrer Glotzerei. Der Strand war zu weit entfernt, und deshalb konnten sie nicht sehen, ob gerade in dieser Sekunde ein Teddy einer kleinen Japanerin die Textilien vom Leib schälte.

»Keine Panik«, sagte ich.

Sie nickten zögernd und musterten mich forschend.

»Alles in Ordnung mit dir?« fragte der eine.

»Aber sicher«, antwortete ich. »Es war ein Unfall. Das sagen alle.«

Georg kam und schloß hinter sich die Tür zum Deck.

»Wolltest du nicht ins Bett?«

»Doch. Aber ich muß schlafen, Georg. Allein.«

»Ich auch. Das ist ein bißchen eng.«

»Ich komme zu dir, wenn ich es nicht schaffe, aber ich muß es versuchen.«

Das Wasser war nicht tief und der Sund nicht breit genug. Der Bug lag zu tief. Es gab zuviel Eis im Wasser, und deshalb konnte ich nicht allein manövrieren. Das Boot war zu schwer durch die Leiche im Kasten.

Ich zog mich an und ging zu Georgs Kajüte. Er schlief schon, hatte einen Arm übers Gesicht gelegt. Sein Schnurrbart lugte unter möwenweißer Unterarmhaut hervor. Ich wäre so froh gewesen, wenn ich ihm nichts erzählen müßte, wenn ich allein hätte schlafen können. Ich setzte mich auf die Bettkante und streichelte seinen Arm, küßte ihn ein bißchen. Sein Schnurrbart wurde breiter, mußte sich der Oberlippe anpassen, die sich zu einem schläfrigen Lächeln verzog.

»Ich stehe auf«, flüsterte ich. »Schlaf du nur. Ich halte derweil Ausschau nach Eisbergen.«

Was, wenn ich nun zu Georg sagte, daß ich vor einigen Tagen gesehen hätte, wie Turid Frikk küßte, und daß in diesem Kuß alles andere als normale Mutterliebe gelegen hatte? Ich hätte Argwohn geschöpft. Aus dem eisigen Wasser Argwohn geschöpft, gewissermaßen, und deshalb hätte ich Sonja gewarnt. Frikk dagegen sei dann aufgegangen, daß ich diesen Kuß beobachtet hatte. Deshalb habe er in der Kombüse mit mir reden wollen. Und als ich mich in Turids Kajüte eingeschlossen hatte, hätte ich eine Art Verzeihung erringen wollen, weil ich sie gegen das Bullauge geschleudert hatte.

Ich befühlte diese Geschichte und drehte sie in Gedanken hin und her.

Ich hatte Georg schlafen lassen, ich wußte ja, wie müde er war. Wenn wir wieder ablegten, würde er auf die Brücke müssen. Die Japaner hatten sich angezogen, standen an Deck und warteten, als ich zum Rauchen nach oben kam. Jeder hielt ein Fernglas in der Hand und spähte zum Land hinüber, wie winzige Menschen hin und her eilten, Farbtupfer vor nacktem Fels und Treibholz. Die Farben verrieten, daß sie ihre Schwimmwesten trugen und bald zurückkehren würden. Ich versuchte, für Nuno und Sao einen Witz über die vielen bunten Eier zu reißen, aber sie kapierten nichts davon.

»Ihr seid schlimmer als die Finnen«, sagte ich auf norwegisch. »Finnen können wenigstens ein wenig Schwedisch. Zwei Prozent von denen können das auf jeden Fall.«

Ich warf die Zigarette ins Wasser. In der Kombüse fand ich ein Plastiktablett, das ich mit einer weißen Serviette und Cognacgläsern deckte. Wie viele brauchte ich? Ich rechnete schnell. Zwanzig minus Turid, machte neunzehn. Minus Georg, mir und den Japanern. Fünfzehn würden gleich an Bord kommen. Fünfzehn Gläser auf das Tablett. Ich füllte sie mit Cognac, tilgte alle Guthabenstriche und mußte dazu noch einige neue Striche in mein Schuldenkonto eintragen.

»Willkommen an Bord!«

»Du meine Güte!« Samuel grinste und nahm sich ein Glas. Ich fror an allen Fingern. Es war unmöglich, das Tablett mit Handschuhen zu halten.

»Wie nett!« rief Dana und riß sich die Schwimmweste vom Leib, ehe sie sich ein Glas schnappte. Einer nach dem anderen kam die Leiter heraufgeklettert und entdeckte den Willkommenscognac. Izu wurde von Nuno und Sao über die Reling gezerrt. Sie zogen ihre Weste aus und redeten wild durcheinander auf japanisch auf sie ein. Izu nickte und schüttelte dann wieder den Kopf, sie hatte knallrote Wangen und gluckste vor Lachen.

»Ein Cognac gefällig?« bot ich ihr an.

»Oh, herrlich. Tausend Dank.«

Per nickte anerkennend. »Gute Idee.«

»Können wir im Plastikraum Feuer im Ofen machen?« fragte ich. »Und ein paar Pfadfinderlieder singen?«

»Ich weiß keine, du vielleicht?«

»War nie bei den Pfadfindern, war überhaupt nie irgendwo Mitglied, abgesehen vom Norwegischen Graphikerverband. Und da wird nur wenig gesungen. Ein Kirchenlied vielleicht? Macht hoch die Tür, die Tor macht weit?«

»Mach du nur Feuer, dann fällt dir schon was ein. Gut zu sehen, daß du auf den Beinen bist und Cognac in der Hand hast, so ganz ohne Zusammenbruch oder so.«

»Zusammenbruch? Ich? Dazu bin ich nicht der Typ.«

»Wir haben Elfenbeinmöwen gesehen«, sagte Jean und griff zu. »Ich habe viele Fotos gemacht.«

»Prost!« sagte ich.

»Das war wirklich unglaublich. Was für eine Aussicht!« seufzte Samuel. »Weißt du … ich bin ja viel in der Welt herumgekommen, aber das hier übertrifft wirklich alles.«

»Und ihr habt keine Bären gesehen?« fragte ich Oscar.

Er schüttelte den Kopf.

»Nur einen toten. Sam und ich haben den vom Berggipfel her gesehen, fast unten am Strand auf der anderen Seite. Ein anderer Bär schien ihn gefressen zu haben – zumindest den Kopf.«

»Echt?« fragte ich. »Meine Güte, die Natur kann wirklich brutal sein.«

Pia band die Westen an den Haken fest, während ich Feuer machte. Mein Kamin zu Hause lief den ganzen Winter über auf Hochtouren, mit Feuermachen kannte ich mich also aus. Rinde und Papier, guter Luftzug. Tür angelehnt lassen, die Flammen hüten, bis sie reif für ein richtiges Stück Holz waren. Ich hatte mir einen Cognac geholt, stellte den auf den Boden und zog einen Gartenstuhl an den Ofen.

»Das geht schon«, sagte Pia. »Wir denken nicht mehr daran. Wie ist es mit dir?«

212

»Himmel, ja. Zieh bitte den Reißverschluß in der Plane wieder hoch, damit die Wärme nicht verfliegt.«

Eine Weile durfte ich noch allein dort sitzen, während sich die anderen unter Deck umzogen. Ich grübelte über meine halbe Wahrheit nach und dachte an den Champagner, den ich im Glaspalast von Longyear gekauft hatte. Den hatte ich nach Turids Tod genießen wollen. Meine gelbe Witwe. Meine giftgelbe Witwe.

Der Bauch der Ewa fing hungrig an zu grummeln, Treibstoff zu schlucken. Ich hörte, wie vorn am Bug der Anker hochging. Die Vibrationen waren hier, achtern an Deck, noch zu spüren, vierzig Meter weit davon entfernt. Wir waren in Bewegung, auf dem Weg nach Südosten, mit Storøya als Ziel. Es war Samstag.

Als der Ofen allein fertig wurde, ging ich zu Georg auf die Brücke. Er trug einen weißen Seemannspullover und stand rauchend am Fenster, während er auf dem Radarschirm die Eisverhältnisse überprüfte.

»Was hast du gemacht?«

»Cognac serviert. Im Ofen auf dem Achterdeck Feuer gemacht, im Plastikraum.«

»Plastikraum?«

»So nenne ich den. Schade, daß du hier stehen mußt.«

Er hustete. Hart.

»Himmel, Georg, du darfst dieses Zeug nicht mehr rauchen. Das ist Dynamit! Du kriegst Lungenkrebs!«

»Dann krieg ich eben Lungenkrebs. Ist doch kein Grund, so rumzunerven. Wie geht es dir denn?«

»Sehr gut. Und jetzt geh ich einen Rémy Martin trinken.«

Mit Ausnahme von Bjørn und Ola saßen alle achtern. Bjørn war im Maschinenraum, und Ola mußte Schlaf bunkern, ehe er den nächsten Törn übernahm.

Oscar fütterte den Ofen und schenkte neuen Cognac ein, er hatte die Flasche von der Wand abmontiert. Auf dem Boden standen Kaffeetassen und eine Schüssel mit den Resten des Ausflugsproviantes. Plattgedrückte Zimtwecken. Es gab nicht genug Stühle, viele standen seit der Sonnenbaderei nach dem Sturm noch immer an Deck. Ich band zwei Schwimmwesten los und setzte mich darauf.

»Laßt uns doch was singen«, sagte ich. Oscar meinte, etliche Lieder seien fast schon universell. Lili Marleen, zum Beispiel. Oder Frère Jacques.

Philippe stimmte an: »Frère Jacques, Frère Jacques, dormez-vous, dormez-vous ...«

Wir anderen stimmten ein, auf norwegisch, französisch und englisch. Wir sangen lange. Die Japaner kannten dieses Lied nicht, aber Izu sang dann ein Solo, das, wie sie erklärte, von einer Lotosblüte handelte. Beim Singen benutzte sie Hände und Oberkörper, um zu beschreiben, wie klein die Blume war und daß sie selbst dann noch zu blühen wagte, wenn der Sturm drohte. Nuno und Sao starrten sie dabei an, stolz und ernst. Wir applaudierten, als sie fertig war, und sie erhob sich und verbeugte sich tief, ehe sie uns zuprostete. Der Ofen glühte. Dana befühlte ihre Oberschenkelmuskulatur und erzählte uns, wie erschöpft sie doch sei.

»Ich bin nicht gerade ans Bergsteigen gewöhnt.«

»Was machst du eigentlich ... so im normalen Leben?« fragte Samuel.

Dana besaß in Rom eine Modellagentur, hatte aber keine große Lust, darüber zu reden. Niemand bedrängte sie. Was wir sonst so machten, welche Berufe uns zu Hause erwarteten, war nicht mehr besonders interessant. Wir befanden uns in einem zeitlichen Vakuum und ließen Georg und die Ewa für uns das Polarmeer durchpflügen. Sogar Sigmund ließ sich sein Glas gern wieder füllen.

»Sam«, sagte Oscar plötzlich. »So kannst du nicht heißen, ohne das Lied aus Casablanca zu können.«

Samuel lachte leise. »Nicht doch«, sagte er und fing an, die Melodie zu summen.

»*Sing* it, Sam«, sagte ich.

Er kannte den ganzen Text. Und hatte eine gute Singstimme. Es wurde ganz still, nur der Ofen leckte schmatzend an den Holzscheiten, und die Ewa arbeitete.

»*You must remember this ... a kiss is just a kiss ... a sigh is just a sigh ... the fundamental things apply ... as time goes by ...*«

Ich lehnte mich an die Reling und schloß die Augen.

»... the world will always welcome lovers ... as time goes by«, schloß Sam.

Ich würde Georg wohl alles erzählen müssen.

»Ihr habt sicher gehört«, sagte Oscar, »daß man niemals den Menschen heiraten soll, mit dem man zum ersten Mal Casablanca gesehen hat?«

»Ich habe das allein gesehen«, sagte ich. »Zu Hause. Im Fernsehen.«

Er konnte die große schwere Ewa durch einen nur vier Meter tiefen Sund lotsen.

Und jetzt heulte sie auf. Drei kurze Stöße.

Sigmund sprang auf und warf in der Eile eine Kaffeetasse um.

Finnwale. Fünf Finnwale folgten dem Boot. Dana war so aufgeregt, daß sie fast über die Reling gefallen wäre. Sie hatte sicher ihre Modellagentur mit Bildern von aus dem Wasser aufragenden Schwanzflossen dekoriert.

»Verdammt, die sind ja vielleicht riesig«, rief Oscar.

»Für Wale sind die winzig«, sagte Stian erfahren, er hatte schon öfter welche gesehen.

Sie schwammen backbord in Formation. Ihre Rücken wuchsen aus dem Polarmeer, komisch weit hinten hatten sie eine haiartige Flosse. Sie bliesen mit einem Zischgeräusch das Wasser hoch, dann erweiterten sich die nassen Luftlöcher, tankten neue Luft, und der Walrücken verschwand wieder in der Tiefe. Georg hing auf der Brücke aus dem Fenster und war der Experte. Hatte zwei von dieser Sorte harpuniert. Ich war froh, daß er Norwegisch sprach.

»Walsteak in Sahnesoße ... was sagst du, Per ... sollen wir versuchen, einen davon an Bord zu hieven? Wir könnten die Italienerin als Köder nehmen!« johlte er und fuchtelte mit der Kippe.

»Wie lang sind die?« rief ich nach oben.

»Höchstens zehn Meter. Nicht besonders groß ... aber die Jungs haben Muskeln!«

Wir konnten bei einem den weißen, geriffelten Bauch sehen. Da schwammen sie nun von Meer zu Meer, fraßen winzige Teilchen, säugten ihre Jungen wie die Menschen und sangen sich in Hochfrequenztönen etwas vor. Wie sie wohl die Welt sahen? Die, die es hier oben gab, in der Luft, die sie brauchten, in der sie aber nicht auf Dauer leben konnten? Ihre Welt war größer als meine, denn auf der Erde gibt es mehr Wasser als Land. Philippe und die Japaner fotografierten ununterbrochen.

Aber plötzlich war die Wasseroberfläche wieder schwarz und still und voller Treibeis. Ein leichter Wind wehte. Ich warf meine Zigarette den Walen hinterher und ging auf die Brücke.

Georg schloß gerade das Fenster.

»Wer hat deinen Pullover gestrickt?« fragte ich.

»Eine Eule in einer Fabrik.« Er lachte.

»Du hast ihn also gekauft?«

»Für den Georg darf keine einen Pullover stricken. Das gibt bloß Ärger. Ich hab's ausprobiert. Dann muß ich in alle Ewigkeit dankbar sein, und schon hänge ich fest. Bloß Ärger …«

»Du bist schlimmer als ich, Mann.«

»So wird's wohl sein. Ich bleib nicht gern an Eulen hängen. Aber jetzt sieh mich doch an …«

Er fixierte mich mit seinem Blick. »Jetzt sitze ich fest wie eine Schnute in einem Schleppnetz …«

Ich trat dicht an den Pullover heran und summte leise. *»You must remember this … a kiss is just a kiss … a sigh is just a sigh … the fundamental things apply … as time goes by …«*

»Casablanca. An den kann ich mich gut erinnern.«

»Mit wem hast du ihn zusammen gesehen?« fragte ich.

»Mit meiner Alten.«

»Der mit der unbefleckten Empfängnis?«

Oscar hatte recht.

»Ja. Sie hat geheult wie bescheuert. Ich wußte einfach nicht, was ich machen sollte.«

Ich prustete los.

»Wie gut, daß du wieder gackern kannst.«

»Ach, Georg!«

»Vorsichtig, Frau! Sonst geht das Nordkap wieder zu Boden!«

Lena und Stian hatten Bacalao gekocht. Die Japaner kippten

sich Sojasoße über ihre Teller. Sigmund schlief. Lena brachte Georg etwas zu essen.

Die anderen hatten nicht das Bedürfnis, über Turid zu sprechen. Möwen, Bergtour, Finnwale und Casablanca hatten die Luft gereinigt, und die weiße Kiste ließ sich leicht übersehen, es gab schließlich mehrere von der Sorte, sie waren seit Beginn der Reise an Bord. Ich griff nach meiner Daunenjacke und ging nach draußen, um vor dem Nachtisch eine zu rauchen. Der Wind war etwas stärker geworden. Ich rieb die Finger in der Luft aneinander und fand, er sei ziemlich »trocken.« Der Wind erklärte, warum nirgendwo ein Seehund zu sehen war. Sie blieben im Wasser, mochten keinen Wind. Ich hatte allerlei über die polare Natur gelernt ... Von nun an würde ich als Expertin gelten, wenn es darum ging, die Problematik der Seehundsjagd, die Fischwilderei in der Schutzzone und die Auseinandersetzungen im Schlupfloch zu illustrieren. Ich wußte, welche Geräusche die Finnwale machten. Und das Seltsame ist, dachte ich, daß ich mir schon vorher eingebildet hatte, das alles zu wissen. Daß ich gedacht hatte, meine kleinen Wissenslücken ließen sich rasch mit einem gefaxten Foto, einem Filmausschnitt, einem Abschnitt in einem Lexikon oder einem Abstecher ins Internet füllen.

Wir hatten steuerbord Land, backbord offenes Meer. Tiefstehende Sonne tauchte das Treibeis in rosa und türkise Pastelltöne, das Licht verschleierte sich, je näher es der Wasseroberfläche kam. Ein kleiner Flug wäre jetzt witzig gewesen, ich hätte die Welt von oben gesehen, hätte gewußt, wie es ist, unter arktischen Bedingungen zu fliegen. Ich ahnte schon, daß es Probleme mit den Vergasern geben würde und daß der Gyro abweichen würde, wie Georg es erwähnt hatte. Ganz zu schweigen von der Nebelbildung, wenn das Wasser eiskalt war und die Sonne das Land erwärmte und diese Luft sich nachts mischte. Und es war wirklich ein Unfall gewesen. Ich hatte sie nicht umbringen wollen.

Ich warf meine Kippe ins Wasser und zog die Kapuze an, dann ging ich breitbeinig zum Bug. Schöne Aussicht, dachte ich, das sind zwei leere Worte. Ich hatte die Fähigkeit eingebüßt, Schönheit zu messen. Um mich herum sah ich ein Panorama, das mit keinem Instrument zu fassen war, nicht einmal auf einer Skala zwischen Sonnenuntergang über der Wüste Gobi und Regenbogen über den Niagarafällen. Das hier gab es nur hier und sonst nirgends. Und es gab es in mir, denn ich stand hier und war ein Teil davon, ein Teil dieses Lichts, das ich so gern in Ölfarben gemalt hätte und nicht mit schwarzem Filzstift.

Ich drehte mich um. Winsch und Zodiac versperrten mir den Blick in die Brückenfenster, in denen sich überdies das Treibeis spiegelte. Und doch konnte ich Georg sehen. Sein Pullover leuchtete weiß. Er stand still da, hatte die Hände in die Taschen gesteckt und blickte in meine Richtung, fünfzehn Meter von mir entfernt. Ich konnte sehen, daß er nicht lächelte und daß er auch keinen bissigen Kommentar auf Lager hatte. Er sah mich an. Dachte an mich. An uns. An die Zeit. An eine Schiffsreise, die in einigen Tagen in Longyear enden würde. Lupus hatte mich als Arsch bezeichnet und recht gehabt. Aber Ärsche werden in Ruhe gelassen. Niemand bohrt und will wissen, wie sie zum Arsch geworden sind. Es ist friedlich und angenehm, ein Arsch zu sein. Niemand interessiert es, ob sie ruhig schlafen können.

Ich erwiderte Georgs Blick, hielt ihn fest und wußte mit hundertprozentiger Sicherheit, daß ich kein Arsch war, als ich hier breitbeinig, mit dem Rücken zur Fahrtrichtung, am Bug der Ewa stand.

In der Messe war Film angesagt. Nach dem Dessert gab es Kaffee. Sie hatten über die vorhandenen Filme abgestimmt und sich für »Jenseits von Afrika« entschieden. Cliffhanger mit Stallone war auch im Angebot. Aber es hatte wirklich keinen Sinn, ins Polarmeer zu reisen und sich anzusehen, wie Sylvester sich die Eier abfriert, über Kälte wußten wir nun wirklich Bescheid. Nein. Savanne sollte es sein. Elefanten, Löwen und Meryl Streeps Mund, wenn sie ihn auf Streepart spitzt und man weiß, daß sie einen Oscar bekommen wird. Und Robert Redford … mit einem Gesicht wie dem eines Jungen, alte Haut auf jungem Gesicht. Als Zeichnerin fasziniert es mich, wie Gesichter altern. Manche verändern sich ganz und gar und haben keinerlei Ähnlichkeit mehr mit ihren Jugendbildern. Andere behalten die Form, während die Haut aufgibt, wir können sie wieder jung sehen, wenn wir die Augen zusammenkneifen und sie wie durch einen vagen Schleier betrachten.

Die Japaner erhoben sich, um in den Salon zu gehen, und versicherten allen, daß sie durchaus nicht das Gefühl hatten, unsozial behandelt zu werden. In diesem Moment bemerkte ich am linken Nasenloch von Sao oder Nuno ein Muttermal. Ich stupste Oscar an: »Der, der jetzt rechts steht, welcher ist das?«

»Nuno«, flüsterte Oscar.

Endlich hatte ich alle plaziert. »Kannst du sie wirklich voneinander unterscheiden?« fragte ich.

»Ja«, flüsterte Oscar. »Nuno hat ein Muttermal an der Nase.«

Ich ging meinen Zeichenblock holen. Aus alter Gewohnheit langte ich in die obere Koje, um die Ginflasche herauszuholen, ließ sie aber liegen. Sigmund mußte um zwölf auf die Brücke, und danach hatte Georg frei.

Ehe ich die Kajüte verließ, teilte ich mit Strichen drei A3-Bögen ein. Sechs Felder auf jedem Bogen, insgesamt achtzehn.

Und während Meryl Streep im Flugzeug saß und hingerissen

und oscarwürdig aufkeuchte, als unter ihnen Tausende von Flamingos mit brausenden rosa Flügeln abhoben, zeichnete ich für alle in der Messe Tischkarten. Ich brauchte sie nicht anzusehen, ich hatte ihre Gesichter auswendig gelernt. Und nun hatte ich auch noch das Muttermal. Ich ließ Sao ernst blicken, während Nuno sich schimmelig lachte, das war, abgesehen vom Muttermal, die einzige Variation, die mir gelang. Ich könnte niemals in Japan einen Job als Karikaturistin bekommen, das stand fest.

Bei Samuel gab ich mir Mühe. Er saß hinter einem Klavier. Über dem Klavier hing natürlich Humphrey Bogart, mit einem Whiskyglas und einer Zigarette und einer deprimierten Sehnsuchtsmiene. Er träumte von Ilsa Lund, der Arme. *The fundamental things apply ... as time goes by ...*

Per und Pia tuschelten und achteten nicht auf den Film. Ich hätte gern eine Max-und-Moritz-Version von ihnen gezeichnet, riß mich aber zusammen. Die Grenze zur Bosheit durfte nicht überschritten werden. Jean war eingeschlafen. Dana fielen die Augen zu. Die Nacht drängte sich auf, obwohl die Mitternachtssonne schien. Die Karte verriet, daß der Berg auf Phippsøya 465 Meter hoch war. Keine schlechte Gipfelbesteigung für Leute aus der EU, die an Sessellifte an den Slalomhängen und an Rollbänder auf den Flugplätzen gewöhnt sind.

Auf einen Impuls hin schlug ich weiter vorn im Block einen Bogen ohne Felder auf und schrieb: Britta.

Diesen Bogen betrachtete ich dann lange. Bis ich Lust auf ein Bier bekam. Dann zeichnete ich ein kleines Herz um diesen Namen, klappte den Block zu und ging zum Kühlschrank, wo ich die Tür so heftig aufriß, daß die Flaschen klirrten und Jean erwachte.

»Ich glaube nicht, daß wir auf Storøya an Land gehen können. Da gibt es nur eine Bucht, in der wir ankern können, und bei Nordwind füllt die sich mit Eis.«

»Hat der Wind gedreht?« fragte ich.

»Ja, jetzt haben wir die Eiskante im Rücken.«

»Was wollten wir eigentlich auf Storøya?«

»Walrösser sehen. Die schlafen da. Oft sind da ganz viele, eine richtige Kolonie. Aber was meinst du, Sigmund ...«

Sigmund beugte sich über die Karte, kratzte sich am Kopf und gähnte.

»Ich bin ganz deiner Meinung, Georg. Wir dampfen an Storøya vorbei und fahren direkt nach Isispynten. Und dann übernehme ich.«

Oscar war als einziger noch wach in der Messe, als wir nach unten kamen. Er hatte sich in ein Buch über Svalbard vertieft und schmunzelte.

»Hört euch das an«, sagte er. »Ein Auszug aus einem alten niederländischen Jagdbericht ... dort steht, daß Svalbard unbewohnbar sei, weil es in der kalten Zone der Welt liegt, der Zona Frigida, wo das Klima so streng ist, daß selbst die Tiere ganz weiß werden.«

»Ha!« sagte Georg. »Hast du das gehört, Eulchen? Wenn du noch eine Weile hier bist, dann endest du als Blondine!«

»Ich bin eigentlich ganz blond. Färbe mir die Haare.«

»O Himmelarsch, hast du vielleicht auch ein künstliches Gebiß?«

Zona Frigida. Eine Art Schutzzone, dachte ich und ging mir einen Pullover holen, während Georg den Ofen anwarf. Er wollte auch etwas Wärme abhaben, jetzt, wo alle anderen im Bett waren. Oscar folgte mir mit dem Buch unter dem Arm.

»Ferienromanze?« fragte er.

»Georg, meinst du?«

»Ja.«

Ich lachte abwehrend. »Romanze ist das richtige Wort.«

»Sei ein bißchen vorsichtig«, sagte er.

»Warum?«

»Georg ist gerissen.«

»Das weiß ich. Gute Nacht.«

In der Dusche waren Leute, ich hörte Stimmen, und die Kajütentür von Per und Pia war angelehnt. Ach, die beiden seiften sich gegenseitig im Licht der Mitternachtssonne ein. Ich sah nach, ob Oscar seine Tür zugemacht hatte, dann schlich ich mich zur Kajütentür von Per und Pia und linste hinein. Ich hatte immer schon Respekt vor dem Privatleben anderer Leute, aber ich hatte nie Angst davor, darin herumzuschnüffeln. Die Kajüte war spiegelverkehrt zu meiner und Georgs, aber genauso klein. Reiseleiter erhielten wohl weder Sonderverpflegung noch Luxussuite. Das Zimmer war übersät mit Kleidern und Cremes und leeren Limoflaschen.

Sie benutzten beide Kojen. Also waren sie schon so lange zusammen, daß sie es ertragen konnten, nicht im selben Bett zu schlafen. Eine Karte lag in der unteren Koje auf dem Kopfkissen. Ich riß sie an mich. Sie war viel schöner als meine, viel detaillierter. Ich habe immer schon eine Schwäche für Karten gehabt, für ihre Möglichkeit, Größen wiederzugeben. Wie sie zwischen verschiedenen Farben und Schrifttypen wechseln. Die Seekarte auf der Brücke mit den Zahlen, die die Meerestiefe angaben, meine Karten beim Fliegen, in denen die Flugschneisen für Passagierflugzeuge eingezeichnet waren, und diese hier, mit Zahlen für jede Anhöhe in der Landschaft. Per und Pia hatten überall mit dünnem Bleistift Notizen gemacht. Daten und Uhrzeiten. *Bär!* stand an einer Stelle und *Bär!!!* an einer anderen. Die Anzahl von Ausrufezeichen sollte wohl kennzeichnen, wie nah sie gewesen waren. Vielleicht sollte ich mir auch solche Notizen in der Karte machen, die ich mir aus dem Schrank geholt hatte?

Und dann sah ich es. Ein winziges Dollarzeichen. Auf der Westseite von Nordaustlandet. Im Inneren eines Fjords namens Murchisonfjord.

»Sag mal, was machst du hier eigentlich?«

Ich fuhr herum. Per hatte sich ein Handtuch um die Hüften gewickelt, Pia stand hinter ihm, ihr Handtuch saß etwas höher oben. Beide hatten nasse Haare. Das alles konnte ich registrieren, während ich voller Panik versuchte, mir eine glaubwürdige Erklärung aus den Fingern zu saugen. Das gelang mir jedoch nicht, und ich stand nur da und glotzte. Pers Blick fiel auf die Karte in meiner Hand.

»Hat Georg ...«, fing er an, ein kräftiger Rippenstoß von Pia brachte ihn jedoch zum Verstummen. Er ging an mir vorbei in die

Kajüte. Das Handtuch war hinten nicht ganz geschlossen. Hübscher fester Hintern.

»Schö - ne Karte«, sagte ich und reichte sie Pia. Sie nahm sie an und machte die Tür vor meiner Nase zu.

Hat Georg was, fragte ich mich und ging nun endlich meinen Pullover holen.

»Hast du?« fragte ich.

»Hab ich was?«

»Keine Ahnung. Per und Pia haben vor kurzem gestritten, aber ich weiß nicht mehr so genau, was sie gesagt haben. Es kommt mir vor, als sei es viele Jahre her …«

»Setz dich hierher.«

Er schob einen Stuhl vor den Ofen.

»Außerdem«, fügte ich hinzu, unterbrach mich dann aber. Es war vielleicht nicht so klug, laut über das Dollarzeichen zu reden. Schlechter Charakterzug. In anderer Leute Kajüten herumzuschnüffeln.

»Außerdem sollte es dunkel sein«, sagte ich langsam. »Komisch, bei Sonnenschein vor dem Ofen zu sitzen.«

Er rauchte und blickte die Ofentür an.

»Du quasselst ja vielleicht«, sagte er. Er fing an, mit den Zähnen zu klappern, und preßte die Kiefer aufeinander, um damit aufhören zu können.

»Georg, wie alt bist du?«

»Fünfundfünfzig.«

»Himmel.«

Dann schwiegen wir eine Weile. Ich nahm mir eine Zigarette. Mein Körper schrie nach einem Cognac, schrie danach, aufzustehen und eine Runde zu gehen. Georgs Arm hing neben meinem. Drückte. Die Plane zwischen Deck und Reling blähte sich. Sie war ganz festgezurrt, das konnte ich sehen. Ob sie überhaupt Luft durchließ?

»Also, jetzt fahren wir zum Kap Isispynten«, sagte ich. »Seltsamer Name. Weißt du, warum das so heißt?«

»Ja.«

Lange Pause.

»Hast du vor, es mir zu erzählen?«

»Später.«

»Verdammt, Georg, ich …«

»Nicht fluchen. Sonst kommt er dich holen.«

»Herrgott!«

»Das war schon besser.«

»Ich gebe auf.«

»Nein, lieber nicht.«

»Du bist schlimmer als der Grindkopf, der die Prinzessin zum Schweigen bringen sollte!«

»Nicht schlimmer. Besser.«

»Jetzt laß den Quatsch!«

Ich lachte und schüttelte ihn, wollte ihn vom Stuhl kippen. Endlich blickte er mich an. Aber als ich seine Augen sah, mit den vielen Fältchen, blieb mir das Lachen im Hals stecken und wurde zum Schluchzen. Ich fing an zu weinen, ohne mit der Wimper zu zucken, ohne seinen Blick loszulassen.

»Du siehst so traurig aus, Georg«, flüsterte ich.

»Ich bin traurig. Ich komm einfach nicht an dich ran …«

»Du kannst mich nicht schälen wie einen Seehund – das geht einfach nicht!«

»Das weiß ich. Du mußt es selber wollen.«

»Aber ich will es doch. Ich will damit fertig werden. Allein. Ich will schlafen, ohne zu träumen. Wenn du wüßtest, wie lange ich schon nicht mehr …«

»Willst du denn allein sein?«

»Keine Ahnung. Ich bin daran gewöhnt. Bei mir haben schon Männer gewohnt, in die ich verliebt war, und ich war trotzdem allein.«

»Wie lange bist du denn schon allein … dein ganzes Leben lang?«

»Nein. Nicht das ganze.«

»Erst, seit die Sache mit dieser Turid passiert ist.«

Ich mußte aufstehen. Den verdammten Reißverschluß in der Plane öffnen. Den Wind im Gesicht spüren. Einen Eissturmvogel sehen. Oder auch drei. Aber er hielt mich fest.

»Laß mich los!«

Er ließ mich los. Ich blieb auf meinem Stuhl sitzen und erzählte, was passiert war. Ohne Cognac. Ohne von ihm festgehalten zu werden. Ich wollte ihn überhaupt nicht anrühren, solange ich redete. Ich ließ mich zurücksinken und hätte danach das Muster im Metall der Ofentür genau zeichnen können. Ein Elch geht durch einen Wald. Niedrige Büsche. Eine Sonne am Horizont, mit breiten, kräftigen Strahlen, so, wie Kinder Sonnen malen. Kinder. Die sich immer darauf verlassen, daß die Erwachsenen ihnen nichts Böses tun.

Er weinte, als ich fertig war. Die Tränen füllten erst seine Fältchen, dann lösten sie sich und rollten zu seinem Schnurrbart.

»Gut, daß sie schon tot ist. Sonst hätte ich sie umgebracht. Mit der Robbenhacke und einer Hand auf dem Rücken.«

»Es war nicht nur schrecklich.«

»Nein ... das habe ich begriffen. Aber es war falsch. Ganz falsch, Bea. Ein kleines Mädchen, und dann das! Selbst, wenn es dir manchmal gefallen hat, war es falsch – und nicht deine Schuld.«

Ich merkte, wie mich schreckliche Müdigkeit überkam. Georg sah das. Er stand auf, zog mich vom Stuhl hoch, führte mich wortlos in die Kajüte, zog mir T-Shirt und Unterhose aus, legte mich aufs Bett, deckte mich zu, hockte sich vor mich und streichelte meine Stirn.

»Isispynten«, flüsterte er. »Das waren Studenten aus Oxford, neunzehnhundertvierundzwanzig, glaube ich. Die wußten, was *Eis* auf norwegisch heißt, und durch Oxford fließt ein Fluß namens Isis. Dieser Fluß hieß also gewissermaßen Eis-Eis. Und deshalb haben sie das Kap Eis-Eis getauft. Verstehst du?«

Ich nickte.

»Jetzt träumst du nichts Böses. Georg paßt auf dich auf. Ich bin hier. Ich lege mich in die obere Koje. Ich gehe nicht weg.«

Ich erwachte viele Stunden später. Ich hatte wieder von ihr geträumt. Sie war jung, ihre Hände waren so heiß, daß die Vaseline zum flüssigen Öl wurde, als sie mich einrieb. Ich zitterte. Lauschte lange Georgs Atem, dann stand ich auf und schloß vorsichtig hinter mir die Tür.

In meiner eigenen Kajüte öffnete ich das Bullauge und steckte mir eine Zigarette an. Legte sie auf den Waschbeckenrand, während ich den Champagner entkorkte, ohne dabei einen Tropfen zu verschütten.

»Prost, Bea!«

Ich trank direkt aus der Flasche. Sie war schwer, besonders ganz unten, es war nicht einfach, sie an den Mund zu halten. Champagner lief mir übers Kinn. Die See war unruhig, aber nicht wild genug, um mein Bullauge mit drohenden Wassermassen zu füllen.

Nach drei Zigaretten und einer halben Flasche Champagner zitterte ich nicht mehr. Statt dessen heulte ich los.

Sie lag oben an Deck. Mit offenem Schädel über der Gehirnmasse. Jemand hatte mir einmal erzählt, daß die Oberfläche so groß werden würde wie ein Kissenbezug, wenn man alle Gehirnwindungen geradezöge. Ob sie ihr wohl ein Kissen unter den Kopf gelegt hatten?

»SCHEISSE!« schrie ich.

Es klopfte an die Wand.

»Alles in Ordnung?« Pers Stimme.

»Ja, ich habe bloß … mir ist etwas auf den Boden gefallen.«

Meine Hose lag in Georgs Kajüte, ich hatte aber noch eine Trainingshose. Ich schloß das Bullauge, schlich mich aus dem Zimmer und die Treppe hinauf, nahm meine Daunenjacke vom Haken und riß dabei zwei weitere Jacken und einen Schal herunter. Ich ließ alles auf dem Boden liegen und ging an Deck.

Sigmund stand auf der Brücke. Er würde mich sehen, wenn ich vorn über den Bug ginge, und deshalb quetschte ich mich an der Metallwand entlang, bis ich an Backbord war, wo die Kiste stand.

Sie war verschlossen. Das hatte ich vergessen.

Wieder klapperte ich mit den Zähnen. Ich zog die Kapuze hoch, nahm einen Schluck Champagner, ohne die Kiste aus den Augen zu lassen. Kleckerte. Eine hohe Welle brachte mich für einen Moment aus dem Gleichgewicht.

Zwei solide Hängeschlösser, weiter war sie nicht weg.

Ich setzte mich auf die Kiste und kippte einen Spritzer Champagner auf das Schloß. Der floß in meine Richtung und machte meinen Hintern triefnaß. Ich trank, klopfte auf das Schloß, beugte mich über die weiße Fläche und flüsterte: »Es fehlt mir, dich zu hassen, Turid ... es fehlt mir, mich auf die Rache freuen zu können. Arme Britta, meine Güte ...«

Ich setzte mich gerade, schaute aufs Meer, schluchzte laut. »Ich brauche dir verdammt noch mal nicht leidzutun ... ich bin keine ARME BRITTA!«

»Sei doch ein bißchen leiser ... willst du denn alle aufwecken?«

»Georg! Ich dachte, du schläfst.«

»Jetzt nicht mehr. Ich hab gemerkt, daß du weg warst. Was machst du eigentlich hier?«

Er setzte sich neben mich.

»Wir werfen sie über Bord«, sagte ich.

»Du spinnst wohl. Du hast getrunken.«

»Ja. Ich feiere.«

Er legte den Arm um mich und zog mich mit starken Armen an sich, die nach Wollpullover und Gegenwind rochen.

»Es ist jetzt vorbei, Britta. Es ist vorbei.«

»Ich weiß nicht ... ich weiß nicht, ob ... sie war einmal einfach toll, Georg ... und ich ... ich hatte immer noch das Gefühl ... obwohl sie doch alt geworden war ... ich konnte irgendwie durch ihre Runzeln schauen und sehen, daß sie dahinter war. Ich war fast ein bißchen eifersüchtig auf Frikk, kannst du dir das vorstellen? Diese Eifersucht war schrecklich ... und ich habe Turid gehaßt ...«

»Das ist jetzt vorbei.«

»Das ist so seltsam. Niemand betrauert sie. Alle scheinen Frikk zu glauben, wenn er sie als Hexe bezeichnet. O verdammt ...«

»Was hat sie vor ihrem Tod zu dir gesagt?«

»Arme Britta. Aber ich bin KEINE ...«

»Pst! Willst du die ganze Bande wieder wecken?«

»Das ist alles so schrecklich, Georg!«

Er streichelte meine Haare.

»Es macht so müde, allein zu sein ... so schrecklich allein ...«

»Jetzt hast du mich. Ich bin doch bei dir.«

Ich rieb mir die Augen und hob mein Gesicht zu ihm. Die Mitternachtssonne färbte seine Wangen, wie flackernde Kerzen an einem Winterabend. Die Vögel schrien, die Wellen schlugen in gleichmäßigem Rhythmus an die Schiffsseiten. Ich flüsterte: »Wenn du hier bist, Georg ... wenn du wirklich hier bist ...«

»Ich bin hier.«

»Wenn ich es wage, daran zu glauben, dann ... dann ist es vorbei. Dann ist es wirklich vorbei ... denn dann habe ich es auch geschafft ... hier zu sein, richtig, zusammen mit dir ...«

Seine Augen wurden naß, spiegelten den Horizont als zwei verschwommene glühende Striche wider.

»Ich bin hier. Gott Vater im Himmel möge mir glauben, wenn ich sage, daß ich hier bin, für dich.«

»Georg«, flüsterte ich an seinem Ohrläppchen. »Was ist der Sinn des Lebens, was glaubst du?«

»Der Sinn?«

»Ja, das, was uns dazu bringt, gern zu leben. Glücklich zu sein.«

»Wenn du kapierst ... wirklich *begreifst*, daß ...«

»Daß ...«

»Daß du eines Tages tot sein wirst.«

Philippe stand in der Kombüse und buk Brote, als ich aufstand. Es war sechs Uhr. Seine Rolex hing zusammen mit einem Fischheber an einem Haken an der Wand. Vier eingefettete Brotformen standen schon auf dem Tisch vor dem Backofen. Das Bullauge stand offen. Die Sonne beschien Vögel und Wellen. Die Ewa fuhr ganz still dahin, es war kein Treibeis auf dem Wasser.

»Guten Morgen!« sagte Philippe.

»Guten Morgen ...«

»Ich konnte nicht schlafen«, sagte Philippe. »Und ich bin ein guter Brotbäcker. Ich dachte, ich backe fürs Frühstück.«

»Ach ...«

»Aber wo hast du denn deine scharfe Zunge gelassen?«

Ich räusperte mich. »Die ist hier, aber ich muß erst Kaffee trinken.«

»Kaffee habe ich auch gekocht.«

»Vergiß deine Rolex nicht«, sagte ich. »Dafür könntest du dir das ganze Schiff kaufen.«

»Ha! Nicht das ganze Schiff ... aber vielleicht den Zodiac.«

Sein ganzer Oberkörper bebte, als er lachte. »Das war doch gerade deine scharfe Zunge!«

Ja, das war sie. Und der Kaffee machte sie noch schärfer. Ich hatte Georg in der Koje verlassen, er schlief. Mir war plötzlich sein Kommentar eingefallen, den er kurz nach meinem Eintreffen an Bord abgegeben hatte: *Alte Leute, die auf einem Zylinder fahren* … Sich selber ordnete er offenbar nicht in diese Kategorie ein.

Ich entdeckte draußen an Deck Samuel und ging mit Kaffee und Daunenjacke hinaus. Die Luft war so kalt, daß meine Nebenhöhlen brannten, als ich tief durchatmete. Samuel trug seine Russenmütze.

»Schau mal!« sagte er mit ausgestrecktem Zeigefinger.

Wir passierten steuerbord eine Eiskante. Eine Kante aus Eis, nirgendwo war Land zu sehen. Ich blickte zurück. Nur Eis. Nach vorn. Nur Eis. Aber es war unmöglich zu sagen, wie hoch die Wand war. Die Vögel folgten dem Boot, waren aber keine Hilfe. Ich versuchte, meinen Blick über die Wellen wandern zu lassen, das Eis an den sich überschlagenden Schaumkronen zu messen, aber auch das ging nicht.

»Wir müssen die anderen wecken«, sagte er. »Das müssen alle sehen … o Herrgott!«

»Wie hoch ist die Kante?«

»Dreißig Fuß, ich habe Sigmund gefragt.«

Zehn Meter hoch. Dann war sie nicht weit entfernt. Svalbard bedeutet »Land der kalten Küsten«. Aber daß die Küste dermaßen kalt war und nicht auch nur eine Spur von Steinen oder Bergen aufwies, hätte ich nie erwartet. Sigmund hatte auch gesagt, daß diese Wand nur einen Teil der totalen Höhe ausmachte. Das Eis ging unter Wasser noch weiter, ganz tief. Und ganz unten lag Land. Das Eis lag schwer auf Steinen und Felskuppen. Das hier war einwandfrei kein Ferienort für Leute, die Straßencafés und Papierschirmchen in ihren Getränken liebten.

»Samuel …«

»Sam.«

»Sam, kannst du Klavier spielen?«

»Bloß nicht«, er lächelte. »Nicht schon wieder Casablanca.«

»Aber kannst du es? Klavier spielen?«

Das konnte er. Wir gingen unter Deck. Und nach einer geflüsterten Beratung klappte er den Deckel hoch, drehte den Stuhl auf die richtige Höhe und spielte Morning has broken, so daß die Glasscheiben im Bücherschrank nur so mitsangen. Ich lief schnell zu Georg.

»Was ist denn jetzt schon wieder los?« murmelte er.

»Keine Panik.«

Ich zog an der Kommode. »Das ist nicht die Kapelle auf der Titanic oder so. Wir gehen nicht unter. Scheiß Dreckskommode!«

»Nicht fluchen. Was willst du überhaupt mit ihm?«

»Ist die Kommode auch ein Er? Ich will die Tür versperren, zum Kranich.«

»Warum nimmst du nicht den Schlüssel?«

»Den Schlüssel?«

Den hatte ich noch gar nicht bemerkt.

»Ich hab mir beim Sigmund auf dem Schwarzmarkt einen Schlüssel besorgt.«

Ich drehte den Schlüssel um, zog den Vorhang vom Bullauge und ließ die Sonne herein. Dann kletterte ich in die obere Koje und flüsterte: »Ich will nur kurz die Zylinder überprüfen …«

»Eule im Bett … Sonne und Klaviermusik … Herr mein Gott, was für ein Glück …«

»Es wird noch besser …« flüsterte ich.

Isispynten bestand aus einem Vorgebirge und einer Bucht, die so groß war wie vier oder fünf Fußballplätze, mitten in einer ansonsten ununterbrochenen, zweihundert Kilometer langen Eisfront. Ein kleiner Flecken braunen Landes, der aus unerfindlichen Gründen offen dalag. Sigmund warf Anker, mußte ihn aber wieder einholen. Es war zu tief. Stattdessen nahm er den Treibanker, und der Zodiac wurde ins Wasser hinabgelassen. Georg und ich aßen in der Kombüse frisches Brot, mit beiden Händen, die anderen hatten schon gegessen und waren angezogen. Ich summte Morning has broken und fühlte mich flaumleicht.

»Hat das wirklich Philippe gebacken?«

»Mm. Es wird sicher witzig an Land.«

»Ach … ich war schon mal auf Isispynten. Ich hab ihn sogar bepißt. Aber heute abend kommen wir in die Vibebucht. Da ist es toll. Da gibt es auch Fossilien. Ich hab da mal Euleneier gefunden.«

»Euleneier?«

»Sie sehen aus wie Euleneier. Aber damals war ein Geologe dabei. Er hat erklärt, daß in der Mitte eine Art Korn sitzt, an dem sich alles ablagert. So wie bei der Perle in der Auster. Aber ich bleibe bei meiner Meinung.«

»Das ist richtig so, Georg. Diese Geologen haben keine Ahnung. Das war bestimmt ein Eulenei. Ein Polareulenei.«

»Mach dich nicht lustig über mich, Frau. Was sagst du übrigens zu meinen Zylindern?«

»Ich glaube, du hast mindestens sechs.«

Izu hatte Anwalt und Manager ausgetrickst. Sie schwang sich über die Reling und tanzte die Leiter hinunter. Nuno und Sao hätten wissen sollen, wie tief hier das Wasser war. Zehn von uns wollten an Land. Das konnte der Zodiac mit einer Tour schaffen.

»Hier gibt es sehr viel zu sehen«, sagte Per. »Es kommt vor allem darauf an, hier gewesen zu sein.«

Aber alles kommt auf das Auge an, das sieht. Georg und Per stellten sich jeder auf ihre Flanke nackten Landes und hielten mit Magnum und Gewehr Ausschau nach Teddys, während wir anderen als Menschenkette weitergingen, wie unbeholfene Astronauten.

Wir entdeckten einen riesigen Steinhügel, der auf seltsame Weise nach oben ragte, und Philippe fing an, daran herumzuwackeln. Der Steinhaufen öffnete sich mit einem Knall, wie eine Melone. Drinnen standen dicht an dicht perfekte Kristallstäbe, die ins Zentrum zeigten. Die Kristalle glitzerten milchweiß in der Sonne.

»Großer Gott!« stöhnte Jean und fiel auf die Knie. Wir hämmerten wie die Irren los und konnten immer größere Stücke Steinhaufen abbrechen. Am Ende hatten wir alle eins abbekommen. Izu drückte das ihr zugewiesene Stück an sich und hüpfte hin und her und lachte. »Und wir haben es selber gefunden! Haben es nicht im Laden gekauft! Haben es selber gefunden!«

»Stellt euch vor«, sagte Oscar, »daß das vor uns noch niemand gesehen hatte.«

»Es ist sicher aus der Erde herausgefroren und in der Kälte geborsten oder so. Hier verändert sich von einem Sommer zum anderen alles mögliche«, sagte Frikk.

»Vielleicht finden wir noch mehr?«

Ein Vogel landete vor uns. Er verschwamm fast mit dem Hintergrund, abgesehen von den roten Füßen und dem roten Schnabel.

»Küstenseeschwalbe«, sagte Frikk.

Der Vogel wippte lustig mit dem Schwanz und bewegte ganz schnell den Kopf.

»Da liegt ein toter!« rief Dana plötzlich und bückte sich über einen Vogel auf dem Boden. Er lag auf dem Rücken, hatte die Flügel an sich gepreßt und die Beine in die Luft gestreckt. Er war in die ewigen Jagdgründe geholt worden, weiß, mit schwarzen Flügeln. Sah aus wie eine Art Spatz.

»Das ist eine Art Spatz«, sagte Frikk.

Die Augen waren eingetrocknet. »Den nehmen wir mit zurück«, sagte Samuel.

Wir suchten den Boden nach Diamanten, Opalen und Goldklumpen ab. Es war gut, daß wir keinen Fachmann bei uns hatten, von der Sorte, die Euleneier zu wachsenden Staubkörnern umdeutet. Frikk konnte noch am ehesten als Experte durchgehen. Aber ein echter Experte hätte uns genau erzählt, was wir hier zu finden erwarten konnten, daß wir Gold vergessen könnten, daß es Opale nur in Australien gibt, aber nicht auf Isispynten, und daß ein ungeübter Blick schwerlich Diamanten ausfindig macht. Von all dem hatten wir glücklicherweise keine Ahnung, und deshalb blieb unser Glaube ungetrübt, bis wir mit Steinen und einem toten Vogel zum Zodiac zurückkehrten. Georg und Per zogen sich von den Flanken zurück. Dana trug den Vogel und hielt ihn Per hin.

»Was ist das für ein Vogel?«

Per musterte ihn ein wenig unsicher.

»Schneeammer«, sagte Georg. »Gefriergetrocknet.«

»Wars nett?« fragte Sigmund.

»Wir haben eine gefriergetrocknete Schneeammer gefunden«, sagte Oscar. »Und tolle Steine. Wo ist das Steinebuch? Wir müssen unsere Fundstücke klassifizieren.«

Wir erledigten das restliche Brot und drängten über den Farbbildern der vielen geheimnisvollen Bestandteile des Erdbodens die Köpfe zusammen. Wir endeten bei Quarz, fanden aber keine Bilder der weißen Ausgabe, deshalb beschlossen wir, daß es sich um eine geologische Sensation handeln müsse, die alle früheren Theorien über die Entstehung der Erde über den Haufen werfen würde. Wir konnten uns darüber in drei Sprachen einig werden, und ich fragte mich, warum es auf der Welt überhaupt Kriege gibt. Die Staatsoberhäupter müßten alle per Schiff Nordaustlandet umfahren, mit einem Brot backenden Franzosen und einem Eislotsen aus Finnmark, dann würde die Welt sich auf ewigen Frieden freuen können. Aber, dachte ich, wir brauchen ja bloß zwei Breitengrade weiter nach Süden zu gehen, und schon fetzen sie sich wie besessen über den Kabeljau. Und das tun Leute, die vermutlich sonst rund um die Uhr schöne Polarnatur sehen.

Ich seufzte und holte mir ein Bier, dann ging ich an Deck und zog mir die Kapuze über. Wir waren wieder unterwegs. Der Zodiac war wie eine Bibel am Bauch der Ewa festgezurrt, Oscar folgte meinem Beispiel und trat mit seinem Bier neben mich.

»Wir können das Kap nicht mehr sehen«, sagte er. »Es ist schon verschwunden – eine bloße Mär.«

Nach einer Weile lächelte er. »Geht es dir jetzt gut?«

»Sehr gut. Und du darfst Georg nicht als gerissen bezeichnen. Ohne Georg weiß ich nicht, was ich …«

»Das ist klar«, sagte er rasch. »Natürlich empfindest du so. Aber ich glaube, du bist der Typ, der auch allein damit zurechtgekommen wäre, es war doch ein Unfall.«

»Ja. Es war ein Unfall.«

Georg stand auf der Brücke, als wir weiter an der Eiskante entlangfuhren. Wir wollten Kap Mohn umrunden und danach nach Nordwesten abdrehen, in die Hinlopenstredet, mit der Vibebucht und den Walrössern als erstem Halt. Sigmund half dabei, an Bord Liegestühle mit Decken aufzustellen. Niemand brauchte etwas zu sagen, wie auf Verabredung brachten wir die Stühle nach Steuerbord, so daß niemand die Kiste sah.

»Wenn wir bei der Bucht um die Eiskante herumfahren, dann bekommt ihr etwas Tolles zu sehen«, versprach er, wollte aber nicht sagen, was.

»Teddys?« fragte ich. »Einen gutdressierten Teddy, dem wir Seehundsspeck geben können?«

»Teddy-eur!« äffte Jean mich nach.

»Oui«, antwortete ich. »Le Teddyeur!«

»Le Teddyeur!« Jean strahlte. Philippe bat Sigmund, ein wenig über Eisbären zu erzählen. Sigmund war leicht zu überreden, er beschrieb, wie er einmal zugesehen hatte, als ein Bär einen Seehund riß. Der Bär schwamm langsam auf eine Eisscholle zu, auf der eine Ringelrobbe nach Robbenart mit den Augen klimperte. Dreißig Meter von ihr entfernt ließ sich der Bär im Wasser versinken, nur seine Nasenspitze befand sich in freier Luft. Er hörte fast auf, die Füße zu bewegen, paddelte mit zwei Krallen, und bewegte sich wie ein Unterwasser-Eisklumpen unendlich langsam auf die Eisscholle zu. Der Seehund schielte in Richtung Bär hinüber, entdeckte aber nichts Verdächtiges. Ein wenig Eis unter Wasser, das war alles. Aber als der Bär noch zwei Meter von der Eisscholle entfernt war, erhob er sich so heftig in die Höhe, daß die Meeresoberfläche sich überschlug, stieß sich mit beiden Hinterbeinen ab und machte sich über den Seehund her. Die Eisscholle zerbrach, das Wasser spritzte meterhoch, vier Bärentatzen packten ihre Beute und die Kiefer zerbrachen den Seehundschädel.

»Eine Sekunde«, sagte Sigmund. »Er hat nur eine kleine Sekunde gebraucht, um aus dem Wasser zu kommen und sein Essen in der Fresse zu haben.«

»Großer Gott!« murmelte Samuel. Sigmund erzählte weiter von Schnutenhöhlen unter dem Eis, wo die Seehunde sich ausruhen. Der Teddy, mit seinem untrüglichen Geruchssinn, kann auf seinen Streifzügen diese Höhlen ausfindig machen. Er bringt diese Höhlen von oben her zum Einsturz, indem er hochspringt und mit seinem ganzen Körpergewicht auf der Höhle landet. Der Schock läßt den Seehund die eine Sekunde zögern, die der Bär braucht, um die Kiefer um seinen Kopf zu schließen.

»Sie sehen so … langsam aus«, sagte Sigmund, »wenn sie so durch die Gegend trotten. Aber in Wirklichkeit sind sie lebensgefährlich schnell.«

»Aber Menschen nicht«, sagte Dana. »Menschen fressen sie nicht.«

»Bisher haben wir Glück gehabt«, sagte Sigmund.

Per und Pia hatten sich alles angehört, sie saßen in Decken gewickelt und mit geschlossenen Augen in der Sonne. Die Reling beschützte uns vor dem beißenden Gegenwind.

»Ich freue mich auf den Murchisonfjord«, sagte ich.

Per zuckte zusammen und starrte mich dann an. »Warum denn ausgerechnet auf den?«

»Ach, ich …«

»Das ist doch klar«, fiel Samuel mir ins Wort. »Das ist der schönste Fjord von Svalbard, das wissen doch alle.«

»Genau«, sagte ich. »Hast du das etwa nicht gewußt, Per? Gerade du, als Reiseleiter?«

Wenn ich mir ganz reines Wasser vorstellte, hatte ich immer einen kleinen Gebirgsbach vor mir gesehen. Einen kleinen Bach, der leise über saubere Steine und Kiesel gluckste, neben dem ich in die Hocke gehen, meine Hände füllen und die Reinheit wirklich *schmecken* könnte.

Mein inneres Bild von fließender Frische wurde nun heftig korrigiert, als wir an der Eiskante nach Nordwesten abbogen und das sahen, was Sigmund uns versprochen hatte. Dicht an dicht durchschlugen Wasserfälle das Eis und schäumten ins Meer. Und dort, wo das Wasser auf die Meeresoberfläche auftraf, wimmelte es nur so von Vögeln.

Izu schrie nach ihrem Anwalt mit seiner Kamera und ging vor der Reling in Positur. Georg führte die Ewa dicht an den ersten Wasserfall heran, ihr Metall kratzte am Eis. Wir hingen am Bug, kletterten auf Kästen und Taurollen, um nahe genug heranzukommen, und streckten die Hände nach dem Wasser aus. Es strömte schnell und gleichmäßig durch einen einige Meter tiefen, leuchtend türkisen Kanal mit glitzernden Wänden, den die Strömung ins Eis gegraben hatte. Der Fluß selber war nur zwei Meter breit. Meine Fingerspitzen spürten Kälte und Bewegung, ich leckte sie ab und streckte den Arm noch weiter aus, hielt die ganze Hand unter den Schleier aus sprudelndem Wasser. Unter mir sah ich den Bug des Schiffes, auf den der Wasserfall voll auftraf. Vögel wurden durch den unerwarteten Besuch aufgeschreckt.

Georg hielt die Ewa dicht vor der Wand, bis alle das Wasser hatten berühren können. Sogar Nuno hing ungeschickt über der Reling, während Sao ihn krampfhaft an der Jacke festhielt. Izu fotografierte heulend vor Lachen. Ich glaube, ich heulte selber auch. Alles kam so unerwartet, ich hatte nicht gewußt, daß es solche Wasserfälle überhaupt gab, daß Wasser so türkis und so rein sein konnte, ohne in einem Schwimmbecken künstlich gefärbt worden zu sein. Lena holte eine Plastiktasse und hielt sie in den Wasserfall. Alle durften daran probieren. Ich nippte vorsichtig. Ein Grad kälter, und das Wasser wäre solides Eis gewesen. Meine Zunge war wie betäubt, meine Lippen steif. Die Hand, die ich in den Wassermassen begraben hatte, tat bis zum Ellbogen hoch weh, ich zog wieder die Handschuhe an.

Nach diesem direkten Kontakt mit dem einen Wasserfall setzte die Ewa ihre Fahrt an den anderen entlang fort, einige Meter von ihnen entfernt im offenen Meer. Wir froren im kalten Wind, der durch das Schmelzwasser entstand, verließen die Reling aber erst, als die Ewa in die Bucht steuerte, wir einen langen braunen Strandstreifen erkennen konnten und Georg aus dem Brückenfenster brüllte: »Ich hab Walrösser im Fernglas, Per! Eine ganze Menge! Mindestens vierzig!«

Stian hatte in der Messe zum Mittagessen gedeckt, und während Georg den Treibanker auswarf und zusammen mit Bjørn die Leiter anbrachte und den Zodiac zu Wasser ließ, sammelten wir unter Deck Wärme und füllten unsere Mägen mit Brot und frischgekochter Gemüsesuppe.

»Wir nehmen das Steinebuch mit an Land«, sagte Oscar. »Dann

können wir an Ort und Stelle sehen, welche sensationellen Funde wir machen.«

Pia ließ die Walrösser nicht aus den Augen, als wir langsam und vorsichtig an Land tuckerten. Kein einziges Tier durfte aus der Herde ausscheren, sagte sie, denn sonst hätten wir Ärger. Ich wußte, was sie meinte. Walrösser sind an Land unbeholfen und ungefährlich, im Wasser aber hätten wir keine Chance gehabt, wenn der Besitzer von zwei langen Stoßzähnen uns zum Hauptfeind ernannt hätte.

Wir gingen weit von der Herde entfernt an Land, und Bjørn fuhr zur Ewa zurück, um die anderen zu holen. Alle wollten die Fettberge sehen. Frikk blickte zu Boden und heulte auf. Per sagte pst.

»Aber seht doch nur! Fossilien! Überall!«

Die Steine, die anfangs braun und unscheinbar gewirkt hatten, waren eigentlich Muscheln. Steinerne Muscheln. Frikk füllte sofort seine Taschen damit. Die Topfscherben in Virgohavn standen unter Denkmalschutz und durften nicht berührt werden, aber da Svalbard der Traum aller Geologen ist, kann sich hier jeder bei Felsen, Steinen und Fossilien munter bedienen.

Als alle an Land waren, erklärten Per und Pia, wie wir uns den Walrössern nähern sollten. Georg war zur Teddywache auf eine Anhöhe gestiegen. Sigmund ging in der Gegenrichtung über den Strand, mit dem Gewehr über der Schulter.

Wir taten genau, wie uns geheißen, und gingen dichtgedrängt auf die Tiere zu. Wenn Unruhe in der Herde aufkam, hielten wir sofort an und standen stumm und bewegungslos da, bis sie sich wieder an unseren Anblick gewöhnt hatten. Wir brauchten eine Viertelstunde, um die Grenze der Sicherheitszone zu erreichen, die die Tiere offenbar für sich gezogen hatten und die doch nur zwanzig Meter von ihnen entfernt war. Wir mußten uns die Handschuhe vor den Mund pressen, um nicht laut loszugackern.

Denn da lagen sie, über- und untereinander, fett und unförmig. Sie schnarchten und stöhnten im Schlaf, kratzten sich mit den

Flossen, bohrten sich damit in der Nase, begrabbelten sich an den unaussprechlichsten Stellen. Schmatzen, Schnarchen und leises gereiztes Stöhnen füllte die Luft, und wir setzten uns auf die Felsen, um die Kolosse zu betrachten, von denen jeder das Vielfache eines Eisbären wiegen konnte. Sie achteten überhaupt nicht mehr auf uns. Ein riesiges Männchen lag ganz außen. Wir konnten zusehen, wie er plötzlich amourös wurde und versuchte, sich dem Weibchen neben ihm zu nähern, einem tonnenförmigen Geschöpf mit kleinen, höchstens dreißig Zentimeter langen Milchzähnen. Sie grunzte irritiert, zwinkerte mit den Augen und schüttelte sich, um ihn loszuwerden. Er aber ließ nicht locker, bedrängte sie, machte sich mit den Flossen an ihr zu schaffen und stieß ein kehliges Stöhnen aus. Worauf die Dame ein Gebrüll ausstieß, bei dem uns die Haare zu Berge standen. Endlich begriff der Kavalier, daß sie ihren Schönheitsschlaf brauchte. Frustriert in seinem Liebesstreben rieb er sich am Felsboden.

»Kratzt der sich?« flüsterte Sonja.

»Irgendwie schon«, stöhnte ich halberstickt hinter meinen Handschuhen.

»Aber aus diesem Kratzen können leicht Kinder werden.«

Ein anderes Walroß wollte mitten in der Herde liegen, es hatte sicher kalte Flossen. Bescheidenheit ist eine Zier, aber das war diesem Typen egal. Er wälzte sich über alle anderen hinweg nach innen. Und sein Gebrüll erscholl über die Hinlopenstredet, während er seine Tonne Fett ungraziös über die schlafenden Verwandten hinwegbugsierte. Ich ließ mich rückwärts fallen und wäre fast erstickt. Per sagte hektisch immer wieder pst. Und dann ging ein Walroß ins Wasser.

»Rückzug«, sagte er. »Ich will nicht, daß sie ins Wasser gehen, denn dann haben wir ein verdammtes Problem.«

Vorsichtig standen wir auf. Unter unseren Füßen rutschten Steine und Fossilien herum.

»Du hast das Buch bei dir?« flüsterte ich Oscar zu und wischte mir die Tränen ab.

»Was?«

Der Strand war vom Wasser verschieden hoch abgeschliffen,

und ich konnte deutlich markierte Schichten aus dunkleren Steinen sehen. Weiter oben türmte der Stein sich zu Hügeln und Kuppen. Pia ging neben mir, Oscar und den Franzosen her und sah sich nach allen Richtungen um.

»Alles klar«, sagte ich, als wir sichere Entfernung von den Walrössern erreicht hatten. »Jetzt also auf zur heutigen Schatzsuche.« Ich stopfte mir die Taschen voll. Oscar blätterte in seinem Buch und las vor und verglich unsere Funde mit dem gedruckten Text und den Zeichnungen von fossilen Mustern.

»Silurzeit«, sagte er. »Das ist ein … mal sehen … ein Seelilienstengel.«

»Und das hier?« Ich hielt den letzten bahnbrechenden Fund hoch, ein symmetrisches Muster, das wie das Innere eines Bienenstocks aussah. Das hatten auch die Experten erkannt. Es war eine Wabenkoralle. Und Jean fand Kettenkorallen, und Philippe eine *Hormotoma*, eine Schnecke in ihrem Haus.

»Und damit haben wir das Ordovizium erreicht«, sagte Oscar.

»Wie lange ist das her?« fragte Philippe, stolz auf seinen Schneckenfund. Er bespuckte ihn, um das Muster klarer sehen zu können.

Oscar blätterte. »Zwischen vier- und fünfhundert Jahrmillionen.«

»Wow«, sagte ich. »Damals hat es noch nicht einmal Sozialdemokraten gegeben! Wie sieht's mit Mammuts aus, Oscar? Ich möchte ein Mammut finden!«

Alle starrten im Weitergehen den Boden an, wir sahen aus, als ob wir nach verlorenen Kontaktlinsen suchten. Unsere Taschen beulten sich aus. Weiter hinten am Strand sah ich den mützenlosen Samuel. Seine Russenmütze war zur Einkaufstüte für fünfhundert Jahrmillionen alte Warenmuster geworden.

»Vielleicht finden wir einen kleinen Fisch«, sagte Pia. »Das ist mir schon mal passiert. Der war niedlich. Winzigklein. Wie ein Sardinenbaby.«

»Keine Mammuts?« fragte ich enttäuscht.

»Nein. Nie im Leben!«

»Pa. Das hier ist sicher ein Mammutfuß und kein runder Stein.«

Ich rannte hin. Es sah aus wie der seltsame Stein von Isispynten, von außen zumindest, und ich hielt Ausschau nach einem größeren Stein, um ihn aufzuschlagen. Vielleicht saßen drinnen ja Amethysten. Lila Edelsteine.

Und da stand er. Und starrte mir voll in die Augen.

Hinter dem Hügel links. Unbeweglich. Fünf … oder vielleicht sieben Meter von mir entfernt. Pia, Oscar und die Franzosen waren ein Stück hinter mir, sie hatten ihn noch nicht gesehen.

Ich hätte gern den Mund aufgemacht. Gesprochen. Das hatte ich als Kind gelernt. Ich hätte gern zu Pia gesagt: Bär. Ein kurzes, bündiges kleines Wort, das doch eigentlich leicht auszusprechen sein sollte. Aber nichts passierte. Die Zunge lag wie ein Fossil in meinem Mund. Und meine Füße waren mit Superleim am Boden festgeklebt. Mein Kopf brummte. Meine Augen waren das einzige, was noch funktionierte, mein Sehnerv pulsierte. Eine seiner Tatzen war total verdreckt, und er hatte eine kleine Wunde neben der Nase. Er weitete seine Nasenlöcher, innen rosa, außen schwarz, hob langsam den Kopf um einige Zentimeter und ließ mich nicht aus den Augen. Seine Augen waren leer, schmal, schwarz. *Bär.* Ein lächerliches kleines, einsilbiges Wort. Ich konnte es nicht aussprechen. Und so vergingen zehn Jahre. Mindestens zehn Jahre. Zehn lange Jahre mit Parlamentswahlen und Frühling und Herbst und Sommer und Steuererklärungen, und noch immer stand ich hier. Sein Kopf war so breit wie ein Spülbecken, seine Pfoten wie Sofakissen. Zwei Meter vor der Eisscholle hatte er sich aus dem Wasser erhoben und innerhalb einer Sekunde den Seehund gerissen.

Dann kam ein lauter Knall. Eine kleine Bombe explodierte vor den Füßen des Teddys. Er warf seinen Oberkörper herum und stieß sich ab; er zeigte kohlschwarze Tretkissen. Kleine Steine trafen mich im Gesicht. Er war verschwunden. Ich ließ mich einfach zu Boden sinken und schloß die Augen. Sie brannten. Ich hatte seit zehn Jahren nicht mehr gezwinkert. Meine Ohren dröhnten vom Knall.

»Georg«, stöhnte ich.

Die anderen blickten hinter dem Bären her und kümmerten sich nicht mehr um mich. Er lief im Paßgang über den Strand, vorbei an der Walroßherde, wo vierzig Köpfe und achtzig Stoßzähne in die Luft ragten, dann weiter am Strand. Weg. Verschwunden. Ich lag noch immer kraftlos auf dem Boden. Das Adrenalin strömte mir aus den Ohren, ich spürte einen metallischen Geschmack im Mund. Zum ersten Mal in meinem Leben hatte ich das Gefühl gehabt, vor Angst gelähmt zu sein. Bisher hatte ich das für leeres Gerede gehalten und geglaubt, mit »Lähmung« solle auf irgendeine Weise die Todesangst beschrieben werden. Aber es war eine ganz konkrete Lähmung. Man wird nicht vom Nacken abwärts gelähmt, sondern vom Gehirn abwärts. Vermutlich, damit es nicht so weh tut, wenn man gefressen wird.

»Gut gemacht!« hörte ich Per rufen. Ich blickte auf. Pia hatte noch immer den kleinen Kugelschreiber in der Hand, der dem Bären einen Bärenschuß vor den Latz geballert hatte.

»Mindestens zehn Ausrufezeichen auf deiner Karte«, murmelte ich, aber das hörte sie nicht. Alle anderen aber hatten den Knall gehört und gesehen, wie der Teddy die Beine in die Hand genommen hatte, und sie kamen mit ihren Taschen und Mützen voller Fossilien angerannt, um alle Einzelheiten zu erfahren, munter und aufgeregt. Niemand schien zu begreifen, wie ernst die Lage für mich gewesen war. Ich rappelte mich auf, kam aber zuerst nur auf alle viere. Die Fossilien fielen mir aus der Tasche. Silur und Ordovizium in schöner Vereinigung. Oscar lachte hysterisch.

»Das ist überhaupt nicht witzig«, sagte ich. »Wisch dir das Grinsen aus der Visage.«

»Du wolltest ein Mammut«, lachte Oscar. »Und dann hast du einen Teddy gefunden!«

»Le Teddyeur! Le Teddyeur!« jodelte Philippe. Und endlich kam Georg mit erhobener Magnum angekeucht.

»Georg, ich wäre fast vom Teddy gefressen worden«, sagte ich. »Der stand hier. Genau hier!«

Die Spuren verrieten allen, wie nahe der Bär an mich herangekommen war.

»O verdammt, da?«

»Ja ...«

»Was hast du zu ihm gesagt?«

241

»Daß ich außen hart und innen weich bin. HERRGOTT, GEORG, ICH KONNTE MICH JA NICHT BEWEGEN! DER HÄTTE MICH UMBRINGEN KÖNNEN, DU IDIOT!«

Georg grinste und schlug sich auf die Oberschenkel.

»Komm, wir gehen ans Wasser und paffen erst mal.«

»Georg, weißt du noch, daß ich dich nach dem Sinn des Lebens gefragt habe? Wie man glücklich leben kann?«

»Ja. Das weiß ich noch.«

»Jetzt weiß ich, daß ich eines Tages sterben muß. Und ich bin unheimlich froh darüber, daß ich jetzt gerade lebe.«

»So ist das. Gib mir mal dein Feuerzeug.«

Wir saßen beim Zodiac und schauten zur Ewa hinüber. Ich wollte nach Hause zu ihr. Mir das Adrenalin wegduschen.

»Meinst du, wenn Turid«, fing ich an, »wenn sie nicht halbblind gewesen wäre, und wenn sie wirklich hätte sehen können, wie es hier aussieht … wenn die Natur irgendwie auf sie eingewirkt hätte … meinst du, dann …«

»Bea, vergiß diese Frau endlich.«

»Aber meinst du nicht, daß auch sie … genau wie ich … vielleicht ein bißchen kapiert hätte?«

»Was denn kapiert?«

»Na ja, daß … daß … kapiert, was sie da machte? Daß sie überhaupt nicht machte, was sie wollte, sondern daß sie sich einfach treiben ließ, wie ein Korken …«

»Ich weiß nicht. Vielleicht.«

Wir rauchten eine Weile schweigend weiter. Ich wollte zur Ewa und duschen. »Der hätte mich umbringen können, Georg, ich habe ihm voll in die Augen gestarrt. Lange. Der war toll. Groß und weiß. Himmel …«

»Ja, das sind tolle Tiere«, sagte Georg. »Das sind tolle Tiere.«

Georg fuhr mich allein zur Ewa. Das feste Land war nicht mehr sicher. Ein Boot auf tiefem Wasser war da viel besser. Den anderen hatte der Teddy keinen Schrecken eingejagt, die ließen sich Zeit. Per hatte ihnen versichert, daß der Bär nicht zurückkommen würde. Es war ein fetter Bärenmann gewesen, ein guter Jäger, und nicht vor Hunger verrückt genug, um dem Tod zu trotzen und sich über Touristen herzumachen.

Die anderen scharten sich um das Steinbuch und verglichen die Fossilien, als Georg und ich uns vom Land entfernten.

»Gasgeben!« rief ich. Georg kannte sich mit dem Zodiac ebenso gut aus wie Ola und Bjørn, er saß rittlings auf dem Sitz, hatte das Rad zwischen den Fäusten und eine tote Kippe in der Fresse.

»Hast du Gas gesagt, Frau?«

»Ja!« johlte ich.

»Dann mußt du dich in den Bug setzen und dich so schwer wie möglich machen!«

In der Bucht gab es nur wenig Eis, und Georg legte los, vorbei an der Ewa, die rasch hinter uns zurückblieb und verschwand. Wir folgten der Landlinie. Der Zodiac hob und senkte sich unter mir und schlug immer wieder hart auf die Wasseroberfläche auf.

»Nicht so schnell, Georg. Der hebt gleich ab!«

Ich kniete im Boot und klammerte mich am Tau an. Bei jedem Schlag auf das Wasser traf mich eiskalte Gischt im Gesicht, und mein Körper wurde wieder zu weicher Muskulatur. Katharsis. Mit Hilfe von neunzig Pferdekräften.

Plötzlich waren wir allein auf der Welt. In fremdem Land. Schiff und Mitreisende waren verschwunden. Georg verlangsamte das Tempo, und der Bug versank tiefer im Wasser.

»Du bist ja total durchnäßt, Frau. Frierst du?«

»Ein bißchen.«

Er steuerte den Strand an. Wir befanden uns ungefähr in der Gegend, die vorhin der Bär angesteuert hatte.

»Ich will nicht an Land, Georg. Komm mir ja nicht damit.«

»Dann müssen wir eben sehen, wie wir zurechtkommen.«

Er drehte den Motor aus und kam zu mir zum Bug. Die hohe Gummikante sorgte dafür, daß es im Boot windgeschützt und still war.

»Du schmeckst nach Salz ... gut ...«, flüsterte er.

»Können wir nicht hier hinziehen ... du und ich ... in einer Hütte überwintern?«

»Aber sicher.«

»Aber ist das möglich? Echt? Hier zu überwintern? Weit von allen anderen Menschen?«

»Alles ist möglich.«

»Dann tun wir das. Ich zeichne zuerst ganz viel und verdiene haufenweise Geld und dann ...«

»Pst ...«

Der Zodiac trieb in Wind und Wetter, und der Eislotse hatte sich an Eulen geübt, seit Jahrzehnten, in einer steil aufsteigenden Kompetenzkurve. Auf der anderen Seite der Hinlopenstredet lagen gigantische Berge, deren Gipfel mit Schnee bedeckt waren, ich konnte sie über der Gummikante gerade noch erkennen. Ein vager Prismenkranz umgab die Sonne und verteilte in allen Richtungen weißes Licht.

»Wir ziehen um«, flüsterte ich. »Wir ziehen um. Ich stricke für Andersen eine Angorajacke.«

»Du quasselst soviel, Frau. Du quasselst ...«

Er setzte mich auf der Leiter wie ein Paket ab und legte wieder ab, als ich gerade erst zwei Tritte hochgestiegen war. Ich heulte. Unter mir wartete schwarze See. Und die Schwimmweste hatte er schon über die Reling geworfen. Ich klammerte mich am Geländer fest.

»Der Teufel soll dich holen«, rief ich und wagte nicht, mich umzusehen, hörte nur aus das rohe Lachen, während ich meine Stiefelsohlen auf die Sprossen preßte, um ganz sicher zu sein, daß ich nicht in die Luft trat. Oben angekommen, drehte ich mich so weit um, daß ich diesen Idioten sehen konnte. Er lachte und kaute auf seiner Kippe herum. Die anderen an Land winkten.

»Warte nur!« rief ich. »Warte nur!«

Ich duschte und zog saubere, trockene Kleider an. Dann bewilligte ich mir einen Cognac, klemmte mir den Zeichenblock unter den Arm und ging nach oben. Ich schnitt die Tischkarten mit einem Messer auseinander, suchte mir Teller und deckte den Tisch mit Gläsern und Besteck. Lena und Stian hatten das Essen schon fertig gemacht und in Handtücher und Zeitungen gewickelt, dann waren sie an Land gegangen. In der Kombüse warteten Frikadellen, Weißkohl und Kartoffeln. Und zum Nachtisch Reiscreme. Ich kostete und gab ein paar Tropfen Mandelessenz hinein.

Ich hängte meine Zeichnung von Georg ans Infobrett, radierte noch ein wenig daran herum und fügte neue Striche hinzu, um den Bonsai zu seinem Recht kommen zu lassen. Und da ich eigentlich eine sanfte und gutherzige Person bin, machte ich ihn etwas größer als in Wirklichkeit.

Der Erfolg ließ nicht auf sich warten. Jean und Philippe verschluckten sich am Bier, als sie sich kurz darauf vom Kühlschrank abwandten und sich die Flaschen an den Mund setzten, und im selben Moment den Nordnorweger mit dem Eissturmvogel auf der Schulter und dem freischwebenden Bonsai entdeckten. Ich hatte mich mit einem neuen Cognac seelisch gestärkt. Einer nach dem anderen kam in die Messe getrampelt und steuerte Getränke und Kaffeekannen an, und das Gelächter verbreitete sich wie ein Lauffeuer.

Georg kam erst, als der Zodiac wieder an Bord gehievt worden war. Er konnte von der Tür aus das Infobrett nicht sehen. Er sah nur Menschen, die sich ausschütten wollten vor Lachen. Dana war besonders beeindruckt von mir mit der Robbenhacke. Die fand sie spitze, und sie machte in der Luft Hackbewegungen, die keinen Zweifel daran ließen, daß sie sich mit dem Eissturmvogel auf dem Bild identifizierte. Ich hätte gern die Zeichnung geholt, die ich in meiner Kajüte versteckte, die Italienerin mit der Schublade und den hysterisch flackernden Augen.

Georg kam langsam herein, sah sich mißtrauisch um und entdeckte sich selber an der Wand.

»O verdammt«, sagte er. »Haben wir Krieg?«

»Rache«, sagte ich und kippte den restlichen Cognac. »Wunderbar süße Rache.«

»Gar nicht schlecht, Georg«, sagte Oscar und nickte zum Bonsai hinüber.

»Nein, das kannst du wohl sagen.« Georg grinste und betrachtete den Bonsai stolz aus zusammengekniffenen Augen. »Verdammt noch mal, nicht schlecht. Frag nur die Bea.«

Ich verteilte die Tischkarten. Samuel traten die Tränen in die Augen, als er sich selber vor dem Piano sah, über das Bogart sich in deprimierter Haltung beugte.

»Das bin ich ja«, wiederholte er mehrmals. »Das hast du gut gemacht. Wirklich witzig. Tausend Dank. Tausend Dank.«

Auch Dana war zufrieden. Ich hatte sie als Mannequin bei der Vorführung gezeichnet. Aber ich ließ sie nicht über den Laufsteg gehen, sondern über die Planke, mit verbundenen Augen und auf dem Rücken gefesselten Händen. Scharf an der Grenze, aber es ging durch.

Philippe hing auf meiner Zeichnung von der Ausgucktonne, wo

er versuchte, einen Eissturmvogel zu fangen, der seine Rolex geklaut hatte.

»Du hast auch eine scharfe Hand«, sagte er. »Nicht nur eine scharfe Zunge.«

»Das ist dasselbe«, sagte ich und drehte mich um. Georg verließ gerade mit der Zeichnung unter dem Arm die Messe.

»Ich radiere nachher den Bonsai wieder aus«, rief ich. »Dann kannst du das Bild an die Wand hängen.«

»Ist nicht nötig«, sagte er. »Der gefällt mir. Und jetzt gehe ich auf die Brücke.«

Kap Fanshawe war eine Vogelkolonie auf einem Basaltfelsen, dort brüteten die Alke. Frikk blätterte in seinem Vogelbuch und widersprach Per, der behauptete, es handle sich um Alke und nicht um Krabbentaucher. Aber als wir näher kamen, verstummten die Proteste. Die Zeichnung des Gefieders sagte genug.

Sechzig Meter hohe Felswände ragten in den Himmel, bedeckt von Vorsprüngen und kleinen Simsen, auf denen, dicht an dicht, mindestens tausend Alke saßen. Es stank nach Dung, und der Vogeldreck hatte an den Steinen weiße Striche hinterlassen. Überall saßen die Vögel, flatternd und zwitschernd. Die Vogeleltern preßten ihre Jungen an die Wand. Wenn sie ins Wasser fielen, dann war Schluß. Es war halb ein Uhr nachts, und die Mitternachtssonne warf längslaufende Schatten über die Wellen, die gegen die senkrechten Felswände schlugen und neue Vorsprünge und Simse modellierten. Das Wasser war sehr tief, wir konnten mit der Ewa dicht an die Felswände heranfahren, blieben aber so weit auf Abstand, daß die Vögel nicht erschraken und ihre Jungen ins Wasser fallen ließen.

»Die sind gut«, sagte ich zu Oscar.

»Wieso gut?«

»Zum Essen. Aber hier oben im Norden werden sie nicht gern gegessen; die Leute behaupten, sie schmecken nach Tran. Daher brauchte man sie nur über Nacht in Essig einzulegen.«

»Ach? Und wie schmecken sie?«

»Tja ... na ja ... ein bißchen wie Schneehuhn. Es ist schwer, das

247

genau zu beschreiben, aber Schneehuhn kommt sicher am nächsten.«

»Wirklich?«

Oscar starrte sie hungrig an. Frikk blätterte in seinem Buch hin und her und quengelte: »Hier steht nichts davon, daß auf Svalbard Alke brüten. Hier sind nur Krabbentaucher erwähnt. Pfui Spinne …«

»Du darfst nicht alles glauben, was in Büchern steht«, sagte ich. »Sieh sie dir doch lieber an und scheiß auf das Buch!«

»Was für ein Mist, daß ich meine Kamera eingebüßt habe«, seufzte er.

Sonja schob ihren Arm unter seine Jacke und lächelte verliebt.

»Wo wohnst du?« fragte ich sie.

»In Oslo. Oben in Veitvet.«

Ach. Dann hatten die Turteltauben vielleicht eine Chance. Sie stammten aus derselben Kultur. Und gleich alt waren sie auch.

»Jetzt fahren wir nach Norden«, sagte Per, »und ankern im Murchisonfjord. Nach dem Frühstück gehen wir dann an Land.«

»Vielleicht finden wir da Gold?« fragte ich. »Vielleicht werden wir reich?«

»Wie meinst du das?« fragte Per.

»Ach, einfach so«, sagte ich und ging zu Georg auf die Brücke. Auf dem Kartentisch stand eine halbleere Schale Reiscreme mit Himbeersoße.

»Wenn man jemanden vor dem Ertrinken rettet«, sagte ich, »ist man sein Leben lang für ihn verantwortlich. Chinesisches Sprichwort.«

»Wieso sagst du mir das?«

»Keine Ahnung.« Ich lachte. Dann sagte ich: »Doof, daß du hier oben sein mußt. Komm zu mir nach unten, wenn du geankert hast. Wann wird das so ungefähr sein?«

»So um drei oder vier. Aber dann habe ich noch einiges zu erledigen. Papierkram und so. Wir waren auf der ganzen Fahrt ziemlich nachlässig damit. Eigentlich müssen wir alles notieren.«

»Dann komm, wenn du fertig bist.«

»Gute Nacht, Eulchen. Die anderen schlafen schon alle.«

»Vergiß nicht«, sagte ich, »daß Eulen nachts am besten sehen können. Nachtblick, weißt du.«

Er musterte mich forschend, dann lächelte er unter seinem Schnurrbart und sagte: »Bei Mitternachtssonne stimmt das nicht.«

Abergläubische Menschen fürchten sich oft, wenn es ihnen gut geht, sie denken: Das wird nicht von Dauer sein, bald muß etwas Schreckliches passieren. So war ich nie, nie habe ich so gedacht. Wenn es mir gut ging, habe ich soviel wie möglich aus der Situation herausgeholt. Wenn es mir schlecht ging, habe ich getrunken. Und deshalb nagte keine Angst an mir, als ich die Kajüte aufräumte, einige Pullover zusammenfaltete, mir die Zähne putzte und unter die Decke schlüpfte. Die Spitze der leeren Champagnerflasche ragte aus einer Kommodenschublade. Das Fest war vorbei. Aber ohne eigenen Eislotsen würde ich jetzt bis zum Bauch im Packeis stecken und mich nicht selber retten können. Ohne Georg würde ich auf die Fresse fallen. Und ich dachte: Ich muß ganz schnell schlafen, dann ist er hier, wenn ich aufwache.

Ich wurde nicht von Georg geweckt. Ich wurde davon geweckt, daß der Treibanker ausgeworfen wurde, und die Umdrehungszahl der Motoren sank. Seltsam, dachte ich schlaftrunken, daß die Motoren nicht verstummen.

Ich fing an zu warten, krümmte unter der Decke die Zehen und freute mich. Ein bißchen Gekritzel im Logbuch und anderen Papieren, die sie sicher an Bord hatten, dann würde er kommen. Ich versuchte, wieder zu schlafen, aber das gelang mir nicht. Es war kurz nach drei. Ich wartete noch immer. Er kam nicht. Und durch das Dröhnen der Motoren konnte ich noch andere Geräusche hören. Ich blickte wieder auf die Uhr. Halb vier. Verdammt, wollte er ohne mich auf Robbenjagd? Wo wir doch Säcke voll Robbenspeck hatten, für den wir noch keine Verwendung gefunden hatten. Ich stand auf und zog mich an. Mäuschenstill, für den Fall, daß wirklich Jagd angesagt war, schlich ich mich die Treppe hoch. Die Deckstür ließ sich wie immer nur mit Mühe öffnen. Und in dieser kurzen Sekunde, in der ich meine Kräfte sammelte, begriff ich, daß ich lieber nicht hinausgehen, mich nicht sehen lassen sollte.

Etwas lief da ab. Durch das Bullauge in der Tür konnte ich deutlich sehen, daß dort etwas vor sich ging. Der Zodiac lag im Wasser, ganz vorn, am Bug der Ewa. Er lag tief im Wasser, war schwerbeladen. Georg saß hinter dem Rad, Pia am Bug, und zwischen ihnen lagen zwei riesige, in Planen gehüllte und mit Schnüren umwickelte Pakete. An den Schnüren hingen hier und dort weiße Eisklumpen. Ich drehte mich um, lief in die Messe und von dort aufs Achterdeck. Dort konnte ich durch die Plastikplane nach vorn sehen. Die Sonne stand tief, sie verzerrte die Umrisse, und der Nachtnebel hing über dem Fjord. Aber ich konnte immerhin sehen, daß das Ladenetz in den Zodiac hinuntergewinscht und dann von Pia mit den Paketen gefüllt wurde. Georg mußte ihr dabei helfen, und das Gummiboot trieb ein Stück weiter, während sie sich mit dem Netz abmühten. Georg lief wieder zum Rad und brachte das Boot langsam wieder in die richtige Position, dann packte Pia den Haken und befestigte daran das Netz. Sicher bediente Per die Winsch. Das Netz wurde hochgehievt, und der Zodiac hob sich spürbar im Wasser.

Ich preßte die Augen an das Fenster, versuchte zu sehen, wo das Netz hin sollte, und konnte vorn am Bug eine offene Luke ahnen. Ich hatte tausendmal dort gestanden, aber mir war noch nie eine Ladeluke aufgefallen. Dort hatten Kästen gestanden. Taurollen und anderer Schrott hatte herumgelegen.

Kaum daß die Pakete in der Luft waren, drehte Georg den Zodiac und steuerte auf die Strickleiter zu, die diesmal draußen hing. Pia kletterte hinauf und ließ sich über die Reling fallen. Alle Bewegungen da draußen waren schnell und präzise. Die Winsch drehte sich, der Haken senkte sich wieder. Georg befestigte die Kette daran, die den Zodiac hochhieven sollte, und kletterte die Leiter hoch. Der Zodiac war noch vor Georg an Deck. Georg und Pia verschwanden aus meinem Blickfeld, um ihn zu vertäuen, ich selber rannte los. Durch die Messe, vorbei an der Tür zum Deck, die Treppen hinunter, in die Kajüte. Ich riß mir die Kleider vom Leibe und ließ mich ins Bett fallen. Und dann erst ging mir auf, was ich einige Sekunden vorher draußen auf dem Gang gesehen hatte: Oscars Kajütentür, die sich langsam schloß.

251

Die Motoren der Ewa verstummten. Er würde bald kommen.

Ich war wieder zu Atem gekommen, als er die Tür öffnete, und ich kniff die Augen zusammen und schnarchte ein wenig. Er fing an, sich auszuziehen.

Ich tat so, als ob ich erwachte, ihn entdeckte.

»Bist du fertig mit dem Papierkram?«

»Ja«, er lächelte, seine Stirn war schweißnaß. »Und hier bin ich.«

»Ich bin so müde, Georg, ich muß einfach ein bißchen schlafen. Es ist so eng in der Koje.«

»Meinst du wirklich?«

»Mm. Ich muß schlafen. Meine Begegnung mit dem Teddy hat mich wohl mehr mitgenommen, als ich gedacht habe. Die Belastung, weißt du ...«

»Ja, wenn du meinst, dann ...«

Ich schloß die Augen, er sollte nicht wissen, daß ich seine Enttäuschung ignorierte. Er küßte mich auf die Stirn, und es gelang mir, nicht loszuheulen.

»Gute Nacht«, flüsterte er.

»Mmm ... gute Nacht, Georg.«

Ich wartete lange, mindestens eine halbe Stunde, oder vielleicht auch nur fünfzehn Minuten. Ich hatte mein Zeitgefühl verloren. Langsam zog ich mich wieder an und ging hinaus. Horchte. Lange. Ehe ich mich zur Treppe schlich, riß ich die Daunenjacke vom Haken und kletterte an Deck.

Die Ewa lag still an ihrem Treibanker im Murchisonfjord. Ein Bergmassiv, groß wie halb Jotunheimen, umgab sie, die Berge waren unten grün, wie mit Gras bewachsen. Das war das erste Grün, was ich hier oben zu sehen bekommen hatte. Ab und zu streckten die Gletscherarme ihre Zungenspitzen bis zum Strand hin aus und spuckten kleine Sahnetupfer aus Eis ins Meer. Die Wasseroberfläche lag schwarz vor dem weißgrünen Hintergrund. Über den Talsenken im Osten war der Himmel tief blaulila, durchzogen von purpurroten Wolkenbändern, vom Westen her kam der Nebel.

Auf weichen Gummisohlen ging ich zum Zodiac und schaute hinein. Dort waren nur einige Schneeklumpen zu sehen.

Vorn am Bug sah alles aus wie immer, aber nun entdeckte ich die Luke, zumindest ihre Umrisse. Und eine kleine Vertiefung mit einem runden Haken. Daran zog ich. Zu schwer. Und außerdem waren Kästen davorgeschoben. Auf der Luke und um sie herum sah ich Fußspuren. Sie waren an Land gewesen. Und hatten etwas geholt. Und an Bord gebracht.

Ein Raum unter Deck mußte doch auch von einer anderen Seite her zugänglich sein?

Am Ende des Ganges zwischen den Kajüten lag das Klo. Wir hatten zwei Klos, eins hier, und eins oben, bei der Decktür. Ich stand ganz still und schaute durch die Klotür. Dort entdeckte ich einen Bratenwender, halb hinter dem Spülkasten versteckt. Er lag immer noch da. Vor tausend Jahren hatte er vor Fett geglänzt, und ich hatte bei diesem Anblick gekotzt. Durch das Bullauge sah ich, daß der Nebel dichter wurde. Ich machte die Tür zu. Von hier aus führte keine Tür weiter. Daneben lag ein Kabuff. Ich starrte die Decke an und versuchte, die Breite des Bootes abzuschätzen, zu raten, wie weit der Bug noch entfernt war. Die Decke wurde noch nicht schmaler. Es mußten also mehrere Räume zwischen mir und dem Bug liegen. Aber auch das Kabuff hatte keine weiteren Türen. Also blieben nur noch die Kajüten. Eine einzige Tür führte nach vorn. Daran gab es keinen Namenszettel; bisher war mir das nie aufgefallen.

Vorsichtig öffnete ich diese Tür. Es war keine Kajüte, sondern ein Raum für Schrott und Geräte, Werkzeug, Kisten mit leeren Bierflaschen, einem Schrank. Ich knipste das Deckenlicht an und öffnete die Schranktüren. Bettwäsche. Handtücher. Tischdecken. Ich schaute zur Decke, die sich verjüngte. Ich war fast am Bug, und dieser Raum nahm die volle Breite der Ewa ein. Ein Dreieck fehlte, der Raum, der die letzte Spitze bis zur Innenseite des Bugs einnahm.

Die Kisten. Hinter den Bierkisten. Leise zog ich die Tür hinter mir zu, hob dann unendlich vorsichtig, damit sie nicht klirrten, die Kisten vom Stapel und stellte sie auf den Boden. Ich erblickte eine schmale Tür, einen halben Meter oberhalb des Fußbodens. Die machte ich auf.

Kalte Luft schlug mir entgegen. Metallgeruch. Es war dunkel. Vorsichtig setzte ich einen Fuß über die Schwelle und fand festen Boden. Ich ging weiter, ohne die Tür loszulassen. Dort lagen die Pakete.

Werkzeug. Ein Messer. Ich brauchte ein Messer. Unter allerlei Schrott im Werkzeugschrank fand ich ein altes verrostetes, dann ging ich wieder in den Bugraum. Ich sicherte die Tür mit zwei aufeinandergestapelten Bierkästen vor dem Zufallen.

Dann hockte ich mich hin und säbelte an der Schnur herum. Schnee und Eisklumpen verrieten, daß die Pakete vergraben gewesen waren. Die Schnüre waren starrgefroren, aber endlich hatte ich die erste gekappt. Drei weitere folgten, dann öffnete sich das Paket. Ich stand auf und trat ein paar Schritte zurück, um das Licht hereinzulassen, als die Plane auseinanderglitt und weißes Fell zu Boden fiel. Ich schlug mir die Hand vor den Mund, griff zum Feuerzeug und ging wieder in die Hocke.

Das erste Paket enthielt vier Eisbärenfelle, das zweite fünf. Zwei davon stammten von Jungen. Die Felle waren so abgezogen worden, daß Kopf und Tatzen noch mit Fleisch gefüllt waren. Ansonsten fehlte das Fleisch. Es gab nur wenig Blut. Die Bärenfelle waren aufgerollt, der Kopf war ganz innen. Und als ich die beiden ersten auseinanderrollte, entdeckte ich die Merkzettel an ihren Tatzen. Einen Namen für jeden Bären. Ich drückte auf das Feuerzeug und las: Dieter. Und dann: Enrique. Und bei einem dritten: William. Für jeden Teddy ein neuer Name.

Die Felle fühlten sich weich an und überhaupt nicht gefroren. Aber sie waren kalt genug, um altes Blut aufzubewahren. Hier oben, beim einundachtzigsten Breitengrad, liegt der Verwesungsprozeß anders als anderswo. Tote Tiere wurden gefriergetrocknet. Oder von anderen gefressen.

Ich betastete die Ohren. Sie fühlten sich gut an, waren rund. Mehrere Bären hatten die Augen geöffnet, eine trübe Haut zog sich über die schwarzen Pupillen, ihre Zungen hingen heraus, bläulich verfärbt. Ich mußte auch einen daumengroßen Eckzahn anfassen. Er war bis zum Gaumen hoch dunkelgelb, mit kleinen Streifen im Emaille, wie von Nikotin.

Ich erhob mich. Meine Knie zitterten, ich packte eins, um es zur Ruhe zu bringen. Ich spürte meinen Puls gleichmäßig in meinem Kehlkopf schlagen, wenn ich Luft daran vorbeiströmen ließ, zur Lunge und wieder zurück. Mein Körper trug mich aus dem Zimmer, meine Arme stapelten die Kisten wieder aufeinander, eine Hand legte das Messer zurück in den Schrank, und meine Füße führten mich zurück zur Kajüte, wo ich mich mechanisch auszog und in Embryostellung zusammenrollte.

Jetzt wach aber auf, Eulchen … es gibt Frühstück, und wir wollen doch an Land, jetzt wach auf!«

Ich hatte es geträumt, nur geträumt. Ich öffnete die Augen und blickte in Georgs lächelndes Gesicht. Ich hatte es nicht geträumt.

»Nun wach aber auf«, wiederholte er und nahm mich in den Arm, ein wenig ungeschickt, da er sich unter die obere Koje ducken mußte.

»Oder soll ich mich vielleicht hinlegen …« flüsterte er.

»Nein«, sagte ich schnell. »Ich … ich muß aufs Klo … und ich habe Hunger, ich will Frühstück. Was haben wir heute eigentlich für einen Tag?«

»Weißt du das nicht? Montagmorgen.« Und sein Gesicht verdüsterte sich. »Jetzt sind wir bald wieder in Longyear. Dienstagabend. Nach dem Essen.«

Ich rieb mir die Augen.

»Kommst du?«

»Ja, ich komme.«

»Du brauchst dich nicht so dick anzuziehen. Hier im Fjordinneren ist es warm und windstill, das reine Paradies. Freu dich!«

Als erstes fielen mir Per und Pia auf. Sie waren anders als vorher. Lächelten häufiger, scherzten mit allen, die da vor vollen Tellern und dampfenden Kaffeetassen saßen. Natürlich waren sie erleichtert, jetzt, wo die Eisbären an Bord waren. Das zu planen, während das Boot voll von Leuten war, die nichts davon erfahren durften – kein Wunder, daß sie sich gestritten hatten und nervlich reichlich zu Fuß gewesen waren. Und Georg wollte die Hälfte des Geldes, ich konnte mich jetzt an den genauen Wortlaut erinnern. Alles stimmte. Bären sind tolle Tiere, hatte Georg am Strand in der Vibebucht gesagt. Seehunde auch. Gleich nachdem er sie abgeschossen hatte. Aber die Namenszettel, was war hier eigentlich abgelaufen, ich begriff das nicht.

Mehrere von den anderen hatten ihre Tischkarten am Infobrett befestigt, um sie den anderen zu zeigen, und sie fragten mich nach meiner Arbeit aus. Automatisch antwortete ich. Erzählte von politischen Kommentaren in der Zeitung, die von einem frechen Strich begleitet werden sollten, von Buchumschlägen, Comics, lustigen Büchern mit Vignetten. Sie hörten zu und nickten und lobten mich. Ich hätte ihnen gern geglaubt. Hätte gern geglaubt, daß es mein Leben war, was ich da beschrieb. Daß ich es nicht verloren hatte. Daß ich jederzeit in mein altes Leben zurückkehren könne, so, wie Frauen das in früheren Zeiten gekonnt hatten, wenn ihr Mann starb oder sich aus dem Staub machte.

Per sammelte seine Truppen und verbreitete sich über den Murchisonfjord und die Vegetation. Es sei schon ein bißchen spät im Jahr, bedauerte er. Aber noch immer würden wir Svalbardmohn und Knöllchensteinbrech und Roten Steinbrech sehen.

Wir zogen uns an und gingen an Deck. Ich sah, daß der Nebel sich verzogen hatte. Überall drängten sich die Bergspitzen, die Gletscher glitzerten silberblau, marmoriert von schwarzen Streifen durch die Bewegungen hinunter zum offenen Meer. Wer eine Kamera hatte, fotografierte in alle Himmelsrichtungen und seufzte, weil er geglaubt hatte, alles hier oben schon gesehen zu haben. Georg half mir, die Schwimmweste zu verknoten. Ich stand stocksteif da und ließ ihn gewähren.

»Bist du krank?« fragte er leise.

»Vielleicht brüte ich irgendwas aus ... eine Erkältung, oder meine Tage ... oder vielleicht AIDS? So kommt mir das vor.«

»Sei still, darüber macht man keine Witze.«

Ich wäre fast von der Leiter gefallen. Sigmund fing mich auf, erwischte meinen Fuß.

»Vielleicht solltest du nicht mit an Land kommen«, sagte Georg, »sondern dich lieber etwas ausruhen.«

Doch, ich wollte an Land. Um nichts in der Welt wollte ich mit zehn Leichen, neun davon Bären, an Bord der Ewa allein sein.

»Ich will aber mit«, sagte ich und ließ mich zwischen Samuel und Jean auf die Gummikante sinken. Dana saß am Bug, ihre Füße berührten die Stelle, an der Georg und ich erst vor einer kleinen Nacht …

Aber war ein Bär mehr wert als ein Seehund, bloß, weil er unter Naturschutz stand? Ich spürte den Wind im Gesicht, ich schaute zum Land hinüber, wo die grünen Hänge näherrückten.

Jean half mir aus dem Boot. Hob mein Feuerzeug hoch, als ich es in den Sand fallen ließ.

»Sieh doch nur!« sagte er. »Die vielen Blumen! Hast du gesehen, wie schön die sind …«

Das waren sie. Einwandfrei sehr schön. Eine dichte Decke aus Rotem Steinbrech. Obwohl viele schon verblüht waren, gab es noch viele, die kräftig leuchteten. Ich starrte sie an und rauchte. Plötzlich hatte ich meinen Entschluß gefaßt.

Ola und der Zodiac holten die zweite Ladung. Georg fuhr mit zurück. Ich wartete, lächelte ihn an und wandte mich an Sigmund und Per. »Habt ihr nicht genug Teddyposten? Können Georg und ich allein einen kleinen Spaziergang machen?«

»Aber sicher«, sagte Per. »Mit Pia sind wir zu dritt. Geht nur.«

Georg schmunzelte. Er hatte seine Mütze auf dem Schiff gelassen und seinen Thermoanzug vorn geöffnet. Er trug seinen weißen Pullover. Weiß vor braunem Hals. Nur ich wußte, wie weiß seine Haut wirklich war. Weiß wie eine Elfenbeinmöwe. Weiß wie die Unschuld. Weiß wie ein Eisbär in der Phantasie derer, die in Wirklichkeit noch nie einen gesehen haben.

»Komm«, sagte ich.

Das Grüne war weich unter unseren Füßen und saugte alle Geräusche auf. Moos. Ungewohntes Gefühl nach Tagen voller Steine, Eis und Schiffsdecks. Georg nahm meine Hand.

»Ich habe heute nacht nachgedacht«, sagte er. »Über uns. Ich habe zu Hause einen kleinen Fischkutter, den benutze ich im Winter. Sie ist nicht groß, aber … vielleicht möchtest du sie mal sehen. Ich glaube, du magst Schiffe jetzt gut leiden …«

»Ja, ich mag Schiffe jetzt gut leiden.«

»Und ich hab ein kleines Haus, hab ich von meiner Mutter geerbt. Ein schönes Haus, ich halte es gut in Schuß.«

»Ach.«

»Deine Hand ist so kalt.«

»AIDS«, antwortete ich. »Mir bleibt nicht mehr viel Zeit.«

Er sah, daß ich nicht lachte, er blieb stehen, schaute mir ins Gesicht. Wir hatten uns weit von den anderen entfernt.

»Was ist denn los mit dir … mit sowas darfst du keine Witze machen, jetzt mußt du …«

»Ich mache keine Witze.«

»Was sagst du da? Stimmt das …«

»Es stimmt, daß ich das Gefühl habe, daß ich nicht mehr lange zu leben habe. Ich habe euch letzte Nacht gesehen.«

Etwas schien aus seinem Gesicht davonzugleiten, über sein Kinn zu rutschen und zu Boden zu fallen, seinen Blick bloßzulegen, ihn weit aufzureißen. Er drückte meine Hand. Das tat weh.

»Hast du gesehen, daß wir etwas an Bord gebracht haben?«

»Ja. Und danach war ich im Laderaum, um die Pakete zu öffnen und mir ihren Inhalt anzusehen.«

Ich brach in Tränen aus. »Der Teufel soll dich holen, Georg, wie kannst du …«

Er legte die Arme um mich.

»Aber Liebes … wenn du das weißt … ich kann das ja auch nicht abstreiten, aber es ist nicht so schlimm, wie du glaubst. Du warst doch selber mit auf Schnutenjagd. Ich begreife nicht, wie du …«

»Bären stehen unter Naturschutz, Georg … was du machst, ist gefährlich … das kommt raus … alles ist kaputt.«

»Hast du vor, uns zu verraten … beim Sigmund oder …«

»Weiß er denn nichts davon?«

»Spinnst du? Nur Per und Pia und ich wissen das. Und jetzt du … komm, ich nehm dich in den Arm.«

»Nein.« Ich trat zwei Schritte zurück. »Erzähl mir, warum ihr das getan habt.«

Georg ließ sich auf ein grünes Moosbüschel sinken, zog seinen Tabak aus der Tasche, drehte und leckte.

»Was meinst du damit, daß alles kaputt ist, Bea?«

»Du hast Tabak im Schnurrbart«, sagte ich. Seine Hände zitterten. Ich glaubte jetzt, jede Runzel in seinem Gesicht zu kennen.

»Ich werd dir eins sagen«, sagte er. »Die Kohle ist mir scheißegal, wenn diese Sache irgendwas für uns beide kaputtmacht ...«

Ich ließ meinen Blick über den Fjord wandern. »Um wieviel
Kohle geht es denn überhaupt?«

Die Ewa lag klein und allein da, sie wiegte sich vorsichtig am
Ende der Ankerkette. Ich atmete die Düfte von feuchter, frucht-
barer Erde ein, die so sauber war, daß man sie essen könnte.

»Zweihunderttausend pro Teddy ... aber nicht für die Felle. Für
die Jagd.«

»Nicht für die Felle?«

»Nein ... für ein Fell kriegst du nur dreißigtausend. Es gibt ja
Felle zu kaufen. Bären, die in Notwehr erschossen worden sind,
werden versteigert, und das Geld fällt an die Staatskasse. Und es
gibt Felle aus Kanada und Grönland. Die Urbevölkerungen da
oben haben kleine Quoten. Nein, es geht um die Jagd.«

»Aber wie?!«

»Per und Pia sind hier oben schon seit Jahren als Reiseleiter
tätig, obwohl sie noch so jung sind. Sie kennen die Leute ... die
mit der Ewa und anderen Booten unterwegs gewesen sind. Leute,
die jagen wollen.«

»Die ein Tier jagen wollen, das unter Naturschutz steht. Wilddiebe.«

»Wilddiebe? Ja, wenn du das so ausdrücken willst.«

»Das will ich. Was ist denn mit Sigmund? Wieso hat der nichts
gemerkt?«

»Der muß ja auch irgendwann schlafen. Als wir die Schnute ab-
geknallt haben, ist doch auch niemand aufgewacht, weißt du noch.
Wir hatten pro Tour zwei Jäger dabei. Aber auf dieser letzten
Fahrt jetzt wollten wir keine. Per meinte, es würde genug Arbeit
machen, die toten Bären an Bord zu schaffen.«

»Aber wie geht die Jagd vor sich?«

»Einfach. Per und Pia verleihen ihre Gewehre. Dann fahren wir
mit dem Zodiac an Land, wenn die Ewa irgendwo still liegt. Ja,
manchmal auch, wenn sie unterwegs ist. Der Zodiac holt sie doch
leicht wieder ein. Am Strand machen wir ein Feuer und hängen an
einem Spieß Seehundsspeck in den Rauch. Meister Petz riecht das

noch kilometerweit. Und dann kommt er. Wir brauchen nur zu warten.«

»Und dafür bezahlen sie zweihunderttausend?«

»Das sind Leute, die sich das leisten können. Und für einen echten Jäger ... in freier Natur einem Eisbären eine Kugel zu verpassen ... und danach das Fell zu bekommen ... wir könnten uns sicher noch besser bezahlen lassen.«

»Wie werden die Felle denn weitertransportiert?«

»Per hat viele Beziehungen. Zu Forschern und so. Das hier ist die letzte Tour. Wir hatten die Felle hinten hinter der Landspitze vergraben.«

Er zeigte auf die Stelle.

»Im Hafen von Longyear warten Metallkästen, für wissenschaftliche Ausrüstung. Die Felle werden darin verstaut und zum Festland geflogen. Du brauchst dir keine Sorgen zu machen. Solche Ausrüstungskästen sind dauernd unterwegs. Das ist ganz einfach. Ich sage dem Sigmund einfach, er soll mal eine Pause machen, ins Busen gehen und ein Bier trinken. Das macht er, und Per und ich haben im Handumdrehen die Bären von Bord gebracht.«

Alles hörte sich so einfach an.

Georg stand auf und fuhr fort: »Ist schon in Ordnung, daß er unter Naturschutz steht, aber es gibt jetzt zu viele von seiner Sorte. An die dreitausend, vielleicht auch noch mehr. Er verhungert. Der Bestand müßte bejagt werden, aber das will niemand einsehen.«

»Der, den ich gesehen habe, war fett.«

»Aber das sind nicht alle. Und niemand kapiert, daß die jungen Bären als erste draufgehen ... die, die nicht genug fangen können, um satt zu werden.«

»Aber du und Per, ihr habt das kapiert.«

»Es war nicht meine Idee, ich habe nur geholfen.«

Er legte den Arm um mich, ich schloß die Augen und sah wieder den Teddyblick vor mir. Den Teddy in der Vibebucht. Einen lebendigen Teddy in der Polarnatur. Mitten im Eismeer. Mitten in der kalten Zone, Zona Frigida, wo es nirgendwo Liebe gibt; die so unbewohnbar ist, daß sogar die Tiere weiß werden, um ihr Futter kämpfen müssen, keine Sekunde Pause machen, sich nie auf ihren Lorbeeren ausruhen dürfen, sondern jagen müssen, um zu überleben, schon, wenn sie als kleine Wuschel zum ersten Mal neugierig aus ihrem Bau an einem Südhang auf Kong Karls Land krabbeln, um zusammen mit einer großen beschützenden Mama durch den Schnee zu rutschen. Es ist ein beinhartes Leben, das keine Ruhe kennt. Viele gehen unter, fallen Hunger oder Unfällen zum Opfer. Und doch ist das besser als bei fünfunddreißig Grad über Null im Londoner Zoo auf einem verdreckten Betonboden zu sitzen. Oder mit offenem Maul und gespreizten Tatzen vor einem Kamin zu liegen.

»Ich habe zu Hause einen Kamin«, sagte ich. »Aber ich glaube, ich würde trotzdem hier oben keinen Teddy schießen, um mir ein Fell davor legen zu können. Den mit dem gebrochenen Rückgrat, ja. Aber keinen, der frisch und gesund ist.«

»Aber wenn du ein Fell *kaufen* könntest ... für dreißigtausend, von der Regierungsbevollmächtigten, und wenn du das Geld hättest ... was dann?«

»Dann würde ich es vielleicht tun.«

»Ja. Diese Antwort hatte ich erwartet. Und das ist der Unterschied zwischen dir und mir. Ich sehe da nämlich keinen Unterschied.«

»Das mußt du aber, Georg. Das liegt doch auf der Hand! Und diese Deutschen ...«

»Deutsche, ein Amerikaner, ein Grieche und noch andere.«

»Verdammt! Und die kommen her und reißen unsere Bären an sich?«

»Das sind nicht unsere. Das hast du selber gesagt. Norwegen hat kein Monopol auf den Fisch. Und wir haben das auch nicht auf den Teddy. Überleg dir das doch mal genau, Mädel, verdammte Axt.«

Eins komma acht Millionen. Dreitausend Bären hier oben. Neun hatten sie erwischt. In Afrika wurden Elefanten gewildert. Und Tiger in Indien.

Ich blickte zu Boden. Ein kleiner Roter Steinbrech. Unvorstellbar klein. Hier stand er und blühte in einer hoffnungslosen und ungastlichen Natur. Aber er war hier. Er existierte. Und hier stand ich und existierte. Der Teddy in der Vibebucht hatte mich nicht gefressen. Und auf dem Schiff lagen neun tote. Neun ohne Rückgrat und Körper und Innereien.

»Warum ist in Kopf und Pfoten noch Fleisch?«

»Das muß ausgekocht werden. Danach kann das Fell dann präpariert werden.«

»Jetzt gehen wir zurück zu den anderen.«

»Aber wie siehst du das alles jetzt ...?«

»Ich weiß es nicht. Ich weiß es ehrlich gesagt nicht, Georg.«

Wir fanden die anderen weiter hinten in der Bucht, auf einem weißen Kieselstrand. Sie standen vor einer alten Bärenfalle. Einer Selbstschußfalle. Ironie des Schicksals. Per verbreitete sich darüber, wie ein Stück Fleisch den Teddy dazu brachte, den Kopf in den Kasten zu stecken, wobei sich dann der Schuß löste. Ich konnte seine Stimme selbst dort hören, wo ich saß und rauchte. Georg löste Sigmund ab, und der unterhielt sich mit Oscar. Die beiden gingen am Wasser entlang, ich betrachtete ihre Gesichter in der scharfen Luft. Ernst, konzentriert.

Ich stand auf und ging langsam hinter ihnen her. Ich schaute zu Boden, schien nach Blumen zu suchen, bückte mich einige Male. Oscar und Sigmund sahen sich nicht um. Oscar gestikulierte. Sigmund nickte, stellte Fragen, kommentierte.

Mir fehlte eine Wand, an die ich mein Ohr pressen könnte. Deshalb ging ich schneller und hatte sie fast erreicht, als ich Sigmund leise sagen hörte: »Ich wüßte gern, wie viele Tiere insgesamt sie schon ...«

Er sah mich aus dem Augenwinkel heraus an und versetzte Oscar einen Rippenstoß.

Ich hielt ihm eine gelbe Blume hin: »Ist das Svalbardmohn, Sigmund?«

»Ja«, er nickte.

»Wunderschön. Aber, du ...«

»Ja?«

»Ich fühle mich nicht so ganz wohl ... meinst du, Ola oder Bjørn könnten mich zurück aufs Schiff bringen?«

»Ja, sicher«, sagte Sigmund. »Komm mit. Ist es etwas Ernstes?«
»Nicht doch, nur das, was alle Frauen einmal im Monat haben.«
Er lächelte verlegen. »Ach so.«

»Quatschen wir eine Runde?« grinste Ola.
  »Von mir aus gern. Nachdem du mich an der Leiter abgesetzt hast.«
  »Himmel. Liebeskummer?«
  »Nein. Nur ein bißchen Bauchweh.«
  Ich stieg die Leiter hoch. Nuno steckte besorgt den Kopf aus der Tür und fragte: »Ist alles in Ordnung?«
  »Sicher, Izu geht es sehr gut. Ich bin hier diejenige, die nicht so ganz auf dem Damm ist.«
  Ich nahm Eis aus der Tiefkühltruhe. Wir hatten bei der Einfahrt in die Vibebucht nachgefüllt. Ich nahm mir drei Flaschen Tonic und ein Glas, hatte nicht den Nerv, Striche auf die Liste zu setzen. Dann ging ich unter Deck, schnappte mir Georgs Schwarzmarkt-schlüssel und hoffte, daß der auch für meine Tür paßte. Das tat er. Ich schloß ab, öffnete das Bullauge, um atmen zu können, behielt die Daunenjacke an. Ich mixte mir einen Gin-Tonic und trank. Trank lange. Mixte mir noch ein Glas. Wartete. Bis der Rausch den Tränen freien Lauf ließ.
  Sigmund und Oscar wußten Bescheid. Welche Strafe stand wohl auf das Umnieten von Teddys? Wen könnte ich fragen? Sie würden erwischt werden. Ich heulte und trank, putzte mir im Handtuch die Nase, trank mehr, weinte mehr, glotzte die Eissturmvögel im Wasser vor dem Bullauge an, trank noch mehr, hörte, wie viel, viel später die anderen aufs Schiff zurückkamen, hörte jemanden an der Tür, hörte Georgs Stimme: »Hast du dich eingeschlossen? Geht's dir nicht gut?«
  Ich machte auf. Schnell. Er stolperte herein.
  »Ach, du trinkst. Aber … aber kleines, feines Eulchen …«
  »Sag mir eins, Georg.«
  »Du bist besoffen.«
  »Sicher. Aber sag mir eins … wieviel … wie … hoch ist die Strafe, wenn ihr gefaßt werdet?«

»Wir werden nicht gefaßt. Sei still!« flüsterte er und schloß hinter sich die Tür. »Herrgott, wenn du etwas verrätst, bloß, weil du getrunken hast und nicht weißt, was du ...«

»Antworte. Wie hoch, wieviel ...«

Er setzte sich auf die untere Koje und mußte dabei den Kopf senken. Ich wünschte mir plötzlich, er mache das, weil er sich schämte.

»Herrgott, wieso mußtest du das heute nacht denn auch sehen!«

»Antworte. Sonst heule ich ganz laut los.«

Er seufzte. »Das alte Gesetz schrieb ein Jahr vor, aber wir werden nicht gefaßt.«

»Das alte? Wie meinst du das?«

»Jetzt gibt es ein neues. Eine Art Strafgesetz. Sigmund hat vorhin davon erzählt, dieser Frikk fragte danach, als sie die Selbstschußfalle entdeckt hatten ... ich wußte das noch gar nicht. Frikk hat auch auf der Rückfahrt darüber geredet ... ich wußte nicht, wo ich hinschauen sollte. Per saß da, und wir konnten uns einfach nicht ansehen ...«

Er grinste kurz.

»Du lachst? Kapierst du denn nicht ...«

Georg erhob sich und nahm mich in den Arm. »*Du* kapierst nicht ... wir werden nicht gefaßt. Wie oft soll ich dir das denn noch sagen?«

»Wie hoch ist die Strafe, nach dem ... neuen Gesetz?«

»Das ist ein Gesetz über Umweltkriminalität ... über Tiere unter Naturschutz ... bis zu sechs Jahren.«

»Sechs Jahren?«

»Pst! Ja, sechs Jahren. Das Gesetz haben diese verdammten Bürokraten durchgedrückt. Greenpeaceleute. Solche wie Dana.«

»Georg! So einfach ist das nicht!«

»Doch. So einfach ist das. Und übermorgen werde ich um neunhunderttausend reicher sein. Wegen ein paar Teddys, die wahrscheinlich sowieso verhungert wären.«

»Geh jetzt.«

»Aber willst du einfach hier sitzen? Ich halte das nicht aus, Bea, ich ...«

Er faßte meine Schultern. Seine Augen waren feucht, ein Mund-winkel zitterte. Er flüsterte. »Mach uns nicht alles kaputt ... ver-stehst du nicht ... du und ich ... ich hätte in meinem Leben nicht gedacht, ich könnte eine wie dich finden ...«

»Ihr werdet gefaßt, Georg. Sechs Jahre! Himmel, wieso kannst du nicht ...«

»Werden wir nicht. Reg dich nicht auf. Und daß du ja nichts sagst.«

»Geh jetzt. Ich brauche meine Ruhe. Geh.«

Ich schob ihn aus dem Zimmer, machte die Tür zu, schloß ab.

Ich blieb in der Kajüte. Niemand nervte. Ich schlief ein bißchen. Dann wurde mir schlecht. Ich mochte nicht mehr trinken. Georg meldete sich nicht mehr, er hoffte wohl, seine logische Argumentation werde ihre Wirkung tun, wenn ich nur erst einmal darüber nachgedacht hätte. Lena fragte, ob ich etwas zu essen wollte. Sie klopfte, berührte aber die Türklinke nicht, merkte also nicht, daß ich einen ungesetzlichen Schlüssel hatte.

»Nein, danke, ich brauche bloß Ruhe. Ich habe auch Kopfschmerzen. Aber tausend Dank.«

Die Ewa wiegte sich sanft, aber das half nicht. Wir befanden uns wieder in altem Fahrwasser, auf der Strecke, die wir gekommen waren, mit Kurs auf Nordvestøyane. Dienstagnacht würden wir Longyear erreichen. Sigmund und Oscar wußten alles.

Ich setzte mich in der Koje auf, wiegte mich hin und her, weinte. Er würde ins Gefängnis kommen. Sechs Jahre. Der gute, liebe Georg mit den grauen Haaren auf dem Brustkasten und dem pieksenden Schnurrbart. Der mich in den Arm nehmen konnte, ohne daß ich in Panik geriet. Der außen liegen und mich an die Wand pressen und fragen konnte, was mir fehlte, ohne mir dadurch Klaustrophobie zu verpassen. Georg, der hier *gewesen* war.

»Scheiße, Scheiße, Scheiße …«

Ich konnte es nicht zulassen. Ich würde es nicht zulassen.

Ich schlief ein und erwachte viele Stunden später. Mein Gehirn brauchte einige Sekunden, um weiße Flecken zu füllen, um mich über den Stand der Dinge zu informieren. Mein Solar plexus krampfte sich zusammen, als das Bild komplett war.

Ich spülte mein Glas unter dem Wasserhahn aus und füllte es mit Wasser. Jetzt nicht mehr trinken, sagte ich zu mir, du hast etwas zu erledigen.

Stian und Sonja deckten die Tische. Ich half.

»Wo stecken die anderen?«

»Überall«, sagte Sonja. »Im Salon. Auf Deck. Einige schlafen. Georg schläft.«

Dabei warf sie mir einen raschen Blick zu. Das hier war das pure Dorf. Alle bemerkten alles. Ich mußte sie auf andere Gedanken bringen.

»Ihr habt Glück, du und Frikk, ihr wohnt in derselben Stadt.«

»Ja. Du Arme, Bea. Obwohl Georg …«

Sie zögerte.

»Nicht gerade dein Typ ist«, vollendete ich.

»Er ist doch so alt … ich meine … viel älter als … ich.«

»Und als ich.«

Ich bat Lena, ihn zu mahnen, und ging zum Rauchen an Deck, nach vorn zum Bug, wo ich auf der Ladeluke herumwanderte und daran dachte, was sich darunter verbarg. Ich warf auch einen verstohlenen Blick auf die weiße Kiste. Dort lag ein Menschenkörper bei etwa null Grad – und auch die neun toten Bären unter meinen Füßen. Drei Schnuten hatten auf dieser Fahrt ihr Leben lassen müssen. Insgesamt dreizehn Leben. Wenn Dana von den Bären gewußt hätte, hätte sie sie zutiefst betrauert. Turids Tod hatte sie, soweit ich das beurteilen konnte, nicht im mindesten berührt. Und ich war hergekommen, um zu töten, genau wie Dieter und William.

Ich warf die Kippe über die Reling, steckte die Hände in die Tasche. Oscar stand mit Sigmund auf der Brücke, die Japaner fotografierten. Ich fragte mich, was sie so toll fanden, dann ging mir auf, daß es sich einfach um die Berge, die Inseln handelte. Ich war jetzt daran gewohnt, hielt sie für selbstverständlich. In den letzten Tagen hatte ich zuviel für selbstverständlich gehalten. Viel zu viel, und nun kam er, gähnte, zog seine Daunenjacke fester zusammen. Ich wußte genau, wie er riechen würde, wenn ich die Nase an seinen Hals hielte. Aber das tat ich nicht. Statt dessen klapperte ich übertrieben mit den Zähnen und lächelte.

»Gut geschlafen?«

»Ja. Und jetzt brauch ich eine Zigarette zum Wachwerden. Geht's dir besser?«

Er blickte mir forschend ins Gesicht, ich erwiderte seinen Blick. Ich entdeckte gelbe Striche in seiner Iris, kleine Speere im Braunen. Seine Haare standen frisch erwacht zu Berge, seine dunkelbraune Mähne war graugestreift.

»Ich bin müde«, sagte ich. »Weiß auch nicht, ob ich etwas essen möchte.«

»Ich war in deiner Kajüte, um nach dir zu sehen. Wo du mich nicht gemahnt hast.«

»Ach.«

»Dir geht es überhaupt nicht gut.«

»Nein.«

»Und dabei habe ich doch alles erklärt! Daß ich nichts Schlimmes getan habe.«

»Das hilft trotzdem nicht. Ich kann nichts dafür.«

»Ich würde dich so gern gegen das Geld eintauschen. Jederzeit!«

»Ich weiß. Aber es ist zu spät.«

»ESSEN! DINNER!« rief Stian durch die Tür.

Ich setzte mich zu den anderen. Sigmund wurde sein Essen auf die Brücke gebracht. Im Meer gab es wieder Treibeis, immer wieder dröhnte etwas gegen den Bug. Sonja und Frikk servierten Lammfrikassee und Reis.

»Soll ich dir ein Bier holen?« fragte Georg.

»Mineralwasser«, sagte ich.

Als mir die Schüssel gereicht wurde, schaute ich nur hinein und gab sie weiter. Ich zählte, ob alle, die hier sein sollten, in der Messe waren. Ja, das waren sie. Bjørn schlief. Ola war im Maschinenraum, Sigmund auf der Brücke.

»Ich glaube, ich habe keinen Appetit«, sagte ich laut und lehnte mich zu Georg hinüber. »Ich leg mich doch ein bißchen hin. Nachher komme ich wieder hoch. Dann geht es mir sicher besser.«

Er nickte. Ich drückte im Vorbeigehen seine Schulter. Er mußte mir glauben.

Einige Minuten lang stand ich unten vor der Treppe und horchte. Ich hörte Bestecke klirren, Schüsseln, leise Stimmen, Essensruhe. Arbeitsruhe. Der Schiffsrumpf war nach innen abge-

schrägt. Niemand würde etwas sehen. Und das Bild im Reisepro-
spekt hatte mir erzählt, daß ein Teddy seinen Kopf durch ein Bullauge pressen konnte. Mehr brauchte ich nicht zu wissen.

Ich rannte über den Gang. Öffnete die Tür, machte sie hinter
mir zu und betrachtete den Inhalt der Regale. Ketten. Keine Axt.
Wenn ein Kopf zu groß wäre, würde ich zur Säge greifen müssen.
Eine rostige Säge. Hoffentlich würde das nicht nötig sein.

Ich stapelte wieder die Kästen auf der Seite auf. Mit Ausnahme
der beiden, die ich in die Tür stellte.

Als ich die Tür öffnete, hörte ich einen wahnsinnigen Lärm,
schließlich hatte ich das Treibeis ja genau vor der Nase, von mir
nur durch einige Zentimeter Metall getrennt. Aber der kalte Luftzug war unverändert. Noch immer konnte ich nicht ganz glauben,
daß sie wirklich hier lagen. Neun Teddys. Schwarze Nasenknöpfe
leuchteten im weißen Fell. Die Zungen hingen noch immer unbeweglich wie lange Eckzähne aus ihrem Mund. Und die Jungen.
Nicht größer als ein Bernhardiner. Sie stammten sicher von einer
der allerersten Touren. Ich würde mit ihnen anfangen.

Ich schleppte sie zur Kajütentür und linste hinaus. Niemand.
Öffnete die Klotür, riß das Bullauge auf. Ein wenig Wasser spritzte
herein, obwohl die Ewa doch ein gemächliches Tempo vorlegte.

Ich warf die Jungen hinaus. Strömung und Tempo des
Schiffsrumpfes drängten sie zunächst an die Schiffsseite, dann versanken sie. Sie versanken. Ich brauchte keine Ketten. Ich schaute
zu Boden. Einige Blutspuren und Haare. Darum würde ich mich
später kümmern müssen. Ich horchte in Richtung Gang, aber die
Geräusche hatten sich nicht verändert, aus der Ferne Klirren von
Besteck, Stimmen, die mir verrieten, daß die Mahlzeit da oben
ihren Lauf nahm.

Der nächste war schwieriger. Unfaßbar schwer, wo doch der
Körperinhalt entfernt worden war. Ich konnte ihn kaum bewegen,
mußte ihn nach und nach hochheben, einen Fuß nach dem anderen über die Türschwelle schaffen. Zum Schluß den Kopf. Dabei
öffnete sich der Mund. Rosa Gaumen, blaubleiche Zunge. Einige
Eiskristalle hinten im Schlund. Der Gaumen war geriffelt wie der
Bauch eines Finnwals.

Irgendwann hörte ich auf zu denken. Die Angst vor der Entdeckung aktivierte Muskeln, die ich in meinem Leben noch nicht benutzt hatte. Muskeln, die anschwollen und brannten. Später wußte ich einfach nicht mehr, wie lange ich gebraucht hatte, um neun Bären fünf oder sechs Meter weit zu schleppen, in scharfer Kurve um eine offene Klotür herum, um sie dann aus einem offenen Bullauge zu werfen. Einige Minuten vielleicht? Fünfzehn? Ich weiß es nicht. Wenn ich zuerst den Kopf aus dem Fenster warf, ging der Rest leichter. Der Kopf wog am meisten. Die Tatzen sahen aus wie die Schulterdekorationen älterer Damen: Baumelnde Fuchsfüße. Obwohl sie von ganz anderer Größe waren.

Mir tropfte der Schweiß vom Gesicht, wenn ich mich bückte, er brannte in den Augen, schmeckte salzig in meinem Mund, lief unter meinem T-Shirt und unter meinem Pullover an mir herunter. Wenn ich mich nicht irre, dann weinte ich wohl auch, die ganze Zeit. Diese Bären sollten nicht vor Dieters oder Williams Kamin liegen. Sie sollten auf den Meeresgrund, in ein nasses Grab, sollten mit einem letzten Rest von Würde in Auflösung übergehen.

Ich schob den letzten aus dem Fenster. Die Tatzen glitten über den Rand des Bullauges, breite Tretkissen, vom Versuch, festen Halt zu finden abgeschliffene Klauen. Als der letzte Eisbär aufs Wasser auftraf, fiel mein Blick auf einen großen Seehund. Der Seehund glitt von seiner Eisscholle und näherte sich neugierig dem versinkenden Eisbären, dann tauchte er selber unter und war verschwunden.

Jetzt kamen die Planen an die Reihe. Die würden schwimmen. Ich brauchte Ketten. Das Ladenetz legte ich beiseite, schüttelte es aber zuerst. Es war ganz normal, daß es hier unten lag.

Die Planen waren von Eis und Klumpen aus gefrorenem Blut verklebt. Braune Kristalle glitzerten im Licht der offenen Tür. Alles mußte verschwinden. Keine Spur durfte übrigbleiben. Ich nahm ein Handtuch aus dem Schrank und wischte den Boden, während das Eis, das gegen den Bug schlug, weiter einen Höllenlärm machte. Ich las sorgfältig Haare vom Boden auf, tunkte das Handtuch ins Klo, um es anzufeuchten, und wischte den Rahmen um das Bullauge ab, dann ließ ich den Boden von Kajüte und Klo folgen. Ich sammelte Haare auf, nahm im Laderaum das Feuerzeug zu Hilfe. Es war leicht, die Haare zu entdecken. Sie waren lang und gelbweiß und ein wenig rauh.

Ich rollte das Handtuch und beide Planen zu einer Wurst zusammen, wickelte die Kette darum und warf alles ins Wasser. Dann schloß ich das Bullauge, holte Atem, lehnte mich an die Wand. Ich entdeckte den Bratenwender, öffnete das Bullauge und warf ihn hinterher. Setzte mich auf die Klobrille. Holte noch einmal Atem. Horchte.

Ich schwankte auf dem Weg in meine Kajüte. Meine Arme vibrierten ganz von selber, von den Schultern abwärts, ebenso Oberschenkel und Waden. Ich hatte einen Krampf in den Wadenmuskeln.

Von oben hörte ich die gleichen Geräusche wie vorhin. Gabeln und Messer, die über Teller schrappten, leise Gespräche, Lachen.

In der Dusche drehte ich das Wasser auf. Heißer als sonst. Es wurde angeklopft.

»Bist du das, die da duscht?«

»Ja.«

»Kann ich reinkommen?«

Ich antwortete nicht sofort.

»Bea, kann ich zu dir reinkommen?«

»Hol erst den Schlüssel, damit wir abschließen können.«

Er preßte meinen nackten Körper an sich, sowie er im Dampf den Schlüssel umgedreht hatte. Ich streichelte seine Haare. Er zitterte.

»Georg«, flüsterte ich. »Georg …«

»Ach, Gott, das war alles so schrecklich …«

»Pst, jetzt ist alles gut. Jetzt ist es gut.«

»Ich hätte dich jederzeit gegen diese Bären …«

»Pst, jetzt ist alles gut.«

»O verdammt, ich muß gleich nach oben. Der Sigmund wartet auf mich. Mein Törn.«

»Ich komme nachher zu dir hinauf.«

Georg schlüpfte in einer Dampfwolke aus der Dusche. Seine Haare waren naß geworden. Ich schloß hinter ihm ab und drehte das heiße Wasser noch weiter auf, ließ es hart auf meinen Bauch und meine Oberschenkel prasseln. Ich roch noch immer ranziges Fett dicker Pelze, Blut, Reste von toten Eingeweiden und den schweren, heißen Atem aus dem Schlund eines Raubtieres, das sich von Kadavern ernährt.

Wir waren auf dem Weg nach Süden. Es war Nacht. Perlmuttfarbener Dunst hing in horizontalen Linien vor der Sonne, ließ die Sonnenscheibe zur Ellipse werden. Ich folgte auf der Seekarte unserem Kurs. »Die sieben Berge« stand dort. Ich zählte. Es stimmte. Der höchste der sieben war 854 Meter hoch. Der südlichste war Scorebyfjellet, wo sich Krossfjord und Kongsfjord ins Land hineinschnitten.

»Hier gibt es viele seltsame Namen«, sagte ich. »Dahinter versteckt sich bestimmt jede Menge Geschichte.«

Er rauchte durch einen offenen Fensterspalt. Das Meer war jetzt wieder eisfrei. Die Ewa hatte freie Bahn und warf, wie ein Gespensterschiff, gen Backbord ihren Schatten.

»Schade, daß wir den Seehundsspeck nicht benutzen konnten, hier begegnen uns doch sicher keine Bären mehr?«

Georg gab keine Antwort.

»Schau mal!« Ich stand noch immer vor der Karte. »Prins Karls Forland. Und ich habe zuerst Prins Karls Vorhaut gelesen.«

»Du quasselst ja vielleicht ...« Er lachte nicht.

Eine Küstenseeschwalbe jagte eine andere, sie sahen aus wie weiße Streifen in der Luft, weil sie beim Fliegen die Beine an ihren Bauch preßten, wie Flugzeuge, die die Räder einholen.

Ich flüsterte: »Ich möchte dir so gern glauben, Georg ...«

Er erwiderte meinen Blick.

»Ich will so gern glauben, daß ... du recht hast. Vielleicht, wenn du hier lebtest und das Fell bräuchtest, um nicht zu frieren, oder ...«

Ich hörte selber, wie bescheuert das klang.

»Aber Dieter und sonstwer. O verdammt«, sagte ich.

»Hast du auch über den Fisch deine Meinung geändert?«

273

»Vielleicht. Aber der steht nicht unter Naturschutz.«

»Was ist denn das für eine Logik, Mädel! Das ergibt doch keinen Sinn.«

»Ich geh mal eine Runde an Deck.«

»Sigmund kommt her, wenn wir Sarstangen umfahren. In einer Weile.«

»Komm lieber nach unten, wenn du frei hast.«

»Das ist aber erst morgen früh um acht.«

»Du … wie heißt dein Boot? Das bei dir zu Hause?«

»Pierre Brice.«

»Was? Du hast ein Boot, das Pirre Brise heißt?«

Er griff zum Bleistift und schrieb an den Rand der Karte: »Pierre Brice. Den Namen habe ich aus einer Zeitschrift.«

Ich umarmte ihn schnell und lief die Treppe hinunter zu den Flaschen an der Wand. Doppelte Dosis Cognac und ein Bier. In der Kombüse fand ich Erdnüsse.

Ich ging aufs Achterdeck, machte Feuer im Ofen, bis es mit dumpfem Knacken brannte. Dann holte ich Decke und Liegestuhl und sicherheitshalber noch ein Bier. Alle anderen schliefen.

Plastikplane und Mitternachtssonne färbten den Raum gelb. Die Eissturmvögel hingen hinter dem Boot in der Luft, sie ließen nicht locker. Erst in Longyear würden sie uns aus den Augen lassen, wenn sie ein neues Boot gefunden hätten. Ich legte die Füße auf einen freien Stuhl und trank. Die Kohlensäure brannte, der Schnaps brannte, ich verbrannte mir die Finger, als ich ein neues Holzscheit in den Ofen schob. Die Schwimmwesten bewegten sich sachte im Rhythmus der Ewa. Wir würden sie nicht mehr umbinden. Der Zodiac hatte seine letzte Tour mit mir an Bord hinter sich. Ich blickte zu den Bergen hinüber, wo sich Stein und Meer begegneten. Zu den Stränden. An solchen Stränden hatte Georg Feuer gemacht, hatte Speckstücke auf Stöcke aufgespießt, sie in den Rauch gehalten, hatte auf englisch und norwegisch Witze gerissen, während Per und Pia in Gedanken sechsstellige Zahlen multiplizierten.

Ein ganzer Tag. Ein ganzer Tag blieb uns noch zusammen, dann würden wir ankommen, und alles würde zu Ende sein. Ich holte mir noch ein Bier und noch einen Cognac. Ich fürchtete mich nicht mehr vor Träumen. Ich fürchtete mich vor meinen Gedanken, wenn ich wach war.

»Okay, so ist das Leben, Beachen«, sagte ich laut und prostete dem Eismeer zu. »Easy come, easy go. Jetzt bist du bald zu Hause. Da wird Andersen sich aber freuen.«

Ich trank und summte Casablanca, wollte aber den Text nicht singen. Ich fragte mich, wie alles zu Erinnerungen geworden war und nicht zu Wirklichkeit, obwohl ich physisch doch immer noch hier war.

Ich erwachte, ehe er kam, und stand auf. Es war sieben Uhr. Ich hielt den Kopf unter den Wasserhahn in der Kajüte und seifte mir die Haare ein. Ich spülte sie mit dem Glas aus, das ich auf der Kommode fand. Dann wollte ich sie trockenfönen, wollte mich für meine Begegnung mit der Zivilisation zurechtmachen. Mit einem Handtuch um den Kopf wanderte ich an Kajütentüren vorbei, horchte, ob noch andere wach waren, die mir vielleicht einen Fön leihen könnten. Ich hörte Izus Stimme und klopfte an.

»Guten Morgen, hast du zufällig einen … einen …«

Wie zum Henker heißt Fön auf englisch?

Ich tippte gegen mein Handtuch, sie verstand und holte ihren Fön.

»Das ist traurig«, sagte sie mit breitem Lächeln. »Daß die Reise heute zu Ende ist.«

»Ja. Das ist traurig.«

»Wir waren nur eine Woche unterwegs. Trotzdem war das lange … viel ist passiert.«

»Ja. Viel ist passiert. Verdammt viel.«

Ich nahm den Fön und ging langsam zu meiner Kajüte zurück. Georg saß auf der unteren Koje.

»Ich konnte ein bißchen früher kommen. Sigmund hat gemerkt, daß ich das brauche.«

Sigmund hatte soviel gemerkt. Soviel durchschaut. Viel mehr, als Georg überhaupt ahnte.

»Ich habe mir die Haare gewaschen. Und Izus Fön ausgeliehen.«

»Wann fliegst du?«

275

»Morgen früh, sehr früh. Ich habe im »Funken« ein Zimmer bestellt, kann aber nur ein paar Stunden da verbringen, ich glaube, es
lohnt sich gar nicht, daß ich überhaupt ins Bett gehe.«

Laber laber laber. Wörter aneinanderreihen, die Kajüte mit
Wörtern füllen.

»Ich fliege erst am Freitag. Nach Tromsø. Und dann nach
Hause.«

Ganz unten in der Wand gab es eine Steckdose. Sie hing lose aus
der Wand. Ich kehrte Georg beim Fönen den Rücken zu. Er legte
mir die Hände auf die Hüften, ohne zu drücken, ohne mich an sich
zu ziehen. Er ließ sie dort liegen. Die Wärme seiner Hände zog
durch den Jeansstoff, wurde zu zwei brennenden Flächen, die sich
schließlich in der Mitte trafen, im Unterleib. Ich riß den Stecker
aus der Wand, drehte mich um, sank in die Knie und legte den
Kopf in seinen Schoß.

»Jetzt hast du eine schöne Frisur … ganz anders als sonst …«

Vorsichtig strich er über jede Locke. Ich hörte nichts mehr.
Schaute zwischen seinen Oberschenkeln hindurch den Boden an,
drückte die Ohren gegen seinen Hosenstoff, malte Tränenpunkte
aufs Linoleum, entdeckte ein einzelnes Eisbärenhaar, schnappte es
mir, schob es zum Koffer unter die Koje. Er zog mich zu sich
hoch, sagte nichts über meine Tränen, wischte sie weg, küßte mich.

»Jetzt reden wir nicht mehr darüber«, flüsterte ich. »Jetzt reden
wir nicht mehr darüber.«

Die Bettdecke war noch warm. Ich entdeckte eine Tätowierung,
einen kleinen Anker, an einer Stelle, die ich bisher noch nicht un-
tersucht hatte.

Jean und Philippe schlugen vor, Adressen auszutauschen.

»Dann können wir uns gegenseitig Weihnachtskarten
schicken.«

Samuel fehlte der Kopierer, aber daran ließ sich nichts ändern.
Per hatte Erfahrung mit dieser Situation, er sagte, wir könnten zuerst Namen und Adressen auf eine Liste schreiben. Die würden
wir dann ans Infobrett hängen, und alle könnten sie in Ruhe ab-
schreiben.

»Meine Güte«, sagte ich. »Du bist ja vielleicht ein durchorganisierter Typ!«

Ich war nicht mehr nüchtern – und fest entschlossen, das auch vorerst nicht mehr zu werden. Der Rest dieser Reise und die Reise bis vor meine Haustür mußten mit Promille im Blut passieren. Und zu Hause … nun ja. Es bestand durchaus eine gewisse Möglichkeit, daß die Promille beibehalten werden würden. Auf hohem, linderndem Niveau.

Georg war in meiner Koje eingeschlafen, ehe ich ihn verlassen hatte. Ich hatte einen guten Gin mit dem Rest Tonic gemischt und ihn im Stehen getrunken, mit dem Rücken zu Georg.

Ich schrieb Namen und Adressen ab, bis mich der Schreibkrampf packte. Meine Weihnachtskarten waren sehr begehrt, selbstgemachte natürlich und mit einer guten Portion Selbstironie. Andersen spielte darauf immer eine zentrale Rolle, schließlich war er der Mann in meinem Leben. Im letzten Jahr war er ein Bodybuilder gewesen, der in meinem Schlafzimmer strippte, während ich mich auf dem Bett räkelte und klare Ähnlichkeit mit Madonna aufwies – und doch züchtig war. Immer diese Grenze, diese kleine Schutzzone, die das Platte, das Alberne, das Unbedachte, das Ernste, das allzu Nahe und Entlarvende verhinderte.

Die Stimmung in der Messe war trist und verschnieft. Niemand wollte, daß diese Tour ein Ende nahm. Jetzt kannten wir uns alle.

»Ich wünschte, wir hätten noch eine Woche«, sagte Frikk.

»Dann würde sich vielleicht die Eismeerkrankheit einstellen«, sagte Pia.

Die Eismeerkrankheit, die Samuel »cabin fever« nannte, sorgte dafür, daß die Leute den Anblick der anderen einfach nur noch satt hatten. Jäger, die zusammen überwinterten, isoliert in irrsinnigem Klima, konnten sich plötzlich gegenseitig kaltblütig umbringen. Sie hockten zu dicht aufeinander, und das endete im Haß, erklärte Pia. Ich hörte interessiert zu und trank Bier. Rauchte draußen eine und nahm dazu eine neue Flasche mit. Es war zwölf Uhr. Ich schaute nach Süden. Die Zeit verstrich jetzt langsamer. Schließlich schleppte ich mich mit gebeugten Knien weiter. Ich brauchte noch eine Stunde, um eine Zigarette zu rauchen. Ich dachte in weiten Bogen, wich mit Leichtigkeit den pulsierenden Punkten der zentralen Gedanken aus: dem Inhalt der weißen Kiste, den zerschnittenen Fingerspitzen, die ich vor langer Zeit an geheimen Hautstellen gespürt hatte. Den Hautstellen, die Georg berührt hatte. Ich hatte zwanzig Jahre lang geglaubt, mein Körper lebe – aber ich hatte nach Svalbard fahren müssen, um ihn zum Auftauen zu bringen. Bei aufgetauten Lebensmitteln war es lebensgefährlich, sie danach wieder in die Tiefkühltruhe zu legen, dann konnten sich tödliche Bakterien entwickeln.

Ich dachte an meine Begegnung mit dem Eisbären in der Vibebucht, an alle Geschichten über das Leben, das angeblich an uns vorüberzieht, wenn wir dem Tod ins Auge schauen. Das war Unfug. Gelogen. Ich war betrogen worden. Ich hatte oft gedacht, die Revue im Augenblick des Todes sei etwas, auf das man sich freuen konnte. Eine Revue des eigenen Lebens, spitze. Alles, was ich gesehen hatte, waren der Dreck am Fuß des Teddys und der kleine blutige Kratzer an seiner Nase. O verflixt. Nicht einmal darauf konnte man sich also freuen. Ich trank einem Eissturmvogel zu. Er zwinkerte zurück.

Oscar stand mit Sigmund auf der Brücke. Die Ewa legte ein gutes Tempo vor und durchpflügte das Polarmeer mit großer Leichtigkeit. Nach meinen Berechnungen, aufgrund von Karte und Tempo, nahm ich an, daß wir durchaus nicht bis nach dem Essen auf dem offenen Meer bleiben würden. Sie hatten ihre Pläne offenbar geändert. Aber das mußte doch auch Per bemerken.

In der Messe hörte ich die Lüge, die sie sich ausgedacht hatten. Eine neue Tour für das Boot. Forscher, die nach Akseløya gebracht werden wollten, noch an diesem Abend. Nur eine dreitägige Tour, aber Sigmund würde die Besatzung an Bord benötigen. Alle würden stundenlang damit beschäftigt sein, zu organisieren, würden aber nicht Reisebüros und Fluggesellschaften anrufen und ihre Flüge umbuchen können. Ein ausgezeichnetes Ablenkungsmanöver, das die Besatzung beschäftigte und den Motorenlärm erklärte, die wilde Jagd nach Süden.

Georg erwachte und kam nach oben, wollte wissen, was los sei. Per erklärte ihm die neuesten Entwicklungen.

»Drei Tage nach Akseløya. Ja ja ... mir ist es wohl recht.« Er ging zum Rauchen an Deck. Ich blieb sitzen, während Per ihm folgte. Sigmund würde Per und Pia nicht brauchen, hatte er gesagt. Ergo würden sie trotz allem die Eisbären vom Schiff schaffen können. Jetzt standen Georg und Per an Deck und besprachen das flüsternd. Ich ging nach achtern und rauchte, trank, ging mir ein neues Bier holen, dann zurück aufs Achterdeck. Mein hektisches Benehmen ließ sich leicht damit erklären, daß der Augenblick des Abschieds näherrückte.

Georg kam zu mir.

»Jetzt ist alles klar. Sigmund muß ins Reisebüro und die Papiere klar machen ... die Vereinbarung mit den Forschern ... du kannst ganz ruhig sein, falls du dir Sorgen gemacht hast. Und wenn zu viele Leute auf dem Kai sind ... na, dann warten wir eben, bis wir von Akseløya zurück sind.«

»Akseløya, seltsamer Name ...«

»Per hatte Angst, du könntest etwas wissen, aber ich konnte ihn beruhigen.«

»Schön.«

»Aber ... was ist mit uns?«

»Wir telefonieren. Ich muß sowieso zuerst nach Hause. Job und so ...«

»Ach so.«

Er setzte sich in einen weißen Plastiksessel.

»Ich will dich nicht verlieren, Bea. Das will ich nicht.«

»Das hast du schon gesagt. Und ich habe es schon verstanden.«

»Du hast Angst. Aber warte nur, bis alles vorbei ist, dann siehst du, daß ich recht habe.«

»Wir werden sehen ... ob wir uns gegenseitig vermissen.«

»Ich vermisse dich jetzt schon. Du bist jetzt mehr du selber als zu Anfang der Reise.«

Er streichelte meine Wange und flüsterte: »Frierst du? Du klapperst ja mit den Zähnen, Eulchen.«

Ich wich aus. »Ich muß aufs Klo.«

Der Super-Puma erwartete uns an der Mündung des Isfjords, vor Daudmannsodden. Dana entdeckte ihn als erste. Noch andere kleinere Schiffe waren hier unterwegs. Eines hielt Kurs auf uns. Ich stand unter der Brücke an Deck und rauchte. Schluckte. Atmete aus und ein, ruhig, ruhig. Ich versuchte, meine Zunge an meinen Backenzähnen vorbeizusteuern, um kein Blut ausspucken zu müssen.

Oscar war nicht an Deck. Lena und Stian hatten ein warmes Mittagessen gekocht, einen Auflauf aus Makkaroni, Wurst und Zwiebeln. Ich hatte ihnen beim Zwiebelschneiden geholfen. Dana und ich waren allein an Deck. Sie hatte mir ein wenig von ihrer Modelagentur erzählt, aber ich hatte nichts richtig mitbekommen.

»Ach, sieh mal! Ein Hubschrauber!« sagte sie.

Jemand brüllte. Sigmund. Aus dem Brückenfenster.

»In die Messe!« rief er. Ich packte Dana am Arm und zog sie mit mir, während wir den brüllenden Riesenvogel betrachteten, der immer näher kam.

Tschuka tschuka tschuka, machten die Rotoren, wenn sie die Luft zerschnitten. Der Hubschrauberrumpf war rot und weiß angestrichen. Er hing tief über dem Wasser und sah aus wie eine Hummel mit etwas zu hoch angesetzten Flügeln. Nicht einmal die wilde Fahrt mit dem Zodiac durch eine eisfreie Bucht konnte sich mit diesem peitschenden Inferno von Lärm messen, das uns umgab, als Supermann eine Runde um die Ewa drehte. Er kam uns so nah, daß wir die Aufschrift REGIERUNGSBEVOLLMÄCH-TIGTE SVALBARD lesen konnten. Regierungsbevollmächtigte. Supermann.

TSCHUKATSCHUKATSCHUKA!

Supermann drehte noch eine Runde, dann senkte er sich um siebzig Fuß auf Höhe der Ewa. Ich sah, daß Sigmund über Funk etwas sagte.

Oscar stand schon bereit und schloß hinter Dana und mir die Tür, schob uns in die Messe. Die anderen aßen. Oscar war blaß.

»Kommt da der Supermann?« fragte Georg. Er saß vor einem vollgehäuften Teller. Per und Pia saßen bei den Japanern. Durch das Bullauge sah ich das Boot näherkommen.

Oscar nickte und zog etwas aus der Tasche. Einen Ausweis.

»Ich habe Polizeibefugnisse«, rief er auf englisch. Samuel sprang auf. Das hatten sie geplant. Oscar hatte seinen neuen Freund als Helfer engagiert. Die Motoren der Ewa verstummten. Georg starrte mir ins Gesicht. Ich schüttelte leicht den Kopf. Aber er ließ meinen Blick nicht los. Sigmund kam hinter uns herein. Dana und ich standen noch immer vor dem vorderen Tisch.

»Setzt euch«, sagte Oscar. »Setzt euch. Es tut mir leid.«

»Es geht hier nicht um ... Turid?« fragte Dana und packte meinen Arm.

»Nein«, sagte Oscar.

Sigmund erklärte: »Ich soll alle Waffen zusammentragen, die es hier an Bord gibt. Sie werden beschlagnahmt. Sam, kommst du mit mir?«

Sie verschwanden. Georg ließ über seinem Teller den Kopf hängen und legte die Arme auf den Tisch. Ganz still. Er saß ganz still da. Das Boot lag jetzt neben uns.

»Ola! Geh ihnen helfen. Die müssen an Bord«, sagte Oscar.

Ola stürzte hinaus. Georg hob den Kopf und sah mich an. Er hatte Tränen in den Augen. Ich schüttelte wieder den Kopf. Aber er würde weiter glauben, daß ich es gewesen war, noch minutenlang. Diese Minuten würden alles zerstören. Ist Angst stärker als Trauer? Nein. Es ist umgekehrt. Ich dachte: Scheißdraufscheißdraufscheißdrauf. Entdeckte, daß sich das im Takt der Supermannrotoren über uns sagen ließ: Tschuka-tschuka-tschuka ... scheißdraufscheißdraufscheißdrauf.

Eine Frau und zwei Männer in dunklen Polizeiuniformen kamen in die Messe. Seltsam, in *unserer* Messe fremde Menschen zu sehen. Sie stellten sich vor als Regierungsbevollmächtigte Olsen und zwei Beamte. Olsen kannte ich aus der Zeitung. Die erste Frau auf diesem Posten. Sie ergriff das Wort, erklärte auf englisch und auf norwegisch, daß die Besatzung dieses Schiffes Eisbärensafaris organisierte. Dana heulte los. Ich kniff sie in den Arm. Hart. Sie verstummte.

»Das ist nicht auf dieser Reise passiert«, sagte ich leise zu ihr. Oscar starrte mich an. Olsen bat Georg, Per und Pia, aufzustehen und mit an Deck zu kommen. Georg stieß im Gehen eine Flasche Bier vom Tisch. Die Flasche kullerte bis zur Tür zum Achterdeck und lieferte für lange Zeit das einzige Geräusch im Raum. So lange, wie Georg brauchte, um ohne eine Miene zu verziehen an mir vorbeizugehen, während alle in der Messe Anwesenden seinen Rücken und mein Gesicht anstarrten. Ich glaube nicht, daß sie meinem Gesicht sonderlich viel entnehmen konnten, ich habe das Alleinsein schließlich lange geübt.

»In Ordnung«, rief Olsen. »Der Rest bleibt hier.«

Pia weinte. Ich stand auf und ging hinter den anderen her. Oscar gab Olsen ein Zeichen, daß das in Ordnung sei.

»Das ist Britta Abner«, sagte Oscar.

»Das Verhör kommt später. Heute abend«, sagte die Regierungsbevollmächtigte.

»Mein Flugzeug geht morgen früh«, sagte ich.

»Das ist kein Problem«, erwiderte sie. »Oscar weiß ja alles über diese Angelegenheit.«

Ohne es zu wissen, hatte ich also einen Polizisten als Zeugen für Turids Fall gegen das Bullauge gehabt. Praktisch.

»Ich will trotzdem mit an Deck kommen«, sagte ich.

»Der Rest bleibt hier«, rief Olsen über ihre Schulter.

Der Lärm des Hubschraubers lag wie eine dicke, undurchdringliche Decke über dem Boot. Ich ging zu Georg. Merkte, daß ich weinte, ohne es zu wollen. »Ich war es nicht«, wiederholte ich. Aber meine Worte ertranken im Lärm.

Sein Gesicht war tot. Alt.

»Holt die Felle«, rief Olsen.

»Der kleine Laderaum am Bug«, brüllte Oscar.

Olsen gestikulierte zu einem Mann im anderen Schiff hinüber. »Weg mit Supermann. Wir brauchen jetzt keine Hilfe mehr.«

Einige Sekunden später drehte der Hubschrauber nach links ab, beschleunigte und donnerte in den Isfjord, wurden zum Insekt, und dann war es still.

Kästen wurden beiseite geschoben, Taurollen weggetreten, die Luke geöffnet. Ich fror.

Ein Beamter sagte: »Da unten liegt nur ein Ladenetz.«

»Die Felle sind in Planen gewickelt. Und mit Schnüren zugebunden«, sagte Oscar.

»Da unten ist nichts«, erwiderte der Beamte.

Ich begegnete Georgs Blick und konnte gerade noch die gelben
Striche in seiner Iris sehen, dann schloß er die Augen.

»Aber verdammt, die waren doch hier!« rief Oscar. Er kniete
neben der Luke und glotzte ungläubig durch die viereckige Öffnung.

Per sagte kein Wort. Pia auch nicht. Sie starrten vor sich hin.

»DIE WAREN HIER, ZUM TEUFEL! ICH HABE SELBER
GESEHEN, WIE SIE AN BORD GEHIEVT WURDEN!«

»Beweise«, sagte Georg.

»Alles klar. Durchsucht das Boot. Sie haben die Felle sicher wo-
anders hingebracht.«

Oscar dirigierte die Beamten und riß selber die Tür zum Gerä-
teschuppen vor dem Zodiac auf. »Sucht überall. ÜBERALL!«

Ich steckte mir eine Zigarette an. Der Filter war naß. Steckte
auch Georg eine in den Mund. Gab ihm Feuer. Die Hand, die nach
der Zigarette griff, zitterte. Er hatte dunkelbraune Haare auf dem
Handrücken. Sigmund stand neben ihm, aber sie schauten sich
nicht an. Oscar brachte den Eisbärenkopf. »Seht mal, was ich gefunden habe! Bingo!«

»Der war schon tot«, sagte Georg, brach den Filter von der Zigarette und warf ihn über Bord.

»Beweise«, sagte Oscar.

»Ich habe eine Zeugin«, sagte Georg.

Sie hatten schon lange einen Verdacht gehabt. Ein deutscher Jäger
hatte der Versuchung zu protzen nicht widerstehen können. Das
Gerücht hatte sich verbreitet und war bei der falschen Person gelandet. Die Effektivität der Buschtrommel hängt immer von der
Stärke der Botschaft ab. In Europa wimmelt es von Menschen, die
Norwegen hassen und alle Norweger für Walmörder und Robben-
schlächter halten. Und jetzt auch noch Eisbären! Verdammte Bar-
baren!

Oscar, ein unbekanntes Gesicht auf Svalbard, wurde ausgesandt, um die Sache zu überprüfen. Er hatte sich als Psychologe ausgegeben – und irgendwie stimmte das ja wohl auch.

Im Büro der Regierungsbevollmächtigten bekam ich Kaffee serviert. Mein Gepäck stand in einer Zimmerecke. Meine Striche waren gezählt und beglichen. Turid war an Land und zum Flugplatz gebracht worden. Sonja und Frikk machten im Nachbarraum ihre Aussagen, über Rasierklingen und sexuell frustrierte Frauen.

»Ich will das Hotelbett gar nicht«, sagte ich. »Kann ich hier warten, bis mein Flugzeug geht?«

»Kein Problem«, sagte Olsen.

»Ich glaube, sie ist nicht nüchtern genug, um eine Aussage zu machen«, sagte Oscar.

»Halt die Klappe«, sagte ich. »Natürlich bin ich das.«

Ich hatte lange genug geübt, nüchtern zu wirken.

»Du hast sie entfernt, nicht wahr? Hast den ganzen Scheiß mit der Winsch ins Meer befördert«, sagte er.

»Weißt du, was?« erwiderte ich. »Ich mag dich. Wir haben zusammen Fossilien gesucht. Ist es nicht übel, daß du …«

»Ich hätte es dir gern nach Turids Unfall erzählt, um dich ein bißchen zu beruhigen, aber es stand zuviel auf dem Spiel, wo du doch mit Georg zusammen warst. Wie hast du denn herausgefunden, daß ich …«

»Ich habe überhaupt nichts herausgefunden. Laß den Quatsch. Können wir zuerst die Sache mit Turid abwickeln?«

»Ich weiß, daß du das warst.«

Ich redete. Sie schrieben. Ich unterschrieb. Dann kamen die Teddys an die Reihe.

»Wir schicken den Puma rauf und überprüfen den Bären auf Phippsøya«, sagte Olsen.

»Der liegt da, wo ich gesagt habe. Oscar sagt ja selber, daß er und Samuel den auch gesehen haben.«

»Wir konnten doch auf die Entfernung nicht sehen, ob er verhungert war«, sagte Oscar.

»War er aber.«

»Verdammt!«

Sie schrieben. Ich unterschrieb.

284

»Wo ist Georg?« fragte ich.

»Im Huset«, antwortete Oscar. »Wir haben nicht genug, um sie festzunehmen. Der verdammte Kopf kann seine Haare überall auf dem verdammten Boot hinterlassen haben. An deinen und an seinen Kleidern. Was für ein verdammter Scheißdreck!«

»Kann ich wirklich hier warten?«

»Aber sicher«, sagte Olsen.

Frikk und Sonja wollten dasselbe Flugzeug nehmen. Ich setzte mich weit von ihnen weg und trank die ganze Zeit. Ich schaffte es sogar, nicht daran zu denken, daß Turid unter mir im Laderaum lag. Es kann zur Gewohnheit werden, zusammen mit einer Leiche zu reisen. In Tromsø wurde mein Gepäck durchsucht. Ich schaute gar nicht hin, wußte, daß ich fast alles ausgetrunken hatte. Sie sahen sich mein Diplom an.

»Ei der Daus«, sagte der eine Zollbeamte. Ich lächelte nicht und gab auch keine Antwort.

Sonja und Frikk warteten.

»Zwei Stunden bis zu unserem Flug«, sagte Frikk.

»Würdet ihr mich wohl wecken?« fragte ich.

Die Träume waren leer, das Licht schwarz und rot. Wellen und Stöße ohne Inhalt. Das Sofa bewegte sich, rollte. Ich lief durch die Wartehalle zum Klo, kotzte gelb und dünn, hatte lange nichts mehr gegessen. Der Spiegel zeigte ein viel zu nacktes Gesicht. Ich nahm die Sonnenbrille aus der Umhängetasche.

Draußen fiel Schneeregen auf schwarzen Asphalt und weiße Flugzeuge.

Andersen zwitscherte wild drauflos, als ich ihn auf die Türmatte stellte, um aufzuschließen. Das Echo von Sissels Stimme füllte eine winzigkleine, noch leere Stelle in meinem Kopf. »Hattest du eine nette Reise?«

Ja. Später würde ich alles erzählen. Alles. Und nichts.

An der Türklinke hing ein Blumenstrauß. Er wog nicht viel. War längst vertrocknet. Ein dicker Brief war in den Türspalt gesteckt worden. Er fiel zu Boden, als ich öffnete. Lupus' Handschrift.

Der Anrufbeantworter blinkte. Ich schaltete ihn aus, ohne ihn abzuhören, ich wußte, daß vor allem mein Vater angerufen hatte.

Ich ließ Gepäck und Vogelkäfig in der Diele stehen. Schloß hinter mir ab. Wickelte den Blumenstrauß aus dem Papier. Tote Rosen von Frau Bergesen und herzlichen Dank für die tollen Tischkarten. Den Brief legte ich zusammen mit den Blumen in den Holzkorb. Gut zum Feuermachen.

Ich zog mich aus, duschte und schlüpfte in den Morgenrock. Dann nahm ich falsches Eis aus dem Kühlschrank und mixte mir einen Drink mit viel Gin und wenig Tonic.

Ich trank lange, dann suchte ich in meiner Handtasche nach Zigaretten. Etwas Schweres lag auf dem Boden. Ich zog es hervor. Ein dunkelbrauner Panzer mit Rissen. Permanent fossilierte Risse, die niemals verschwinden würden.

Georgs Eulenei. Es füllte meine Hand, eine perfekte ovale Form. So schön wie die Eier, die Fabergé gemacht hatte. Das hier hatte Georg gefunden und mit seiner eigenen Geschichte gefüllt. Ich war nie dazu gekommen, ihm von den kostbaren Ostergeschenken des Zaren an seine Gemahlin zu erzählen. Oder davon, daß das Ei ein Symbol für Hoffnung und Neuanfang ist.

Vielleicht wußte Georg das aber auch schon? Ich legte das Ei vorsichtig auf den Kaminsims und sah mich um. Die Zimmer waren unverändert, würden das jedenfalls wohl sein, wenn ich ihnen ein wenig Zeit ließ. Die Regale mit den Videos, CDs, Büchern, Pflanzen, die gegossen und wieder auf die Terrasse gestellt werden mußten. Die Zimmer brauchten Zeit, das war alles.

Ich hob Andersen vom Dielenboden auf.

Herrgott, der war ja vielleicht klein. Ganz entsetzlich klein. Kleiner als eine Küstenseeschwalbe. Kleiner als eine Schneeammer.

Ich öffnete die Käfigtür und nahm ihn heraus, spürte, wie das Vogelherz unter meinen Fingern heftig pochte. Ich setzte ihn mir auf die Schulter. Er krallte sich fest, wackelte ein bißchen hin und her und fand das Gleichgewicht. Ich ging auf die Dachterrasse. Es waren fünfzehn Grad. Sommer. *Wir haben doch noch Sommer ... ein ganzes Grad.*

Die Blätter raschelten. Zwischen den Zweigen machten die Vögel sich gegenseitig Vorwürfe.

»Das ist die Welt, Andersen. Sag doch den Vögeln im Baum mal guten Tag. Ihr werdet sicher bald Freunde.«

Er rührte sich nicht. Klimperte mit den Augendeckeln.

»Ja verdammt!«

Er bohrte seine Krallen in den Stoff des Morgenrocks und blieb sitzen.

Ich ging ins Haus und schloß hinter uns die Terrassentür.